ro
ro
ro

Anna Tell lebt in Stockholm. Sie ist Politologin und Kriminalkommissarin, verfügt über zwanzig Jahre Polizei- und Militärerfahrung und war sowohl in Schweden als auch im Ausland im Einsatz. «Vier Tage in Kabul» ist ihr Debütroman und Auftakt einer Reihe um die schwedische Unterhändlerin Amanda Lund.
Die Bücher erscheinen in mehreren Ländern, die Filmrechte hat sich die schwedische Produktionsfirma Anagram gesichert.

«Ein großartiges Krimidebüt!» (Kristianstadsbladet)

«Was für ein Buch! Ich war von Anfang an schweißgebadet, und mein Puls raste. Hut – oder vielmehr Polizeimütze – ab für Debütautorin Anna Tell, die weiß, wie man eine spannende Story erzählt.» (Tara)

«Tell hat ein gutes Gespür für Milieu und Dialoge. Dabei sorgen ebenjenes Milieu, die unverbrauchte Perspektive und die Figuren für frischen Wind.» (Göteborgs-Posten)

«Ein unglaublich faszinierender Roman! Fesselnd von der ersten bis zur letzten Seite.» Amelia

«Glaubwürdig und spannend. Ein in vielerlei Hinsicht interessanter und provokanter Roman.» (DAST Magazine)

«Debütautorin Anna Tell hat genug Hintergrundwissen, um bessere Kriminalromane zu schreiben als die meisten. Und das Talent, perfekt zu dosieren: genaue Beschreibungen, elegant eingefügte Details zum Privatleben der Hauptfiguren und keine unnötigen Übertreibungen.» (Dagens Nyheter)

Anna Tell

VIER TAGE IN KABUL

Die Unterhändlerin

Thriller

Aus dem Schwedischen von Ulla Ackermann

Rowohlt Taschenbuch Verlag

Die Originalausgabe erschien 2017 unter dem Titel
«Fyra dagar i Kabul» bei Wahlström & Widstrand, Stockholm.

Veröffentlicht im Rowohlt Taschenbuch Verlag, Hamburg, November 2019

Redaktion Leena Flegler
Covergestaltung HAUPTMANN & KOMPANIE Werbeagentur, Zürich,
nach der Originalausgabe von Wahlström & Widstrand Design:
Nils Olsson, OINK
Satz Dörlemann Satz, Lemförde
Druck und Bindung GGP Media GmbH, Pößneck
ISBN 978-3-499-27386-5

Allen am Mossaby,
meinem geliebten Johan
und meinen beiden Engeln gewidmet

1

Dunkelheit war die entscheidende Voraussetzung für das, was gleich passieren würde. Sie hatten sich auf diesen Auftrag vorbereitet und die Abläufe trainiert, Schritt für Schritt. Die meisten Mitglieder der Einheit waren schon bei ähnlichen Einsätzen dabei gewesen. Für einige war es das erste Mal. Für sie selbst war es ein ganz normaler Arbeitstag.

Farouks Befehl lautete: in Gewahrsam nehmen und verhaften. Unter keinen Umständen töten.

Ihre Uniform war bereits durchgeschwitzt.

Vergeblich versuchte sie, ihre Uhr trocken zu wischen.

03:58.

Sie horchte auf den niederprasselnden Regen. Ein modriger Geruch stieg auf. Schlamm spritzte über ihre Uniform. Es war drückend schwül. Schweißbäche liefen ihren Rücken und zwischen ihren Brüsten hinunter.

Ein letzter Schluck Wasser.

Sie berührte Farouks Schulter und deutete auf ihre Uhr. Er nickte und griff nach seinem Funkgerät. Bereit, das Zeichen zum Zugriff zu geben.

Der Vorstoß musste schnell erfolgen. In der Dunkelheit konnte sie die Umrisse des Hauses ausmachen. Ein einstöckiges Gebäude.

Die Tür befand sich in der Mitte. Sie würden an der östlichen Seite reingehen. Keine übereilten Aktionen, alles war genau durchdacht und methodisch vorbereitet.

Im selben Moment fielen Schüsse.

Verdammt! Keine Sekunde später setzte vor ihr aus verschiedenen Richtungen Maschinengewehrfeuer ein. Sie ging neben Farouk in Deckung, der flach auf dem Boden lag und mit dem Gewehr im Anschlag das Feld absuchte.

«Gib den Befehl!»

Ihre Stimme ging im Kugelhagel ihrer Truppe unter, die den Angriff erwiderte. Splitter flogen durch die Luft, Lehmklumpen spritzten vor ihnen auf. Der günstige Moment war vorbei.

Sie stieß Farouk an und signalisierte mit der Hand: «Zurück!»

«Gib den Befehl zum Rückzug!»

«Wir können sie noch überwältigen ...»

«Es sind zu viele! Rückzug – jetzt!»

Mehrere Sekunden verstrichen. Dann erklang Farouks Stimme über das Funkgerät: «Geordneter Rückzug!»

Der Geschmack von Schlamm und Regenwasser verursachte ihr Übelkeit, als sie sich im Laufschritt zurückzogen.

«Wir müssen aus der Deckung heraus das Feuer erwidern!»

Wieder kam Farouks Stimme über Funk: «Feuerbereitschaft!»

Sie konnte die Bewegungen ihrer Einheit ausmachen, als die Männer sich zu Boden warfen, ihre Waffen anlegten und zurückschossen.

Erneut setzte ohrenbetäubendes Maschinengewehrfeuer ein. Nur links vor ihr war es still.

Auf den Ellenbogen robbte sie vorwärts.

Ihre Brust fühlte sich an wie zugeschnürt, sie keuchte und schnappte nach Luft. Schweiß und Regenwasser vermischten sich auf ihrer Zunge.

«Atmar, Rückzug, verflucht noch mal!»

Keine Antwort.

Sie kroch ein paar Meter im Schlamm vorwärts und griff nach seinem Bein.

«Atmar, hörst du mich?»

Farouks jüngerer Bruder bewegte sich nicht. Die Kalaschnikow, die den anderen gerade eben noch Feuerschutz gegeben hatte, lag neben ihm auf dem Boden. Blut lief an seinem Gesicht herunter, und aus seinem Bein spritzte Blut.

Er starrte sie an, schluckte und öffnete den Mund.

«Sch ...»

Sie legte den Finger auf die Lippen. Er musste seine Kräfte schonen.

«Lass ... mich ... nicht hier.»

Atmar stöhnte auf und umklammerte ihren Arm. Das Blut färbte seine beigefarbene Uniform rot.

«Ich bringe uns in Sicherheit. Aber wenn du mich nicht sofort loslässt, sterben wir beide hier im Schlamm!»

Sie schrie ihm direkt ins Ohr. Ein schwaches Nicken bedeutete ihr, dass er verstanden hatte. Sie presste ihm das Knie in den Rücken und zog ihn nach hinten. Sie würde ihn hinter sich herschleifen müssen. Feuern und in Bewegung bleiben – das war das Einzige, worauf es jetzt ankam.

«Kannst du meine Waffe halten?»

Atmar nickte wieder und bewegte den Unterarm.

«Nimm meine Glock, dann nehme ich deine Kalaschnikow. Schieß nur, wenn wir beschossen werden. Hast du verstanden?»

Er reckte einen blutigen Daumen in die Höhe. Sie würde beide Hände brauchen, um ihn aus der Gefahrenzone hinter sich herzuzerren. Sie legte sich den Gewehrriemen um den Hals und rückte die AK-47 so zurecht, dass sie frei an ihrem rechten Oberschenkel hing.

Sie nahm ein neues Magazin aus der Munitionstasche in Atmars Waffengürtel, ließ das leere aus der Kalaschnikow herausgleiten und setzte hastig das neue ein. Sicherheitshalber zog sie den Abzug leicht an, um zu überprüfen, ob eine Patrone im Lauf war. Dann drückte sie Atmar ihre Glock in die Hand und schob seine Hände um den Pistolengriff zusammen. Atmars Arme ruhten auf seiner Brust.

«Sicher, dass du es schaffst?»

Er streckte den Arm aus und richtete die Glock auf das aufblitzende Mündungsfeuer vor ihnen.

«Okay.»

Der Rest ihrer Einheit hatte sich bereits ein gutes Stück zurückgezogen. Sie und Atmar befanden sich jetzt zwischen ihren eigenen Leuten und den Rebellen. Wenn die Truppe verinnerlicht hatte, was sie ihnen beigebracht hatte, würden die Männer ihnen Deckung geben, solange sie in Bewegung blieben. Sie drückte die Sprechtaste ihres Funkgeräts.

«Farouk, gebt uns Deckung! Atmar ist verwundet!»

Jemand rief etwas auf Dari. Sie hoffte, es war eine Bestätigung. Hinter Atmar ging sie in die Hocke, griff ihm unter die Arme und stemmte sich hoch. Er war nicht schwer.

So schnell sie konnte, zerrte sie ihn hinter sich her. Hier waren sie schutzlos und angreifbar. In ihrem Rücken ratterten Maschinengewehre.

Bei jedem Schritt presste sie die Stiefel tief in den lehmigen Boden, um nicht auszurutschen. Die AK-47 schlug unablässig gegen ihr Knie.

Aus dem Funkgerät drang ein einziges Stimmengewirr. Ein paar Meter hinter ihnen lag ein größerer Felsbrocken. Das Blut rauschte in ihren Ohren. Brennender Schweiß lief ihr in die Augen. Atmar stöhnte.

«Wir haben es gleich geschafft!»

Plötzlich schlugen direkt vor Atmars Füßen Kugeln ein, und aus dem Augenwinkel nahm sie eine Bewegung wahr.

Der Schütze war ganz in ihrer Nähe.

Atmar hatte ihn ebenfalls gesehen. Sofort winkelte er den Arm an und schoss, während sie ihn hinter den Felsblock in Deckung zog. Schnell griff sie nach der Kalaschnikow, rutschte nach unten und stützte das linke Knie auf. Atmar sank zu Boden, hielt aber die Waffe weiter auf den Angreifer gerichtet.

Den Gewehrkolben fest gegen die Schulter gepresst, legte sie den Finger an den Abzug. Sie zitterte leicht. Eine neue Salve prasselte neben ihr in den Sand. Diesmal hatte sie das Mündungsfeuer aufflackern sehen.

Sie gab zwei Schüsse ab, zielte erneut, drückte wieder ab. Sie ließ den Abzug los und warf sich flach auf den Bauch. Zurück mit dem Zeigefinger an den Abzug und abdrücken. Zwei weitere Schüsse. Loslassen. Abdrücken. Ihre Ohren dröhnten. Auch Atmar feuerte noch immer aus der Glock. Das war ein gutes Zeichen. Dann ein Schrei und ein Stöhnen aus der Richtung, wo der Schütze sich befunden hatte.

Die Gewehrsalve erstarb.

Sie feuerte noch ein paar Schüsse ab. Es blieb still.

Im Schutz der Deckung wechselte sie die verschossenen Magazine beider Waffen.

Noch waren sie nicht in Sicherheit. Eilig riss sie ein Stück Mullbinde von ihrer Schutzweste und wickelte es fest um Atmars Oberschenkel. Trotz der Dunkelheit saß jeder Handgriff. Dann drückte sie erneut auf die Sprechtaste. «Ein Feind eliminiert. Wir kommen, gebt uns Deckung!»

«Verstanden», antwortete Farouk sofort.

Er hatte seine Männer unter Kontrolle. Noch einmal ratterten hinter ihnen die Maschinengewehre. Sie griff unter Atmars Arme und schleifte ihn mit. Schnell warf sie einen Blick über die Schulter. Die Steinmauer nahm langsam Form an. Sie verstieß gerade gegen die Vorschriften, doch sie hatte sich fest vorgenommen, alles zu tun, was in ihrer Macht stand, um sämtliche Mitglieder der Einheit wieder sicher nach Hause zu bringen. Dass das nicht ihre Aufgabe war, kümmerte sie herzlich wenig.

Als sie die Steinmauer erreichten, hatte sie kein Gefühl mehr in den Armen. Aber jetzt waren sie in Sicherheit. So sicher, wie man auf feindlichem Terrain in Dolatabad um halb fünf Uhr morgens sein konnte. Verletzte oder getötete Kameraden zurückzulassen war niemals eine Option. Das hatte sie ihnen pausenlos gepredigt, von morgens bis abends.

Der Rückzug hatte lange gedauert. Sekunden waren zu Minuten geworden.

Jetzt musste der Sanitäter einsatzbereit sein, oder sie würden Atmars Bein nicht mehr retten können.

«Wir brauchen einen Notarzt und einen Dolmetscher», keuchte sie auf Dari.

Auch wenn sie sich sowohl auf Dari als auch auf Paschtu einigermaßen verständigen konnte, wollte sie jedes Missverständnis ausschließen.

«Sind auf dem Weg», antwortete eine Stimme direkt neben ihr.

Sie lehnte Atmar an die Mauer, hielt ihm seine Wasserflasche an die Lippen und flößte ihm vorsichtig Flüssigkeit ein. Er hustete, trank aber in kleinen Schlucken. Sie riss die Reste seiner Uniformhose ab, die in Fetzen an seinem Bein hing. Der Geruch von Blut und Schießpulver stieg ihr in die Nase. Während der Dolmetscher zu ihr aufschloss, ging sie vor Atmar in die Hocke und legte sein verletztes Bein auf ihre Schulter. Atmar wischte sich Blut aus dem Gesicht und starrte auf seine Hand.

«Mach dir keine Sorgen. Das ist nur ein Streifschuss. Morphium, eine Infusion und die richtige Nachsorge, und du bist wieder fit», beruhigte sie ihn auf Englisch und gab sich Mühe, die Tränen zurückzuhalten.

Der Dolmetscher übersetzte ihre Worte ins Dari.

Mit einem schwachen Lächeln klopfte sie Atmar auf die Schulter und schluckte trocken. Ihre Kehle war wie zugeschnürt, und in ihrer Brust breitete sich ein Gefühl der Beklemmung aus. Sie ließ Atmar in der Obhut des Sanitäters zurück, der im Schein seiner Stirnlampe sofort nach einer Vene suchte, um einen Zugang zu legen.

Sie entdeckte Farouk, der seine Männer energisch zur Eile antrieb.

Er hielt kurz inne und sah sie an.

«Danke, Amanda. Ohne dich hätte er es nicht geschafft.»

Sie lächelte. Im Norden von Balch im Schlamm zu stehen und zu heulen war das Letzte, was sie wollte. Erneut wischte sie ihre Uhr trocken.

04:32. Sie durften hier nicht länger als nötig bleiben. Die Rebellen konnten sich jeden Moment neu formieren oder sie mit Raketen beschießen.

Ihre Brust schmerzte. Sie schloss die Augen und zwang die Tränen zurück. Sie war am Leben und hatte Farouks jüngeren Bruder vor dem sicheren Tod gerettet. Das war das Einzige, was zählte.

Zwei Minuten später rollten alle drei Einsatzfahrzeuge vom Platz: vollzählig und auf dem Weg zurück zur Basis.

Sie machte es sich auf dem Rücksitz hinter Farouk bequem. Hoffte, dass er nicht vorhatte, die Operation jetzt zu besprechen. Sie sehnte sich nach einer Dusche und starkem Kaffee. Und nach Nähe. Es war lange her.

Sie zog ihr Telefon aus der Brusttasche. Es hatte ein paarmal vibriert.

Drei verpasste Anrufe von «Bill Arbeit». Um diese Zeit? Zu Hause in Stockholm war es zwei Uhr nachts.

Sie klemmte das Handy zwischen Wange und Schulter. Er nahm schon nach dem ersten Klingeln ab.

«Endlich! Ich habe pausenlos versucht, dich zu erreichen.»

«Ich hab's gesehen. Muss wohl wichtig sein?»

«Wir brauchen dich als Verhandlungsführerin, umgehend. Kannst du mich über eine sichere Leitung zurückrufen?»

Augenblicklich krampfte sich ihr Magen zusammen. Ihr Auftrag in Nordafghanistan bestand in erster Linie darin, eine internationale Einsatztruppe aufzubauen, nicht Verhandlungen zu führen.

«Gib mir eine halbe Stunde, dann bin ich zurück auf dem Stützpunkt», antwortete Amanda und schilderte kurz, was passiert war.

Sie hörte Bill am anderen Ende der Leitung seufzen.

«Scheiße. Aber du bist unverletzt?»

«Ja, allerdings glaube ich, dass ich ... dass ich vielleicht ... jemanden liquidiert habe.»

«Amanda, du arbeitest in einem langfristig angelegten Projekt als Beraterin des afghanischen Truppenkommandanten. Du sollst nicht an Kampfeinsätzen teilnehmen!»

Sie atmete tief durch die Nase ein und schloss ihre brennenden Augen.

«Es ist stockfinster, es regnet in Strömen, wir rutschen hier über ein schlammiges Feld in Dolatabad und werden von Rebellen beschossen, die wir gefangen nehmen sollen. Beraterin oder nicht – wenn es Notwehr ist, dann ist es Notwehr.»

«Das verstehe ich ja. Trotzdem, Amanda, pack deine Sachen und stell dich darauf ein aufzubrechen, sobald wir über die sichere Leitung miteinander gesprochen haben.»

«Wie lange bin ich weg?»

«Unklar. Beeil dich. Es ist dringend.»

2

Das Päckchen wog zwei Kilo. Prüfend hielt er es in der Hand. Es war gut verpackt: zwei Plastikbeutel, mehrfach mit Klebeband umwickelt. Das Ganze steckte in einem wattierten braunen Umschlag.

Bevor er es verpackt hatte, hatte er daran gerochen. Zu seiner Verwunderung war es völlig geruchlos gewesen. Kurz hatte er darüber nachgedacht, es wie die Leute in den Filmen zu machen, seinen Finger anzulecken und in einen der Beutel zu stecken. Hatte sich aber nicht getraut.

Er legte das Päckchen auf den Tisch, ließ es jedoch nicht aus den Augen. Mit im Nacken verschränkten Händen setzte er sich auf das Sofa. Er atmete schwer.

An seinem großen Zeh war schon wieder der Nagel eingewachsen. Er zog den klammen Strumpf vom Fuß und untersuchte die Stelle. Typisch. Derselbe Zeh, immer wieder.

Sein Blick blieb an dem Bild hängen, das sie vor Kurzem gekauft hatten. Ein Fuchs und ein Raubvogel, die einen Kampf auf Leben und Tod ausfochten. Ein scheußliches Gemälde. Auf einem zweiten Kunstwerk schlug ein Adler seine Klauen in eine zu Tode verängstigte Ente. Tiere in ihrer natürlichen Umgebung – niemand hatte sie je so realistisch dargestellt wie Bruno Liljefors. Genau das war auch die überzeugte Antwort des schwedischen Kunstrats gewesen, als er die Wahl von Werk und Künstler in Frage gestellt hatte. Sie waren seiner Bitte nach einem naturnahen Motiv zwar nachgekommen – am liebsten ein Bild mit Wasser, voller Leben und Bewegung. Allerdings hatte er dabei eher an etwas Helles in Öl gedacht – Anders Zorn oder Carl Larsson. Eine klassisch schwedische Sommeridylle, nackte Körper unter freiem Himmel, vielleicht ein paar Bauersleute.

Draußen war es bereits dunkel. Der Verkehrslärm drang nur noch gedämpft herauf, und die Luft, die durch das Fenster hereinströmte, war angenehm kühl.

Er sollte es nicht tun.

Sollte es wirklich nicht tun.

Aber hatte er eine Wahl? Man hat immer eine Wahl. Davon war er seit jeher überzeugt gewesen. Ganz gleich, worum es ging.

Doch zu welchem Preis?

3

Als der Funkspruch kam, leuchtete zuallererst das kleine schwarze Display auf. Oskar wusste sofort, dass er den Einsatz würde übernehmen müssen. Heute Nacht war es am Stureplan mal wieder richtig zur Sache gegangen. Eigentlich hatte er vorgehabt, nur noch gemächlich über die Västerbron zu fahren, den Sonnenaufgang zu genießen und den Streifenwagen dann in die Tiefgarage zu bringen.

«Zone 1 von 3–0. 31–9110, over.»

Natürlich galt der Funkspruch ihm. Es gab kein Entkommen.

«31–9110 Västerbron. Over.»

«Wir haben einen Notruf reingekriegt. Eine Joggerin – am Norr Mälarstrand auf Höhe des Mälarpavillons. Dort liegt ein Mann im Gebüsch.»

«Ein Betrunkener?»

Oskar sah auf die Uhr, notierte sich die Zeit – 05:07 – und seufzte. Welcher Schwachkopf aus der Zentrale schickte bitte einen Polizeihauptmeister, um nach einem Besoffenen zu sehen?

«Noch unklar, ist aber anzunehmen. Die Frau will nicht näher rangehen, aber sie bleibt vor Ort, bis ihr eintrefft.»

Er war kurz davor zu fragen, weshalb, überlegte es sich dann aber anders. Es gab immer Leute, die lieber abwarteten, bis die Polizei kam. Auch wegen eines Betrunkenen.

«Verstanden. Sind auf dem Weg.»

Abgesehen von der sportlich gekleideten Frau, die auf dem Parkplatz stand und winkte, war am Norr Mälarstrand niemand unterwegs. Obwohl die Urlaubszeit vorbei war, herrschte in der Stockholmer Innenstadt nach wie vor nur wenig Verkehr. Oskar ließ das Seitenfenster herunter.

«Liegt er dort unten?»

«Ja, im Gebüsch. Nur die Beine sind zu sehen.»

«Dann finden wir ihn auch allein. Danke für Ihre Hilfe.»

Er schloss das Autofenster und hob die Hand, um der Frau zu verstehen zu geben, dass ihre Anwesenheit nicht länger erforderlich war. Um diese Tageszeit hatte er nicht das geringste Bedürfnis, ohne triftigen Grund mit Leuten zu sprechen.

Vielleicht war dieser Einsatz ja doch nicht so schlecht. Einen Betrunkenen in Gewahrsam nehmen, die Angelegenheit so lange wie möglich hinauszögern. Bis Dienstschluss. Anschließend würde er nach Hause fahren, duschen und sich auf dem Bett ausstrecken, bis die nächste Schicht begann.

Genau wie die Frau gesagt hatte, ragten zwei Beine aus dem Gebüsch. Zwei dürre, nackte Waden, Füße in weißen Espadrilles. Der Mann lag auf dem Bauch. Ein hellrosa Hemdzipfel leuchtete durch die Blätter. Weiße, knielange Shorts mit einem schmalen Gürtel. Tuntenklamotten, schoss es Oskar durch den Kopf.

Er ging in die Hocke und streifte sich ein Paar Handschuhe über. Niemals einen Betrunkenen ohne Handschuhe anfassen. Ob nun Obdachloser oder High Society, das machte keinen Unterschied.

«So, Freundchen, der Schönheitsschlaf ist vorbei. Zeit aufzustehen. Die Polizei ist da.»

Er kniff dem Mann in die Wade.

Sie war kalt, fühlte sich hart an. Nicht weich und elastisch wie bei jemandem, der seinen Rausch ausschlief. Oskar griff nach den Beinen, zog den schmächtigen Körper aus dem Gebüsch und drehte ihn um.

«Scheiße!»

Entsetzt wich er zurück.

Der Anblick war grauenvoll.

Selbst für einen erfahrenen Polizisten aus der schwedischen Hauptstadt.

Der Oberkörper des Mannes war mit Blut, Erde und weiß der Himmel was verschmiert. Sein Gesicht zu einer Grimasse erstarrt. Feuchte Erde haftete wie eine dünne Puderschicht auf seiner Haut. Sein Mund stand offen, als hätte er in Panik schreien wollen, als er begriff, dass er sterben würde.

«Rickard, verflucht noch mal, komm her, hier liegt eine Leiche!»

Kaum war der Polizeianwärter an seiner Seite aufgetaucht und hatte sich vorgebeugt, um besser sehen zu können, wurde er blass.

«Um Gottes willen, ist der ... Ist der wirklich tot?»

«Ohne jeden Zweifel. Der arme Teufel wurde erstochen. Sieh dir das an!»

Oskar zupfte vorsichtig an dem Hemd, das ursprünglich hellrosa gewesen war. Er entfernte ein paar große Blätter, die in dem getrockneten Blut klebten. Ein muffiger Geruch stieg ihm in die Nase. Blut und feuchte Erde. Der Polizeianwärter, der einen Schritt zurückgewichen war, ging in die Hocke.

«Jetzt, wo du es sagst ... Sieht wirklich nach Messerstichen aus ...»

«Sperr die Stelle ab. Ich kümmere mich um Verstärkung.»

Der Polizeianwärter lief zurück zum Streifenwagen. Was für Weicheier die uns heutzutage als Polizeianwärter schicken – nichts können die vertragen, dachte Oskar und funkte die Bezirkszentrale an.

«3–0 von 31–9110, over.»

«3–0. Seid ihr bei dem Betrunkenen? Over.»

«Sind wir. Nur dass der Betrunkene in Wahrheit eine Leiche ist. Männlich, Mitte, Ende dreißig. Keine Brieftasche, kein Ausweis. Erstochen.»

«Ach du Schande! Verstanden. Ich schicke die Spurensicherung. Was brauchst du noch?»

«Ein paar Streifenkollegen, die die Umgebung absuchen. Womöglich liegt das Messer hier irgendwo in der Nähe, wer weiß.»

«Wo genau befindet sich die Leiche?»

«Im Gebüsch zwischen dem Mälarpavillon und dem Parkplatz am Norr Mälarstrand. Du weißt schon, dieser Schwulenclub. Regenbogenfarben und so.»

«Ich verstehe.»

«Wir kommen auf die Wache und schreiben den Bericht, sobald die Kollegen von der Streife hier sind und uns abgelöst haben.»

Nicht dass Oskar vorhatte, auch nur eine einzige Zeile zu Papier zu bringen. Es klang einfach besser, «wir» zu sagen. Berichte zu schreiben war Aufgabe der Polizeianwärter, zumindest wenn sie das Glück hatten, mit Oskar Karlsson zusammenzuarbeiten. So lernte man den Polizeiberuf von der Pike auf.

«Verstanden. Sonst noch was?»

«Nur dass er bereits eiskalt war, als wir ihn gefunden haben. Vermutlich Raubmord: keine Tatwaffe am Fundort, keine Zeugen. Und die Brieftasche ist weg.»

«Sieh mal einer an. Irgendwelche sichergestellten Wertsachen?»

«Ein eingeschaltetes iPhone ... Das soll sich der ermittelnde Kollege mal genauer ansehen.»

Es war ein schöner Augustmorgen, und es versprach ein noch schönerer Tag zu werden.

Nicht für diejenigen, die bald aufwachen und den Ermordeten vermissen würden, aber für uns andere, dachte Oskar und faltete eine der gelben Landkreis-Krankenhausdecken auseinander.

Sie war gerade groß genug, um die Leiche notdürftig zu bedecken. Doch so würde der arme Kerl wenigstens nicht den neugierigen Blicken der Touristen ausgesetzt sein, die ab dem frühen Vormittag hier vorbeikämen.

4

Seine Schultern schmerzten. Weil er sie ständig hochzog und in verkrampfter Haltung dasaß. Sie sehnten sich nach einer intensiven, kräftigen Massage. Das war genau das, was er jetzt brauchte. Und wo er schon darüber nachdachte: Ein Blowjob würde auch nicht schaden.

Er schob die Hüften nach vorn und öffnete seinen Gürtel.

Ein schneller Blick auf die Uhr.

Er hatte genug Zeit.

Mit raschen Schritten eilte er zur Tür und schloss ab. Auf Überraschungen konnte er verzichten. Er ging zum Sofa zurück und nahm den sechsarmigen Messingkerzenständer vom Couchtisch. Der als Zeichen ihrer Freundschaft gedachte Gegenstand war zumindest jetzt – mitten im Sommer – völlig sinnlos. Die Kerzen wurden in der Hitze weich und verformten sich zu merkwürdigen Gebilden, die nicht besonders repräsentativ aussahen.

Der Apfel im Laptopdeckel leuchtete. Er klappte den Rechner auf und rief Pornhub auf. Scrollte, klickte sich durch das Angebot.

Doch die richtige Stimmung wollte sich nicht einstellen.

Schlechte Verbindung.

Schlechte Bildqualität.

Sein Blick glitt unablässig zwischen dem Display und dem Päckchen hin und her. Er konnte sich einfach nicht konzentrieren.

Er erwischte einen russischen Pornofilm. Klickte ihn weg, wählte einen anderen.

Dieses verdammte Päckchen!

Sollte er es wirklich tun?

Die Männer in dem Porno stöhnten wie Tiere. Hektisch klickte er auf den Lautstärkeregler und stellte den Ton leiser. Nicht gerade der passende Zeitpunkt, wenn jetzt jemand mitbekäme, was hinter seiner Tür vor sich ging. Wieder wanderte sein Blick zu dem Päckchen.

Was zum Teufel sollte er machen?

Zwei Kilo. Das war eine Menge Geld, so viel stand fest.

Er klappte den Laptop zu, und das Stöhnen verstummte. Kurz entschlossen riss er den wattierten Umschlag wieder auf und drehte ihn herum. Der mit Klebeband umwickelte Inhalt landete auf dem Sofa. Behutsam zerschnitt er das Tape.

Die Plastikbeutel hatten einen roten Zipverschluss. Ein bisschen weißes Pulver rieselte auf den Marmorboden. Mit dem Fuß fegte er es unter das Sofa.

Vorsichtig trug er einen der Beutel ins Badezimmer. Seine Hände waren inzwischen schweißnass, sein Atem ging flach und stoßweise. Jetzt, verdammt. Er hatte sich entschieden.

5

Wie üblich kam ihr die Schutzweste viel zu schwer vor. Amanda ließ sie auf den Boden fallen, kaum dass sie in Mazar-e Scharif durch die Tür des Truppenstützpunkts getreten war. Unter ihrer Uniformjacke saß die Schutzweste wie eine zweite Haut, doch jedes Mal, wenn Amanda sie für ein paar Stunden getragen hatte, stank sie nach einer Mischung aus altem und neuem Schweiß. Amanda riss die Klettverschlüsse auf und streckte ihren Rücken durch, Wirbel für Wirbel. Es knackte laut vernehmlich.

Sie brauchte dringend einen Chiropraktiker. Wie nach jedem Einsatz.

Die Nummer wusste sie auswendig. Sie lehnte sich auf ihrem Schreibtischstuhl zurück, während es in der sicheren Leitung klingelte.

«Na endlich!»

«Ich habe so schnell angerufen, wie ich konnte.»

«Wie geht es dir?»

«Sobald ich mir den Schlamm und das Blut abgeduscht und ein paar Stunden Schönheitsschlaf bekommen habe, wird's schon wieder werden.»

Draußen vor dem Fenster war der Platzregen in Niesel übergegangen. Zur Abwechslung schien die Luft mit Sauerstoff angereichert zu sein. Sie hörte, wie Bill am anderen Ende der Leitung etwas murmelte.

«Tut mir leid, dass ich deine Pläne über den Haufen werfen muss.»

«Du bist der Chef, du entscheidest. Und angesichts der Tatsache, dass es bei dir mitten in der Nacht ist, muss es wichtig sein.»

Amanda hörte den Löffel klirren, als Bill in seiner Tasse rührte und anschließend einen großen Schluck trank. Unter Garantie war es der weiße Becher mit dem Foto seiner Kinder, Elvira und Emanuel. Den hatte Bill im vergangenen Jahr zum Vatertag bekommen. Durch den Hörer hörte sie ihn erneut seufzen.

«In Kabul sind zwei schwedische Diplomaten verschwunden ...»

«Wie bitte?»

«Sie werden mittlerweile seit sieben, acht Stunden vermisst. Angeblich haben die beiden die Botschaft in einem gepanzerten Wagen mit ortsansässigem Fahrer verlassen. Allerdings hat von ihnen niemand mehr etwas gehört oder gesehen, seit sie zuletzt ihre Position durchgegeben haben – da waren sie an irgendeinem Platz mit M und anschließend noch ein-, zweimal nördlich von Kabul ...»

Bill versuchte, seine eigene Handschrift zu entziffern.

«Meinst du den Massoud-Platz?»

«Ja, ich glaube, das soll es heißen. Sagt dir das was?»

«Ja, ganz in der Nähe liegt die US-Botschaft. Eine gängige Stelle, um seine Position durchzugeben. Nur leider gibt uns das keinen Anhaltspunkt, was das Ziel der Fahrt gewesen sein könnte. Oder wissen wir, wohin sie wollten?»

Verschleppt? Entführt? Mit so etwas hatte sie nicht gerechnet, als sie den Auftrag in Afghanistan angenommen hatte.

«Genau das sollst du herausfinden.»

«Aber wenn jemand so einen Job an uns heranträgt, müssen doch noch mehr Informationen vorliegen?»

«Sowohl hier in Stockholm im Außenministerium als auch in der Botschaft in Kabul scheint das reinste Chaos zu herrschen. Die Informationslage ist gelinde gesagt dürftig ... Das Außenministerium verfügt nicht über die notwendigen Ressourcen, um so eine Situation zu managen, und die Botschaft hat wie alle anderen diplomatischen Vertretungen miserable Sicherheitsvorkehrungen. Rechne also damit, dass du ziemlich viele Dinge selbst klären musst.»

«Also gut, worauf deuten die Fakten denn bislang hin?», fragte Amanda, während sie eine Afghanistan-Karte vor sich ausbreitete. Mit dem Zeigefinger folgte sie den Straßen vom Massoud-Platz aus in nördliche Richtung. In sieben, acht Stunden konnten sie durchaus bis Mazar-e Scharif gekommen sein. Sogar bis Pakistan. Sie hoffte auf Ersteres. Pakistans so gut wie gesetzloses Grenzgebiet würde für einen Unterhändler mehr als ein Härtetest sein.

«Wenn sie Pech hatten, waren sie in einem Gebiet, aus dem gerade erst diverse heftige Explosionen gemeldet wurden. Genauer gesagt: gestern Abend. Der Anschlag ist der bisher schlimmste seit Beginn dieses Jahres. Die CNN-Bilder sehen übel aus. Die Taliban haben sich in einem YouTube-Video zu der Tat bekannt. Leider weiß in der Botschaft niemand etwas Genaueres – nur dass die beiden Schweden verschwunden sind.»

«Mit anderen Worten: Sie könnten inzwischen tot sein.»

Wieder hörte sie den Löffel in Bills Becher klirren.

«Egal was passiert ist, du gehörst zu den kompetentesten und erfahrensten Verhandlungsführern, die Schweden zu bieten hat. Hier wird jemand gebraucht, der Haare auf den Zähnen hat – also jemand wie du. Außerdem bist du bereits vor Ort», fügte Bill hinzu.

«Natürlich fahre ich hin, allerdings ist dann aus unserem schwedischen Team niemand mehr hier auf dem Stützpunkt. Meine beiden Kollegen kommen erst in ein oder zwei Tagen zurück.»

«Diese Sache hat Vorrang. Da müssen die Afghanen eben mal ohne Berater zurechtkommen.»

«Und vor Ort kann uns niemand etwas Genaueres sagen? Weil nicht einmal bekannt ist, wohin die beiden fahren wollten?»

Sie seufzte und notierte sich die dürftigen Informationen, die sie erhalten hatte. Wie lange dauerte es, bis man jemanden vermisste, wenn man nicht wusste, zu welchem Zeitpunkt die betreffende Person vorgehabt hatte, wieder zurück zu sein?

«Ich kann nur mit Bestimmtheit sagen, dass sie längst wieder in der Botschaft hätten sein müssen. Schaffst du den ersten Flug nach Kabul, damit ich im Justizministerium Bescheid geben kann, dass du auf dem Weg bist?»

«Im *Justizministerium?*»

«Ach, ist nur ein kleiner Kreis. Irgendjemand im Außenministerium hat sich mit dem Justizministerium in Verbindung gesetzt, das wiederum Alice Bohman informiert hat, die mich angerufen und aus dem Schlaf gerissen hat, weil ich stellvertretender Leiter der Sondereinsatzkräfte bin. Darüber hinaus sind keine weiteren Personen involviert.»

«Dann sind es aus unserer Abteilung nur wir zwei?»

Sie hoffte inständig, dass die Antwort Ja lautete. Dann würde sie in Kabul allein arbeiten können. Zumindest vorläufig.

«Korrekt. Und das muss vorerst auch so bleiben. Fahr in die Botschaft. Versuch irgendwie, Licht in diese ganze Angelegenheit zu bringen, und ruf mich an, wenn du mit dem Botschafter gesprochen hast.»

«Aber diese Alice Bohman hat sich doch bisher nie mit Entführungsfällen befasst ... wenn wir es tatsächlich mit einem zu tun haben?»

Als Amanda die Leiterin der Reichskriminalpolizei zuletzt gesehen hatte, hatte sie eine geschlagene Stunde lang über die geplanten Umstrukturierungen bei der Polizei schwadroniert – und darüber, wie gewinnbringend der Einsatz von Unternehmensberatern plus Haushaltsdisziplin und Synergien innerhalb der Behörde sein könnte. Auf die gesellschaftlichen Verpflichtungen der Polizei und die konkreten Aufgaben der einzelnen Abteilungen war sie mit keinem Wort eingegangen. Die Kollegen, die angewiesen worden waren, sich den öffentlichen Vortrag anzuhören, hatten sich nach fünf Minuten mental ausgeklinkt.

«Eher weniger. Aber sie ist sozusagen als Wachhund dabei, wenn das Justizministerium ruft. Immerhin ist sie die Leiterin.»

Offensichtlich waren Titel immer noch wichtiger als Kompetenz.

«Um zehn Uhr geht ein Flug von Mazar-e Scharif nach Kabul. Ich versuche, noch einen Platz in der Maschine zu bekommen», sagte Amanda.

«Gut, und ich werde alles tun, was ich kann, um Verstärkung zu organisieren.»

«Nur bitte keinen Anfänger, Bill. Dann arbeite ich lieber allein.»

«Ich weiß. Ach, eins noch!»

«Ja?»

«Das hier ist Verschlusssache. Deine Kontaktperson ist der Botschafter, niemand sonst. Justiz- und Außenministerium bestehen auf absolute Diskretion.»

«Verstanden.»

Amanda machte die Augen zu. Der Schlaf würde warten müssen und ihr schriftlicher Bericht über den nächtlichen Einsatz ebenfalls.

Sie nestelte an ihrer Dienstmarke herum, die auf dem Schreibtisch lag. Seitlich war das Leder abgeplatzt.

Amanda Lund. 3512. Reichskriminalpolizei.

Auf dem Schwarzweißbild sah sie keinen Tag älter aus als fünfundzwanzig. Die Grauschattierungen kaschierten sowohl die ersten Krähenfüße um die Augen als auch die Fältchen zwischen Nasenflügeln und Mundwinkeln. Die Sommersprossen auf ihrer schmalen Nase waren allerdings deutlich zu erkennen. Ihr helles, gelocktes Haar rahmte ihr Gesicht auf beinahe kindliche Weise ein. Ein Allerweltsgesicht ... Wäre da nicht ihre ansehnliche Größe von eins vierundachtzig, mit der sie in Afghanistan tagtäglich Aufmerksamkeit erregte.

Sie steckte die Dienstmarke zu ihrem Pass und den Impf- und ISAF-Ausweisen in den Rucksack. Ohne ISAF-Ausweis war man in Afghanistan ein Niemand. Sorgfältig packte sie einen Hosenanzug, drei Blusen und eine Jeans ein, in die Außentasche kamen ein Erste-

Hilfe-Set, eine Taschenlampe und ihr Diktiergerät. Eins ihrer Waffenmagazine war leer.

Atmar hatte fünfzehn Schüsse auf ihren Angreifer abgefeuert. Angesichts seiner zitternden Hände und des Blutes, das ihm in die Augen gelaufen war, waren es vermutlich nicht Atmars Kugeln gewesen, die den Taliban-Kämpfer unschädlich gemacht hatten.

Sie legte fünf volle Magazine nebeneinander auf den Tisch: eins für die Glock, zwei fürs Oberschenkelholster und zwei fürs Gepäck.

Kurze Zeit später marschierte sie die hundert Meter von der klimatisierten Abflughalle zu der Hercules-Transportmaschine, die bereits mit laufenden Triebwerken auf dem Rollfeld stand. Trockene, warme Luft schlug ihr entgegen. Die Erfrischung, die sie unter der Dusche verspürt hatte, war wie weggefegt.

Das Flugzeug war fast leer. Amanda streckte sich auf einer Pritsche aus. Sie war müde und außer Atem. Sie durfte jetzt nicht krank werden, dafür war keine Zeit.

Harte Arbeit wartete auf sie.

Es war merkwürdig, aber sie hatte schon früher mit Mitarbeitern des Außenministeriums zu tun gehabt, und es gab nicht viele, die ihre eigene Sicherheit so wenig ernst zu nehmen schienen wie sie selbst.

Amanda tastete nach dem Medaillon an ihrem Hals, rieb es zwischen Daumen und Zeigefinger und fuhr über das eingravierte Datum. Es war fast zwei Jahre alt und bedeutete ihnen beiden gleichermaßen viel. Trotzdem lebten sie getrennt. Sie in einer Zweizimmerwohnung in der Parkgatan auf Kungsholmen, er in einem Haus in Näsbypark. Sie trafen sich heimlich wie zwei Teenager und mieden öffentliche Plätze, wenn sie zusammen waren.

Für eine SMS war es zu früh. Nicht wegen der Zeitverschiebung, sondern weil André seine Tochter wahrscheinlich noch nicht zum Tennistraining gebracht hatte.

Als sich ihre Wege im Zuge einer Ermittlung gekreuzt hatten, hatte

Amanda sich Hals über Kopf in ihn verliebt. André hatte – in seiner Eigenschaft als Staatsanwalt – auf der Treppe des Gerichtsgebäudes in Kungsholmen gestanden und auf die Klägerin gewartet. Amanda, die als Privatperson bei dem Vorfall eingegriffen hatte und als Zeugin gehört werden sollte, war wie immer auf den letzten Drücker und völlig außer Atem angehetzt gekommen.

Gemeinsam hatten sie dafür gesorgt, dass die Welt ein kleines bisschen besser geworden war: Ein Mann war zu einer Gefängnisstrafe verurteilt worden, und eine Frau konnte ihr Leben künftig ohne einen gewalttätigen Sadisten verbringen, der sie windelweich schlug. Ein Staatsanwalt und eine Polizistin gegen den Rest der Welt.

Das Transportflugzeug rollte langsam auf die Startbahn.

Sie waren pünktlich.

09:58.

Eiskalte Luft drang durch die Regelventile in die Kabine, während sich gleichzeitig ein durchdringender Kerosingeruch ausbreitete. Aus dem Cockpit wehte Kaffeeduft zu ihr herüber, und ein gutgelaunter Pilot begrüßte die Handvoll Passagiere.

Draußen flimmerte die Luft über dem bereits glühend heißen Boden. Trotz des blauen Himmels war die Sicht schlecht. Ein dichter Nebel aus Dreck und Abgasen verdeckte die umliegenden Berge.

Amanda legte den Kopf auf ihren Helm und rekapitulierte, was sie wusste: Zwei schwedische Staatsbürger waren in einer der gefährlichsten Städte der Welt verschwunden. Unzureichende Sicherheitsvorkehrungen und unnötig lange Informationswege hatten dazu geführt, dass sie erst Stunden nach ihrem Verschwinden als vermisst gemeldet worden waren. Möglicherweise waren sie bei einem Bombenanschlag, der zahlreiche Tote und Verletzte gefordert hatte, ums Leben gekommen. Diplomaten wurden – ganz unabhängig von ihrer Nationalität – immer wieder zur Zielscheibe, und in Kabul war nichts unmöglich.

Wenn die beiden in einer dienstlichen Angelegenheit unterwegs gewesen wären, hätten sie die Botschaft nicht so spät abends verlassen. Mittlerweile dürften sie bereits seit vierzehn, fünfzehn Stunden verschwunden sein. Für einen Unterhändler eine alles andere als gute Ausgangslage.

Waren sie überhaupt noch am Leben?

6

Warmer Dampf stieg aus dem Waschbecken auf. Vom Plätschern des laufenden Wassers musste er pinkeln.

Erneut wog er den Beutel in der Hand. Endlich würde dieses verdammte Zeug verschwinden.

Er fummelte an dem roten Zippverschluss.

Der Toilettendeckel war nach seinem letzten Besuch im Badezimmer noch hochgeklappt. Mit zitternden Händen stellte er den Beutel auf die Klobrille und schüttete das weiße Pulver ins WC, wo es sich mit dem Wasser vermischte, bis nicht einmal mehr die Kratzer in der Emaille zu sehen waren.

Unter seinen Armen hatten sich nasse Flecken gebildet, und er merkte, wie Schweißperlen von seiner Nasenspitze ins Wasser tropften. Gott, er wünschte sich, er wäre wieder zu Hause – einfach nur weit weg. Weg von diesem verdammten Pulver und allem anderen, was ihn quälte.

Er drückte die Spülung, das Pulver wirbelte im Kreis und verschwand.

Nicht zu viel auf einmal.

Ein verstopfter Abfluss wäre das Letzte, was er jetzt brauchte. Er kippte und spülte, kippte und spülte, bis beide Beutel leer waren. Dann stopfte er die Tüten in den Abfalleimer unter dem Waschbecken und zerrte den Müllbeutel heraus. Kein unnötiges Risiko. Er klappte den Toilettendeckel zu und setzte sich. Erledigt. Allmählich wurde er wieder ruhig.

Er drehte das kalte Wasser auf und benetzte sein Gesicht.

Es war weg. Und es gab keinen Beweis mehr dafür, dass es sich je in seinem Besitz befunden hatte. Er trocknete sich die Hände ab und cremte die Nagelhaut ein.

Er hatte es nicht abgeschickt. Gott sei Dank hatte er es nicht abgeschickt.

7

Oskar verfluchte ihre Personalpolitik während der Sommermonate: Lediglich acht Stunden Ruhezeit zwischen den Schichten – und an allen Ecken waren sie unterbesetzt. Das sollte mal dem Minister zu Ohren kommen, der zwanzigtausend zusätzliche Polizisten gefordert hatte. Er schnaubte, als er die Akte der Mordermittlung sah, die ihm dieser Morgen beschert hatte und die vor ihm auf dem Schreibtisch lag und wartete. Dieser Schwulenmord.

So gut wie unbearbeitet. Aber das war nicht sein Problem. Wenn man als Polizeihauptmeister bei der Einsatzleitung in Norrmalm arbeitete, um die Einsätze in der schwedischen Hauptstadt zu koordinieren, dann hatte ein Mordfall untergeordnete Priorität.

Der Mord war ja bereits passiert. Die Tat lag in der Vergangenheit.

Nichtsdestotrotz fiel die Angelegenheit in seinen Verantwortungsbereich – zumindest fürs Erste. Er war der Chef, und am Nachmittag würde sein Team auch noch die Bereitschaftskollegen unterstützen müssen. Merkwürdig, der umgekehrte Fall kam nie vor. Seine Abteilung durfte nie ungestört arbeiten.

Oskars Blick fiel auf den Bericht der Streifenkollegen. Er umfasste lediglich eine knappe DIN-A4-Seite.

Am Morgen des 23. August 2014 durchsuchten Streifen 31–9220 und 31–9240 den abgesperrten Bereich, fanden aber nichts von Interesse. Auch Hundestaffel 39–9350 suchte das Gebiet ergebnislos ab.

Zum Zeitpunkt der Niederschrift liegen der Polizei keine Vermisstenmeldungen vor, die auf die Beschreibung des Mordopfers zutreffen. Streife 31–9220 hat zweimal versucht, den Besitzer des Restaurants Mälarpavillon zum Zweck der Vernehmung telefonisch zu erreichen, doch ohne Erfolg. Bislang sind noch keine Zeugenaussagen eingegangen.

Sie hatten aber auch nicht gerade viel unternommen, stellte Oskar fest. Keine Anwohnerbefragung, keine Maßnahmen, um den Mann zu identifizieren. Nicht einmal den Restaurantbesitzer hatten sie für ein Verhör auftreiben können.

Oskar rief einen Polizeianwärter zu sich, der sich weiter um den Fall kümmern sollte. Er selbst würde endlich Karten für das Spiel Djurgården gegen Malmö FF in der kommenden Woche reservieren, danach blieben ihm noch ein paar Minuten Zeit für die Planung und Organisation der heutigen Streifenpatrouillen.

«Könntest du noch mal versuchen, den Besitzer zu erreichen, und ihm ein paar Fragen stellen? Wann der Club zugemacht hat, ob es im Lokal zu Streitigkeiten gekommen ist? Vielleicht erkennt er ja die Kleidung des Opfers wieder, wenn du sie ihm beschreibst. Frag ihn jeden Mist, der uns irgendwie weiterhelfen könnte.»

«Geht klar. Sonst noch was?»

«Sieh nach, ob neue Vermisstenmeldungen eingegangen sind, die auf unseren Mann zutreffen könnten. Dann haben wir unseren Teil erledigt», sagte Oskar und rief die Homepage von Djurgårdens IF auf.

Er hätte sich eine Dauerkarte kaufen sollen. Inzwischen kostete ein Sitzplatz fünfhundert Kronen – einfach lächerlich.

Der Polizeianwärter schlug die Hacken zusammen, als wollte er salutieren, und verließ das Büro. Oskar griff zu seinem wässrigen Automaten-Tee und überflog die Einleitung des Berichts, den er höchstpersönlich abgesegnet hatte, bevor er nach Hause gegangen war. Ganz nach Vorschrift war es nicht, einen Bericht zu prüfen und freizugeben, der von den eigenen Leuten verfasst worden war. Aber zum Teufel, nach der Nachtschicht war er hundemüde gewesen. Unter der Überschrift «SICHERGESTELLTE GEGENSTÄNDE» entdeckte er einen Vermerk.

Ihm wurde flau im Magen.

Das verdammte Telefon!

Er hatte sich nicht darum gekümmert, es aufzuladen!

Er war einfach zu müde gewesen. Zu zerstreut. Er hatte sich nicht einmal mehr die Mühe gemacht, die Kontakteliste durchzugehen und den armen Kerl mit Hilfe irgendeiner gespeicherten Nummer zu identifizieren. Geschweige denn den Mörder zu finden. Er war einfach davon ausgegangen, dass sich der ermittelnde Kollege das Telefon am nächsten Morgen schon vornehmen würde ... und nicht, dass der Fall bei Schichtbeginn quasi noch unbearbeitet und wie ein großer Scheißhaufen auf seinem Schreibtisch liegen würde.

Oskar schämte sich. Aber es war zu spät, noch etwas an der Sache zu ändern.

Er lief hinüber in die Asservatenkammer und suchte nach der braunen Papiertüte, auf der er wenige Stunden zuvor eigenhändig die Registernummer notiert hatte.

Genau, wie er vermutet hatte: Das Handy hatte sich entladen. Es war tot. Oder anders ausgedrückt: Jetzt würden sie den PIN-Code brauchen, um es zu entsperren.

So verdammt typisch! Wie sollte er aus der Nummer nur wieder rauskommen? Das war unprofessionell und schlampig gewesen. Er legte die Tüte wieder an ihren Platz zurück.

Sein letzter Funke Hoffnung schwand, als er in sein Büro zurückkehrte und das Asservatenprotokoll durchlas.

Schwarzes, eingeschaltetes iPhone 5. Keine Kratzer.

Natürlich hatte der Polizeianwärter vermerkt, dass das verfluchte Ding eingeschaltet gewesen war! Das Beste wäre vermutlich, keine große Sache daraus zu machen. Ein kleines Missverständnis. Die Tage würden ins Land gehen, und irgendwann würde niemand mehr wissen, wer sich darum hätte kümmern und das Handy aufladen müssen. Für den Moment schien ihm das die beste Alternative zu sein.

Sein Tee war mittlerweile kalt geworden, aber das spielte keine Rolle. Er ließ den Schluck im Mund herumwandern und ging den Bericht noch einmal von Anfang an durch.

Die Joggerin, die den Notruf gewählt hatte ... Er hätte wohl doch ein Wörtchen mit dieser Frau wechseln sollen, allein wegen des Protokolls. Immerhin war sie vor Ort geblieben und hatte auf die Polizei gewartet.

Aber was hätte sie schon ausgesagt? Dass sie die Polizei gerufen hatte, weil ein Mann im Gebüsch lag. Was bitte schön hätte sie dem noch hinzufügen sollen?

Draußen auf dem Flur näherte sich das Knistern einer frisch gebügelten Uniform. Hastig schlug Oskar den Bericht zu. Eine Sekunde später tauchte der Polizeianwärter in der Tür auf, rot im Gesicht und außer Atem. Natürlich waren die Bügelfalten in seiner Hose aus dem Uniformlager noch deutlich zu erkennen. Einen Grünschnabel rieche man schon von weitem, wie die älteren Polizisten über ihre jüngeren Kollegen zu sagen pflegten.

«Na, wie läuft's?»

«Ich habe mit dem Restaurantbesitzer gesprochen.»

Der Polizeianwärter hatte die Augen weit aufgerissen und atmete mit offenem Mund. Es würde ein paar Jahre dauern, bis er sich mit der gleichen Gelassenheit und Selbstgewissheit wie Oskar bewegte.

«Und?» Oskar drehte seinen Schreibtischstuhl so herum, dass er den Polizeianwärter ansehen konnte.

«Er sagt, dass das Restaurant wie üblich um drei Uhr morgens zugemacht hat, keine Streitigkeiten oder Ähnliches.»

«Gut. Dann können wir also festhalten, dass der Mord zwischen drei und fünf Uhr morgens verübt worden sein muss. Das ist doch schon mal was. Hast du noch mehr?»

«Leider keine neuen Vermisstenmeldungen.»

Mit einem Seufzer legte Oskar die Füße auf den Rollcontainer aus hellem Birkenfurnier. «Dann warten wir noch ein paar Tage. Vielleicht wird er ja irgendwann bei der Arbeit vermisst», stellte er fest und versuchte, die schwarzen Stellen wegzureiben, die seine Schuhsohlen auf dem Container hinterlassen hatten.

«Sollen wir noch weitere Zeugenbefragungen durchführen? Vielleicht gibt es Restaurantgäste, die gestern Nacht etwas beobachtet haben?»

Immer dieser Eifer. Da waren diese Polizeianwärter alle gleich. Immer mussten sie übertreiben.

«Nein, wir haben andere Aufgaben, um die wir uns kümmern müssen. Der Fall wird vermutlich ohnehin bei unseren Hate-Crime-Kollegen landen, sobald der Mann identifiziert ist.»

Oskar streifte seine schwarzen Lederhandschuhe über, besprühte sie mit Desinfektionsmittel und rieb erneut über die Flecken.

«Warum denn das? Die sind doch fast alle im Urlaub.»

«Weil das Opfer vor einem Schwulenclub ermordet wurde und bestimmt selbst schwul war. Ein klarer Fall von Hate Crime. Wenn die Kollegen nicht genügend Leute zur Verfügung haben, ist das ihr Problem. Es reicht schon, dass wir dieser gottverdammten Bereitschaft unter die Arme greifen müssen», entgegnete Oskar und stopfte die Handschuhe in seine Hosentasche.

Er drehte seinen Schreibtischstuhl in die ursprüngliche Position zurück. Ein deutliches Zeichen für den Polizeianwärter, dass ihre Unterredung beendet war. Kaum war Oskar allein, bestätigte er endlich seine Reservierung im Stadion: Sitzplatz, Ecke, untere Tribüne. Immerhin das hatte geklappt. Dann blätterte er weiter durch den Papierstapel auf seinem Schreibtisch. Der Bericht der Spurensicherung lag ganz unten. Nach der Beschreibung der Umstände des Leichenfunds sowie der Fundstelle folgte eine kurze Passage über das Mordopfer:

> Nicht identifizierter Mann
> Alter: 30–40 Jahre
> Vermutliche Todesursache: 13 Messerstiche in Brust und Bauch, ca. 2 cm breit
> Keine Hinweise auf Abwehrverletzungen
> Keine anderen äußerlichen Verletzungen am Körper. Die Leichenstarre hat eingesetzt. Der Bericht der Rechtsmedizin inkl. Feststellung von Identität und Tatzeitpunkt wird im Laufe des morgigen Tages erwartet.

Mit offenem Mund starrte Oskar auf das Blatt.

Der Typ war verflucht noch mal steif wie ein Brett gewesen!

Das hatte er selbst festgestellt, als er ihn in die Wade gekniffen hatte. Jetzt da er darüber nachdachte ...

Er holte tief Luft.

Was zum Teufel hatte das zu bedeuten?

TAG EINS

8

Shahrara Road. Ein schwieriger Standort für eine Botschaft. In der Nähe der US-Botschaft. Eine gefährdetere Lage muss man erst einmal finden, schoss es Amanda durch den Kopf, als sie zu den Diensträumen des Botschafters geführt wurde. Im Vorbeigehen warf sie einen Blick auf ein Whiteboard mit dem wöchentlichen Einsatzplan des Fahrdienstes, auf dem ersichtlich war, welcher Mitarbeiter wann wohin gebracht werden musste. Der Name Leijonhufvud tauchte an jedem Wochentag auf. Offensichtlich ein vielbeschäftigter Mann.

An der Tür zu seinem Amtszimmer prangte ein Namensschild aus Messing.

Botschafter Sven Leijonhufvud.

Klang nach altem Adel, was man von Familie Lund nicht gerade behaupten konnte. Amanda stammte aus einer typisch schwedischen Durchschnittsfamilie: blaue Augen, weizenblondes Haar. Sie war in Västerås aufgewachsen. Und sie hatte das Gefühl, im Hintertreffen zu sein, noch bevor sie dem Botschafter überhaupt begegnet war.

Zaghaft klopfte sie an die Tür.

«Ja bitte?», erklang eine Stimme von drinnen.

Als Amanda die Tür vorsichtig öffnete, schlug ihr heiße, stickige Luft entgegen, die durch das Fenster hereinströmte.

«Entschuldigen Sie die Störung. Ich bin Kriminalinspektorin Lund.»

«Sehr erfreut. Kommen Sie herein.»

Der Botschafter stand von seinem Stuhl hinter dem pompösen Rokokoschreibtisch auf. Er wirkte müde und erschöpft.

«Der Minister meinte, es seien eine Spezialeinheit der Polizei und Unterhändler auf dem Weg?»

«Ganz richtig. Ich bin Sonderermittlerin unserer Einsatztruppe und Verhandlungsführerin, ich gehöre der Reichskriminalpolizei an.»

Der Botschafter schob seine Brille auf die Nasenspitze und musterte sie. Amanda zückte ihre Dienstmarke, als müsste sie beweisen, was sie soeben gesagt hatte. Der Botschafter nahm ihr den Ausweis aus der Hand und betrachtete ihn prüfend. Er schien tatsächlich zu lesen, was darauf stand. Schlagartig fühlte sie sich unbehaglich. Dies war ganz und gar nicht die Begrüßung, die sie erwartet hatte.

«Ich verstehe ... Wenn in einem der gefährlichsten Länder der Welt schwedische Staatsbürger verschwinden, wird Kriminalinspektorin Lund entsandt. Sind Sie das Beste, was das Königreich zu bieten hat?»

Er klappte den Ausweis zu, gab ihn ihr zurück und rief gleichzeitig seiner Sekretärin zu, dass es höchste Zeit für einen Kaffee sei. Amanda schwieg. Was für ein Start. Und was für ein blasierter Typ. Sie biss sich auf die Lippe. In seinem elegant möblierten Büro war sie mit ihrer staubigen Uniform und ihren dreckigen Stiefeln eindeutig fehl am Platz. An den Wänden hingen imposante Gemälde. Die hellen Sessel, auf denen sie wahrscheinlich gleich Kaffee trinken würden, waren mit einem opulenten Blumenmuster bedruckt. Zweifellos vom Luxus-Einrichtungshaus Svenskt Tenn, das hätte sogar ein einfacher Streifenpolizist erkannt.

Das Arbeitszimmer war so groß, dass der Perserteppich, der bestimmt zehn Quadratmeter maß, zwischen der Sitzgruppe und dem antiken Schreibtisch frei im Raum lag. Der Schreibtisch war entweder aus Mahagoni oder Walnuss, und Papierstapel, Ordner und Bücher bedeckten weite Teile der Arbeitsfläche. Unter Garantie würde der Mann behaupten, ein unordentlicher Schreibtisch sei ein Hinweis auf Kreativität. Oder auf einen umso strukturierteren Verstand. Solche Theorien hatte sie schon häufiger gehört. Gestimmt hatten sie nie.

«Bitte nehmen Sie doch Platz ... Fräulein ... oder Frau ...?» Mit einer einladenden Geste wies er auf die Sitzlandschaft.

«Nennen Sie mich einfach Amanda.»

Sie setzte sich ganz vorn auf den Rand des Polsters, um es ja nicht zu beschmutzen.

«Amanda ... Sie sind am 10. Juli 1980 geboren. Sie arbeiten als Sonderermittlerin und Unterhändlerin und befinden sich zurzeit als militärische Ausbilderin in Nordafghanistan.»

Der Botschafter schenkte ihnen Kaffee ein, ohne Amanda dabei anzusehen.

«Das ist korrekt.»

Er nahm ihr gegenüber Platz.

«Erzählen Sie mir mehr.»

«Ich glaube, Sie haben die wesentlichen Punkte schon genannt. Ich bin als Beraterin hier in Afghanistan und helfe beim Aufbau und der Ausbildung des hiesigen Truppenkontingents in Mazar-e Scharif.»

«In welchem Bereich genau?»

«Taktik. Bei Einsätzen bin ich Mentorin des afghanischen Truppenkommandanten.»

Amanda meinte zu sehen, wie die Augenbrauen des Botschafters leicht nach oben wanderten, doch er sagte keinen Ton.

«Mein Auftrag», fuhr sie fort, «gründet auf einem gemeinsamen Beschluss des afghanischen Innenministeriums und der ISAF und erstreckt sich über das komplette Jahr. Normalerweise bin ich für Geiselnahmen und Entführungsfälle in und außerhalb Schwedens zuständig, bei denen schwedische Staatsbürger involviert sind.»

Der Botschafter nickte und drehte den Siegelring an seinem rechten Ringfinger. Als er nach seiner Kaffeetasse griff, blitzte unter seiner Hemdmanschette eine IWC-Uhr mit dunkelblauem Zifferblatt hervor. Alles in allem wirkte der Mann zeitlos elegant. Er war hochgewachsen und nicht unattraktiv. In den besten Jahren. Keine Spur von Grau in seinem dichten braunen Haar. Korrekt gekleidet. Mit Sicherheit hatte er die klassische Diplomatenlaufbahn absolviert. Garantiert ein Frauenheld, dachte Amanda.

Doch er sah müde aus. Er war unrasiert, und die dunklen Schatten unter seinen blutunterlaufenen Augen verstärkten den erschöpften Eindruck.

Es war an der Zeit, die Initiative zu ergreifen. Er mochte ihr an Dienstjahren voraus sein. Aber Erfahrung war nicht immer der beste Lehrmeister.

«Die Zeit läuft uns davon, Sven. Zwei Ihrer Mitarbeiter sind verschwunden. Wenn wir Fortschritte erzielen wollen, müssen Sie mich von den Vorkommnissen und der derzeitigen Lage genau in Kenntnis setzen.» Sie wartete auf seine Reaktion. Als der Botschafter beharrlich schwieg, legte sie nach, ohne weiter darüber nachzudenken: «Und zwar augenblicklich.»

Als Leijonhufvud aufblickte, wirkte er beinahe ebenso überrascht, wie sie sich nach diesem spontanen Zusatz fühlte.

«Dann stellen Sie mir verflucht noch mal Ihre Fragen, damit wir hier endlich weiterkommen!» Unbeherrscht sprang er auf, trat ans Fenster und spähte hinüber zu den Barrieren auf der Straße und den Schlagbäumen, die für die Botschaftsbesucher geöffnet und geschlossen wurden. Amanda nutzte die Gelegenheit, um unauffällig in die Tasche an ihrem Hosenbein zu greifen und ihr Diktiergerät einzuschalten. Sie ahnte, dass es für den Verlauf des Gesprächs wenig förderlich sein würde, vorher um Erlaubnis zu fragen.

Ein klein wenig erstaunt, die Oberhand zu haben, räusperte sie sich.

«Also gut. Zuallererst bräuchte ich bitte Antworten auf ein paar Fragen. Dann würde ich mir gerne einen Eindruck von den Abläufen hier in der Botschaft verschaffen: wann Sie das Gebäude verlassen, welche Transport- und Kommunikationsmittel Sie verwenden und so weiter. In Ordnung?»

«Selbstverständlich», erwiderte der Botschafter, ohne sich umzudrehen. Er hatte die Schultern hochgezogen, und sein Sakko spannte über dem Rücken.

«Wer wird vermisst?»

«Ingrid Larsson und Mikael Berg. Ingrid ist unsere dritte Botschaftssekretärin, und Mikael ist für die Sida zuständig, die schwedische Entwicklungshilfeorganisation. Beide gehören zum festen Botschaftspersonal.»

«Woran arbeiten sie konkret?»

«Ingrid kümmert sich in erster Linie um konsularische Fragen, Mikael initiiert und begleitet Entwicklungshilfeprojekte in verschiedenen Provinzen.»

«Alter?», fragte sie, während sie sich Notizen machte.

«Beide sind Anfang vierzig.»

«Können Sie etwas konkreter werden?»

Er seufzte.

«Nein. Sprechen Sie mit meiner Sekretärin, die kann Ihnen die Daten raussuchen.»

Amanda legte ihren Stift auf den Couchtisch. Bei was für einem Idioten war sie gelandet! Falls Ingrid und Mikael noch am Leben waren, zählte jede Minute. Sie holte tief Luft.

«So kommen wir nicht weiter. Wenn ich mir ein Bild davon machen soll, was Ihren Mitarbeitern zugestoßen sein könnte, müssen Sie sich mit mir an einen Tisch setzen und mir alles erzählen, was Sie wissen. Ich habe zudem die Anweisung erhalten, ausschließlich mit Ihnen zu sprechen.»

«Und wenn sie dort waren, wo sich der Terroranschlag ereignet hat?»

Er drehte sich zu ihr herum und fuhr sich durch sein dichtes Haar.

«Dann müssen wir das klären, bevor die BBC das als Breaking News bringt und Sie sich den Fragen der Journalisten stellen müssen. Es wäre ziemlich peinlich, wenn das zur Sprache käme und wir nicht wüssten, ob die beiden noch am Leben sind, finden Sie nicht?»

«Doch.»

«Wann und wie haben Ingrid und Mikael die Botschaft verlassen?», fragte sie, ohne ihn aus den Augen zu lassen.

«Gegen neun Uhr abends. Irgendetwas Privates … Die beiden sind ein Paar und wollten offenbar ein bisschen Zeit zu zweit verbringen. Während der Fahrt haben sie dreimal ihre Position durchgegeben, aber dann ist der Kontakt abgebrochen, und wir konnten sie nicht mehr erreichen – weder Ingrid, Mikael noch den Fahrer. Glauben Sie mir, ich habe es versucht.»

«Etwas Privates, sagen Sie? Wo genau wollten sie hin?»

«Genau darüber herrscht Unklarheit.»

Amanda kratzte sich mit dem Stift am Kopf und holte tief Luft. Es hatte keinen Zweck, jetzt auf mangelhafte Sicherheitsvorkehrungen hinzuweisen. Das würde sie nicht weiterbringen.

«Welche Maßnahmen haben Sie ergriffen, als Ihnen klar wurde, dass die beiden verschwunden sind?»

«Ich?»

Sie nickte. Er stellte eine Gegenfrage – genau wie ein Krimineller, der verhört wurde und Zeit schinden wollte, um nachzudenken.

«Als Botschafter trage ich die Verantwortung für das gesamte Botschaftspersonal. Nicht nur für eine Handvoll Schweden vom Außenministerium, sondern auch für die örtlichen Kräfte. Meine Mitarbeiter sind beunruhigt, und ich hatte alle Hände voll damit zu tun, mich um sie zu kümmern. Außerdem habe ich das Außenministerium in Stockholm über den Vorfall informiert. Ich habe letzte Nacht nicht gerade viel Schlaf bekommen.» Wieder drehte der Botschafter an seinem Ring und fuhr sich über den Mund. Eine leichte Röte breitete sich über seinen Hals und die Wangen aus.

«Es war nicht meine Absicht, Sie zu kritisieren. Ich muss Ihnen diese Frage stellen, um meiner Arbeit nachgehen zu können. Würden Sie sich bitte hinsetzen? Wir müssen wirklich weiterkommen.»

Der Botschafter zog seine Anzughose ein Stück hoch, nahm auf dem Sessel Platz, goss sich Kaffee nach und rührte langsam in seiner Tasse.

«Als hätte ich nicht schon genug Probleme, mit denen ich mich herumschlagen muss! Zwei vermisste Personen aus meinem Mitarbeiterstab – das kann ich wirklich nicht brauchen!»

Leijonhufvud stützte die Stirn in beide Hände, und Amanda berührte ihn leicht am Arm.

«Zuallererst müssen wir herausfinden, ob die beiden bei dem Bombenanschlag ums Leben gekommen sind. Jede Entführung ist anders ... Aber wenn sich herausstellen sollte, dass Ingrid und Mikael tatsächlich gekidnappt wurden, geben wir keine Ruhe, bis der Fall gelöst ist. Das verspreche ich Ihnen. So eine Situation ist für alle Beteiligten nicht einfach.»

Er nickte zögernd. Amanda starrte in ihre Kaffeetasse. Jetzt da er sich halbwegs kooperativ zeigte, wollte sie nicht auch noch nach Milch fragen.

«Wenn sie sich unter den Toten befinden, können wir ohnehin nicht mehr viel tun. Aber solange das nicht feststeht, sollten wir davon ausgehen, dass die beiden noch am Leben sind.»

Mit einem kaum merklichen Nicken signalisierte er ihr, dass er verstanden hatte.

«Was ist mit dem Fahrer? Gehört er zu den hiesigen Kräften?»

«Ja. Er arbeitet schon seit Jahren hier ... Ali.»

«Ali ... und wie weiter?»

Sven schüttelte den Kopf und wirkte leicht verlegen. Offenbar kannte er den Nachnamen des Chauffeurs nicht.

«Ich benötige seine Personalien und muss wissen, wo er wohnt. Könnten Sie Ihre Sekretärin bitten, mir die Angaben herauszusuchen?»

Ein Nicken als Antwort.

«Ist er vertrauenswürdig? Wie verhält es sich mit seinem Sicherheitsbewusstsein?»

Sie biss sich auf die Lippe. Zwei Fragen auf einmal konnten eine unter Druck stehende Person überfordern.

«Gut, denke ich ... Mein persönlicher Eindruck war immer, dass er die Sicherheitsabläufe durchaus ernst nimmt. Aber ich bin nicht der Richtige, um das zu beurteilen.»

War das etwa ein erstes Anzeichen von Bescheidenheit?

«Beschäftigen Sie in der Botschaft noch mehr ortsansässige Fahrer?», hakte Amanda nach.

«Wir haben noch Otman.»

«Spricht er Englisch?»

«Das gehört zu unseren Einstellungsbedingungen.»

«Ich möchte mit ihm nachher dieselbe Strecke abfahren, die Ingrid und Mikael bis zu ihrer letzten bekannten Position genommen haben, um mir einen Eindruck zu verschaffen, wohin sie anschließend unterwegs gewesen sein und welche Route sie genommen haben könnten.»

Natürlich wollte sie sich auch den Ort des Terroranschlags ansehen, aber das sprach sie lieber nicht laut aus.

«Hatte der Wagen ein Diplomatenkennzeichen?»

«Wir benutzen ausschließlich Fahrzeuge mit Diplomatenkennzeichen.»

«Danke. Dann wissen Sie ja Bescheid, dass ich Otmans Dienste in Anspruch nehme und heute Nachmittag eine Weile unterwegs bin.»

«Ganz wie Sie wollen.»

Darauf kannst du Gift nehmen – das hier ist mein Fall, dachte Amanda und lächelte den Botschafter an.

«Liegen gegen die Botschaft konkrete Bedrohungen vor?»

«Nein. Schweden ist ein großzügiges Land, das den Wiederaufbau Afghanistans tatkräftig unterstützt. Das schwedische Afghanistankomitee ist schon seit mehr als dreißig Jahren hier vor Ort und engagiert sich in der Entwicklungshilfe. Wir erfüllen hier einen umfassenden Auftrag.»

«Abgesehen von der generellen Gefahrenlage, in der sich alle Auslandsvertretungen befinden, gibt es also keine akute Bedrohung?»

«Wenn Sie mich fragen, nein. Mir ist klar, dass die schwedische Militärpräsenz in der ISAF bei gewissen Gruppierungen auf Unmut stößt. Aber das ist seit Beginn des schwedischen Afghanistaneinsatzes im Jahr 2002 der Fall, es ist nichts Neues.»

«Wurden Sie je persönlich bedroht?»

«Ich? Nicht dass ich wüsste. Wie kommen Sie darauf?»

«Ich frage nur. Aber falls eine Bedrohung vorliegen sollte, wäre es wichtig, dass Sie mich darüber informieren. Wie sieht es bei Ihren Mitarbeitern aus?»

«Ich glaube nicht, dass einer von ihnen bedroht wird. Sie sind alle tief erschüttert und beunruhigt. Wenn Sie entschuldigen würden – wir müssen allmählich zum Ende kommen. Ich habe eine kurze Personalversammlung einberufen.»

Amanda machte sich erneut Notizen. Auch wenn sie ihm jedes Wort aus der Nase ziehen musste, hatte sich die Seite ihres Collegeblocks doch nach und nach gefüllt – mit genügend Informationen, um eine polizeiliche Ermittlung in die Wege zu leiten.

«Angenommen, die beiden wurden entführt: Könnten in diesem Fall Sie selbst das eigentliche Ziel gewesen sein?»

«Das glaube ich nicht.»

«Und warum nicht?»

«Für jeden Botschaftsangehörigen hier in Kabul gilt ein und dieselbe Gefahrenlage. Wenn die beiden denn nun tatsächlich gekidnappt wurden.»

«Wo waren Sie, als Ingrid und Mikael verschwunden sind?»

«Hier in der Botschaft. Ich habe mich keinen Meter von der Stelle gerührt. Für meine Mitarbeiter und Angestellten verfügbar zu sein hat für mich oberste Priorität. Und mitsamt Fahrern, Dolmetschern, Sicherheitsbeamten und Reinigungskräften sind das nicht gerade wenige.»

Er hob den Arm, um einen Blick auf seine Armbanduhr zu werfen.

«Was wissen Sie über den Anschlag, der sich gestern Abend in Deh Sabz ereignet hat?»

«Das Übliche.»

Herrgott noch mal! Wie schwer konnte es sein, eine normale Antwort zu geben? Das war ja schlimmer, als einen Teenager zu befragen.

«Und was genau ist das Übliche?»

«Es gab gleichzeitig mehrere Explosionen an unterschiedlichen Orten. Zahlreiche Tote und Verletzte.»

«Westliche Ausländer?»

Ein kaum wahrnehmbares Nicken. Er wandte das Gesicht ab, trotzdem war Amanda seine niedergeschlagene Miene nicht entgangen. Sie hörte einen tiefen Seufzer.

«Und aus internen Kreisen gibt es noch keine Hinweise auf die Nationalität der Opfer? Irgendwelche Gerüchte? In den Botschaften muss doch spekuliert werden?»

«Es heißt lediglich, dass sich unter den Toten und Verletzten mehrere europäische Zivilisten befinden.»

«Wie viele Schweden halten sich derzeit in Kabul auf? Mal abgesehen von denen, die zum Botschaftspersonal gehören?»

«Das Sondereinsatzkommando ... und ein paar Leute, die im ISAF-Hauptquartier oder bei EUPOL arbeiten.»

«Haben Sie mit irgendjemandem aus diesem Personenkreis gesprochen?»

«Das kann ich nicht, verflucht noch mal! Dann würde sich die Sache wie ein Lauffeuer verbreiten, und im Handumdrehen wäre es in Schweden in den Nachrichten», blaffte der Botschafter und sprang erneut auf. Er marschierte auf seinen Schreibtisch zu und stützte sich mit beiden Händen auf. Die Rückennaht seines Sakkos drohte jeden Augenblick zu platzen.

«Worüber wird sonst noch geredet?»

Ohne sich umzudrehen, antwortete der Botschafter leise: «An der Straße, wo sich der Anschlag ereignet hat, stehen ein paar ausgebrannte Toyota Land Cruiser ...»

«Ich verstehe.»

«Das habe ich meinen Mitarbeitern noch nicht mitgeteilt – nur damit Sie Bescheid wissen.» Er drehte sich abrupt zu ihr um und sah ihr in die Augen.

«Ich möchte Sie bitten, bei der Personalversammlung ausdrücklich zu betonen, dass zum jetzigen Zeitpunkt niemand mit Angehörigen oder Freunden zu Hause in Schweden über diese Angelegenheit sprechen darf. Falls Ingrid und Mikael wirklich entführt wurden, müssen wir in unserer Eigenschaft als Unterhändler die Medien so lange wie möglich aus der Sache heraushalten.»

Wenn es nach Amanda ginge, sollte diese Verhaltensregel auch für den Botschafter selbst gelten. Schlagzeilen über schwedische Diplomaten, die unter ungeklärten Umständen verschwanden, während niemand darüber Auskunft geben konnte, was sich genau ereignet hatte, wären keine gute Publicity. Auch auf Leijonhufvuds Karriere würde sich das Ganze sicherlich nicht positiv auswirken.

«Die Medien dürfen unter keinen Umständen Wind davon bekommen, dass ...»

«... Ihre Sicherheitsmaßnahmen unzureichend sind?»

Diese Bemerkung konnte sie sich nicht verkneifen. Außerdem war sie der Meinung, dass er sich so etwas anhören musste.

Er presste die Lippen zusammen.

«Minuten, die für meine Mitarbeiter hätten lebensrettend sein können, sind einfach so verstrichen, ohne dass der geringste Versuch unternommen wurde, sie zu finden», sagte er und schnaubte.

«Genau aus diesem Grund ist es so wichtig, dass ich von Ihnen sämtliche Informationen erhalte, die Sie mir geben können.»

«Ich habe Ihnen alles gesagt, was ich weiß», erwiderte er und ließ sich wieder in seinen Sessel fallen. Dann nahm er seine Brille ab, hauchte auf die Gläser und polierte sie mit einem Burberry-Einstecktuch.

«Wer ist für die technische Untersuchung des Anschlagsorts zuständig? Können Sie jemanden aus der betreffenden Einheit benennen oder – noch besser – versuchen, ein paar Informationen einzuholen?»

«Mittlerweile arbeiten dort ausschließlich Afghanen. Da haben wir keine Kontakte mehr.»

So viel zum ach so umfassenden Auftrag, dachte Amanda. Sie waren sich offenbar zu fein, um mit den Afghanen zu sprechen.

«Dann werden wir wohl noch ein paar Stunden ins Land ziehen lassen müssen.»

Auf eine von afghanischer Seite durchgeführte technische Untersuchung war nicht unbedingt Verlass. Häufig hatten ihre Kooperationspartner es so eilig, den Ort eines Attentats wieder zugänglich zu machen, dass sie Entscheidendes übersahen. Und dann war es zu spät.

«Also, was ist das wahrscheinlichste Szenario?», fragte der Botschafter, während er in seine Tasse starrte und an seinem Ring drehte.

«Mittlerweile sind die zwei seit sechzehn, siebzehn Stunden von unserem Radar verschwunden. Das ist eine lange Zeit. Es könnte bedeuten, dass alle drei umgekommen sind. Wenn die Entführer an schnellem Geld interessiert wären, hätten sie sich in irgendeiner Form mit uns in Verbindung gesetzt.»

«Wie meinen Sie das?» Leijonhufvud blickte sie an. Dass ein Kidnapper sich nicht meldete, war erfahrungsgemäß ein schlechtes Zeichen.

«Wenn die Entführer nicht mit uns verhandeln wollen, gibt es für sie keinen Grund, mit uns Kontakt aufzunehmen.»

«Aber was wollen sie dann?», fragte Sven, ohne Amanda aus den Augen zu lassen.

«Ein Exempel statuieren? Entführte Diplomaten medienwirksam zur Schau zu stellen erregt immer Aufmerksamkeit, wenn Sie verstehen, was ich meine.»

Sven stöhnte auf. Er schien sich der Tragweite allmählich bewusst zu werden, doch es konnte nicht schaden, noch deutlicher zu werden.

«Der Anschlag ereignete sich genau zu dem Zeitpunkt, als Ingrid, Mikael und Ali unterwegs waren. Sie *könnten* sich in dem Bereich befunden haben, je nachdem, welchen Weg sie nördlich von Kabul gefahren sind.»

«Also ... wurden sie von jemandem entführt, der nicht auf Geld aus ist», schlussfolgerte Sven und holte tief Luft, bevor er versuchte, seinen Satz zu Ende zu bringen: «... oder ...»

«Oder sie sind bei der Explosion ums Leben gekommen», schloss Amanda und stand auf.

9

Amanda stieg in den klimatisierten Wagen und schnallte sich an. Es war der wärmste Monat des Jahres. Nicht einen einzigen Tag waren die Temperaturen unter vierunddreißig Grad gesunken. Die Luft stand still, es regte sich nicht die leiseste Brise. Aber Kabuls Höhenlage von 1800 Metern über dem Meer machte einen Unterschied. In Mazar-e Scharif im Norden des Landes auf nicht mal 400 Metern über Normalnull war es wesentlich heißer.

«Fahren Sie nach Norden. Die letzte Stelle, an der die drei ihre Position durchgegeben haben, liegt in nördlicher Richtung», teilte Amanda dem Fahrer mit und breitete die Karte auf dem Armaturenbrett aus.

«Und dann?» Langsam rollte Otman durch das Stahltor vor der Botschaft.

«Das Naheliegendste wäre, dass sie zum US-Stützpunkt in Bagram wollten. Es gibt in der Gegend nicht viele andere Orte, die als sicher eingestuft sind. Wir fahren so lange nach Norden, bis ich sage, dass wir umkehren, okay?»

Amanda sah Otman von der Seite an. Er war jung, sicher keinen Tag älter als zwanzig. Hochgewachsen, schlaksig, längliches Gesicht, schmale grüne Augen.

«Ich fahre, wohin Sie möchten, Madam.»

Von draußen waren die langgezogenen Gebetsrufe der Muezzins zu hören. Ein Wachposten nickte ihnen zu und öffnete den Schlagbaum, und sie ließen das exklusive Diplomatenviertel hinter sich. An der Straße vor der ersten Wegsperre standen Obst- und Gemüsehändler und versuchten, einander zu übertönen, indem sie lautstark Granatäpfel und Bananen anpriesen, nur um im nächsten Moment bettelnde Kinder zu verjagen.

Afghanistan war wirklich ein Land der Gegensätze. In den Dörfern im Hinterland führten die Menschen ein entbehrungsreiches, karges Leben. Ihre Gerätschaften und Werkzeuge wirkten beinahe steinzeitlich. Im Fünfsternehotel Serena in Kabul hingegen entschieden Politiker in eleganten Anzügen über die Zukunft des Landes.

Amanda öffnete eine Flasche Wasser und schluckte zwei Schmerztabletten. Ihr Kopf fühlte sich schwer an, ihr Körper wie zerschlagen. Der nächtliche Einsatz in Dolatabad und der Schlafmangel hatten ihre Spuren hinterlassen. Sie kontrollierte das Magazin ihrer Waffe und drückte es zur Sicherheit fest in den Griff. Um keine unnötige Aufmerksamkeit zu erregen, hatte sie ihre Uniform gegen einen schwarzen Hosenanzug und eine blaue Bluse eingetauscht. Ihr Blazer war bereits staubig und mit einer feinkörnigen Sandschicht überzogen.

Ohne Staus und überflüssige Stopps kamen sie zügig voran. Die Straßen in nördlicher Richtung waren frisch geteert und mit Mittelleitplanken gesichert worden – eine Schutzmaßnahme vor Selbstmordattentätern, die in den Gegenverkehr rasten. Als sie das letzte Mal diese Straße entlanggefahren war, war sie von Rissen und gigantischen Schlaglöchern übersät gewesen.

Die Internetcafés, an denen sie vorbeikamen, waren mit fröhlichen Jugendlichen bevölkert. Sie strahlen einen Optimismus aus, den es in den ländlichen Gebieten nicht gibt, dachte Amanda.

Die zusehends schmaler werdende Straße wurde zu beiden Seiten von niedrigen Mauern gesäumt, hinter denen flache Wohnquader lagen. Grüppchen aus jungen Männern starrten ihnen nach. Frauen waren nirgends zu sehen, sie blieben jenseits der Mauern – vor Blicken geschützt. Amanda hatte mal gelesen, dass die Frauen auf dem Land durchschnittlich sieben Kinder zur Welt brachten: eine schwindelerregende Zahl in den Ohren einer kinderlosen Westeuropäerin.

Was hatte das Diplomatenpaar sich nur dabei gedacht, als es am Abend die Botschaft verlassen hatte, ohne konkrete Informationen über das Fahrtziel zu hinterlassen? Hatten sich die beiden denn nicht über die aktuelle Gefahrenlage in Kabul informiert – oder hatten sie sie schlichtweg ignoriert?

Wie auch immer. Ein solches Verhalten war einfach fahrlässig. Naiv und leichtsinnig. Jetzt mussten sich die Ministerien mit der Angelegenheit befassen, und sie und ihre Kollegen waren gezwungen, in einer extrem gefährlichen Umgebung zu ermitteln, um sie aufzuspüren.

Wenn sie überhaupt noch am Leben waren.

Falls die drei sich zum Zeitpunkt der Bombenexplosion in Deh Sabz befunden hatten, würden sie sich die Suche sparen können. Die BBC hatte direkt vom Anschlagsort berichtet, und abgesehen von ausgebrannten Autowracks war dort nicht mehr viel übrig gewesen. Die Zahl der Todesopfer belief sich mittlerweile auf zweiunddreißig.

Spekulationen zufolge hatten die Bomben eine Ammoniumnitrat-Diesel-Mischung enthalten und waren auf drei Fahrzeuge verteilt gewesen, die detonierten, als die Wagen sich in einen westlichen Konvoi gedrängt hatten. Als die Hilfskräfte am Anschlagsort eintrafen, war obendrein ein Rettungswagen explodiert, der bis an die Unglücksstelle herangefahren war.

So etwas kam häufiger vor.

Eine weitere Bombe war genau in dem Augenblick hochgegangen, als die Situation sich allmählich zu entspannen schien.

Krankenwagen und Polizeifahrzeuge waren unter Terroristen heiß begehrt. Sie wurden ständig gestohlen – und dann verschafften sich die Attentäter damit Zutritt zu gewissen Arealen ... Derlei Fahrzeuge wurden überall durchgelassen.

Amanda lehnte sich im Beifahrersitz zurück. Was glaubte sie eigentlich zu finden? Die fast schon planlose Herumfahrerei würde sie keinen Schritt weiterbringen. Trotzdem würde sie sich den Anschlagsort ansehen und in Erfahrung bringen müssen, welche Straßen die drei genommen hatten. Vielleicht konnte sie aus den letzten vorliegenden Koordinaten irgendwelche Rückschlüsse darauf ziehen, wohin sie unterwegs gewesen waren.

Ein amerikanischer Konvoi bog vor ihnen auf die Straße. Vier Militärfahrzeuge mit je einem Maschinengewehrschützen auf der Ladefläche. Die Kolonne donnerte in einer Irrsinnsgeschwindigkeit die Straße entlang und forderte schon von weitem zwei Bettlerinnen per Lautsprecher auf, aus dem Weg zu gehen. Otman bremste und hielt Sicherheitsabstand. Fuhr man zu nah auf, riskierte man, erschossen zu werden, das war allgemein bekannt. Amanda atmete auf und trank ihre Wasserflasche aus. Sie hatte sich schon mal besser gefühlt.

Dann widmete sie sich wieder der Landkarte. Sie würden nach Bagram fahren, dort umkehren und über Nebenstraßen zurückfahren. Für heute war das genug.

Amanda sah auf die Uhr. Schon drei Uhr nachmittags. Auch wenn sie mit dem ersten Flug nach Kabul gekommen und vom Botschafter umgehend über die ungefähren Ereignisse ins Bild gesetzt worden war, verging die Zeit viel zu schnell. Falls Ingrid und Mikael immer noch lebten, kam es auf jede Minute an, und sofern sie sich unter den Opfern des Attentats befanden, wäre es höchst blamabel, wenn sie das nicht innerhalb von achtzehn Stunden offiziell verlautbart hätten.

Doch das war nicht ihr Problem. Das war Leijonhufvuds Problem.

Im selben Moment entdeckte sie ihn. An einer Kurve, die den Anfang einer längeren geraden Wegstrecke markierte, stand er in Fahrtrichtung geparkt: ein weißer Toyota Land Cruiser mit einem Diplomatenkennzeichen, das in der Sonne glänzte.

Ihr Puls schlug augenblicklich schneller.

Sie hatte den Wagen gefunden. Das war mehr, als sie zu hoffen gewagt hatte.

«Fahren Sie weiter, werden Sie nicht langsamer!»

Otman sah sie flüchtig an.

«Sie haben richtig gehört. Halten Sie nicht an. Ich möchte bloß schnell einen Blick in den Wagen werfen.»

«Wie Sie wünschen, Madam», sagte Otman.

Was, wenn sie tot im Auto lagen? Die Möglichkeit hatte sie bis jetzt noch gar nicht in Betracht gezogen.

Sie war von zwei Alternativen ausgegangen: entführt oder bei dem Bombenanschlag ums Leben gekommen. Nicht tot in einem verlassenen Fahrzeug.

Inzwischen waren es nur noch zwanzig, fünfzehn Meter bis zum Wagen. Der Seitenstreifen hinter dem Toyota war verwaist, und eine dünne Sandschicht lag über dem Auto. Das schwedische Fähnchen, das an der Antenne befestigt war, hing schlaff herunter und verstärkte den trostlosen Eindruck.

«Fahren Sie so nah wie möglich ran, damit ich hineinsehen kann.»

Otman ging vom Gas und fuhr mit einem halben Meter Abstand an dem Toyota vorbei. Die Rückbank war leer. Doch hinter dem Beifahrersitz schien etwas auf dem Boden zu liegen. Ein Bündel ...

Auch die vorderen Sitze waren leer.

Kein Blut an der Windschutzscheibe. Außerhalb des Wagens ebenfalls nichts.

Und schon waren sie vorbei. Amandas Herz raste, keuchend schnappte sie nach Luft. Unwillkürlich hatte sie den Atem angehalten.

«Drehen Sie um und parken Sie hinter dem Toyota», wies sie Otman an. Mittlerweile bereute sie, dass sie den Anzug angezogen hatte. Ohne Holster und Magazintasche am Oberschenkel fühlte sie sich unwohl. Außerdem spannte die Hose in der Taille, und der Bund war feucht. Die Waffe hatte sie mitsamt Halfter an ihrem schmalen roten Gürtel befestigt, der für das Gewicht nicht geeignet war. Zumindest verbarg der Blazer die Waffe; andererseits war Amanda es nicht gewöhnt, sie auf Hüfthöhe zu ziehen.

Sie hätte mehr trainieren sollen. Doch dafür war es jetzt zu spät.

Vorsichtig lief sie um den Wagen herum. Die Türverriegelung war hinuntergedrückt. Zwischen den Vordersitzen neben der Handbremse steckten ein schwarzer Schal mit aufgestickten blauen Blümchen und ein paar leere Wasserflaschen. Auf dem Fahrzeugboden lag eine vollgepackte grüne Stofftasche. Es gibt doch immer etwas, das man untersuchen kann, schoss es Amanda durch den Kopf. Sie fotografierte den Wagen und ermittelte die Koordinaten ihres Standorts per GPS.

Amanda winkte Otman zu sich.

«Erkennen Sie den Schal und die Tasche auf dem Boden wieder?»

Otman presste die Stirn ans Seitenfenster.

«Der Schal gehört Ingrid und die Tasche Ali. Er hat immer Sachen zum Umziehen dabei, seine Lunchbox und Wasser. Er übernachtet in der Botschaft, wenn zwischen den Fahrten nicht genügend Zeit bleibt.»

«Wissen Sie, wo er wohnt?»

«Ja. Er lebt mit seiner Familie in einem Mietshaus in Paghman.»

Sie sah ihn an.

«Kennen Sie die Familie?»

Er schüttelte den Kopf.

«Ich weiß nur, dass er und seine Frau fünf Kinder haben. Ich habe ihn mal nach Hause gebracht.»

Amanda holte tief Luft. Sie hätte am liebsten geschrien und ihn gefragt, warum er das nicht schon viel früher gesagt hatte. Aber sie kannte die Antwort. Sie hatte nicht danach gefragt.

«Sie wissen also ganz genau, wo er wohnt?»

«Ja. Von der Botschaft aus ist es eine halbe Stunde Fahrt, wenn nicht gerade Rushhour ist.»

«Gut. Ich muss kurz telefonieren, dann fahren wir.»

Sie hatte ihr Handy bereits in der Hand und rief die zuletzt gewählte Nummer auf. Mit einem Nicken zog Otman sich zurück.

Es klingelte.

«Amanda, ich habe mir schon Sorgen gemacht! Warum hast du nicht früher angerufen?», wollte Bill wissen.

«Ich rufe doch gerade an», erwiderte Amanda und berichtete, so schnell sie konnte, von dem aufgefundenen Toyota und von dem, was sonst noch über die Fahrt der Diplomaten bekannt war.

Sie hatte nicht die Absicht, länger als nötig südlich von Bagram am Straßenrand zu stehen und Aufmerksamkeit zu erregen. Hier konnten jederzeit potenzielle Selbstmordattentäter vorbeikommen, die auf der Suche nach geeigneten Zielen zwischen Kabul und anderen größeren Städten hin- und herfuhren.

Als sie ihren Bericht beendet hatte, stieß Bill seinen üblichen Pfiff aus – wie immer. Zwei kurze Pfeiftöne beim Ausatmen, wie eine Art Bestätigung.

«Also sind sie wahrscheinlich noch am Leben?»

«Vermutlich gekidnappt. Ob sie noch leben oder nicht, werden wir besser noch nicht kommentieren.»

Weder im Wagen noch außerhalb hatte sie irgendwelche Kampfspuren erkennen können. Andererseits waren die beiden Diplomaten keine Militärs; eine Entführung konnte genauso gut ohne Handgreiflichkeiten abgelaufen sein.

«Hat der örtliche Fahrer in diesem ganzen Durcheinander womöglich seine Finger im Spiel?»

«Das können wir nicht ausschließen. Otman – der Fahrer, mit dem ich gerade unterwegs bin – weiß, wo sein Kollege wohnt. Wir fahren gleich dorthin.»

«Was versprichst du dir davon?»

«Vielleicht eine Ehefrau, die mir erzählen kann, wann sie ihren Mann zuletzt gesehen hat?»

«Die Zeit arbeitet gegen uns. Ich soll zu einer weiteren Besprechung ins Justizministerium kommen. Dieser Staatssekretär Tejler hängt an mir wie eine Klette.»

«Der Staatssekretär?»

«Ja, du hast richtig gehört. Außerdem gefällt mir die Vorstellung nicht, dass du dort unten allein durch die Gegend fährst.»

«Ich weiß deine Sorge zu schätzen. Aber allein ist nun wirklich das Letzte, was ich bin. Unsere Spezialeinheit ist jederzeit einsatzbereit», beruhigte ihn Amanda.

Als sie das Gespräch gerade beenden wollte, sagte Bill: «Amanda?»

«Ja?»

«Du kommunizierst doch mit niemand anderem als dem Botschafter?»

«Wenn man das, was Leijonhufvud sagt, als Kommunikation bezeichnen will – ja. Allerdings hat er eine Menge Mitarbeiter, die der Presse Informationen zuspielen könnten. Richte dem Staatssekretär gern aus, dass sich solche Angelegenheiten nur schwer verheimlichen lassen.»

«Dieser Fall ist wirklich besonders heikel ...»

Warum sagte er so etwas? Wenn das jemand wusste, dann sie.

«Das gilt für jede Entführung», erwiderte Amanda und drehte sich zu Otmans Wagen um.

Der Verkehr war wieder dichter geworden, und die Autofahrer um sie herum hupten wie verrückt. Eine blonde Frau am Straßenrand war kein alltäglicher Anblick.

«Die Sache wurde als streng geheim eingestuft.»

Streng geheim? Das war keine Kategorie, mit der sie sich normalerweise befassten.

«Kennst du den Grund dafür?»

«Lass uns das besprechen, wenn wir über eine sichere Leitung telefonieren. Ich habe eine Vermutung.»

10

Bill war zuvor nie im Justizministerium gewesen, jetzt betrat er es zum zweiten Mal binnen acht Stunden.

Der Himmel war strahlend blau. Das perfekte Wetter für ein Krebsessen. Er tastete nach der Einkaufsliste in seiner Brusttasche und wünschte, sich selbst klonen zu können. Sofia würde alles andere als begeistert sein. Der Babysitter war schon seit Wochen organisiert. Aber wenn die Arbeit rief, hatte er nun einmal keine Wahl. Er blinzelte in die Sonne und betrachtete das Schild: Rosenbad 4.

Der Sicherheitsbeamte kontrollierte Bills Polizeiausweis. Dann hieß er ihn willkommen, öffnete ihm die Tür, und Bill ging die Treppe hinauf. Seine Schritte hallten über den Marmorfußboden.

Dem offiziellen Anlass entsprechend hatte er sich für ein hellblaues Uniformhemd und eine Krawatte entschieden. Er fand selbst, dass er respektabel aussah. Fast elegant. Das Hemd betonte seine blauen Augen, und erst am Morgen hatte er sich den Bart frisch gestutzt. Den Schädel hatte er wie immer kahl rasiert. Wenn man kaum noch Haare auf dem Kopf hatte, gab es keine nennenswerte Alternative.

Er setzte sich auf das Ledersofa und betrachtete die Justitia-Statue, die mit der Waage in der einen und dem Richtschwert in der anderen Hand neben ihm stand.

Lagebesprechung mit der Gerichtsbarkeit. Nur dass es momentan nicht viel zu besprechen gab. Doch das schien niemanden zu stören. Sie hatten darauf bestanden.

Derselbe Mitarbeiter, der ihn auch schon vor ein paar Stunden abgeholt hatte, schob die Glastür auf.

«Bill Ekman – so schnell sieht man sich wieder», sagte er lächelnd.

«Sehr erfreut.» Bill nickte ihm freundlich zu.

«Ich dachte, Sie kämen zu zweit?»

«Das ist richtig. Meine Kollegin kommt sicher gleich.»

Im selben Moment ging die Tür erneut auf, und Alice Bohman begrüßte sie mit einem Nicken.

«Ich muss Sie leider um Ihren Ausweis bitten.» Der Mitarbeiter wirkte aufrichtig betrübt.

«Vorschrift ist Vorschrift», murmelte Bohman und wühlte in ihrer braunen Handtasche.

Als sie ihre Dienstmarke zückte, fiel ihr Mitgliedsausweis für den königlichen Golfclub Drottningholm zu Boden. Alice Bohman sah flüchtig zu Bill hinüber, der die Plastikkarte sofort aufhob.

«Ich habe jahrelang auf der Warteliste gestanden und endlich einen Platz bekommen. Die Anlage ist einzigartig.»

Sie zog das A so blasiert in die Länge, dass Bill sich das Lachen kaum verkneifen konnte.

«Soweit ich weiß, haben dort schon diverse internationale Turniere stattgefunden», bemerkte er, nur um überhaupt etwas zu sagen. Die Haut auf Bohmans Nase schälte sich, und der tiefe Ausschnitt gab den Blick frei auf ein schlaffes, gerötetes Dekolleté. Das jahrzehntelange Sonnenbaden hat seine Spuren hinterlassen, dachte er. Eine Goldkette lag wie ein dickes Seil um ihren Hals.

Der Ministeriumsmitarbeiter gab Bohman ihren Dienstausweis zurück. «Wir nehmen den Fahrstuhl. Das Meeting findet wieder im selben Raum statt. Außer Ulf Tejler sind wie beim letzten Mal auch der Stabschef Ola Arvidsson, die Direktorin des Juristischen Dienstes Lena Eklund-Berg und Ministerialrat Claes Ask anwesend.»

Bill tat sein Bestes, um sich die Namen zu merken. Sie schienen Stärke demonstrieren zu wollen, immerhin war heute Samstag.

Als sich der Fahrstuhl in Bewegung setzte, beugte Alice Bohman sich zu Bill hinüber.

«Sie haben die Lage beim letzten Mal ganz treffend zusammengefasst, wie ich finde. Lassen Sie mich diesmal ein paar einleitende Worte sagen, dann übernehmen Sie wieder, in Ordnung?»

Sie tätschelte Bill die Schulter.

Das Schulterklopfen war wohl als aufmunternde Geste einer Vorgesetzten gedacht, die ihrem untergeordneten Mitarbeiter eine Chance geben wollte. Bill schmunzelte in sich hinein. Dass Bohman überhaupt in Erwägung zog, bei der Besprechung das Wort zu ergreifen und sich zur Sachlage zu äußern, war der reinste Witz.

Bill war davon ausgegangen, dass der Staatssekretär und sein Gefolge erst nach ihnen erscheinen würden, doch als sie den Konferenzraum betraten, waren sie bereits vollzählig um den Tisch versammelt. Dieselben Gesichter wie bei ihrem ersten Meeting. Lena Eklund-Berg hatte braunes, glattes Haar, das ihr offen über die Schultern fiel. Auf ihren Lippen glänzte roter Lippenstift, und ihrem Teint nach zu urteilen war sie kürzlich erst im Urlaub gewesen. Für ihre fünfzig plus fand Bill sie ziemlich attraktiv.

Der Staatssekretär hatte an der Stirnseite Platz genommen. Es war offensichtlich, wer hier das Sagen hatte. Bill gab sich alle Mühe, nicht auf das rechte Auge des Mannes zu starren. Der Bluterguss war so groß, dass die Ausläufer bis in die braune Iris reichten.

Auf Tejlers Brust ruhte eine Brille mit Metallbügeln, die an einer Kette um seinen fleischigen Hals hing. Die großen, perfekt manikürten Hände spielten mit einem Stift.

«Herzlich willkommen, bitte setzen Sie sich doch.» Der Staatssekretär faltete die Hände und beugte sich leicht vor. «Wir schlagen vor, dass Sie uns zuerst in groben Zügen über den derzeitigen Ermittlungsstand informieren. Dann könnten Sie vielleicht in ein paar Worten umreißen, wie Sie in solchen Situationen normalerweise agieren. Anschließend diskutieren wir unser weiteres Vorgehen in diesem spezifischen Fall.»

Alice Bohman wies in einer weit ausholenden Geste auf Bill.

«Bill leitet kommissarisch unsere Sondereinsatzkräfte im Ausland und wird Ihnen auf sämtliche Fragen konkrete Antworten geben», sagte sie.

Da niemand der Anwesenden auf Bohmans Versprecher zu reagieren schien, sah Bill davon ab, sie zu korrigieren. Er nickte bloß, räusperte sich und hoffte, dass man ihm die Nervosität nicht allzu deutlich ansah.

Mit über dem Bauch gefalteten Händen warf ihm der Stabschef einen scharfen Blick zu.

«Wie ich bereits am Telefon sagte, können wir Alternative eins inzwischen ausschließen», begann Bill.

«Welche war das noch gleich?», unterbrach ihn der Staatssekretär und runzelte die Stirn.

«Dass die Botschaftsmitarbeiter bei dem Terroranschlag ums Leben gekommen sind. Alternative zwei geht von einer Entführung aus, was momentan das wahrscheinlichste Szenario ist.»

«Aber wir wissen es immer noch nicht mit Bestimmtheit?», hakte der Staatssekretär nach und seufzte.

Bill hätte nicht sagen können, ob es sich bei dem Seufzer um einen Ausdruck der Enttäuschung handelte oder ob der Staatssekretär ihnen auf diese Weise signalisieren wollte, dass er sich langweilte. «Wir können derzeit lediglich mit Sicherheit ausschließen, dass sie der Bombenexplosion zum Opfer gefallen sind. Folglich gehen wir von einem Entführungsfall aus. Der Toyota, mit dem sie unterwegs waren, wurde am Nachmittag von unseren Leuten nördlich von Kabul gefunden.»

«Was befand sich in dem Wagen?», wollte der Staatssekretär wissen, während er sich gleichzeitig Notizen machte.

«Er war leer. Verriegelt. Keine Anzeichen eines Kampfes. Das ist im Großen und Ganzen leider alles, was wir derzeit haben. Eine detailliertere Zusammenfassung finden Sie in diesem Dokument», sagte Bill und schob eine Mappe über den Tisch.

Der Staatssekretär nahm sie mit einem neuerlichen Seufzer entgegen. «Diese Angelegenheit droht zusehends prekär zu werden. Wie gehen Sie in solchen Situationen normalerweise vor?»

«Wir sorgen dafür, Leute vor Ort zu positionieren, die sämtliche Betroffenen zusammenbringen und dann die Verhandlungen mit den Entführern koordinieren.»

«Wir haben also momentan jemanden in Kabul?»

«Eine unserer besten Verhandlungsführerinnen. Sie ist seit dem frühen Vormittag dort. Sie hat auch das Auto entdeckt.»

«Eine Frau?», meldete sich der Ministerialrat zu Wort, der bisher kein Wort gesagt hatte.

«Eine Frau, ja. Amanda Lund.»

Bill konnte es sich nicht verkneifen, dem Ministerialrat ein demonstratives Lächeln zuzuwerfen, bevor er mit der Schilderung des üblichen Prozederes fortfuhr.

«Wir unterscheiden zwischen Geisel- und Opfersituation. Im vorliegenden Fall gehen wir davon aus, dass es sich um eine Geiselsituation handelt.»

«Worin genau besteht der Unterschied?», ging der Staatssekretär erneut dazwischen.

Alice Bohman beugte sich über den Tisch, als wollte sie etwas sagen. Das nimmt kein gutes Ende, schoss es Bill durch den Kopf. Hastig redete er weiter.

«Das hängt vom Zweck des Einsatzes ab. In einer Opfersituation – in der es dem Täter lediglich um die Freiheitsberaubung geht – schaffen wir die bestmöglichen Voraussetzungen dafür, den oder die Entführten wieder freizukriegen. Wenn eine Geiselsituation vorliegt, sprich: die Entführer Lösegeld verlangen oder etwas anderes erreichen wollen, verhandeln wir ... natürlich sofern wir den Kontakt mit ihnen etablieren können.»

So, jetzt hatte er das Wichtigste gesagt. Alice Bohman räusperte sich zum Zeichen, dass jetzt sie an der Reihe war.

«In diesem Fall verlangen die Täter eine Gegenleistung – ist der Unterschied allen klar?»

Die Anwesenden schwiegen, doch sämtliche Blicke waren auf Bill gerichtet.

«Aber wenn die Entführer kein Geld fordern ... was wollen sie dann?», fragte die Direktorin des Juristischen Diensts.

«Politische oder religiöse Motive sind in den Ländern dieser Region nicht ungewöhnlich», antwortete Bill eilig.

«Aber was würden Sie sagen, wenn Sie eine Vermutung äußern sollten – was kommt in Kabul häufiger vor?»

«In derlei Situationen können wir uns Mutmaßungen nicht erlauben.»

Die Direktorin des Juristischen Diensts wollte etwas erwidern, wurde aber vom Staatssekretär unterbrochen.

«Wer leitet in der Regel die Befreiung und den bewaffneten Einsatz?»

«Für gewöhnlich ist das Land, in dem die Tat begangen wurde, für Verhandlungen und die Befreiung zuständig. Vertreter der schwedischen Behörden greifen lediglich unterstützend ein. In Afghanistan liegen die Dinge jedoch anders ...»

«Inwiefern?»

«Da wir im Land bereits militärisch vertreten sind, dürfen die schwedischen Streitkräfte im Rahmen ihres ISAF-Mandats auch ohne die Genehmigung afghanischer Behörden schwedische Mitarbeiter einsetzen. In Afghanistan haben wir also mehrere Alternativen.»

Der Staatssekretär wirkte zufrieden. «Wir könnten demnach die Afghanen um Unterstützung in der Angelegenheit bitten und sie die Befreiungsaktion selbst durchführen lassen, wenn wir zu dem Schluss kämen, dass ein solches Vorgehen zum besten Ergebnis führen würde?»

Allmählich beschlich Bill ein mulmiges Gefühl. Wenn es nach ihm ginge, wäre dies das Allerletzte, was passieren durfte.

«Meiner Ansicht nach ...»

Doch weiter kam er nicht, weil der Staatssekretär ihm von neuem ins Wort fiel: «Lassen Sie uns zu der Entscheidung zurückkehren, wer den Einsatz durchführt, wenn er erforderlich werden sollte.»

Bill schluckte. Das klang eindeutig nach unlauterer Einflussnahme von Seiten des Ministeriums.

«Wie Ihnen bekannt sein dürfte, liegt die politische Leitung Ihrer Abteilung beim Herrn Minister und bei mir. Diese Angelegenheit ist aus verschiedenen Gründen äußerst delikat ... auch wenn ich Ihnen derzeit nicht verraten darf, warum.»

Bill schwieg. Hier verlangte man wahre Wunder von ihm, während ihm offensichtlich entscheidende Informationen vorenthalten wurden. Alice Bohman sagte unterdessen keinen Ton.

«Die Entführung muss so diskret wie möglich behandelt werden. Die Medien dürfen auf keinen Fall Wind davon bekommen. Wir möchten zu jeder Zeit über die Entwicklung der Lage unterrichtet werden und sie aktiv mitgestalten.»

Der Staatssekretär blickte auf, und unwillkürlich wanderte Bills Blick zu dessen blutunterlaufenem Auge. Er fragte sich, ob Tejler angesichts der Verletzung überhaupt etwas sehen konnte.

«Wie umfangreich stellen Sie sich Ihre aktive Mitarbeit vor?»

«Da dieser Fall zu einem Politikum werden könnte, möchten wir Überraschungen vermeiden, wenn Sie verstehen, was ich meine.»

Bill nickte. Aber wann wurde eine solche Angelegenheit bitte zu einem Politikum? Und bedeutete «so diskret wie möglich» den Einsatz der in Afghanistan stationierten schwedischen Spezialeinheit? Oder sollten afghanische Verbände die Befreiung übernehmen?

Die Besprechung war offenbar beendet, und alle erhoben sich. Alice Bohman verließ den Raum als Erste. Der Staatssekretär gab Bill die Hand, beugte sich leicht vor und raunte ihm in vertraulichem Ton zu: «Diese Umstände müssen um jeden Preis unter Verschluss gehalten werden. Zum Wohle des Landes.»

11

Sobald sie das Zentrum von Kabul hinter sich gelassen hatten, nahm der Verkehr merklich ab. Im Auto war es still. Amanda wollte unter keinen Umständen, dass Otman ihr ansah, wie angespannt sie war, und Otman selbst stellte keine Fragen. Er antwortete nur, wenn man ihn ansprach.

Sie bogen auf eine Nebenstraße ab, die nicht in ihrer Landkarte verzeichnet war. Erneut sah sie auf die Uhr. Sie würden gleich am Ziel sein.

Aus dem Augenwinkel musterte sie Otman, und er drehte den Kopf, als hätte er gespürt, dass Amanda ihn beobachtete. Als er sie anlächelte, entblößte er eine Reihe gelblicher, kaputter Zähne.

Sie überquerten einen schlammigen Fluss und folgten einem schmalen Pfad eine Anhöhe hinauf. Sie kamen nur langsam vorwärts. Otman versuchte, den Wagen auf dem unbefestigten Schotterweg zwischen den Schlaglöchern hindurchzumanövrieren. Zu beiden Seiten standen magere Ziegen auf dem getrockneten Lehmboden und starrten sie an.

«Da ist es.» Otman deutete auf ein flaches Gebäude, das wie die meisten Häuser von einer Mauer umgeben war.

Ein einstöckiges Lehmhaus. Ein seltsamer Wohnort. Warum wollte man hier leben? Ein abgelegener Platz mitten im Nirgendwo, ohne Nachbarn und Dorfgemeinschaft.

Amanda bat Otman, das Auto abzustellen und sie zu begleiten. Wenn Ali in irgendeiner Form an dem Verschwinden der beiden Diplomaten beteiligt war, könnte diese Begegnung umfangreichere Sprachkenntnisse in Paschtu erfordern, als sie vorzuweisen hatte. Doch was sollte sie zu Alis Frau sagen? Ohne ihr direkt ins Gesicht zu lügen?

Die Luft war stickig und – sofern möglich – noch wärmer als in der Stadt. Die Sonne glitzerte durch die Baumkronen. Die dünne Schutzweste, die sie unter der Bluse trug, wölbte sich leicht über der Brust, doch ansonsten brauchte es ein geübtes Auge, um sie zu erkennen. Im Grunde war die Ausbuchtung unnötig, wenn man wie Amanda Körbchengröße A hatte. Aber die Westen für Frauen waren etwas kleiner und leichter als die für die männlichen Kollegen.

Sie zupfte ihren Blazer zurecht, damit man ihre Pistole nicht sah. Der Stein steckte wie immer in ihrer rechten Jackentasche. Durch sein Gewicht konnte sie den Blazer einfacher nach hinten schieben und ihre Waffe ziehen. Amanda schob die Hand in die Tasche, umfasste den Stein ein paar Sekunden, strich mit dem Daumen über die glatte Oberfläche, ertastete die Einkerbungen und folgte mit der Fingerkuppe den eingeritzten Buchstaben.

Um zum Eingang des Grundstücks zu gelangen, mussten sie an der Mauer entlanggehen.

«Kennen Sie Ali gut?»

«Nein, aber wir wechseln immer ein paar Worte, wenn unsere Fahrten sich überschneiden oder wir zur selben Zeit Dienst haben.»

Amanda wusste nicht recht, was sie mit ihrem Besuch bezwecken wollte. Aber selbst wenn nicht viel dabei herauskäme, würde sie so zumindest Kontakt zu Alis Frau herstellen.

Hinter der Mauer waren Stimmen zu hören.

Otman ging mit ausholenden Schritten auf den Eingang zu. Amanda tastete nach dem Diktiergerät in ihrer linken Jackentasche. Sie drehte es ein paarmal hin und her, bis sie die Play-Taste fand.

Ihr Mund war trocken. Ihnen blieb gar nichts anderes übrig, als das Auto unbeaufsichtigt zurückzulassen. Otman verschwand durch eine Öffnung in der Mauer. Ehe sie ihm nachging, vergewisserte sich Amanda, dass niemand hinter ihnen war.

Ein kleines Mädchen mit großen blauen Augen und ernstem Gesichtsausdruck stand zwischen zwei Bäumen unter einer Wäscheleine. In einer Wanne zu ihren Füßen lag ein nasses Wäschebündel. Sie verzog keine Miene und machte auch keine Anstalten, etwas zu sagen. Amanda nickte ihr vorsichtig zu. Otman sagte etwas zu ihr, das Amanda nicht verstehen konnte. Sie sah erst Otman, dann das Mädchen an, das mit hängenden Schultern vor ihnen stand. Langsam hob die Kleine die Hand und deutete zum Haus hinüber.

Amanda folgte ihrem Fingerzeig. An einem Fenster bewegten sich Schatten, und hinter einem Nebengebäude raschelte es. Sie hätte auf Bill hören sollen – das hier war keine gute Idee gewesen. Einen Moment später war Otmans Rücken hinter der Hausecke verschwunden.

Wieder erklangen Stimmen, und kurz darauf kam Otman zurück und winkte sie zu sich. Während sie auf ihn zuging, ließ sie das Mädchen nicht aus den Augen. Sie winkelte den rechten Arm leicht an, legte die Finger an den Saum ihres Blazers. Das Nebengebäude befand sich jetzt hinter ihr. Sie schluckte und machte den letzten Schritt um die Ecke.

Tief einatmen. Vor ihr saß ein Mann auf einem Stuhl. Er trug ein langes weißes Hemd mit eingetrockneten Blutflecken. Das Hemd reichte ihm bis über die Knöchel und spannte über dem Bauch. Ihr war intuitiv klar, dass der Mann Ali sein musste.

Was hatte das zu bedeuten?

Vor ihm kniete eine Frau, von der Amanda annahm, dass es sich um seine Frau handelte. Sie tauchte einen Lappen in eine Schüssel und wischte ihm das Gesicht sauber. Die Frau hatte ein langärmeliges Oberteil an, Kopf und Gesicht waren unbedeckt. Als der Mann sich zu ihr beugte und etwas sagte, sprang sie sofort auf, lief auf das Haus zu und scheuchte drei Kinder vor sich her, die im selben Moment um die Ecke gelaufen kamen: einen Jungen und zwei Mädchen. Als die Frau im Haus verschwand, wehte der Geruch von angebranntem

Fleisch zu ihnen herüber. Der Mann blieb sitzen und sah ihnen entgegen. Grüßend hob er die Hand.

«Salam alaikum», sagte Otman.

«Wa alaikum salam», erwiderte der Mann und griff nach dem Lappen, den die Frau in der Schüssel zurückgelassen hatte. Das Gesicht des Mannes war mit Kratzern übersät, und aus einer Platzwunde über der Augenbraue sickerte Blut. Seine Lippen waren aufgesprungen und geschwollen, aber sauber. Die Nase saß leicht schief, und über der Nasenwurzel klaffte eine tiefe Wunde. Er presste sich den Lappen auf die Augenbraue, lächelte, verzog dann aber schmerzhaft das Gesicht. Vorsichtig erwiderte Amanda sein Lächeln.

«Ich bin Kriminalinspektorin Amanda Lund aus Schweden. Sind Sie Ali?», fragte sie auf Englisch. Ein paar Meter vor ihm blieb sie stehen. Sie wollte ihn nicht in Verlegenheit bringen, indem sie ihm die Hand gab; womöglich würde er die Geste als unziemlich empfinden.

Er nickte.

«Was ist mit den beiden Diplomaten passiert?»

Ali sprach so leise, dass Amanda ihn kaum verstehen konnte.

«Es ist alles meine Schuld ... Hätte ich die Türen verriegelt, dann hätten sie nicht in den Wagen eindringen können ...»

Seine Stimme zitterte, und er starrte zu Boden.

«*Wer* hätte nicht in den Wagen eindringen können?», hakte Amanda nach und setzte sich auf einen Hocker neben ihn.

«Ich weiß nicht, wer die Leute waren.»

«Wie viele waren es?»

«Zwei, glaube ich. Ich habe jedenfalls zwei gesehen.»

«Was genau ist passiert?»

Ali schlug beide Hände vor das Gesicht. Seine Handrücken waren so zerschunden, dass sie wie zwei große, hässliche offene Wunden aussahen. Er schluchzte und hustete abwechselnd.

«Sie haben uns von der Straße abgedrängt, und als sie uns mit ihren Kalaschnikows bedrohten, hatte ich keine andere Wahl ... Sie rissen die Türen auf, schrien uns an, wir sollten aussteigen. Dann verriegelten sie den Wagen, verfrachteten uns in ein anderes Auto und fuhren los.»

«Wohin sind sie gefahren?»

«Sie haben mir den Gewehrkolben ins Gesicht gerammt und eine Kapuze über den Kopf gezogen. Ich konnte nichts sehen.»

«Warum haben die Männer Sie freigelassen?»

«Haben sie nicht ... Ich konnte ... fliehen.» Ihm versagte die Stimme, und er fuhr sich mit der Hand über die Bartstoppeln.

«Stammen daher die Verletzungen?» Amanda deutete auf seine Hände.

Ali nickte.

«Erzählen Sie mir, wie Sie den Männern entkommen sind.»

Ihre Stimme klang härter, als sie beabsichtigt hatte, aber ein bisschen Druck musste er verkraften.

«Nachdem wir eine Weile gefahren waren, haben sie eine Pause gemacht. Ich stürzte mich aus dem Wagen und bin sofort losgelaufen.»

«Wo befanden sich die zwei Diplomaten zu diesem Zeitpunkt?»

«Im Auto. Ebenfalls mit verhüllten Gesichtern.»

«Aber Sie konnten fliehen?»

Es war eine Weile still, ehe Ali schließlich antwortete: «Ich bin kein Diplomat. Ich bin bloß ein Paschtune, der für die Botschaft arbeitet. Solche wie ich stehen nicht hoch im Kurs. Für einen Afghanen bezahlt niemand Lösegeld.»

In dem Punkt hat er natürlich recht, dachte Amanda. Wenn man in Afghanistan für westliche Ausländer arbeitete – oder *infidels*, wie sie genannt wurden –, war man nicht allzu viel wert.

«Was haben diese Leute Ihrer Meinung nach vor?»

«Mich hätten sie erschossen und in den nächstbesten Straßengraben geworfen. Das ist die einfachste Art, einen loszuwerden, der zu viel gesehen hat.»

«Und die beiden Diplomaten?»

«Ich weiß nicht ... Es wäre mein Job gewesen sicherzustellen, dass die Türen verriegelt sind. Hätte ich das getan, wäre womöglich nichts passiert. Es ist alles meine ...»

Ali brach auf dem Stuhl zusammen und wiegte sich vor und zurück. Keiner sagte etwas.

Otman lief langsam an der Mauer auf und ab. Immer wieder warf er einen Kontrollblick zu ihrem Wagen hinüber. In den Beeten blühten Rosenbüsche: Hunderte roter Rosen zeugten davon, dass die Frau des Hauses sie mit Hingabe pflegte.

«Wenn es so ist, wie Sie sagen – warum sind Sie dann nach Hause zurückgekehrt, anstatt in der Botschaft Bericht zu erstatten?»

«Glauben Sie mir, ich bin erst seit einer knappen Stunde wieder hier.»

«Sie hätten sich unverzüglich mit der Botschaft in Verbindung setzen müssen. Sie hatten dafür Zeit genug. Und jetzt schildern Sie mir bitte, wie genau Sie diesen Leuten entkommen sind», forderte Amanda ihn auf.

«Als ich aus dem Auto gesprungen bin, habe ich mir die Kapuze vom Kopf gerissen und bin zu ein paar Felsen am Straßenrand gelaufen. Sie haben auf mich geschossen, also habe ich mich flach auf den Boden geworfen und bin zu einem Felsvorsprung gerobbt, unter dem ich mich versteckt habe. Sie haben nur kurz nach mir gesucht, dann sind sie weitergefahren. Ich glaube, sie standen mächtig unter Strom, wollten einfach weiter. Ich bin trotzdem die ganze Nacht in meinem Versteck geblieben, bevor ich mich wieder rausgetraut habe.»

«Und dann?»

«Dann bin ich an der Straße entlanggelaufen. Als ein Polizeifahrzeug vorbeifuhr, habe ich es angehalten. Sie haben mich mit nach Kabul genommen.»

«Was haben Sie diesen Polizisten erzählt?»

«Wie es war – dass ich entführt wurde und dass ich für die schwedische Botschaft arbeite.»

Amanda schloss die Augen. Das Letzte, was sie jetzt brauchen konnten, war ein Chauffeur, der etwas von schwedischen Entführungsopfern herumerzählte.

«Haben Sie die beiden Diplomaten erwähnt?»

Ali schüttelte den Kopf.

«Sie haben sie nicht erwähnt?»

«Nein ... Ich hab mich geschämt, dass ich sie im Stich gelassen habe.»

Dem Himmel sei Dank, dachte Amanda.

Ali richtete den Blick auf das rot verfärbte Wasser in der Schüssel.

«Sie haben noch nicht auf die Frage geantwortet, wohin die Entführer mit Ihnen gefahren sind. Wenn Sie fliehen konnten und von einer Polizeistreife aufgelesen wurden, müssen Sie doch wissen, wo Sie waren?»

«Ein paar Meilen hinter der Grenze zu Baglan.»

Baglan. Eine verhältnismäßig friedliche Provinz mit geringer Militärpräsenz, in der weder NATO-Soldaten noch afghanische Polizeikontingente stark vertreten waren. Vermutlich eine gute Strecke für Entführer, die keine Aufmerksamkeit erregen wollten.

«Wo sollten Sie Mikael und Ingrid eigentlich hinbringen?»

«Zu einem neu eröffneten Restaurant.»

Amanda verdrehte die Augen.

«Wo ist Ihr Telefon?»

«Das haben die Entführer an sich genommen. Die Handys der Diplomaten auch.»

Endlich etwas Konkretes, mit dem sie weiterarbeiten konnte. Sofern die Telefone immer noch eingeschaltet waren und sich im Besitz der Kidnapper befanden, brachte das die Ermittlung hoffentlich einen großen Schritt voran.

Ein schneller Blick auf die Uhr. Seit ihrer Ankunft waren siebzehn Minuten vergangen. Sie musste weg. Man durfte sich nie länger als zwanzig Minuten an ein und demselben Ort aufhalten. Das war die

Zeitspanne, die jemand mit unlauteren Absichten benötigte, um ein fremdes Fahrzeug zu orten, seine Leute zu mobilisieren und anzugreifen. Wenn hier etwas passieren sollte, wäre sie allein, und es würde ewig dauern, bis Hilfe eintraf. Sie stand auf und gab Otman mit einem Nicken zu verstehen, dass es Zeit war aufzubrechen.

«Hören Sie zu. Seien Sie in einer Stunde in der Botschaft. Dort gehen Sie und ich noch einmal alles durch, was passiert ist. Im Detail. Wenn Sie nicht auftauchen, müssen wir davon ausgehen, dass Sie am Verschwinden der beiden Diplomaten beteiligt sind. Verstanden?»

Ali nickte und blickte auf.

«Wie geht es dem Botschafter?»

«Er ist natürlich besorgt.»

Ali wirkte erstaunt.

«Das kann ich verstehen. Aber ich meinte sein Fieber.»

«Ich glaube, es geht ihm heute besser», antwortete Amanda zögerlich und musterte Ali.

«Das sind gute Neuigkeiten. Es muss ihn ziemlich schlimm erwischt haben, nachdem er doch das Meeting abgesagt hat.»

Amanda hielt augenblicklich inne. So neutral wie möglich hakte sie nach: «Das Meeting?»

«Die Botschafter in Kabul treffen sich einmal im Monat im Serena Hotel.»

«Ali, können Sie sich noch daran erinnern, wann der Botschafter Ihnen mitgeteilt hat, dass er nicht an diesem Treffen teilnehmen wird?»

«Etwa eine Viertelstunde vor der Abfahrt? Daraufhin haben die zwei anderen beschlossen, zu diesem Restaurant zu fahren.»

«Warum denn das?»

Ali zuckte mit den Schultern.

«Der Wagen stand eben schon bereit. Für die Diplomaten ist es nicht immer einfach, die Botschaft zu verlassen.»

So ist es also abgelaufen, dachte Amanda. Ali stand mit dem Wagen da, und Ingrid und Mikael haben ganz einfach spontan die Gunst der Stunde genutzt. Allmählich fügte sich das Puzzle zusammen.

«Noch eine letzte Frage: Dann handelte es sich bei dem Toyota, aus dem Sie gestern entführt wurden, also um denselben Wagen, mit dem der Botschafter zu dem Meeting ins Serena gefahren wäre?»

«Ja, Madam.»

12

Am Eingang der Botschaft hingen zwei Fahnen nebeneinander. Die eine mit einem gelben Kreuz auf blauem Grund, die andere mit drei senkrechten Streifen in Schwarz, Rot und Grün sowie dem weißen Staatswappen in der Mitte. Die Fahnen hoben sich deutlich von der beigefarbenen Mauer und den sandgefüllten Sicherheitsbarrieren ab, die die schwedische Botschaft schützten.

Schön und tragisch zugleich, dachte Amanda.

Nach dreizehn Jahren Krieg und Wiederaufbau waren die Botschaften der westlichen Staaten noch immer von Mauern und Stacheldraht umgeben. So viele Soldaten aus aller Welt waren gekommen und wieder gegangen; einzig Schweden hatte im Laufe der Jahre rund zehntausend Soldaten vor Ort stationiert.

Ein Posten erschien an dem blau-gelb gestrichenen Wachhäuschen. Er grüßte knapp und begann, mit Hilfe eines Spiegels an einer Teleskopstange den Wagen zu kontrollieren. Routiniert untersuchte der Mann den Unterboden des Fahrzeugs, bevor er sie durchwinkte.

Als Amanda ausstieg, schlug ihr fast tropisch heiße Luft entgegen. Zikaden zirpten, Mücken surrten. Im Fenster von Svens Amtszimmer, das weit offen stand, nahm sie eine flüchtige Bewegung wahr, doch als sie hochblickte, war niemand zu sehen. Sie ging auf direktem Weg in sein Büro und registrierte, dass der Wochenplan des Fahrdienstes, der auf dem Whiteboard gestanden hatte, abgewischt worden war.

Diesmal klopfte sie nicht zaghaft an. Nach zwei schnellen Klopfzeichen trat sie ein. Schwerer Zigarrenduft hing in der Luft.

«Sie verstoßen gerade gegen zwei Sicherheitsvorschriften auf einmal», sagte sie ohne Vorrede und setzte sich auf das Sofa.

Die Oberlippe des Botschafters glänzte feucht, und seine Kiefermuskeln zitterten, als wäre er aufs äußerste angespannt.

«Erstens: Das Fenster darf nicht geöffnet werden. Es dient Ihrem Schutz, sollte die Botschaft angegriffen werden. Und zweitens: In diesem Gebäude herrscht Rauchverbot, falls das wider Erwarten neu für Sie sein sollte», fügte Amanda hinzu und deutete auf den blauen Aschenbecher aus Lapislazuli, der auf dem Schreibtisch stand.

Svens Augen waren blutunterlaufen, und sein Blick flackerte auf eine Art, die sie so noch nicht gesehen hatte. Er verschränkte die Hände und nestelte an seinem Siegelring herum. Sein gesamtes Auftreten machte auf Amanda einen völlig unberechenbaren Eindruck.

«Warum lügen Sie?»

Sie beugte sich über den niedrigen Tisch und sah ihn unverwandt an. Er sollte nicht die geringste Chance haben, sich aus diesem Gespräch rauszuwinden.

«Ich? Sie unterstellen mir, dass ich lüge?»

«Der Wagen war ursprünglich für Sie vorgesehen», sagte Amanda ruhig und sachlich. An der Schläfe des Botschafters pulsierte deutlich sichtbar eine Ader.

«Was spielt das für eine Rolle?»

«Sie wollten ursprünglich eine Veranstaltung im Serena Hotel besuchen, doch dann haben Sie im letzten Augenblick abgesagt. Der Wagen inklusive Chauffeur stand draußen für Sie bereit. Stattdessen haben ihn Ingrid und Mikael genommen. War es nicht so?»

«Doch ...»

«Verstehen Sie nicht, dass die Entführer es vermutlich auf Sie abgesehen hatten?»

«Das kann doch genauso gut Zufall gewesen sein», erwiderte Sven.

«Wenn Sie nicht Ihre Einstellung ändern und diese Ermittlung unterstützen, indem Sie mir alles erzählen, was Sie wissen, kontaktiere ich augenblicklich meinen Vorgesetzten in Stockholm, der wiederum Ihren Vorgesetzten – den Außenminister – davon in Kenntnis setzen wird, dass sein Botschafter in Kabul die Zusammenarbeit verweigert und verhindert, dass die Reichskriminalpolizei ihrer Arbeit nachgehen kann.»

«Unsinn», schnaubte Sven und funkelte sie wütend an. Entschlossenen Schrittes ging er ins angrenzende Badezimmer. Amanda erhob sich, als die Tür hinter ihm ins Schloss fiel. Auf dem Schreibtisch herrschte immer noch dasselbe Chaos wie bei ihrer ersten Begegnung. In einer Ecke standen drei identische Bilderrahmen. Amanda drehte sie um. Zwei süße Mädchen im Teenageralter. Das mussten seine Töchter sein. Im dritten Rahmen steckte ein Hochzeitsfoto – ein deutlich jüngerer Sven neben einer strahlenden Braut.

Der Papierkorb war abgesehen von einer Dose Red Bull und einem goldfarbenen Schmerztablettenröhrchen leer. Eilig blätterte sie ein paar Papiere durch. Quittungen, der aktuelle UN-Korruptionsbericht und der monatliche Newsletter des schwedischen Afghanistankomitees.

Amanda hob die Schreibunterlage an. Noch mehr Quittungen. Sie suchte hinter dem Schreibtisch. Ihr Blick blieb am Drucker und einem Blatt Papier hängen, das im Ausgabefach lag. Sie hörte, wie Sven sich im Bad räusperte. In ein paar Sekunden würde die Tür wieder aufgehen.

Sie hielt inne. Tief einatmen.

Ihre Hand zitterte, als sie das Blatt in die Hand nahm.

Das Foto war körnig, doch es bestand nicht der geringste Zweifel, wer die Personen auf dem Bild waren.

Die Frau hatte kurzes, blondes Haar, saß mit im Schoß verschränkten Händen da und ließ den Kopf hängen. Der Mann blickte in die Kamera und sah wütend aus. Seine Haare waren zerzaust. Er schien an den Händen gefesselt zu sein. Sie überflog die Nachricht unter dem Bild gleich mehrmals.

PAY 10 000 000 USD. The deposit did increase, because you did not do what we told you.

Kein Wie. Kein Wann.

Amanda ließ sich auf den Schreibtischstuhl fallen. Damit hatte sie nicht gerechnet. Diese Angelegenheit war von vorn bis hinten das reinste Durcheinander. *Because you did not do what we told you.*

Was zum Teufel spielte der Botschafter für ein Spiel? Sie hörte, wie er die Toilettenspülung betätigte. Die Türklinke wurde hinuntergedrückt. Sie schluckte einige Male und machte sich bereit. Sie hatte keine Zeit zu verlieren.

«Was zur Hölle tun Sie da?», blaffte Sven, als er sie hinter seinem Schreibtisch entdeckte.

«Das Gleiche könnte ich Sie fragen», erwiderte Amanda und hielt das Foto in die Höhe.

Sven wurde schlagartig blass.

«Ich ... Das kam eben an meine gov.se-Mail-Adresse», stammelte er. Dann nahm er auf dem Sofa Platz, ohne Amanda anzuschauen.

«Das sehe ich. Trotzdem sagen Sie mir jetzt, was Sie verheimlichen. Auf der Stelle. Andernfalls rufe ich in Stockholm an und erzähle dort, dass Sie Informationen zurückhalten, die für die Ermittlung von entscheidender Bedeutung sind.»

Sie nahm ihr Telefon zur Hand und drehte es hin und her. Ihre Gesichtszüge wirkten entspannt, doch ihre großen, hellblauen Augen starrten Sven unverwandt an. Über ihm hing ein Ölgemälde des Königspaars: er in Frack, mit weißem Hemd und Rangabzeichen, sie in einem roten Kleid und mit einem steifen Lächeln im Gesicht. Daneben hingen Sven Leijonhufvuds Diplome und Auszeichnungen. Geboren 1965. Ein attraktiver Mann in den besten Jahren, der in diesem Moment die schwerste Krise seines Lebens durchzumachen schien.

Sven schlug die Hände vors Gesicht und saß eine Weile schweigend da. Seine Schultern bebten. Er holte tief Luft und bemühte sich, die Fassung zurückzugewinnen.

«Geben Sie sich einen Ruck. Ingrid und Mikael brauchen jede Hilfe, die sie kriegen können.»

«Ich ... Ich ...»

Er gab den Versuch auf, gegen seine Tränen anzukämpfen. Jetzt wirkte er regelrecht verzweifelt.

Die Faust auf den Mund gepresst, weinte er ungeniert. Amanda setzte sich neben ihn auf das Sofa und nahm seine Hand. In solchen Momenten brachte Nähe die meisten zum Reden.

«Ich ... Ich bin gar nicht auf den Gedanken gekommen, dass ich derjenige sein könnte, der entführt werden sollte, bis ich die E-Mail erhalten habe ... Aber natürlich ist es so ... Es ist alles meine Schuld.» Schniefend umklammerte Sven Amandas Hand.

«Alles?», hakte sie sanft nach. Sie wollte ihn nicht unter Druck setzen. Solange er so fragil und verletzlich war, hatte sie ihn im Griff.

«Ich werde erpresst ... Ich habe vor ein paar Tagen ein anderes Bild erhalten, von einer anderen E-Mail-Adresse ...»

«Von wem?»

«Von Erik ... von ... Eriks privatem E-Mail-Account.» Seine Stimme versagte. Er stemmte sich hoch, ging schweren Schrittes zum Schreibtisch hinüber und bewegte die Maus hin und her, um das Login-Fenster aufzurufen.

«Wer ist Erik?»

«Ein ehemaliger Botschaftsmitarbeiter.»

«Und warum hat er Ihnen eine E-Mail geschickt?»

«Ich weiß es nicht», antwortete Sven, während er gleichzeitig mit zitternden Fingern auf die Tastatur eintippte.

Amanda trat neben ihn. Sie ahnte, dass sie gleich ein weiteres wichtiges Puzzleteil zu sehen bekäme. Ohne auch nur einen Blick darauf zu werfen, drehte der Botschafter den Bildschirm in ihre Richtung und setzte sich wieder auf das Sofa.

Dieses Foto war alles andere als körnig.

Amanda scrollte nach unten.

Drei ineinander verschlungene nackte Körper. Zungen, streichelnde Hände.

Ausschließlich Männer.

Einer von ihnen war der schwedische Botschafter.

13

Bill verließ den Parkplatz des schwedischen Nachrichtendienstes FRA, der dem Verteidigungsministerium unterstellt war. Um Zeit zum Nachdenken zu gewinnen, fuhr er auf dem Rückweg in sein Büro in Sörentorp über den Drottningholmsvägen. Seine Kontaktperson bei der FRA war optimistisch gewesen. Sie würden sich sofort hinter die beiden E-Mail-Adressen klemmen, die Amanda ihnen geschickt hatte. *Theskyisblue101@hotmail.com* und *erik.g.bjork @gmail.com.*

Bill hatte keine konkrete Vorstellung davon, wie die FRA in Sachen Funkpeilung und Signalaufklärung arbeitete, doch wenn sie herausbekämen, von welchen IP-Adressen die E-Mails verschickt worden waren, hätten sie vielleicht geographische Anhaltspunkte. Bestenfalls würden sie den weiteren Schriftverkehr abfangen, der über die beiden Accounts erfolgte und sie eventuell weiterbringen konnte.

Amandas E-Mail war kurz, aber inhaltsreich gewesen. Ein Foto der Entführungsopfer mit der geforderten Lösegeldsumme und einem Satz, dass das Bild von der E-Mail-Adresse *theskyisblue101@hotmail. com* versendet worden war.

Erst vor wenigen Stunden. Keine Silbe darüber, wie oder wann oder an wen die Lösegeldzahlung erfolgen sollte.

Das Foto würde er morgen früh um neun mit zur Besprechung in Rosenbad nehmen, bei der auch Vertreter des Außenministeriums anwesend sein sollten.

Amanda hatte noch ein zweites Bild geschickt, ein Handy-Foto, auf dem Leijonhufvud beim Sex mit zwei anderen Männern zu sehen war:

einem blonden, jüngeren und einem dunkelhäutigen, älteren. Bill hatte gar nicht mehr aufhören können, das Foto anzustarren. Drei Männer, die den Augenblick genossen. Der schwedische Botschafter, der seiner Lust nachgab.

Das Foto war von der E-Mail-Adresse *erik.g.bjork@gmail.com* verschickt worden. Anscheinend ein Mitarbeiter des Außenministeriums, der Erik hieß und der diese E-Mail-Adresse privat nutzte. Auch diesem Foto war eine Nachricht beigefügt gewesen. Bill brannte darauf zu erfahren, was in der Nachricht gestanden hatte, doch Amanda hatte sicher ihre Gründe gehabt, warum sie den Botschafter in diesem Punkt nicht unter Druck gesetzt hatte.

Hätte sie gewusst, was aus der Nachricht hervorging oder wer die anderen beiden Männer waren, hätte sie es ihm mitgeteilt. Doch früher oder später würde sie es herausfinden. Er war sicher, dass sie keinen Hinweis übersehen würde. Die Kidnapper verhielten sich ungewöhnlich, hatte Amanda per SMS mitgeteilt. Bill war der Erste, der das unterschreiben würde, auch wenn sie noch kein Gesamtbild der Lage hatten. Als er an Schloss Drottningholm vorbeifuhr, wanderten seine Gedanken zu Sofia. Sollte er vielleicht doch nach Hause fahren, um ihr eine Weile unter die Arme zu greifen? Stühle für das abendliche Krebsessen in den Garten zu tragen? Norra Ängby wäre kein großer Umweg.

Bill schaltete die Freisprechfunktion an und rief sie an. Allein am Klang ihrer Stimme hörte er, dass sie getrunken hatte. Bill sah auf die Uhr. Kurz nach vier.

«Wann kommst du nach Hause? Wir müssen noch einiges vorbereiten.»

Bill schwieg. Gott, wie er dieses Lallen verabscheute. Es gab zwei Möglichkeiten: sie zwingen, die ganze Feier abzusagen, weil er arbeiten musste, oder gehorsam nach Hause fahren, bei den Vorbereitungen helfen und anschließend zur Arbeit fahren. In dem Fall würden ihre Freunde eine einsame, betrunkene Sofia antreffen. Keine der beiden Alternativen war besonders verlockend. Er hielt auf dem Standstreifen an.

«Wie viel hast du getrunken?»

«Ich?»

«Wer sonst?»

«Nichts. Ein Glas Wein.»

Bill holte tief Luft.

«Ich muss heute Abend länger arbeiten.»

Jetzt war Sofia an der Reihe zu schweigen. Er spürte, dass er sie im Stich ließ, aber er musste sich um seine Arbeit kümmern. Er war für das Sondereinsatzkommando der Reichskriminalpolizei verantwortlich, und auf seinem Schreibtisch lag eine Angelegenheit von allerhöchster Dringlichkeit. Er hatte keine Wahl.

Es war Sofia gewesen, die auch dieses Jahr wieder auf dem Krebsessen bestanden hatte. Irgendwann hatte er nachgegeben, vor allem um sich all ihre Argumente nicht mehr anhören zu müssen, warum ausgerechnet sie das größte Krebsessen im ganzen Viertel ausrichten sollten. Das bereute er jetzt. Doch dafür war es zu spät.

Ihre Stimme klang kühl.

«Du hast versprochen einzukaufen und früh nach Hause zu kommen.»

«Sofia, du weißt genauso gut wie ich, dass ich nicht beeinflussen kann, was auf meinem Schreibtisch landet. Und ich kann nur sagen, dass es wichtig ist. Ich habe von allerhöchster Stelle die Order zu arbeiten.»

Sie schnaubte.

«Du hast dich dafür entschieden, mit deinem Job verheiratet zu sein statt mit mir. Niemand ist unersetzlich. Außerdem bist du der Chef und könntest deine Arbeit delegieren. Du hast mir dieses Fest versprochen. Bedeutet das denn nichts?»

Sie hatte leider recht. Andere Paare sahen sich mit Seitensprüngen konfrontiert und machten Therapien, um den Funken in ihrer Beziehung wieder anzufachen, der sie einst zusammengeführt hatte. Bill hingegen arbeitete, statt Zeit mit seiner Frau zu verbringen.

«Diese Sache kann ich nicht delegieren, Sofia. Ich schlage vor, dass wir das Fest absagen.»

Bill starrte auf einen Fleck auf der Windschutzscheibe und sah mit einem Schaudern seine betrunkene Ehefrau vor sich, wie sie die Gäste begrüßte.

«Vergiss es. Ich brauche deine Hilfe nicht. Ich kaufe die restlichen Dinge ein, die noch fehlen, und organisiere das Krebsessen allein. Daran bin ich gewöhnt. Du kannst nach Hause kommen, wann immer es dir in den Kram passt. Vielleicht sind ja noch ein paar Gäste da, wenn du auftauchst.»

Mit diesen Worten legte Sofia auf. Bill schloss die Augen und musste an die Kinder denken, die bei ihren Großeltern waren. Er glaubte nicht, dass sie schon alt genug waren, um zu verstehen, wie schlimm es um ihre Mutter stand. Doch es würde nicht mehr lange dauern, bis sie begriffen, dass die ganzen leeren Weinflaschen im Keller der Grund waren, warum Sofia sie in der einen Sekunde mit Küssen und Umarmungen überhäufte und in der nächsten nur noch müde und desinteressiert wirkte. Er hatte mitbekommen, wie Emanuel Sofia ansah, wann immer sie ihm einen feuchten Kuss aufdrückte, in Babysprache mit ihm redete und ihr Atem nach Mundwasser roch.

Als Bill in Sörentorp durchs Tor fuhr, rekapitulierte er noch einmal, was sie bislang wussten. Keine fünf Minuten später war die aufgeschlagene Seite seines Notizblocks mit Pfeilen, Namen und E-Mail-Adressen übersät.

Ganz oben auf der Liste stand: Warum verschickt ein Mitarbeiter des Außenministeriums ein Gruppensexfoto, das den Botschafter und zwei unbekannte Männer zeigt, von seinem privaten Gmail-Account? Und wer benutzt die E-Mail-Adresse *theskyisblue101*?

14

Der Speisesaal der schwedischen Botschaft in Kabul war außerordentlich repräsentativ. Schwedische Kunst an den Wänden, Vasen von Orrefors und Porzellan von Rörstrand. Tischdecken von Klässbols – dem überdimensionierten Buch zufolge, das aufgeschlagen auf dem Tisch lag, Königlicher Hoflieferant.

Direkt daneben lag das Handy-Foto, das den nackten Botschafter zeigte, wie er einen anderen Mann befriedigte. Dieser war allem Anschein nach Afghane: ein dunkler Typ, stark behaart, dichter Bart, der im Profil zu sehen war und mit geschlossenen Augen den Moment genoss. Um den Hals trug er eine lange Kette, an der ein goldener Ring mit eingelassenen blauen Steinen hing.

Ein deutlich jüngerer Mann mit hellen Haaren und Sommersprossen stand neben den beiden. Sein schlanker Körper war von der Sonne gebräunt, er lächelte in die Kamera. Neben ihm befand sich ein geschnitzter Holztisch, auf dem zwei leere Weinflaschen und drei ausgetrunkene Weingläser standen.

«Wer ist der Afghane?» Amanda sah Sven unverwandt an.

Er zuckte mit den Schultern und stocherte lustlos in seinem Essen herum. «Ein Mann, den ich hier in Kabul kennengelernt habe.»

«Und der andere?»

Sie wusste die Antwort, bevor der Botschafter sie gab.

«Erik.» Sven starrte auf seinen Teller.

«Und er geht nicht mehr ans Telefon, wenn Sie anrufen?»

«Nein. Ich habe es sogar in seinem Büro im Ministerium probiert. Aber er ist nicht zur Arbeit gekommen.»

«Weiß Ihre Frau …», begann Amanda, ohne den Satz zu beenden.

Mit einer Kopfbewegung deutete sie auf das Bild.

«Sind Sie verrückt? Jeanette darf das niemals erfahren, sonst stehen sowohl meine Karriere als auch meine Ehe vor dem Aus!»

Genau wie sie angenommen hatte.

Der schwedische Botschafter in Kabul führte ein Doppelleben.

«Erzählen Sie mir mehr von Erik», sagte sie und verschränkte die Arme vor der Brust.

«Wollen Sie gar nichts essen?»

Allein bei dem Gedanken an das fettige panierte Schnitzel wurde ihr übel. Sie hatte den ganzen Tag lang kaum etwas zu sich genommen. Wenn sie arbeitete, vergaß sie einfach, dass sie Hunger hatte. Doch das hier war mehr als die übliche Appetitlosigkeit. Sie fühlte sich richtig schlecht.

«Ich habe keinen Hunger. Erzählen Sie.»

Sven schwieg, und Amanda beschloss, ihm Zeit zu lassen. Nach einer Weile legte er das Besteck beiseite und tupfte sich mit einer Stoffserviette vorsichtig den Mund ab. Irgendwie hatte sie den Eindruck, dass sich die Stimmung zwischen ihnen verändert hatte.

«Erik. Tja, was wollen Sie wissen?»

«Alles, was relevant sein könnte.»

Sven räusperte sich. An seinem Hals hatten sich rote Flecken gebildet. Von seiner überheblichen Art war nichts mehr übrig, und auch seine Stimme klang weicher.

«Erik ist ein extrem kompetenter Diplomat. Kabul war sein erster Posten. Er kann eine Betonwand zum Reden bringen, er ist sozial, extrovertiert, ein wahres Sprachgenie.»

«Weshalb ist er dann nicht mehr hier?»

Sven entfuhr ein tiefer Seufzer. Dann ein Schniefen. Seine Augen wurden feucht.

Verdammte Heulsuse, schoss es ihr durch den Kopf.

«Weil ich … Weil ich ihn nach Hause geschickt habe. Erik wollte, dass wir unsere Beziehung öffentlich machen und der ganzen Welt erzählen, dass wir ein Paar sind. Das hat mich wahnsinnig gemacht. Ich bin schließlich ein erfolgreicher Diplomat mit Familie. Mein Leben wäre zerstört.»

«Also haben Sie ihn nach Hause geschickt?»

Amanda bekam es immer noch nicht recht zu fassen. All diejenigen, die behaupteten, dass die Polizei eine hierarchische Organisation war, hatten sich wohl noch nie mit dem Außenministerium beschäftigt.

«Mir blieb keine andere Wahl! Er hörte nicht damit auf, und ich hatte Angst, dass das Botschaftspersonal eins und eins zusammenzählen würde. Also habe ich dem Außenminister geschrieben und Eriks Versetzung beantragt.»

«Was genau haben Sie geschrieben?»

«Dass es unüberbrückbare Differenzen in der Zusammenarbeit gebe und sich trotz mehrerer Gespräche keine Besserung eingestellt habe.»

«Was ist daraufhin geschehen?»

«Erik wurde nach Stockholm zurückbeordert. Es ist nicht so, dass er seinen Job verloren hätte. Der einzige Unterschied ist, dass er seinen Dienst jetzt zu Hause in Stockholm verrichtet.»

«Weil Sie mit Ihrer Beziehung hier in der Botschaft nicht umgehen konnten?»

Sven starrte sie an, doch Amanda wetzte innerlich die Messer: Diesmal würde sie ihn nicht vom Haken lassen.

«*Er* war derjenige, der mit der Beziehung nicht umgehen konnte. Nicht ich.»

«Und deswegen rächt sich Erik an Ihnen, indem er Sie mit einem Sexfoto erpresst?»

«Genau. Der Dreckskerl ist doch kriminell!» Sven kippte den letzten Rest aus seinem Rotweinglas hinunter.

Er war drauf und dran, ihr wieder zu entgleiten. So kam sie nicht weiter.

«Sie lügen», stellte sie sachlich fest und wartete auf eine Reaktion.

Sven starrte zu Boden und nestelte erneut an seinem Ring. Er sah sie nicht einmal an. Amanda hatte Menschen schon oft lügen, schweigen, sich verstricken sehen. Sie wusste, wie sie sie zum Reden brachte.

«Die Nachricht zu dem Foto lautete: ‹*The deposit did increase, because you did not do what we told you.*› Was haben Sie nicht getan?»

«Ich habe Ihnen doch schon gesagt, dass ich keine Ahnung habe.»

«Was für Verbindungen hat Erik zu potenziellen Entführern in Afghanistan?»

Jetzt weinte er wieder ganz offen. Wie ein Kind. Seine Schultern bebten. Es war das Schluchzen eines Mannes, der den Halt verloren hatte.

Amanda ging zur Tür und schob sie vorsichtig zu, um ihm die neugierigen Blicke der Mitarbeiter zu ersparen.

«*Was* haben Sie nicht getan?»

Ihre Stimme klang sanft, dabei hatte sie schon härtere Fassaden als die des Botschafters zum Einsturz gebracht. Sie legte Sven eine Hand auf die Schulter, während sie sich umblickte.

An der Wand stand ein Klavier, ein wunderschönes Instrument. Zu beiden Seiten des Notenpults waren Kandelaber mit großen weißen, handgezogenen Kerzen befestigt.

Klaviersonaten.

Sie selbst konnte stundenlang am Klavier sitzen und Beethoven und Mozart spielen, und André liebte es, mit geschlossenen Augen auf ihrer dunkelblauen Chaiselongue zu liegen und einfach nur der Musik zu lauschen. Für sie beide war das wie ein langes Vorspiel. Anschließend konnten sie sich langsam und ausgiebig lieben. Manchmal schlief er bei ihr ein, doch wenn sie wieder aufwachte, lag er nie neben ihr. André hatte sie in den vergangenen Stunden mehrfach angerufen, aber sie hatte keine Zeit gehabt, ans Telefon zu gehen. Sie vermisste seine heisere, dunkle Stimme.

Sven räusperte sich und sah Amanda an.

«Erik ... Er ist zu weit gegangen. Jetzt versucht er, sich an mir zu rächen und ... und ... hat dafür gesorgt, dass Ingrid und Mikael entführt werden ... weil ich nicht getan habe, was er von mir verlangt hat.»

Sie nickte.

«Das erste Foto, das per E-Mail kam ... das, auf dem wir ... Sex haben ... war eine Nachricht an mich. Zuerst habe ich gar nicht verstanden, was von mir verlangt wurde oder wie alles ablaufen sollte ... Aber ein, zwei Tage später lag ein Päckchen mit meinem Namen im Briefkasten der Botschaft. Meine Sekretärin hat es mir gebracht.»

Jetzt sprudelten die Worte förmlich aus ihm heraus. In seinem Mundwinkel schäumten Spuckebläschen, die sich durch den getrockneten Rotwein auf seinen Lippen rot färbten.

Amanda schob die Hand in ihre Hosentasche und vergewisserte sich, dass ihr Diktiergerät eingeschaltet war, murmelte etwas und nickte wieder, wollte seine Schilderung nicht unterbrechen. Besser, sie stellte ihre Fragen erst, wenn er seine Ausführungen beendet hatte.

«Ich hätte nie gedacht, dass Erik mir so etwas antun könnte: mich zu kriminellen Handlungen zwingen und das Außenministerium in Verruf bringen ... Aber ich bin standhaft geblieben. Es braucht schon einiges mehr, um mich kleinzukriegen, das kann ich Ihnen versichern», sagte er, putzte sich die Nase und streckte die Brust ein wenig heraus.

Was genau versuchte er ihr da zu sagen?

«Was hat man von Ihnen verlangt, das Sie nicht getan haben?»

Sven drehte seinen Ring hin und her. Er sah aus, als würde er jeden Moment wieder in Tränen ausbrechen.

«Ich sollte per Diplomatenpost Heroin nach Stockholm schicken. Offenbar ist das eine todsichere Schmuggelmethode. Er hat mir versprochen, das Foto zu vernichten, sobald ich meinen Teil erfüllt hätte. Sollte ich mich weigern, würde er es der Klatschpresse zuspielen. Erik ist ein verdammtes Schwein.»

Unwillkürlich kam Amanda der Gedanke, dass Erik über Sven sicher das Gleiche behauptete. Sie angelte ihr Notizbuch hervor und fing an zu schreiben. Es war an der Zeit, das Tempo anzuziehen.

«Wann genau lag dieses Päckchen im Briefkasten der Botschaft?»

«Ein oder zwei Tage nach der E-Mail, genau weiß ich es nicht mehr.»

«Und was enthielt es?»

«Heroin, wie ich Ihnen schon gesagt habe.»

«Woher wollen Sie wissen, dass es Heroin war?»

«Zwei Beutel mit weißem Pulver. Was hätte es sonst sein sollen?»

Neunzig Prozent des weltweit gehandelten Opiums stammten aus Afghanistan. Wenn sich in dem Päckchen Drogen befunden hatten, lag tatsächlich die Vermutung nahe, dass es Heroin gewesen war.

Amanda machte sich weiter Notizen.

«Gibt es eine Überwachungskamera, die aufgezeichnet haben könnte, wer das Päckchen abgegeben hat?»

«Es lag morgens einfach da, jedenfalls hat meine Sekretärin das gesagt. Die Kamera ist nur tagsüber eingeschaltet. Die Sekretärin stellt sie an, wenn sie kommt.»

Das waren möglicherweise die mangelhaftesten Sicherheitsvorkehrungen, von denen Amanda bei einer schwedischen Auslandsvertretung jemals gehört hatte.

«Was haben Sie mit dem Pulver gemacht?»

«Ich habe es in der Toilette heruntergespült», antwortete Sven und deutete mit einem Nicken in Richtung seines Büros.

«Darf ich mir das Päckchen einmal ansehen – also, die Verpackung?»

«Ich habe alles entsorgt. Jedes kleinste Fitzelchen. So erschien es mir am sichersten», erwiderte er und stand auf.

Amanda legte ihren Stift beiseite und sah dem Botschafter nach, der die offene Weinflasche vom Servierwagen nahm. Dieser Mann war wirklich sonderbar.

«Haben Sie nie daran gedacht, dass der Stoff ziemlich viel wert ist und es Probleme nach sich ziehen wird, wenn das Heroin einfach verschwindet?»

«Natürlich, aber niemand hat gesehen, wie ich das Päckchen entgegengenommen habe. Jemand hat es darauf ankommen lassen und es einfach in den Briefkasten gesteckt. Es könnte alles Mögliche damit passiert sein.»

Amanda sprach nicht aus, was sie dachte, sondern fuhr fort: «Warum haben Sie nicht die schwedische Polizei informiert, nachdem Sie das Päckchen geöffnet hatten?»

«Es mag Ihnen eigenartig vorkommen, das kann ich nachvollziehen. Aber ich hatte Angst um meine Karriere. Ich wollte einfach nicht riskieren, dass Eriks und meine Beziehung zum Klatschthema im Außenministerium wird.»

Amanda nickte und notierte sich etwas am Rand der Seite.

«Um die Ereignisse zusammenzufassen: Sie haben eine E-Mail mit einem Foto erhalten – ein Handy-Foto, das Erik gemacht hat, während Sie beide hier in Kabul Sex mit einem Afghanen hatten. Die E-Mail enthielt außerdem die Nachricht, dass Sie ein Päckchen Heroin annehmen und es per Diplomatenpost nach Stockholm schicken sollen, andernfalls würde das Bild, das Sie ... das Sie drei beim Sex zeigt, an die Boulevardpresse weitergeleitet. Stimmt das so weit?»

Sven nickte.

«Tags darauf erhalten Sie ein Päckchen mit weißem Pulver, das Sie gestern Nacht – also erst Tage später – die Toilette hinunterspülen. Et voilà – weg damit. Sie tun ganz einfach so, als wäre all das nie geschehen, und hoffen, dass das Foto nicht den Medien zugespielt wird. Gestern werden Ingrid und Mikael entführt, während sie in Ihrem Wagen unterwegs sind. Sie erhalten von einem anderen Account eine weitere E-Mail mit einem Foto der beiden und der Nachricht, dass sich das Lösegeld auf zehn Millionen US-Dollar erhöht hat. Keinerlei Informationen darüber, an wen Sie zahlen sollen, wie und wann.»

«Erik, dieses Schwein! Ich hätte nie gedacht, dass er sich auf diese Weise an mir rächen würde!»

«Aber wo ist die Verbindung? Ingrids und Mikaels Entführung hängt doch ganz offensichtlich damit zusammen, dass Sie das Heroin nicht nach Schweden geschickt haben. Die beiden wurden entführt, weil Sie nicht getan haben, was von Ihnen verlangt wurde. Aber ist wirklich Erik der Drahtzieher?»

Sven schenkte sich Wein nach. Amanda hatte ihr Glas nach wie vor nicht angerührt.

«Ich muss zugeben, dass ich die Ereignisse nicht so in Zusammenhang gebracht habe wie Sie», erwiderte er leise.

Man sieht nur, was man sehen will, dachte Amanda, gestand ihm aber zu, dass ihm die Verbindung zwischen dem Heroin und der Entführung höchstwahrscheinlich bis gerade eben wirklich nicht in den Sinn gekommen war. Es bestand kein Zweifel, dass Leijonhufvud ein schlechtes Urteilsvermögen besaß, aber vermutlich handelte er nicht in böser Absicht.

«Würde Erik einen Kidnapper in Kabul anheuern, um sich an Ihnen zu rächen, und anschließend zehn Millionen US-Dollar von Ihnen fordern?»

«Nein, das würde Erik niemals tun. Mein geliebter Erik ... Wie konnte es nur so weit kommen? Ich hätte mich nie in die Sache hineinziehen lassen dürfen, ich hätte widerstehen müssen ... mich beherrschen.»

Sven seufzte schwer und legte seinen Kopf an die hohe Rückenlehne des Stuhls.

«Was geschehen ist, ist geschehen. Schauen wir lieber nach vorn und konzentrieren uns darauf, wie wir Ingrid und Mikael das Leben retten können. In Ordnung?»

Sven nickte.

«Also gut. Rufen Sie Erik sofort auf seinem privaten Telefon an. Er ist momentan die einzige Verbindung, die wir zwischen den Ereignissen erkennen können. Wenn er den Anruf entgegennimmt, bitten Sie ihn, auf der Stelle ins Außenministerium zu fahren und uns über eine sichere Leitung zurückzurufen, okay?»

«Er wird nie im Leben rangehen», murmelte Sven, angelte jedoch sein Handy aus der Brusttasche.

«Rufen Sie von einer fremden Nummer an. Die Wahrscheinlichkeit, dass er ans Telefon geht, ist höher, wenn er nicht weiß, dass Sie es sind», sagte Amanda und hielt ihm ihr Handy hin.

Sven schüttelte leicht den Kopf, nahm das Telefon aber entgegen und wählte eine Nummer, die er offensichtlich auswendig kannte.

«Ausgestellt», sagte er nach einer Weile.

«Okay. Legen Sie auf. Sein Diensttelefon?»

«Als ich es das letzte Mal darüber versucht habe, hat es zumindest geklingelt.»

«Verstehen Sie, warum es so wichtig ist, dass er ins Außenministerium fährt?»

Sven schüttelte den Kopf.

«Wenn nicht Erik der Drahtzieher hinter der Entführung und der Drogenlieferung ist, dann liegt der Schluss nahe, dass die Lieferung für jemand anderen gedacht war. Irgendjemand hat dafür viel Geld bezahlt, und dieser Jemand wartet auf sein Heroin.»

Sie musterte Sven, um zu sehen, ob er ihren Gedankengängen folgen konnte. Er hatte die Augenbrauen leicht hochgezogen und runzelte die Stirn. Es schien fast, als hätte er noch immer nicht verstanden, worauf sie hinauswollte. Sie musste deutlicher werden.

«In Stockholm auf der Straße kostet ein Gramm Heroin zwischen acht- und zwölfhundert Kronen. Da können Sie sich selbst ausrechnen, wie viel Ihr Päckchen wert war. Es sind schon für deutlich geringere Summen Leute getötet worden.»

Sven sah sich im Speisesaal um.

«Sie haben die zwei Beutel, die Sie an Erik schicken sollten, in der

Toilette entsorgt. Er schwebt womöglich in Gefahr, verstehen Sie das nicht?»

Sven riss erschrocken die Augen auf. «Um Gottes willen! Erik ...»

«Wenn er nicht bei der Arbeit ist, wo könnte er dann sein?»

«Er ... Er ... ist immer bei der Arbeit.»

«Auch an einem Samstag?»

«Er ist extrem engagiert. Das war er jedenfalls, als er noch hier in Kabul gearbeitet hat.»

«Aber das war, bevor Sie ihm in den Rücken gefallen sind und ihn nach Hause geschickt haben.»

Sven nickte langsam. Dann stand er auf und ging zum Festnetztelefon an der Wand neben dem Klavier. Nach ein paar Sekunden legte Sven den Hörer wieder auf und sah Amanda hilflos an.

«Sein Diensttelefon springt sofort auf die Mobilbox.»

15

Der Raum war groß und mit wunderschönen dunklen Eichenmöbeln ausgestattet. Vor den Fenstern hingen schwere goldgelbe Gardinen, die das Sonnenlicht aussperrten. Im Hintergrund lief der Fernseher, eine Nachrichtensendung von Al Dschasira. Die Einrichtung war ohne Zweifel eines Chefs würdig. Er war selbst mit auf dem Markt gewesen und hatte jeden Stuhl, jeden Tisch und jeden Schrank persönlich ausgewählt, sogar die Kissen.

Er lag ausgestreckt auf dem Sofa, ein rotes Plüschkissen unter dem Kopf. Sein weißes Gewand hatte sich um seine Beine gewickelt. Auf seiner Brust lagen die Schalen der Pistazien, die er seit einer Weile in sich hineinstopfte. Er hielt das Foto in Händen und drehte es hin und her.

Was zum Teufel sollte er sagen, wenn das nach draußen sickerte?

Er? Der Macho – der sich von einem anderen Mann einen blasen ließ?

Nicht nur mit seinem Job wäre es aus. Sein ganzes Leben wäre zerstört. Seine Familie wäre entehrt und hätte keine Zukunft mehr. Sie wäre gezwungen, das Land zu verlassen. Das war kein Bacha Bazi; es verstieß gegen das Gesetz.

Er wusste noch genau, wie dieses Bild entstanden war. An jenem Abend hatten sie dem Wein zugesprochen und waren betrunken gewesen. Er hatte sich so befreit gefühlt, Zeit und Raum hatten keine Rolle mehr gespielt. Es hatte ihn nicht einmal gestört, als dieser Milchbart sein Telefon hervorgeholt und sie alle drei gemeinsam fotografierte. Dass er sich das getraut hatte! Dieses blasse Jüngelchen! Das Bild stammte von seinem Handy, da war er sich ganz sicher.

Mit einer raschen Bewegung griff er nach dem Teeglas und schmetterte es an die Wand. Der Chai floss an den Rissen in der weißen Wandfarbe herunter. Diese Dreckskerle, sie würden in der Hölle schmoren, dafür würde er persönlich sorgen. Wie konnten sie es wagen, ihn zu erpressen? Ihn, der sowohl die Macht als auch das nötige Geld besaß? All diese Hundesöhne, die an der Sache beteiligt waren, sie würden es noch bitter bereuen. Doch dann würde es zu spät sein.

Mit dem Daumennagel pulte er Pistazienreste aus seinen Zähnen, nahm anschließend die Teekanne vom goldfarbenen Tablett und füllte ein frisches Glas, spülte sich den Mund aus und trank das Glas in raschen Zügen leer. Der heiße Tee verbrannte ihm beinahe die Kehle, doch das war ihm egal.

Er war fest entschlossen.

Zwei Dinge mussten erledigt werden. Umgehend.

16

Oskar sehnte das Ende seiner Schicht herbei. Doch er wusste, dass die Rechtsmedizin noch einen ersten Bericht faxen würde, ehe er sich auf den Heimweg machte.

Leider. Danach warteten endlich ein paar freie Tage auf ihn: Sonne, Strand und Fußball. Keine Polizeianwärter, um die er sich kümmern musste – und vor allem keine Schwulenmorde.

Dass niemand die Leiche vor fünf Uhr morgens entdeckt hatte, bedeutete nicht, dass sie nicht bereits zuvor dort gelegen hatte. Aber wie wahrscheinlich war es, dass irgendwo stundenlang Beine aus einem Gebüsch ragten, ohne dass irgendein Passant darauf reagierte?

Rigor mortis.

Mittlerweile konnte er die Wikipedia-Erklärung auswendig: *Als Totenstarre wird die nach dem Tod (post mortem) eintretende Erstarrung der Muskulatur bezeichnet … Beim Menschen beginnt die Totenstarre bei Zimmertemperatur nach etwa ein bis zwei Stunden an den Augenlidern, Kaumuskeln (zwei bis vier Stunden) und kleinen Gelenken, danach setzt sie ein an Hals, Nacken und weiter körperabwärts und ist nach sechs bis zwölf Stunden voll ausgeprägt (bei Hitze schneller, bei Kälte langsamer).*

Oskar seufzte. Es führte kein Weg daran vorbei. Er konnte es ebenso gut gleich hinter sich bringen.

«Fahr zur Wache in Norrmalm. Wahrscheinlich haben sie das Fax dorthin geschickt.»

«Das Fax?»

Der Polizeianwärter sah Oskar von der Seite an, als sie in Richtung Fridhemsplan abbogen.

«Ganz genau, Fax. So lautet die offizielle Bezeichnung. Eine Kommunikationsmethode.»

«Die wir immer noch benutzen?»

Mit einem Nicken bedeutete Oskar ihm, dass das Gespräch beendet war. Für diese besserwisserischen Mitglieder der Generation Y brachte er keine Geduld auf, ganz egal ob sie nun in den Achtzigern oder Neunzigern geboren waren.

Das Fax war tatsächlich gekommen.

An: Oskar Karlsson

So verdammt typisch, dass sein Name dort für alle Zeiten aufgeführt sein würde! Zwei Seiten lateinischer Text ... Zum Glück stand am Ende eine Zusammenfassung in verständlichem Schwedisch.

Rechtsmedizinische Obduktion

Bei dem Mann, der am 23. August um 05:05 Uhr tot am Norr Mälarstrand aufgefunden wurde, handelt es sich um Erik Gustaf Björk (Personennummer 800201–7514). Der Tod trat am 22. August zwischen 19:00 und 21:00 Uhr ein.

Todesursache sind 13 Messerstiche in Brust und Bauch. Die Messerstiche sind zwischen 18 und 21 mm breit. Die Schnellanalyse der Blutprobe ergab Spuren von Kokain. Rechtsmediziner Gustav Olivkrona traf am 23. August um 07:15 Uhr am Leichenfundort ein. Tatort und Fundort sind nicht identisch.

Jetzt hatten sie Gewissheit.

Tatort und Fundort stimmten nicht überein.

Oskar sah auf die Uhr. Noch eine halbe Stunde, bis sie den Wagen in der Tiefgarage abstellen konnten, ohne sich vorwerfen lassen zu müssen, zu früh Feierabend zu machen. Ein paar Suchanfragen in der Datenbank, dann würde er den ganzen Mist an diese Schwulenfreunde aus der Hate-Crime-Abteilung übergeben.

«Geh die Datenbank durch, jetzt wo der Typ identifiziert ist», wies er den Polizeianwärter an. «Wenn du irgendetwas Interessantes findest, druck es aus. Er wird ja wohl Familie haben, die unterrichtet werden muss.»

Der Polizeianwärter hatte sich bereits an den Rechner gesetzt.

«Nicht vorbestraft, keine Anzeigen oder Verurteilungen», vermeldete er, ohne den Blick vom Bildschirm abzuwenden.

«Angehörige?», fragte Oskar und blätterte weiter durch das Faxprotokoll.

Würde irgendjemand die oberste Seite vermissen, auf der sein Name stand? Sie erfüllte doch im Grunde ohnehin keine Funktion …

«Moment … Die Eltern sind beide tot. Keine Geschwister, kein eingetragener Lebenspartner.»

«Anders ausgedrückt: Keiner vermisst ihn. Noch was?»

Das erklärte zumindest, warum der Kerl nicht als vermisst gemeldet worden war.

Tragisch, dachte Oskar und unterdrückte ein Gähnen. Die letzte Schicht nach einer arbeitsreichen Woche war immer grässlich ermüdend, da brauchte es schon etwas mehr als bloß einen Datenbank-Suchlauf, um bei der Sache zu bleiben.

«Nein … Halt … Hier gibt es einen Eintrag … Er wurde letztes Jahr wegen einer geringfügigen Körperverletzung beim Stockholm Pride Festival als Zeuge vernommen.»

«Was du nicht sagst.»

«Er hat zwei Telefonnummern angegeben: die seiner Arbeitsstelle und eine private.»

«Bislang gab es nur ... Steht da, wo er arbeitet?», fragte Oskar hastig. An seinen Fauxpas mit dem sichergestellten Handy wollte er lieber nicht erinnert werden.

«Im Außenministerium.»

Oskar stellte seinen ramponierten Teebecher mit einem Knall ab.

«Du machst Witze! Im Außenministerium?»

«Was ist daran so merkwürdig?» Der Polizeianwärter sah von seinem Bildschirm auf.

«Er hatte verdammt noch mal Koks im Blut!»

«Tja, das wird selbst dort konsumiert.»

«Schon gut. Dokumentier alles, was du hast. Ich leite es an die Abteilung für Hate Crimes weiter, dann können die Kollegen einen Bericht verfassen und den Arbeitgeber informieren.»

«Aber sollten wir nicht ...»

Noch bevor der Polizeianwärter seinen Satz beenden konnte, fiel Oskar ihm ins Wort: «Wir sollten so einiges. Aber dieser Fall ist für uns abgeschlossen», blaffte er, knüllte die erste Fax-Seite zusammen und steckte sie in seine Tasche.

Wenn er einen Umweg über die Waffenkammer machte, kam er am Aktenvernichter vorbei. Es würde doch wohl niemand das Deckblatt eines Faxes vermissen? Nie im Leben sollte Oskar Karlssons Name mit einer derart schlampigen Ermittlung in Verbindung gebracht werden, auch wenn die katastrophalen ersten Maßnahmen auf sein Konto gingen.

17

Der Krisenstab kam wieder in dem üblichen fensterlosen Raum zusammen. Frauen in Kleidern und Männer in eleganten Anzügen nahmen rund um den ovalen Konferenztisch Platz. Lena Eklund-Berg vom Juristischen Dienst hatte Bill freundlich zugenickt, als sie den Raum betreten hatten. Er erwiderte ihr Lächeln. Sie war wirklich eine attraktive Frau.

Er zählte fünf neue Gesichter. Bestimmt Abgesandte vom Außenministerium. An einem Sonntag.

Noch bevor Bill sich setzen konnte, ergriff der Staatssekretär das Wort: «Zu diesem Meeting begrüßen wir die Vertreter des Außenministeriums, Mona Eriksson-Adler, Kristina Wallin, Karl Wirén, Sten Wiberg sowie Erika Johansson. Darf ich vorstellen: Alice Bohman, Chefin der Reichskriminalpolizei, und Bill Ekman, stellvertretender Leiter des Sondereinsatzkommandos der Reichskriminalpolizei im Ausland. Sie werden uns über die neueste Entwicklung im Fall der beiden in Afghanistan mutmaßlich entführten Diplomaten ins Bild setzen.»

Auch diesmal bestand kein Zweifel, wer bei der Zusammenkunft der Ranghöchste war. Der Bluterguss im Auge des Staatssekretärs hatte sich mittlerweile über den gesamten Augapfel ausgebreitet. Bill versuchte, einen Punkt zwischen dessen Augenbrauen zu fixieren, um nicht den Eindruck zu erwecken, unverschämt zu starren.

Sein Mund war trocken, und dass alle ihn anzusehen und auf ihn zu warten schienen, machte ihn nervös. Er räusperte sich. «Wir haben es inzwischen mit einer neuen Sachlage zu tun. Der Botschafter hat eine E-Mail mit einem Foto der Entführungsopfer erhalten. Ich habe es gerade erst bekommen ... Zum Zeitpunkt der Aufnahme sind beide Geiseln am Leben und scheinen wohlauf zu sein», sagte Bill und legte den körnigen Ausdruck auf den Tisch. Reihum war ein Stöhnen zu hören, als die Anwesenden das Foto herumreichten.

«Und was geschieht jetzt? Ich meine, wie gehen wir weiter vor?», fragte eine Mitarbeiterin des Außenministeriums, die eine Rüschenbluse mit Spitze und weiten Volantärmeln trug.

«Wenn Sie möchten, dass ich auf die Details zu sprechen komme ...»

Wieder fiel ihm der Staatssekretär ins Wort: «Geben Sie uns einfach einen Überblick, damit wir die Angelegenheit in beiden Abteilungen auf bestmögliche Art und Weise handhaben können. Wenn es zu detailliert wird, melden wir uns schon.»

Bill hätte sich gewünscht, dass weniger Leute im Raum gewesen wären. Waren das denn wirklich alle wichtige Entscheidungsträger?

«Also gut. Unserer Einschätzung nach könnten wir einen ersten entscheidenden Fortschritt erzielen, wenn sich unsere Kollegen von der FRA den E-Mail-Account sowie die IP-Adresse ansehen, von der das Foto verschickt wurde. So hätten wir zumindest einen geographischen Anhaltspunkt. Es liegen nach wie vor keine Informationen vor, wie oder wann das Lösegeld gezahlt werden soll. Wir haben lediglich die Summe.»

«Wie viel wird verlangt?»

«Zehn Millionen US-Dollar.»

Ein Raunen ging um den Tisch. Bill hoffte, dass damit die Neugier fürs Erste gestillt war.

«Des Weiteren hat meine Kollegin den Dialog mit unserem militärischen Sonderkommando eingeleitet, das sich in Kabul befindet. Es unterstützt meine Kollegin und ist darauf vorbereitet, eine Befreiungsaktion durchzuführen.»

«Gesetzt den Fall, dass diese Alternative aktuell wird: Vielleicht sind lokale afghanische Verbände die bessere Lösung», warf der Staatssekretär ein.

«Wir halten uns natürlich alle Alternativen offen», erwiderte Bill, der keinen Grund sah, warum afghanische Militär- oder Polizeieinheiten einem schwedischen Sonderkommando vorzuziehen sein sollten. Zumindest solange man das Leben zweier Diplomaten retten wollte.

«Deuten derzeit irgendwelche Indizien auf eine Verbindung nach Schweden hin?», erkundigte sich der Stabschef.

Bill holte tief Luft. Auf diese Frage würde er antworten und mit offenen Karten spielen müssen, obwohl Amanda ihn ausdrücklich gebeten hatte, die Rolle des Botschafters kleinzureden, zumal der sich momentan einigermaßen kooperativ verhielt.

«Das mag Ihnen vielleicht ein wenig zu detailliert erscheinen ... aber wir haben mehrmals vergeblich versucht, Erik Björk zu erreichen, der erst kürzlich seinen Dienst in Kabul beendet hat. Unserer Einschätzung nach könnte er wichtige Auskünfte beisteuern.»

«Wo besteht denn da der Zusammenhang, wenn man neugierig sein darf?», fragte der Stabschef, der sich auf seinem Stuhl zurückgelehnt und die Hände über seinem Bauch verschränkt hatte.

Die Rüschenbluse reckte den Zeigefinger in die Luft. «Das würde ich gern kommentieren.» Als der Staatssekretär nickte, wandten sich alle der Frau zu. Sie zupfte kurz an ihrer Bluse, dann fuhr sie leise fort: «Das, was in der Zeitung steht ... dass es sich bei dem Mann, der gestern Morgen tot am Norr Mälarstrand gefunden wurde, um einen Mitarbeiter des Außenministeriums handelt ... Die Polizei hat das Außenministerium heute von dem Todesfall unterrichtet ... Es ist ... Erik Björk.»

«Tragisch. Er war noch nicht lange dabei», warf der Mann ein, der als Karl Wirén vorgestellt worden war.

Die Anwesenden seufzten. Alice Bohman starrte Bill an, der sofort ein flaues Gefühl im Magen verspürte. Er verfluchte sich selbst, dass er am Morgen keine Nachrichten gesehen hatte – er hatte nicht mal einen Blick auf die Schlagzeilen in den Auslagen der Zeitungskioske geworfen, an denen er auf dem Weg nach Rosenbad vorbeigekommen war. Dann hätte er vielleicht gewusst, dass ein Mitarbeiter des Außenministeriums ermordet worden war. Stattdessen hatte er den Morgen damit zugebracht, die Spuren des gestrigen Krebsessens zu beseitigen.

Als er in der Nacht nach Hause gekommen war, hatte Sofia auf der Hollywoodschaukel in der Laube gelegen. Mehr als einmal hatte er sich vorgenommen, ihr zu helfen, die Trinkerei in den Griff zu bekommen, doch irgendwie waren bei der Arbeit immer wieder neue wichtige Aufgaben dazwischengekommen.

Bill notierte sich den Namen Erik Björk, in erster Linie um einen kurzen Moment nachdenken zu können. Amanda hatte wie üblich recht gehabt. Das Problem war nur, dass sie zu spät erkannt hatten, dass Eriks Leben in Gefahr gewesen war. Aber warum zum Teufel hatte er nichts über ihn in der Datenbank gefunden, als er die Register durchgesehen hatte? Zu dem Zeitpunkt war Erik immerhin schon tot gewesen.

«Interessant. Mittlerweile scheint alles um die Botschaft in Kabul zu kreisen. Bill, möchten Sie sich dazu äußern?», fragte der Staatssekretär, um wieder zur Sache zu kommen.

Hier saß er allen Ernstes als Repräsentant der Ordnungsmacht und fand sich in der Rolle des Informationsempfängers von wichtigen Fakten wieder, die er selbst hätte liefern müssen.

Peinlich war noch freundlich ausgedrückt.

Alice Bohman lehnte sich mit vor der Brust verschränkten Armen zurück. Von ihr war keine Hilfe zu erwarten.

«Es scheint fast, als wüsste bei der Polizei die rechte Hand nicht, was die linke tut», bemerkte der Stabschef süffisant und machte sich eine Notiz.

«Es mag vielleicht so aussehen, Fakt ist allerdings, dass eine

Zusammenarbeit bei Angelegenheiten, die ein derart hohes Maß an Geheimhaltung erfordern, überaus schwierig sein kann», erwiderte Bill in der Hoffnung, sich nicht für schlampig durchgeführte Arbeit rechtfertigen zu müssen.

«Also, was ist die Verbindung zu Erik Björk?», fragte die Rüschenbluse.

Bill starrte die Frau an. Er hatte geglaubt, die Sache hinter sich bringen zu können, ohne auf Details einzugehen.

«Momentan läuft eine Voruntersuchung, die von einem erfahrenen Ermittler der Reichskriminalpolizei geleitet wird. Der Mann heißt Tore Frej. Für ihn und uns alle ist die oberste Priorität herauszufinden, ob überhaupt ein Zusammenhang besteht. Und wenn ja, wie der aussieht. Ich würde gern zu einem späteren Zeitpunkt auf Ihre Frage zurückkommen.»

Bill schluckte trocken und griff nach seinem Wasserglas. Hoffentlich hatte er die Frage damit fürs Erste abgewendet.

«Vielleicht habe ich Sie vorhin falsch verstanden», ließ sich der Staatssekretär vernehmen, «aber meinten Sie nicht, dass dieser Herr Björk Auskünfte geben könnte, die möglicherweise eine Verbindung nach Schweden bestätigen? Und jetzt sagen Sie, dass Sie der Frage nach einem möglichen Zusammenhang immer noch *nachgehen?*»

Bedächtig nahm Bill einen letzten Schluck Wasser, um Zeit zu gewinnen. Die Tischrunde war nicht nur neugierig, sie war beharrlich. Er räusperte sich.

«Ich verfüge momentan nicht über alle Informationen zur Gesamtsituation. Aber nach Einschätzung der Kollegin in Kabul war Erik Björk von speziellem Interesse, weil er die Botschaft wegen mangelnder Kooperationsbereitschaft Anfang des Monats verlassen musste. Seit diesem Zeitpunkt ist der Kontakt zu ihm abgebrochen. Der Botschafter persönlich hat mehrmals versucht, ihn zu erreichen – erfolglos. Wie gesagt, ich werde auf diesen Punkt noch zurückkommen.»

Der Staatssekretär spielte mit seinem Brillenband und starrte Bill unverwandt an.

«Sie behandeln diese Angelegenheit doch wohl nach wie vor im engsten Kreis?»

«Natürlich. Aber wie bereits erwähnt, habe ich Tore Frej als Leiter der Voruntersuchung hinzugezogen. Je komplexer die Sache wird, umso mehr Kräfte sind nun einmal involviert. Darüber hinaus sind sorgfältig ausgewählte FRA-Mitarbeiter sowie unsere militärische Spezialeinheit in groben Zügen unterrichtet.»

«Wir haben es mit einer äußerst sensiblen Angelegenheit zu tun. Da wollen wir keine mediale Aufmerksamkeit. Die Zahl der beteiligten Personen muss so klein wie möglich gehalten werden. Vergessen Sie nicht, dass das Ganze als streng geheim eingestuft wurde.»

«Das ist mir bewusst», erwiderte Bill. In seiner Abteilung war ein kleiner Kreis die eine Sache, dachte er; das Außenministerium hatte tagtäglich mit Fällen zu tun, bei denen die höchste Geheimhaltungsstufe galt. Aber weshalb zogen sie dann weitere Regierungsvertreter hinzu?

«Zu Ihrer Information: Ich habe heute Nachmittag einen Termin im Verteidigungsministerium. Und noch was», sagte der Staatssekretär und nahm Bill erneut ins Visier, der nickte und sich vorkam wie ein gescholtener Schuljunge. «Der neue afghanische Präsident kommt in zwei Wochen zu einem Staatsbesuch nach Stockholm. Diese Angelegenheit darf sich *unter keinen Umständen* auf seinen Besuch auswirken. Haben wir uns verstanden?»

TAG ZWEI

18

Eine Vogeltapete zierte die Wände des Gästezimmers in der Botschaft. An einigen Stellen flatterten Vögel auf, an anderen saßen sie mit ihren Jungen, die hungrig ihre Schnäbel aufsperrten, auf einem Ast. Das Weibchen beschützte ihre Brut, während das Männchen auf Futtersuche ging.

Amanda war völlig erschöpft. In der vergangenen Nacht hatte sie kein Auge zugetan. Die Schmerzen in ihrer Brust waren so stark gewesen, dass sie nicht auf dem Bauch hatte schlafen können.

Nachdem sie sich zum zweiten Mal übergeben hatte, war sie aufgestanden und im Zimmer auf und ab gegangen, nachgerechnet und im Kalender nachgesehen.

Der Fötus dürfte inzwischen sechs Wochen alt sein. Sie konnte sich noch genau daran erinnern, wie schlecht ihr gewesen war, bevor sie mit zweiundzwanzig abgetrieben hatte. Damals hatte sie nichts als grenzenlose Erleichterung gespürt, nachdem sie das Krankenhaus in Danderyd verlassen hatte. Diesmal empfand sie komplett anders: Ein kleines Leben wuchs in ihr heran – so klein wie der Radiergummi am Ende ihres Bleistifts. Den Whisky vom Vorabend bereute sie zutiefst. Sven hatte zwei Gläser, eine Flasche Laphroaig und eine Flasche Bowmore hervorgezaubert und gefragt, welche Marke sie bevorzuge. Je rauchiger, umso besser, lautete sein persönliches Urteil, anschließend hatte er ihr sein Herz ausgeschüttet. Wie man sein ganzes Leben lang seine wahre Sexualität verbergen konnte.

Und warum.

«Wie geht es dir?», war Bills erste Frage, als er anrief.

«Gut», antwortete Amanda, während sie gleichzeitig versuchte, nach der kalten Dusche ihre widerspenstigen Locken zu entwirren. «Es gibt positive Neuigkeiten: Die anderen Verhandlungsführer beenden heute ihren Auftrag in Nordafrika. Sie fliegen nach Hause, packen um und kommen dann auf direktem Weg zu dir nach Kabul.»

Die Operation in Nordafrika hatte routinierte Unterhändler erfordert. Das bedeutete, dass Bill nicht vorhatte, ihr irgendwelche Anfänger zu schicken.

«Also in drei, vier Tagen?»

«Davon gehe ich aus. Hast du meine E-Mail zu Erik Björk gelesen?»

«Gelesen und beantwortet», erwiderte Amanda und klemmte sich das Handy zwischen Ohr und Schulter, damit sie die Hände frei hatte.

Sie schüttete den Inhalt ihres Rucksacks auf dem Bett aus und wühlte ihr beigefarbenes Brynje-Langarmshirt hervor, das ideal war, um es unter der Uniformjacke zu tragen, die keine Wärme isolierte. Sie zog es sich über den Kopf, während sie gleichzeitig Bills Bericht über die Zusammenkunft im Justizministerium lauschte.

«Mir war schon nach dem ersten Meeting klar, dass dieser Fall aus irgendeinem Grund ein Politikum ist. Sonst würden sie nicht so beharrlich darauf bestehen, über jeden noch so kleinen Schritt auf dem Laufenden gehalten zu werden. Aber wer kann denn ahnen, dass uns ein Staatsbesuch bevorsteht? Das Timing ist wirklich ungünstig.»

«Dann müssen wir eben härter und schneller arbeiten. Ich mache mich gleich auf den Weg zum Flughafen, um das Sondereinsatzkommando auf der KAIA mit allen nötigen Informationen zu versorgen», sagte Amanda.

Sie musterte ihre Uniformhose. Nicht gerade sauber, aber es musste gehen. Die Taschen an den Beinen, in denen Ersatzmagazine, Karten, ein Notizbuch und ein Erste-Hilfe-Set steckten, beulten sich, aber das waren nun mal alles Dinge, die sie griffbereit haben wollte.

«Der Staatssekretär hat ausdrücklich betont, dass erst der afghanische Innenminister informiert werden muss, bevor wir vor Ort irgendwelche Maßnahmen ergreifen», sagte Bill.

«Habe ich gelesen. Ich werde Sven heute Nachmittag begleiten, um uns den Einsatz offiziell genehmigen zu lassen. Nachdem ich ihn davon in Kenntnis gesetzt habe, dass Erik ermordet wurde», fügte sie hinzu.

«Wie wird er reagieren, was glaubst du?»

«Er wird am Boden zerstört sein. Mittlerweile hat er eingesehen, dass er die Situation verschlimmert hat, indem er das Heroin in der Toilette heruntergespült hat.»

«No shit», murmelte Bill, bevor er fortfuhr: «Wie hast du es geschafft, so schnell einen Termin im Innenministerium zu bekommen? Du sagst doch immer, dass die Behörden dort unten in Zeitlupe arbeiten.»

«Sven und der Innenminister kennen sich wohl, sodass er uns auf seine Prioritätenliste gesetzt hat.»

So liefen die Dinge in einer Stadt wie Kabul. Eine Hand wusch die andere.

«Sehr gut. Hast du in den Bericht geschrieben, was dein Gespräch mit dem Chauffeur gestern Abend ergeben hat?»

«In aller Ausführlichkeit. Aber ich habe das Gefühl, dass die Entführung nicht besonders gut geplant gewesen ist … Nahezu dilettantisch. Nach Aussage des Fahrers haben zwei Männer immer wieder ‹*embassy*› geschrien, bevor sie Ingrid, Mikael und den Fahrer aus dem Wagen gezerrt und sie in ihr eigenes Fahrzeug verfrachtet haben.»

Bill stieß einen Pfiff aus.

«Noch was?»

«Der Fahrer hat ausgesagt, er habe die Gesichter der Männer nicht gesehen, weil sie ihm sofort eine Kapuze über den Kopf gezogen hätten. Als das Auto losfuhr, seien die Entführer allerdings in Streit geraten und hätten sich auf Dari angeschrien.»

Amanda schlüpfte in ihre Uniformjacke, die zwar sauber und in einwandfreiem Zustand war, allerdings ziemlich zerknittert aussah. Am Waschbecken benetzte sie sie mit ein bisschen Wasser und strich mit der Hand über die Brusttaschen. Über der linken befestigte sie mit einem Klettverschluss ihr Namensschild. LUND. Kurz und knapp.

«Worüber haben sie sich gestritten?»

«Keine Ahnung.»

«Ist dieser Fahrer glaubwürdig? Müsste er nicht noch mehr Details berichten können?»

«Er meint, er sei die ganze Zeit davon ausgegangen, dass die Männer ihn töten würden, und habe deshalb keinen Gedanken darauf verschwendet zuzuhören.»

Bill seufzte. Das gefiel ihm nicht, das wusste sie.

«Ist er jetzt in der Botschaft? Behältst du ihn im Blick?»

«Er hat die Anweisung zu arbeiten. Viel mehr kann ich nicht tun, um ihn zu überwachen.»

«Ist es nicht seltsam, dass er fliehen konnte? Und statt die Botschaft zu alarmieren, kehrt er einfach nach Hause zurück, um sich von seiner Frau verarzten zu lassen?»

«Er hatte Angst und hat sich schuldig gefühlt ... Aber ja, ich bin ganz deiner Meinung.»

«Hast du sein Telefon überprüft?»

«Das haben die Entführer an sich genommen. Die Telefone der Diplomaten ebenfalls, zumindest wenn wir seiner Geschichte glauben wollen.»

Bill schnaubte. Es war offensichtlich, dass er Alis Schilderung für nicht besonders glaubwürdig hielt.

«Gib mir die Telefonnummern des Fahrers und der Diplomaten, dann können sich die Leute von der FRA damit befassen.»

«Was sollen die denn herausfinden? Und vor allem *wann*?», fragte Amanda, die das Tempo ungern drosseln wollte.

«Ich weiß es nicht. Aber es ist einen Versuch wert. Zumindest Signale orten können sie.»

Amanda zweifelte nicht an den Fähigkeiten der Kollegen, doch die Mühlen der schwedischen Bürokratie mahlten langsam. Sie brauchte die Informationen hier und jetzt, nicht erst in ein paar Tagen oder, noch schlimmer, in einigen Wochen. Sie angelte den Stein aus der Tasche ihres Blazers, der am Garderobenhaken hing, und ließ ihn in die Beintasche der Uniformhose gleiten. Mit dem Daumen strich sie über die eingekerbten Buchstaben.

EVA.

So bin ich immer an deiner Seite, hatte ihre Mutter gesagt, als sie ihr den Stein vor zehn Jahren gegeben hatte. Damals hatte Amanda mit ihrer weißen Schirmmütze auf dem Kopf und dem Abschlusszeugnis von der Polizeihochschule in der Hand auf der Treppe des Stockholmer Rathauses gestanden.

Am anderen Ende der Leitung holte Bill tief Luft.

«Was verheimlicht uns Leijonhufvud? Außer dass er ab und zu seinem Verlangen nachgibt? Warum ist er nicht zu seiner Lieblingsveranstaltung im Serena Hotel gefahren? Warum hat er vorgegeben, krank zu sein?»

«Das ist bei weitem nicht das Einzige, was merkwürdig ist. Als ihm klar wurde, dass man ihn erpresst, und ihm zwei Kilo Heroin in den Schoß fallen, beschließt er, die Polizei außen vor zu lassen», sagte Amanda.

«Könnten diese Leute unter einer Decke stecken?»

«Wer genau?»

«Der Botschafter, der Chauffeur …?»

«Wohl kaum. Was sollten sie für ein Motiv haben?»

«Geld natürlich», erwiderte Bill.

«Für den Fahrer mag das zutreffen, aber für den Botschafter?»

«Ich weiß auch nicht. Aber er könnte trotzdem seine Gründe haben», murmelte Bill.

«Seine Mitarbeiter zu animieren, die Botschaft zu verlassen, damit sie entführt werden? Da müsste man schon echt krank im Kopf sein», sagte Amanda.

Sie schwiegen eine Weile, bevor Bill die offensichtliche Frage stellte: «Aber warum hören wir dann nichts von den Entführern?»

Amanda wünschte sich, die Antwort auf diese Frage zu wissen. Sie konnte lediglich sagen, dass zwischen der Entführung in Kabul und dem Mord in Stockholm irgendein Zusammenhang bestand und dass ihnen die Zeit davonlief. Sie wollte Leben retten, doch ohne einen Verhandlungspartner sah es düster aus.

«Wann kann die FRA erste Ergebnisse zu den zwei E-Mail-Adressen liefern?»

«Im Laufe des Tages, wenn wir Glück haben.»

«Mach ihnen ein bisschen Dampf. Was steht im Polizeiprotokoll? Irgendetwas, das meine Ermittlungen hier voranbringen könnte?»

«Das einzig Interessante ist ein sichergestelltes iPhone, das allerdings entladen ist. Tore hat die Voruntersuchung eingeleitet und ist über alles im Bilde.»

«Na dann. Auf Tore ist Verlass. Lasst ihr Erik Björks Wohnung durchsuchen?»

Es war nicht das erste Mal, dass sie mit Tore zusammenarbeitete. Nicht viele konnten ihm an Erfahrung das Wasser reichen, wenn es um Schwerverbrechen und entführte schwedische Staatsbürger ging. Er war eigentlich schon über das Rentenalter hinaus, doch er hatte nicht die geringste Absicht aufzuhören, bevor ihn die Behörden dazu zwangen. Wenn er in Topform war, würden sie dieses Handy noch heute zum Laufen kriegen und Verbindung mit der entsprechenden Telefongesellschaft aufnehmen, davon war sie überzeugt.

«Ja, irgendwann heute Nachmittag. Es werden vermutlich nur Tore und ich sein, damit wir nicht noch mehr Leute hineinziehen», sagte Bill und seufzte.

«Habt ihr mit dem Kollegen gesprochen, der als Erster am Fundort war?»

«Tore redet heute mit ihm. Polizeihauptmeister Oskar Karlsson. Er hat Urlaub und war nicht gerade begeistert, dass wir ihn ins Präsidium bestellt haben.»

«Einmal Polizist, immer Polizist, das gilt auch in der Freizeit. Richte ihm das aus.»

Sollte sie Bill von ihrer Schwangerschaft erzählen? Nein, André musste es als Erster erfahren. Dann ihre Mutter. Und danach Bill.

Sie beendete das Gespräch.

Eigentlich merkwürdig, dass es erst jetzt passiert war, so unvorsichtig, wie sie in Sachen Verhütung gewesen waren.

Aber jetzt hatte André wenigstens einen Grund, die Scheidung einzureichen. Außerdem hatte seine Frau den Brustkrebs besiegt. Endlich würde er das Gefühl haben, Annika verlassen und einen neuen Lebensabschnitt beginnen zu können.

Amanda lief hinaus in die brütende Sommerhitze – mittlerweile mussten die Temperaturen auf annähernd vierzig Grad geklettert sein – und stieg in den klimatisierten Wagen, der schon auf sie wartete. Aus den Lautsprechern drang leise das aktuelle Album von Habib Qaderi.

Sie befestigte den Haken am Beinabschluss ihrer Uniformhose an den Schnürsenkeln der Stiefel und entschied sich spontan für die größere Schutzweste. Ihre Hand verharrte für einen kurzen Moment auf ihrem Bauch, bevor sie die Klettverschlüsse fester anzog als üblich und den Kragen hochstellte.

Klobig, aber mehr Schutz.

Amanda hatte aufgehört zu zählen, wie oft sie inzwischen zusammengefasst hatte, was in Kabul und Stockholm geschehen war. Als Otman den Wagen durch das Tor der Botschaft lenkte und in Richtung KAIA fuhr, zog sie ihr Notizbuch hervor.

Erik mailt ... oder nein, genauer: Von Eriks privater E-Mail-Adresse wird ein Foto an den Botschafter gemailt, begleitet von der Aufforderung, zwei Kilobeutel Heroin per Diplomatenpost nach Schweden zu schicken.

Im Briefkasten der Botschaft wird ein Päckchen deponiert, das, wie sich später herausstellt, ein weißes Pulver enthält. Der Botschafter weiß nicht, wie er sich verhalten soll, und bewahrt das Päckchen erst eine knappe Woche lang in seinem Dienstzimmer auf, ehe er das Pulver in der Toilette herunterspült. Tags zuvor sagt er die Teilnahme an seiner Lieblingsveranstaltung im Serena Hotel ab.

Die Diplomaten werden gegen 21 Uhr entführt, als sie im selben Wagen unterwegs sind, der ursprünglich für den Botschafter vorgesehen gewesen war.

Am selben Abend zwischen 19 und 21 Uhr wird Erik in Stockholm ermordet. Tags darauf erhält der Botschafter an seine offizielle E-Mail-Adresse eine Nachricht mit einem Foto der Entführungsopfer und einer erhöhten Lösegeldforderung, weil er nicht getan habe, was sie von ihm verlangt hätten.

Weil Sven das Heroin nicht an Erik weitergeleitet hatte?

Oder war da noch etwas anderes, das er nicht getan hatte? Oder das er für sie hätte tun müssen? Und wer waren überhaupt «sie»? Der Absender der zweiten E-Mail konnte wohl kaum Erik sein. Zu dem Zeitpunkt hatte er bereits auf dem Obduktionstisch gelegen.

19

Er war erst nach drei Uhr eingeschlafen. Als am Morgen der Ruf des Muezzins durch die Straßen schallte, zog er sein weißes Nachthemd aus und griff nach Hemd und Krawatte.

Ein langer Tag im Büro erwartete ihn.

Er verließ das Haus in der festen Gewissheit, was zu geschehen hatte.

Als er das Bürogebäude betrat, waren die Tränensäcke unter seinen Augen immer noch zu sehen. Imran und Shamir warteten gähnend in seinem Büro.

«Salam alaikum», sagte er mit einem gebieterischen Nicken und deutete auf das Sofa mit den Plüschkissen.

«Wa alaikum salam», antworteten die beiden und setzten sich.

Er goss Chai in drei Gläser. Trotzdem entging ihm nicht, dass ihre Blicke verstohlen zu der Wand wanderten, an der die Spuren seines gestrigen Wutausbruchs immer noch zu sehen waren. Er beschloss, nicht weiter darauf einzugehen. Der Teller mit Rosinen-Mandelreis stand immer noch auf seinem Schreibtisch.

«Was ich euch jetzt sage, muss für alle Zeiten unter uns bleiben ...» Er machte eine Kunstpause, um seinen Worten mehr Gewicht zu verleihen. «Über den Auftrag, den ich euch gleich erteile, dürft ihr mit niemandem sprechen. Natürlich werdet ihr wie immer großzügig entlohnt, wenn ihr die Aufgabe erledigt habt.»

Der Blick unter seinen buschigen Brauen war durchdringend. Die Männer nickten scheu, löffelten Zucker in ihre Teegläser und rührten um.

«Kommen wir zur Sache. Ich werde erpresst. Das Einzige, was ich in der Hand habe, sind eine E-Mail-Adresse und eine Summe in US-Dollar. Ich will, dass ihr den Erpresser findet. Wie ihr dabei vorgeht, ist mir egal.»

«Und was sollen wir tun, wenn wir ihn gefunden haben?», fragte Imran mit einem schiefen Lächeln.

«Alle Beteiligten werden eliminiert und sämtliche elektronischen Geräte zerstört, jede Festplatte, jede noch so kleine Speicherkarte, die ihr findet. Kapiert?»

«Gibt es weitere Anhaltspunkte?», wollte Shamir wissen und lehnte sich zurück.

«In der schwedischen Botschaft arbeitet ein gewisser Erik Björk. Er könnte eine zentrale Rolle spielen ... wie und welche, weiß ich leider nicht», antwortete er und lockerte seine Krawatte. Dann schaltete er den Standventilator an. Mit einem Quietschen setzten sich die Flügel in Bewegung.

Er holte tief Luft und sah die beiden entschlossen an.

«Gehört die E-Mail-Adresse, von der du gesprochen hast, diesem Erik?», fragte Imran.

«Keine Ahnung. Finde es heraus. E-Mail-Adresse, Eingangszeitpunkt und den Inhalt der Mail habe ich euch hier notiert», sagte er und legte einen Zettel auf den Tisch.

Imran nahm den Zettel in die Hand und buchstabierte sich durch die Adresse.

«*The ... sky ... is ... blue?* Was zum Teufel soll das denn für eine Adresse sein?»

«Jemand mit blühender Phantasie, was weiß ich», erwiderte er und hob resigniert die Hände.

«Ich schau mal, was wir herausbekommen», murmelte Imran und stand auf.

«Aber vergiss nicht – absolute Diskretion. Und es muss schnell gehen.»

«Natürlich», versicherte Imran und zog die Tür hinter sich zu.

Shamir trank schweigend seinen Chai und wartete nun seinerseits auf Anweisungen.

«Es gibt noch eine Sache, bei der ich Hilfe brauche – und die bleibt zwischen dir und mir. Du weißt, dass ich mich hundert Prozent auf dich verlasse.»

«Natürlich, Bruder. Das beruht auf Gegenseitigkeit», erwiderte Shamir und beugte sich über den Tisch.

«Dieser Auftrag muss umgehend erledigt werden. Auf gewisse Details möchte ich nicht näher eingehen, aber es gibt da noch eine Person, die einer Sonderbehandlung bedarf.»

«Gib mir den Namen und was du hast.»

«Ich vertraue darauf, dass du die Sache wie üblich regelst», sagte er und reichte ihm einen verschlossenen Umschlag.

«Habe ich dich jemals enttäuscht?»

20

Ein Gewitter lag in der Luft. Bill schnaufte, als er an den besetzten Parkbuchten an der Johannesgatan vorbeifuhr. Er bog links in die Tunnelgatan in Richtung Regeringsgatan ein. Schweißperlen liefen ihm an den Schläfen hinunter und sickerten in seinen dichten Bart. Unter den Ärmeln seines Poloshirts hatten sich dunkle Flecken gebildet. Vor der Brunkeberg-Bäckerei entdeckte er eine winzige Parklücke in einer Ladezone, in die er seinen blauen V70 hineinmanövrierte.

«Wenigstens müssen wir nicht so weit laufen», sagte Bill und legte seine gelbe Polizei-Parkplakette hinter die Windschutzscheibe.

Tore öffnete die Autotür und streckte sich. Die Venen an seinen braun gebrannten Unterarmen traten deutlich hervor.

«Der Schlüsseldienst kommt gleich. Hoffentlich ist es eine kleine Wohnung, damit wir nicht den ganzen Tag hier verbringen müssen.» Er warf die Reste seines Apfels ins Gebüsch.

«Was wollen wir dort eigentlich finden?»

«Momentan ist Erik dringend tatverdächtig, an der Entführung in Kabul beteiligt gewesen zu sein. Was immer auf eine Verbindung nach Kabul oder seine Ermordung hindeuten könnte, ist von Bedeutung. Lassen wir uns überraschen. Dieser Oskar Karlsson hat sich bei seiner Ermittlung jedenfalls nicht gerade mit Ruhm bekleckert. Wir müssen auf alles vorbereitet sein.»

«Hat er sich die Mühe gemacht, an seinem freien Tag ins Präsidium zu kommen?»

«Nein, ich habe erst mal nur mit ihm telefoniert, weil ich schon den Verdacht hatte, dass wir uns nicht länger als nötig mit ihm beschäftigen sollten.»

«Und hat sich der Verdacht erhärtet?»

«Definitiv. Er wollte sofort wissen, warum ein Schreibtischtäter wie ich sich mit einem Raubmord befasst, und hat gefragt, ob die Reichskriminalpolizei nichts Besseres zu tun hätte.»

«Sieh mal einer an. Was hast du geantwortet?»

«Dass bei einem Raubmord das Todesopfer in der Regel ausgeraubt wird, sich in diesem speziellen Fall jedoch ein nagelneues iPhone 5 in der Tasche des Opfers befunden hat und wir daher folglich kaum von einem Raubmord ausgehen können», antwortete Tore und widmete sich einem Becher Himbeerquark. Wahnsinn, was für ein Gesundheitsfanatiker, dachte Bill. Mit Sicherheit hatte Tore nach Feierabend noch eine Runde im Fitnessstudio eingeplant, ein vegetarisches Abendessen mit seiner Frau und anschließend satte acht Stunden Schlaf.

«Aber wenn wir es mit einem vorsätzlichen Mord zu tun haben – warum hat der Täter dann nicht darauf geachtet, sämtliche Spuren zu beseitigen, und das iPhone mitgenommen? Immerhin enthält es unzählige Ortungsdaten», meinte Bill.

«Darüber habe ich auch schon nachgedacht und bin auf zwei mögliche Erklärungen gekommen: Entweder hat der Täter Eriks Diensthandy gefunden, ist davon ausgegangen, dass es kein zweites Telefon gibt, und hat deshalb die Taschen des Opfers nicht weiter durchsucht.»

«Oder?»

«Oder er hat sich ganz bewusst dafür entschieden, es dort zu lassen.»

«Was sollte ihm das bringen?», fragte Bill und fühlte sich für eine Sekunde wie seine Tochter Elvira, die ihn ständig mit Fragen bombardierte.

Tore zuckte mit den Schultern, wischte den Löffel an einem Taschentuch ab und steckte ihn zurück in die Tasche. «Bis die Techniker das iPhone zum Laufen gebracht haben, können wir nur spekulieren. Aber wer weiß, vielleicht finden wir ja einen Hinweis, der Erik als Drahtzieher der Entführung entlarvt.»

«Überraschungen gibt es immer wieder, aber würde er wirklich ...»

«Der Grat zwischen Liebe und Hass ist hauchdünn, vergiss das nicht», sagte Tore und blinzelte in die Sonne.

«Aber zurück zu Oskar Karlsson. Hat das Gespräch denn überhaupt irgendetwas ergeben?», fragte Bill, nahm seine schwarze Ledermappe vom Rücksitz und schloss den Wagen ab.

Aus der Mappe lugte eine Kinderzeichnung, auf der ein Auto zu sehen war. Das Auto war so vollgepackt, dass die Kofferraumklappe nicht mehr zuging, und auf dem Dach türmten sich Taschen, die aus allen Nähten zu platzen schienen. Dazu hatte Emanuel eine Straße ohne Ziel gemalt.

«Nicht wirklich. Aber ich habe ihm klargemacht, dass er den dilettantischsten Start einer Mordermittlung hingelegt hat, den ich je erlebt habe. Ich habe ihm zu verstehen gegeben, dass ich bei der Sache das eine oder andere Dienstvergehen erkennen kann und sich die Abteilung für interne Untersuchungen mit Sicherheit gern der Angelegenheit annimmt, sollte sie davon erfahren.»

Bill schmunzelte. Es war nicht das erste Mal, dass Tore einem Kollegen die Leviten las, wenn er der Ansicht war, dass dieser schlechte Arbeit geleistet hatte.

«Also hast du ihm im Prinzip gedroht?»

«So würde ich das nicht formulieren. Erstens wird er mich kaum dafür anzeigen, dass ich die Wahrheit sage. Zweitens bin ich sechsundsechzig Jahre alt. Da kümmert es mich herzlich wenig, ob ich eine Abmahnung kassiere.»

«Karlsson hat jedenfalls einen ordentlichen Rüffel bekommen», stellte Bill zufrieden fest und blickte wieder auf Emanuels Zeichnung.

Beim Frühstück hatte er sich vorgestellt, wie er in dem roten Auto saß. Ein einsamer Mann hinterm Steuer auf dem Weg in ferne Länder. Bill faltete das Bild zusammen und holte tief Luft. Konzentration.

«Karlsson weiß, dass er schlampig und unprofessionell gearbeitet hat, insofern muss er sich das auch anhören. Dass ich mir nicht ganz sicher bin, ob die Schlamperei ausreicht, um als Dienstvergehen eingestuft zu werden, steht auf einem anderen Blatt», sagte Tore und winkte dem Schlosser, der soeben eingetroffen war, diskret zu.

In der penibel aufgeräumten Wohnung war es warm, doch die Luft roch alles andere als abgestanden. Die Zimmer waren spartanisch möbliert. Man hatte eher den Eindruck, sich in einer Musterwohnung zu befinden als in einem Zweizimmerapartment, das ein knapp dreißigjähriger Mann allein bewohnte.

«Auf dem Küchentisch liegen Zeitungen und Rechnungen», stellte Tore fest, bevor er auch schon den Kopf in den Kühlschrank steckte.

In einem Schuhregal im Flur standen blitzblank geputzte Schuhe. Auf der Hutablage stapelten sich bunte afghanische Tücher. Bill fuhr mit dem Finger über das Regalbrett. Nicht ein Staubkorn. Auf dem Boden lag ein kleiner, mit den vier Jahreszeiten gemusterter Orientteppich. Bill machte einen großen Schritt darüber hinweg und trat ebenfalls in die Küche.

Eine Stromrechnung und ein Schreiben der Bank lagen auf zwei Ausgaben der *Dagens Nyheter*. Vorsichtig zog Bill die obere Zeitung zu sich heran.

24. August 2014. Dann die zweite Zeitung.

23. August 2014.

Ein kalter Schauder lief ihm über den Rücken. Er ging in den Flur zurück, schloss die Wohnungstür ab und legte die Sicherheitskette vor.

«Teure Champagnerflaschen, Brämhults-Orangensaft und Eier. Alles sauber und aufgeräumt», fasste Tore zusammen, als er die Kühlschranktür zumachte und den Gefrierschrank öffnete.

«Tore», sagte Bill.

«Mhm?»

«Es ist jemand hier gewesen.»

Tore richtete sich wieder auf, schob die Tür des Gefrierschranks zu und sah Bill verdutzt an.

«Wie meinst du das?»

«Heute. Irgendwann heute früh. Schau dir die Post an – das sind die heutige und die gestrige Ausgabe der *Dagens Nyheter*. Die Totenstarre hat bei Erik eingesetzt, noch bevor die gestrige Zeitung überhaupt in Druck gegangen ist.»

«Laut Oskar Karlsson hatte Erik keine Angehörigen. Deswegen haben die Kollegen aus Norrmalm nur seinen Arbeitgeber von der Sache unterrichtet …» Tores Tonfall war wie immer neutral.

«Wer zum Teufel ist dann in der Wohnung gewesen?»

«Ein besorgter Liebhaber? Der einen eigenen Schlüssel besitzt?»

«Oder jemand, der Eriks Schlüssel hat *und* einen Grund, nach dessen Tod in seine Wohnung zu gehen», sagte Bill und steuerte das Wohnzimmer an. Ein riesiger Flachbildfernseher erstreckte sich fast über die ganze Wand. In der Ecke befand sich ein offener Kamin. Ein Sofa, ein Tisch und ein Sessel – mehr Mobiliar gab es nicht. Das Wohnzimmer war genauso akribisch aufgeräumt wie Küche und Flur. Die Fernbedienungen lagen nebeneinander, als hätten sie auf dem Tisch ihre festen Plätze. In weniger als zehn Minuten hatte Bill das Wohnzimmer durchsucht, ohne wirklich zu wissen, was er eigentlich zu finden hoffte.

In allen Räumen hing ein leichter Geruch nach Reinigungsmitteln.

Das Bett war gemacht, geblümte Kissen lagen ordentlich platziert auf dem Überwurf. Zu beiden Seiten des Bettes standen Nachttischchen mit identischen Lampen. Nirgends Fotos oder Bilder, lediglich ein riesiger Spiegel an der gegenüberliegenden Wand. Jemand, der sich gern selbst ansieht, dachte Bill und zog den Überwurf vom Bett.

Das Laken war sauber, allerdings ein bisschen zerknittert. Helle und dunkle Haare auf den Kissen. Bill schob die Hand unter die Bettdecke.

Und hielt mitten in der Bewegung inne.

«Tore?»

21

Als Sven und Amanda vor dem afghanischen Innenministerium aus dem Wagen stiegen, hörten sie das gleichmäßige Brummen eines Dieselgenerators.

Amanda hatte Leijonhufvud erzählt, was Erik zugestoßen war. Die Augen des Botschafters waren immer noch gerötet. Er hatte sich gegenüber den Mitarbeitern der Botschaft um Haltung bemüht, als er sie von dem Vorfall in Kenntnis gesetzt hatte, der nun von der Stockholmer Polizei als Hate Crime behandelt wurde. Sowie sie das Gebäude betraten, schlug ihnen das Rauschen der Klimaanlage entgegen. Ein junger Mann in einem schimmernden lilafarbenen Hemd hieß sie höflich willkommen und trug ihre Namen in ein Besucherbuch ein. In holprigem, aber enthusiastischem Englisch teilte er ihnen mit, dass Innenminister Nur Rassoul gleich für sie da sei.

Ohne zu fragen, servierte er ihnen schwarzen Kaffee in angeschlagenen Espressotassen. Sven nahm zwei gehäufte Löffel Zucker und schob die Zuckerschale hinüber zu Amanda. Sie nippte an ihrer Tasse und verzog kurz das Gesicht, als sie den bitteren Geschmack auf der Zunge spürte, den kein Zucker der Welt würde vertreiben können.

Das Besucherzimmer war elegant eingerichtet. Um den Konferenztisch herum standen Stühle mit hellbraunen Lederbezügen. Genau wie in anderen afghanischen Büros hing auch hier Zigarettenrauch in der Luft. Irgendjemand hatte versucht, den Geruch mit einem Raumspray namens «Wild Roses» zu übertünchen; die Sprühdose war neben einem Plastikbukett stehen geblieben. Der Geruch, gepaart mit der stickigen Wärme, rief bei Amanda eine leichte Übelkeit hervor.

Vom Flur waren Schritte und Stimmen zu hören, und einen Augenblick später erschien wieder der junge Mann vom Empfang. Dann marschierte der Innenminister mit ausgestreckten Händen an ihm vorbei ins Zimmer und begrüßte Amanda mit einem Lächeln im Gesicht und einem festen Händedruck.

«Welch hoher Besuch! Herzlich willkommen in Kabul», sagte er in makellosem Englisch mit amerikanischem Akzent.

«Danke. Wir wissen es sehr zu schätzen, dass Sie uns so kurzfristig empfangen», erwiderte Amanda.

Sein grau meliertes Haar war sorgfältig frisiert; die Falten in seinem Gesicht unterstrichen seine Attraktivität. Der Bart war akkurat gestutzt, und ein Hauch von Herrenparfüm umwehte ihn. Amanda schätzte ihn auf ungefähr fünfzig.

«Was tut man nicht für seine Freunde», sagte Nur Rassoul und klopfte Sven freundschaftlich auf den Rücken.

«Uns ist klar, dass du ein vielbeschäftigter Mann bist. Wir brauchen nur zehn Minuten», gab Sven zurück und hob zu einer Erklärung für seine geröteten, geschwollenen Augen an, die auf eine allergische Reaktion zurückzuführen seien.

«Wie ich bereits sagte, ihr seid Freunde. Und Schweden wird für immer einen ganz besonderen Platz in meinem Herzen haben», sagte der Innenminister.

Nach weiteren Höflichkeitsfloskeln und Komplimenten – wie gut der Bart Nur Rassoul zu Gesicht stehe – kam Sven auf den eigentlichen Grund ihres Besuchs zu sprechen.

«Wir sind hier, um formell eure Genehmigung für einen Einsatz einzuholen. Womöglich müssen wir euch sogar darüber hinaus um Hilfe bitten.»

«Lass hören», forderte Nur Rassoul ihn auf und rückte seine Krawatte zurecht.

Amanda bediente sich an einer Flasche Wasser, die auf dem Tisch bereitstand, und spülte den bitteren Kaffeegeschmack hinunter. Es war ihre Lieblingsmarke, Dibba, das einzige in Flaschen abgefüllte Mineralwasser, das keinen chlorigen Nachgeschmack auf der Zunge hinterließ.

Sie betrachtete Rassoul von der Seite, während Sven ihm die Ereignisse in groben Zügen schilderte. Dabei erwähnte er weder die Fotos, den Mord an seinem ehemaligen Mitarbeiter noch das weiße Pulver. Nur Rassoul hörte aufmerksam zu, stellte bloß hier und da ein paar Fragen, bis er über die Lage im Bilde war.

«Unsere afghanischen Verbände stehen selbstverständlich zu eurer Verfügung. Wenn es euch lieber ist, dass eure eigene Spezialeinheit die Befreiung vornimmt, habt ihr natürlich mein Einverständnis. In diesem Fall müssten wir bloß vorab informiert werden, und es bedürfte einer gewissen Absprache und Koordination mit uns ...»

«Danke, Mister Rassoul. Am effizientesten ist es sicher, unsere eigenen Leute einzusetzen. Aber wir kommen auf Ihr Angebot gerne zurück, falls wir die Hilfe Ihrer Verbände benötigen», antwortete Amanda.

«Was verlangen die Entführer für die Freilassung der Geiseln?»

«Bislang stehen zehn Millionen US-Dollar im Raum, allerdings gibt es noch keinen Hinweis darauf, wie die Übergabe erfolgen soll.»

«Merkwürdig. Für beide?»

«Wir nehmen es an», sagte Amanda.

Sie fragte sich, ob der Innenminister die Summe oder die Vorgehensweise merkwürdig fand, beschloss aber, nicht nachzufragen. Nur Rassoul strich sich über den Bart.

«Können wir euch auf irgendeine andere Art unterstützen? Unser Geheimdienst NDS verfügt mittlerweile über hohe Kompetenzen ...»

«Momentan nicht, danke. Aber wir würden uns freuen, darauf zurückkommen zu dürfen, falls es erforderlich sein sollte», erwiderte Amanda und sah auf die Uhr.

Elf Minuten waren vergangen. Sie spürte, dass Nur Rassoul allmählich ungeduldig wurde. Wie auf ein vereinbartes Zeichen hin erschien der junge Mann, räumte die Espressotaschen ab und hielt ihnen die Tür auf. Neuerliches Händeschütteln, Schulterklopfen und ein Austausch von Höflichkeitsfloskeln, dann war das Meeting vorbei. Kurz und effektiv.

Amanda und der Botschafter setzten sich auf die Rückbank des weißen Toyota Land Cruiser. Otman hatte in der Zwischenzeit die Klimaanlage laufen lassen. Dass sie ständig verschwitzt und durstig war, fühlte sich in Uniform mittlerweile ganz natürlich an. In Anzug und heller Bluse war es hingegen nicht so selbstverständlich.

«Sollen wir auf dem Weg zurück in die Residenz einen Zwischenstopp einlegen und Obst kaufen? Ich kenne einen Stand, an dem es sonnengereifte gelbe Mangos aus Pakistan gibt. Es ist nicht mal ein Umweg», schlug Sven vor und schnallte sich an.

«Ganz wie Sie wollen», antwortete Amanda. Der Einkauf von frischem Obst stand zwar nicht an oberster Stelle ihrer Prioritätenliste, aber sie wollte es sich mit Leijonhufvud nicht verderben.

Ein paar Minuten später hatten sie die Sicherheitsschranken und Kontrollen hinter sich gelassen, und der weiße Geländewagen reihte sich erneut in den fließenden Verkehr ein. Sven musste zu Otman bloß «Mango» sagen, damit der nickte.

«Sieht ganz so aus, als hätten Sie dort schon häufiger eingekauft», bemerkte Amanda.

«Mangosuppe ist mein Lieblingsdessert. Die Mangos werden püriert und mit Limettensaft, Zucker und Sahne vermengt. Wenn ich die Köchin darum bitte, nimmt sie leider meist rot-grüne Mangos, die nicht halb so gut schmecken wie die gelben», sagte der Botschafter, dem die Ironie in Amandas Stimme gar nicht aufgefallen war.

Als Otman auf der Chicken Street am Straßenrand hielt, reichte Sven ihm einen Fünf-Dollar-Schein.

«Ich gebe immer großzügig Trinkgeld, damit ich beim nächsten Mal auch garantiert die besten Früchte bekomme», erklärte er, nachdem Otman ausgestiegen war.

Amanda ging über die selbstgefällige Art des Botschafters kommentarlos hinweg. Sie räusperte sich bloß, schluckte trocken und versuchte vergeblich, das aufsteigende Sodbrennen zu unterdrücken.

«Warum hat Schweden denn einen besonderen Platz in Nur Rassouls Herzen?», fragte sie schließlich.

«Wie bitte?»

«Rassoul hat erwähnt, dass Schweden …»

Bevor sie ihren Satz beenden konnte, fiel der Botschafter ihr ins Wort: «Ach, das. Ich nehme an, dass er damit unseren militärischen und zivilen Einsatz hier in Afghanistan meint. Er ist bestens informiert und weiß, dass Schweden überdies eine große Zahl afghanischer Flüchtlinge aufgenommen hat.»

«Ist er schon mal in Schweden gewesen?»

Sven zuckte mit den Schultern und nickte Otman zu, als der mit einer Tragetasche wieder einstieg.

«Kennen Sie seinen Background?», fuhr Amanda fort.

«Was meinen Sie damit?», fragte Sven und sah aus dem Fenster.

Er tat Amanda aufrichtig leid. Den Tod eines Geliebten und Freundes zu verkraften war schon schlimm genug. Sich dazu auch noch eine Mitschuld an der Sache einzugestehen, musste unerträglich sein.

«Sein Englisch hat wie das eines amerikanischen Muttersprachlers geklungen.»

«Er hat während des Bürgerkriegs in den USA gelebt.»

Wie so viele seiner Landsleute hatte Nur Rassoul Afghanistan sicher bei Kriegsausbruch verlassen und war erst wieder zurückgekehrt, als die Zukunft lichter aussah, dachte Amanda.

«Und was hat er in den USA gemacht?»

«Ich meine, dass ihm ein paar Restaurants in Chicago gehört haben …» Schweigend saßen sie auf der Rückbank. Sie würden im Büro des Botschafters ein spätes Mittagessen einnehmen, und danach hätte Bill hoffentlich Neuigkeiten aus Stockholm zu berichten. André hatte ihr per SMS mitgeteilt, dass er beschäftigt sei, aber zwischen fünf und sechs telefonieren könne. Mittlerweile kannte Amanda die Wochenendaktivitäten seiner Kinder ebenso gut wie die seiner Frau.

Wenn sie richtig gerechnet hatte, käme das Kind im März zur Welt, vielleicht Anfang April. Immer wieder formulierte sie in ihrem Kopf den Satz: *Ich bin schwanger*. Die Worte auszusprechen wäre ein gewaltiger Schritt hin zu etwas Umwälzendem in ihrem Leben. Amanda vermochte Andrés Reaktion nicht einzuschätzen, auch wenn die Situation im Grunde gar nicht kompliziert war. Es war an der Zeit, den nächsten Schritt zu gehen. Gemeinsam.

Endlich rollte der Wagen durch das riesige Stahltor, das von zwei bewaffneten Wachmännern flankiert wurde. Otman stellte den Motor ab, damit der Security-Mann seinen Sicherheitscheck durchführen konnte. Mit dem Teleskopspiegel trat er an den Wagen heran, um den Unterboden abzusuchen. Das Gerät sah aus wie ein Zahnarztspiegel, der für einen Riesen gedacht war.

Die Kleidung schlackerte um seinen mageren Körper, und über seiner Schulter baumelte eine Kalaschnikow. Während der Mann jeden Winkel des Fahrzeugs kontrollierte, sah Amanda zwei zitronengelben Schmetterlingen nach, die umeinanderflatterten. Hier die Falter, dort die grauen, mit Stacheldraht gesicherten Betonmauern – der Kontrast hätte nicht größer sein können. Mit einem Mal schreckte sie zusammen, als der Wachmann erst nach seinem Kollegen rief und dann auf den Reifen an der rechten Wagenseite zeigte. Instinktiv zerrte Amanda den Botschafter auf ihrer Seite ins Freie. Einer der Männer lief ans Stahltor und zog es einen halben Meter auf.

«Bombe! *IED*!», rief Otman, der hinter Sven und Amanda herrannte.

«Wo ist der Schutzraum?», schrie Amanda und hörte im selben Moment, wie das Stahltor hinter ihnen zugeschlagen wurde.

Sven deutete auf den Eingangsbereich der Residenz. «Man erreicht ihn von der Küche aus – von dort führt eine Treppe nach unten», keuchte er, als sie den marmorgepflasterten Weg entlangliefen.

Der abrupte Wechsel von grellem Sonnenlicht in die Dunkelheit des Gebäudes raubte Amanda für einen Moment die Sicht. Sie stieß sich die Stirn am Türstock und fluchte. Immer war sie ein paar Zentimeter zu groß.

«Was zum Teufel war das bitte?», schnaubte sie, nachdem sie die Tür hinter ihnen zugeschoben hatte.

«Fragen ... Fragen Sie mich nicht», keuchte Sven.

Er hatte eindeutig Angst. Die Hände auf beide Knie gestützt stand er da und rang nach Luft. Amanda konnte ihm ansehen, wie sehr seine Kondition zu wünschen übrigließ. Als ihr Blick im nächsten Moment auf einen Defibrillator fiel, musste sie unwillkürlich schmunzeln. Da hatte jemand mitgedacht.

War unter dem Wagen wirklich eine Bombe angebracht gewesen? Eine Magnetmine? Die Wachleute konnten sich genauso gut geirrt haben und bloß auf Nummer sicher gegangen sein. Was für ein unwirkliches Gefühl, sich, nur Sekunden nachdem sie um ihr Leben gerannt waren, in einem stillen, dunklen Schutzraum zu befinden.

Allmählich beruhigte sich Amandas Puls, und ihre Augen gewöhnten sich an die Dunkelheit. Sie stellte zwei Ikea-Klappstühle auf und bat Sven, sich hinzusetzen.

«Was glauben Sie ... als Polizistin?», fragte er.

«Ehrlich gesagt habe ich gerade keine Ahnung, was ich glauben soll. Wenn sich unter dem Auto tatsächlich eine Bombe befindet, dann war die sicher nur schwer zu entdecken», erwiderte sie und verschaffte sich einen Überblick, was alles im Schutzraum gelagert wurde.

Sie stellte fest, dass sie – falls nötig – den ganzen Tag hier unten verbringen könnten. Die Luft war kühl und angenehm, und in der hinteren Ecke gab es sogar eine Toilette.

«Aber die Sicherheitsleute haben sie doch entdeckt?» Sven sah Amanda ratlos an.

«Ich will damit nur sagen, dass die Bombe möglicherweise schon eine ganze Weile dort gesessen hat. Der Unterboden könnte auch schon früher mit dem Spiegel kontrolliert worden sein, ohne dass sie entdeckt wurde.»

An einer Wand stapelte sich ein kompletter Wochenvorrat an Wasserflaschen.

«Es könnte sich also schon die ganze Zeit eine Bombe auf dem Botschaftsgelände befunden haben?», fragte Sven entgeistert.

Amanda zuckte mit den Schultern.

«Reine Spekulation. Wir können wohl im Moment nicht viel mehr tun, als abzuwarten», erwiderte sie und nahm ihr Handy aus der Tasche.

Eine SMS von Bill. Vor einer halben Stunde eingegangen. «Ruf mich ASAP an! Ergebnisse von der Hausdurchsuchung und von der FRA!»

Endlich hatte sich in Stockholm etwas Konkretes ergeben. Sie scrollte durch die Anrufliste. «André privat» und «Mama Eva Handy» tauchten ganz oben unter den gewählten Nummern auf, doch keiner der beiden hatte Zeit für sie gehabt. Sowie sie das Handy ans Ohr presste, hörte sie die vertraute Frauenstimme, die ihr freundlich, aber bestimmt auf Arabisch mitteilte, dass der gewünschte Gesprächspartner vorübergehend nicht erreichbar sei. Ein schneller Blick auf das Display bestätigte, was sie bereits ahnte: im Schutzraum gab es keinen Empfang.

«Verdammte Scheiße!»

«Hoppla, was war denn das für ein Vokabular! Das hätte ich von Ihnen nicht erwartet», sagte Sven und rang sich ein schiefes Lächeln ab.

Amanda seufzte resigniert.

«Welche Kommunikationsmittel stehen hier im Schutzraum zur Verfügung?»

«Keine Ahnung, ich war noch nie hier unten», erwiderte Sven und sah sich um.

«Übungen haben Sie auch nicht durchgeführt?»

«Übungen? Nein.»

Draußen auf dem Flur näherten sich Schritte, und einen Moment später riss Otman die Tür zum Schutzraum auf.

«Die Bombe wurde entschärft. Sie können jetzt rauskommen.»

«Das ging aber schnell. Was für ein Sprengsatz war es?», wollte Amanda wissen.

«Eine *sticky bomb*. Sie war mit einem Magneten unter dem Auto befestigt.»

«Und der Auslöser?»

«Ein Handy, wie meistens: einfach, billig und effektiv. Der Täter hätte bloß auf diesem Handy anrufen müssen. Noch vor dem ersten Klingelsignal wäre die Bombe explodiert. Irgendjemand muss an dem Wagen vorbeigegangen sein und mit einer schnellen Handbewegung die Bombe angebracht haben. Im dichten Gedränge oder bei stillstehendem Verkehr kann man von drinnen unmöglich den gesamten Bereich rund um den Wagen im Blick behalten.»

«Und warum ist die Bombe nicht hochgegangen?», fragte Amanda, ohne Otman aus den Augen zu lassen.

«Der Handy-Akku war leer. Wir hatten einfach Glück.»

Dem Himmel sei Dank, dachte Amanda.

«Wie lange kann die Bombe sich schon unter dem Auto befunden haben?»

«Der Wagen wurde kontrolliert, bevor Sie losgefahren sind, Madam.»

«Warum werden denn Fahrzeuge kontrolliert, die den gesicherten Bereich *verlassen?*», fragte Amanda mit hochgezogenen Augenbrauen.

«Der Wagen war in der Waschanlage. Dabei hätte man die Bombe entdeckt.»

«Möglicherweise ist sie aber auch erst während der letzten halben Stunde angebracht worden», gab Amanda zu bedenken, und Otman wich ihrem Blick aus. «Otman, haben Sie den Wagen wirklich die ganze Zeit beaufsichtigt, während wir im Ministerium waren?»

«Ja, Madam. Ich schwöre es.»

Irgendetwas in seiner Stimme gab ihr Anlass zu zweifeln.

Sie bedeutete Otman, schon einmal vorzugehen. «Wir kommen gleich nach.» Dann rückte sie mit ihrem Stuhl näher an Leijonhufvud heran. Der Botschafter machte einen verwirrten Eindruck. Sie beschloss, direkt zur Sache zu kommen.

«Sven, jemand hat gerade versucht, Sie umzubringen.»

Ein rascher Blick in sein Gesicht genügte, um zu wissen, dass dieser Gedanke ihm selbst noch gar nicht gekommen war. Sie wartete seine Reaktion nicht ab.

«Sie haben im Auto hinten rechts auf der Rückbank gesessen – dort wo Sie immer sitzen. Und genau auf Ihrer Seite hat jemand unter dem Wagen eine Bombe angebracht. Vermutlich um sicherzugehen, dass ...» Sie verstummte.

«... ich ... ums Leben kommen würde?», beendete Sven den Satz für sie und starrte Amanda an.

Sie nickte langsam.

«Gibt es irgendetwas, das Sie *vergessen* haben zu erzählen und das diesen Attentatsversuch erklären könnte?» Wie ein alter Mann sackte Sven auf seinem Stuhl in sich zusammen. Der Politiker, der eben noch so selbstbewusst einem Minister entgegengetreten war und Schweden repräsentiert hatte, sah aus, als hätte man ihm die Luft rausgelassen.

«Ich habe Ihnen alles gesagt, was ich weiß – bitte, Amanda. Ich ... Ich fühle mich einfach nur verfolgt, was ... Was soll ich denn tun?»

Sein Atem ging flach, und er sah Amanda hilflos an. Sie ließ ihn nicht aus den Augen.

Irgendetwas in seinem Blick hatte sich verändert.

Sven hatte Angst. Panische Angst.

«Schließen wir hieraus, dass es in Kabul womöglich gleich mehrere Personen gibt, die Ihnen Schaden zufügen wollen?»

«Ich war ... war immer beliebt ... mein ... ganzes Leben lang», stammelte Sven. Seine Stimme zitterte, und sein Gesicht wurde zusehends grau.

«Für mich ergibt es keinen Sinn, dass derjenige, der Sie erpressen will, zugleich versucht, Sie umzubringen», sagte Amanda mit Nachdruck.

«Sie sagen *umbringen*, als wäre ... als stünde das zweifelsfrei fest ... dabei ... Ich will nicht ...»

Sven schlug die Hände vor das Gesicht und schluchzte haltlos.

«Sie müssen den Tatsachen ins Auge sehen, Sven. Jemand hat vor wenigen Minuten versucht, Sie in die Luft zu jagen. Und mich ebenfalls! Wer will Sie umbringen, Sven?»

Amanda rückte mit ihrem Stuhl noch ein Stück näher an ihn heran, wartete dann aber ab, was kommen würde. So ging sie immer vor, genau das war ihr Erfolgsrezept: Geduld aufbringen, schweigen und warten.

«Ich halte das nicht ... nicht ... mehr aus.»

«Ich höre Ihnen doch an, dass Sie verzweifelt sind, Sven. Erzählen Sie mir, was Sie nicht mehr aushalten, und ich versuche, es zu verstehen.»

Wie aus einem Handbuch für Verhandlungsführer. Aber in der Regel funktionierte es.

«Alles ... Ich hätte ... hätte ... Erik nie nach Hause schicken dürfen! Meinen Erik ... Jetzt ist er nicht mehr da ... und Ingrid und Mikael sind ... sind ... auch verschwunden. Und dieses gottverdammte Heroin, das ich runtergespült habe ... Ich habe keinen Augenblick daran gedacht, dass Erik etwas zustoßen könnte. Es ist alles meine ... meine ... Schuld. Und jetzt das – eine Bombe unter meinem Dienstwagen!»

Endlich schien er bereit zu sein zu kooperieren.

«Sven, warum haben Sie Ihre Teilnahme an der Veranstaltung im Serena Hotel abgesagt?»

Er schniefte und sah sie mit glasigen Augen an.

«Da hatte ich gerade beschlossen, der Forderung nachzukommen und das Heroin per Post nach Stockholm zu schicken. Ich wollte alleine in der Botschaft sein, um ... um das Ganze über die Bühne zu bringen, während niemand sonst dort wäre ...»

«Und dann haben Sie das Päckchen doch nicht abgeschickt.»

Sven schüttelte den Kopf.

«Ich habe es mir noch in derselben Nacht anders überlegt und ... und das Päckchen aufgerissen ... und alles entsorgt.»

Sven schniefte erneut, stand auf und wankte zur Tür. Der Moment war verstrichen, es hatte keinen Sinn mehr, ihn jetzt weiter unter Druck zu setzen.

«Es kann nur bei den Mangos passiert sein!», rief Amanda ihm nach.

«Wie bitte?» Sven fuhr herum.

«Sie wissen schon – die gelben, sonnengereiften aus Pakistan.»

22

Es war eine Wohltat, die Tür zum Gästezimmer hinter sich zu schließen. Amanda setzte sich mit ihrem Notizbuch auf dem Schoß auf das Bett. Sie war mit ihrer Liste noch nicht weit gekommen, als Bill sie über die sichere Leitung anrief.

«Scheiße. Verheimlicht er uns etwas?», fragte er, nachdem Amanda ihn über die Ereignisse des Nachmittags informiert hatte.

«Definitiv. Irgendjemand ist hinter ihm her, und trotzdem weigert er sich zu sagen, wer diese Person sein könnte oder wie das Ganze mit der Entführung zusammenhängt. Jedes Mal, wenn ich ihn damit konfrontiere, weicht er mir aus. Aber früher oder später bringe ich ihn zum Reden. Die Frage ist nur, wann», sagte Amanda und streckte sich mit der Hand auf dem Bauch auf dem Bett aus.

Ihr Hosenbund spannte bereits ein wenig. Kaum vorzustellen, dass sich der Embryo in ihr zu einem eigenständigen kleinen Menschen entwickeln würde.

«Bist du bereit für ein paar gute Neuigkeiten?», fragte Bill.

«Und ob!»

«Wie viel Zeit benötigt unsere Eingreiftruppe, bis sie einsatzbereit ist?»

Amanda setzte sich auf und schob die Beine über die Bettkante. «Sie warten im Prinzip nur auf den Befehl, wo es hingehen soll.»

«Und das afghanische Innenministerium hat den schwedischen Einsatz bewilligt?»

«Der Minister höchstpersönlich. Komm endlich zur Sache!»

«Also gut. Die FRA hat den kompletten Telefonverkehr aus der näheren Umgebung der Botschaft überprüft. Es gibt ein Handy, das sich zu beiden fraglichen Zeitpunkten in dem Areal befunden hat – sowohl am Morgen, als das Heroin im Botschaftsbriefkasten deponiert wurde, als auch am Abend der Entführung.»

«Endlich ein Fortschritt! Wie ist der FRA denn dieses Kunststück gelungen?»

«Frag mich nicht, aber sie setzen wohl wie alle anderen auch auf internationale Zusammenarbeit», erklärte Bill und lachte. Wenn das nicht eine weitere Bestätigung dafür war, dass das Heroin mit der Entführung zusammenhing. Vielleicht war die FRA ja doch noch nicht so sehr mit bürokratischen Angelegenheiten und Verwaltungsarbeiten überlastet, wie sie geglaubt hatte.

«Die IP-Adresse, von der das Foto der Entführungsopfer verschickt wurde, gehört zu einem Telefon ...», fuhr Bill fort.

«Nicht ganz unerwartet.»

«Nein, aber ich habe dir gerade die Koordinaten des Ortes gemailt, an dem sich das Telefon befindet oder vielmehr vor kurzem noch befunden hat.»

Amanda sprang vom Bett auf. Sie spürte, wie das Adrenalin durch ihren Körper schoss. Endlich kam Bewegung in die Sache.

«Dann gehen wir wohl davon aus, dass der Einsatz schon in wenigen Stunden beginnt. Was haben die anderen Telefonnummern ergeben? Hat die FRA sich die ebenfalls angesehen, jetzt da sie dort gerade in Fahrt zu sein scheinen?»

«Die Telefone der beiden Diplomaten und das des Fahrers sind offenbar abgestellt – zumindest senden sie keine Signale mehr.»

«Was zu erwarten war», sagte Amanda.

Dass die Entführer die Telefone ausgeschaltet oder zerstört hatten, sprach dafür, dass sie durchaus ein gewisses Sicherheitsverständnis an den Tag legten. Terroristen und andere kriminelle Organisationen hatten seit der Afghanistan-Intervention der Vereinigten Staaten ganz offensichtlich einiges dazugelernt.

«Aber warum sind sie in Sachen Sicherheit dann so inkonsequent? Hätten sie mit dem Telefon, von dem die E-Mail verschickt wurde, nicht genauso vorsichtig sein müssen?», wandte Bill ein.

«So was kann viele Gründe haben. Faulheit wäre eine mögliche Erklärung», meinte Amanda.

«Zumindest können wir jetzt Erik Björk als Täter ausschließen, sowohl für die Erpressung als auch für die Entführung.»

«Basierend worauf?», fragte Amanda und sah auf die Uhr.

Wenn sie die Koordinaten umgehend an den Einsatzleiter auf der KAIA weiterleitete, würden sie die Operation noch heute Nacht durchführen können. Jetzt, da sie endlich konkrete Anhaltspunkte hatten, wollte sie keine Zeit mehr verlieren. Per SMS kündigte sie ihm neue Informationen an.

«Wir haben Eriks Tagebuch in seinem Bett unter dem Kissen gefunden. Er hat täglich Eintragungen gemacht, und kurz gesagt hat er sich unendlich einsam und von Leijonhufvud hintergangen gefühlt. Er glaubte offenbar wirklich daran, dass Sven sein restliches Leben mit ihm verbringen würde.»

«Ist das nicht ein hinreichendes Motiv für eine Erpressung? Leute sind schon für deutlich schwächere Motive umgebracht worden», gab Amanda zu bedenken.

«Das glaube ich nicht. Zumindest gibt es keine Anzeichen dafür, dass Erik irgendwelche Rachepläne gehegt hätte. Auf der letzten Seite des Tagebuchs steht im Übrigen, dass er jemanden getroffen habe – einen gewissen ‹N›, den er auch früher schon erwähnt.»

Amanda lächelte. Endlich machten sie auch zu Hause in Stockholm Fortschritte.

«Dann habt ihr jetzt eine Person, die ihr finden und vernehmen könnt.»

«Tore hat beide Telefonnummern von Erik Björk auswerten lassen und ‹N› vermutlich identifiziert.»

«Na also, erzähl!»

Mit einer gründlichen Voruntersuchung, ein bisschen solider Ermittlungsarbeit und der Unterstützung der FRA würde Tore ganz bestimmt nicht vor die Wand laufen. Er gab nicht auf, ehe er jedes noch so kleine Detail akribisch unter die Lupe genommen hatte.

«Es handelt sich um einen gewissen Nima, der in Hökarängen wohnt. Er und Erik sind in etwa gleich alt und Facebook-Freunde. Sie kennen einander anscheinend schon länger.»

«Und er ist der Letzte, der Erik lebend gesehen hat?»

«Möglicherweise.»

«Habt ihr in der Wohnung sonst noch etwas Interessantes gefunden?»

«Einen Haufen Koks im Badezimmerschrank.»

«Das bestätigt die Ergebnisse aus der Rechtsmedizin», gab Amanda zurück und blickte durchs Fenster in den Himmel.

Die Sonne brannte, und weit und breit war kein Wölkchen zu sehen. Perfektes Wetter für einen Hubschrauberflug nach Einbruch der Dunkelheit. So würden sie Zeit sparen. Schneller als ein Fahrzeugkonvoi auf den schlechten Straßen.

«Die Tagebucheinträge deuten darauf hin, dass dieser Nima Eriks Dealer ist.»

«Aber ist das denn für unsere Ermittlung relevant? Ein Kokslieferant aus Hökarängen wird uns wohl kaum dabei helfen, die Geiseln zu finden?»

Allerdings war auch Amanda der Ansicht, dass allmählich zu oft von Drogen die Rede war. Erst das Heroin, das Sven nach Stockholm hätte schicken sollen, und jetzt das Kokain, das Erik zum Zeitpunkt seines Todes im Blut gehabt hatte.

«Wir gehen davon aus, dass Leijonhufvud und Erik Björk beide gekokst haben», sagte Bill.

«Das ist sicher nicht Svens einziges Geheimnis», erwiderte Amanda.

Sie würde ihm erneut die Hand auf die Schulter legen, Wärme und

Verständnis ausstrahlen und ihm ein Gefühl von Sicherheit vermitteln – dann würde er schon damit herausrücken.

«Aber noch was anderes – könntest du den Botschafter fragen, ob Erik ein Ordnungsfanatiker ist … ich meine, war? Die Wohnung war penibel aufgeräumt und sauber, nirgends auch nur ein einziges Staubkorn.»

«Und wenn die Antwort Nein lautet?»

«Dann hieße das, dass jemand die Wohnung geputzt hat, und zwar nachdem Erik ermordet wurde.»

Amanda schwieg. Bill dachte wohl das Gleiche wie sie.

«Irgendwer ist in seiner Wohnung gewesen», fuhr er fort.

«Nima?»

«Möglich. Die Person hatte jedenfalls einen Schlüssel.»

«Aber wenn Erik wirklich so verliebt war und sein Leben mit Sven verbringen wollte, dann hat es daneben doch nicht noch andere Männer gegeben?»

«Wer weiß? Anhand des Datums auf dem frischgepressten Orangensaft im Kühlschrank geht Tore davon aus, dass Erik sich vermutlich bis zum 22. in seiner Wohnung aufgehalten hat – das wäre, ein paar Stunden bevor er ermordet wurde.»

«Aber warum sollte dieser Nima Erik umbringen?»

Das Ganze klang irgendwie abwegig. Wenn Nima bei dem Heroin, das Sven per Diplomatenpost an Erik schicken sollte, seine Finger mit im Spiel gehabt hätte, wäre es doch widersinnig gewesen, Erik umzubringen, ehe das Heroin eingetroffen wäre.

«Aus Eifersucht? Was weiß ich? Aber egal welches Motiv er gehabt haben könnte: Für den Rest des Tages hat hier bei uns in Stockholm Priorität, Nima aufzuspüren und seine Wohnung zu durchsuchen. Sag Bescheid, wenn du und die Spezialeinheit bereit seid.»

«Wir nähern uns der Lösung des Falls», erwiderte Amanda, die voller Tatendrang war und sich regelrecht danach sehnte, endlich zu tun, was sie am besten konnte.

Sie würde eine große Tasche mit Proviant und Kleidung für die Geiseln packen. Die Erfahrung aus ihren früheren Einsätzen als Unterhändlerin hatte sie gelehrt, dass man nie wissen konnte, in welchem Zustand sich Geiseln befanden.

«Zweifellos. Allerdings kann ich die anderen Verhandlungsführer nicht schneller schicken. Du bist fürs Erste auf dich allein gestellt.»

«Daran bin ich gewöhnt. Wenn es mir gelingt, einen Kontakt zu den Entführern herzustellen, könnte es schon heute Nacht zu Verhandlungen kommen.»

Natürlich würde alles gutgehen. Sie würde dafür sorgen, dass die Diplomaten lebend aus der Sache herauskämen. Eine andere Möglichkeit gab es für sie nicht.

«Keine Alleingänge, bis Rosenbad mir grünes Licht gegeben hat, versprochen?»

Amanda schnaubte, murmelte dann aber: «Klar», bevor sie auflegte. Sie sah auf die Uhr. André war mit seiner jüngsten Tochter immer noch beim Turnen. Es hätte keinen Zweck, ihn jetzt anzurufen.

Sie wählte eine andere Nummer und schaltete den Freisprechmodus ein. Dann sah sie sich im Zimmer um. Auf dem Sessel lagen zwei graue Wolldecken, die mit weißen Elchen bedruckt waren. Sie warf sie zu den anderen Sachen, die sie einpacken wollte.

Nach dem achten Klingelzeichen meldete sich eine leise Stimme.

«Mama, ich bin's.»

«Amanda», sagte ihre Mutter langsam.

Amanda schwieg und wartete erst einmal ab. Sie wollte nicht riskieren, ihrer Mutter ins Wort zu fallen, nur weil die Verbindung derart stark verzögert war.

Als ihre Mutter schließlich neu ansetzte, klang ihre Stimme undeutlich.

«Kannst du das bitte wiederholen, Mama? Ich habe dich nicht verstanden.»

Es wurde still, doch Amanda konnte ihre Mutter am anderen Ende atmen hören.

«Mama, lass mich zuerst reden.» Dann fuhr sie fort: «Ich bin immer noch im Ausland, komme aber bald nach Hause. Es geht mir gut, allerdings ist es dort, wo ich bin, furchtbar warm.»

«Kommst du … Kommst du zum Konzert …» Ihre Mutter verstummte, schien alle Kraft zusammennehmen zu müssen. «… nach Hause …»

Ihre Aussprache wurde im Lauf eines Gesprächs allmählich besser; man musste ihr nur Zeit lassen. Trotzdem schnürte es Amanda die Kehle zu.

«Tut mir leid, Mama, aber das Konzert ist schon vorbei.»

Das Konzert der Philharmoniker draußen im Grünen vor dem Seefahrtsmuseum war immer ihre gemeinsame Tradition gewesen: ein Picknickkorb, eine Decke, die nackten Füße im Gras. Dieses Jahr hatte das Konzert am 17. August stattgefunden.

«Wir finden ein anderes Konzert, sobald ich wieder zu Hause bin.»

Am anderen Ende der Leitung erklang ein Schluchzen.

«Wein doch nicht, Mama. Es war doch bloß ein Konzert.»

Drei Schlaganfälle, und vom letzten hatte sie sich nicht mehr vollständig erholt. Ihr Gedächtnis wurde zusehends schlechter. Beginnende Demenz, sagten die Ärzte.

«Ich will dir noch etwas erzählen, Mama, aber dann muss ich los, ich muss arbeiten.»

«Darf ich … Darf ich ihn endlich kennenlernen?»

«Dafür ist gerade nicht der passende Zeitpunkt.»

«Nicht …»

«Ich bin schwanger.»

Es war das erste Mal, dass sie es laut aussprach. Sie hörte, wie ihre Mutter tief einatmete und aufschluchzte.

«Du wirst Oma. Dein erstes Enkelkind!»

Eva schluckte und sagte leise: «Wie schön, Amanda … Das ist wirklich … schön. Wir gehen doch zu den Philharmonikern, wenn du wieder nach Hause kommst? Falls es regnet, habe ich für uns beide Regenschirme.»

Amanda holte tief Luft.

«Natürlich, Mama, aber hoffen wir doch einfach, dass die Sonne scheint.»

23

Als Bill auf den Knopf drückte, blieb die Klingel stumm. An den Wänden blätterte die Farbe ab. Penetranter Müllgeruch hing im gesamten Stockwerk.

Als auch auf sein Klopfen niemand reagierte, hob Tore die Briefklappe in der Tür an und spähte in die Wohnung. «Stockduster», murmelte er und rief: «Hallo?»

Es blieb still.

«Wenn er zu Hause wäre, müsste er hören, dass wir vor seiner Tür stehen», sagte Bill und drückte vorsichtig die Klinke nach unten.

Die Tür ging auf. Tiefe Dunkelheit.

Bill tastete nach einem Lichtschalter. Ein Klicken, doch nichts passierte. Er stolperte über eine Mülltüte, die auf der Fußmatte stand.

In der Wohnung war es stickig. Süßlicher Cannabisgeruch lag in der Luft.

Bill schaltete seine Taschenlampe ein. Vor sämtlichen Fenstern waren die Gardinen zugezogen. Ein überquellender Aschenbecher verströmte einen säuerlichen Geruch. Auf dem Bett lag ein Mann. Augen geschlossen, der Mund indes weit offen. Dunkles, gelocktes Haar umrahmte das blasse Gesicht.

Kein Schnarchen.

Kein einziger Laut. Unser zweites Mordopfer, schoss es Bill unwillkürlich durch den Kopf.

Tore warf schnell einen Blick ins Badezimmer und gab Entwarnung. Sie waren allein. Dann schloss er die Wohnungstür und schob die Gardinen zur Seite. Auf einem Stuhl neben dem Bett stand der stinkende Aschenbecher. Daneben lag ein Zipbeutel mit weißen Pulverresten.

«Er atmet», stieß Bill verblüfft aus. Der Brustkorb des Mannes hob und senkte sich leicht. Er bewegte sich. Einen Moment später schlug er die Augen auf und starrte Bill und Tore an.

«Nima?»

Tore zückte seinen Dienstausweis. Der Mann im Bett setzte sich ruckartig auf und nickte. Er fuhr sich mit der Hand über das Gesicht und sah Tore mit blutunterlaufenen Augen an.

Entweder hat er einen richtig schlimmen Kater, dachte Bill, oder er hat geheult.

Oder beides.

«Erik Björk wurde ermordet», sagte Tore und sah Nima unverwandt an.

Nima machte den Mund ein paarmal auf und wieder zu. Er war schätzungsweise um die dreißig.

«Es könnte sein, dass Sie der Letzte waren, der ihn lebend gesehen hat. Wir sind hier, um Ihnen ein paar Fragen zu stellen», fuhr Tore in formellem Tonfall fort.

Nima stützte die Stirn in beide Hände.

«Können Sie uns sagen, was Sie am 22. August gemacht haben?», fuhr Tore fort.

«Am 22. August?»

«Ja, am vergangenen Freitag», gab Tore zurück, zog einen Stuhl zu sich heran und zückte sein schwarzes Notizbuch.

«Wie seid ihr in meine Wohnung gekommen?»

«Es hat niemand aufgemacht, als wir geklopft haben», sagte Tore.

«Habt ihr das schriftlich, dass ihr hier so einfach reinmarschieren dürft? Ihr könnt doch nicht unangemeldet in meine Wohnung spazieren und glauben, dass das okay wäre», grollte Nima, trat ans Waschbecken in der Küchenzeile und spritzte sich kaltes Wasser ins Gesicht.

Auf der Spüle stapelten sich schmutzige Teller und Töpfe. Auf den Kochplatten lagen drei Pizzakartons.

«Tut mir leid, aber wir sind hier in Schweden. Hier brauchen wir für so was keine schriftliche Genehmigung», erklärte Tore. «Aber das dürfte Ihnen ja bekannt sein. Immerhin ist es nicht das erste Mal, dass Ihnen die Polizei einen Besuch abstattet.»

Nima warf sich einen Bademantel über.

«Eine richtige Junggesellenbude haben Sie hier ... Wohnen Sie allein?», fragte Bill.

«Meistens», antwortete Nima.

«Waren Sie eng befreundet?»

«Erik und ich? Das kann man wohl sagen.»

«Wann haben Sie sich zuletzt getroffen?»

«Ungefähr vor zwei Wochen. Weiß ich nicht mehr genau.»

«Denken Sie nach, das ist für unsere Ermittlung äußerst wichtig», beharrte Bill.

«Ich hab doch gesagt, dass ich mich nicht erinnern kann! Ich hab in der letzten Zeit so gut wie Tag und Nacht malocht», brummte Nima und wühlte mit dem Zeigefinger im Aschenbecher.

«Welcher Arbeit gehen Sie denn nach?», wollte Tore wissen und lehnte sich mit hinter dem Nacken verschränkten Händen auf dem Stuhl zurück.

«Das geht euch einen Scheißdreck an. Ein Kumpel von mir wurde ermordet, und ihr trampelt einfach eiskalt in meine Wohnung und stellt einen Haufen Fragen.»

«Es tut uns wirklich leid, was da passiert ist. Aber nachdem es sich bei dem Mordopfer um Ihren *Kumpel* handelt, hoffen wir doch sehr, dass Sie uns bei den Ermittlungen unterstützen. Ich war nur neugierig zu erfahren, welcher Arbeit Sie nachgehen, weil Sie nach unserer Kenntnis keine Krone versteuern.»

Nima zündete sich eine heruntergebrannte Kippe an und setzte sich auf die Bettkante. Dann beugte er sich hinüber zum Fenster, zog es auf und aschte auf das Fensterblech. «Ich jobbe bei einer Umzugsfirma. Die zahlen bar auf die Hand.»

«Ich wollte es nur laut und deutlich hören», sagte Tore im selben neutralen Tonfall und machte sich Notizen.

«Fahr zur Hölle!»

Nima nahm einen letzten Zug und drückte die Kippe auf dem Fensterblech aus.

Der Rauch brannte Bill in den Augen, und der Geruch erinnerte ihn unwillkürlich an Sofia.

«Am Freitag, den 22. August, hat Erik Björk Ihnen von seinem Diensthandy eine SMS geschickt. Er scheint stinkwütend gewesen zu sein. Unmittelbar danach haben Sie viermal mit einer anderen Person telefoniert. Wer war das?»

Nima starrte Tore finster an und zuckte mit den Schultern.

«Jetzt hören Sie mal gut zu …» Tore legte eine Kunstpause ein und schaute Nima direkt in die Augen, sodass der sich gezwungen sah, den Blick abzuwenden. «Sie können nur gewinnen, wenn Sie uns alles sagen, was Sie wissen.»

«Und wenn ich nichts weiß?»

«Wenn Sie bitte mal scharf nachdenken würden, dann wüssten Sie vielleicht, was Sie am 22. August gemacht haben», legte Tore nach.

Nima schüttelte den Kopf.

«Ihren Kontodaten zufolge hat Erik Björk Ihnen am 9. August zweitausend Kronen überwiesen. Weshalb?»

«Keine Ahnung. Zwei Riesen mehr oder weniger, wen kümmert das schon?»

Bill kam nicht umhin, von Tores Vorarbeit beeindruckt zu sein. Wenn ihn schon seine Kinder nicht mehr brauchten, würde er zumindest dafür sorgen, bei der Arbeit unentbehrlich zu sein, hatte Tore mal gesagt, nachdem seine Jüngste zu Hause ausgezogen war.

«Als Erik Björk Ihnen am 22. die SMS geschickt hat, war er über irgendetwas, was Sie getan haben, außer sich vor Wut. Was war das?»

Nima hob beide Hände und zuckte mit den Schultern.

«Sie haben viermal ein und dieselbe Person angerufen, nachdem Sie Eriks SMS bekommen haben – und nur ein paar Stunden später ist er tot. Was können Sie uns dazu sagen?»

«Einer meiner engsten Freunde lebt nicht mehr, und ihr kreuzt einfach in meiner Wohnung auf und verlangt Antworten. Ich wusste noch nicht mal, dass er tot ist, verfluchte Scheiße!», rief Nima und griff nach einem neuen Zigarettenstummel.

Mit zitternden Händen zündete er ihn an. Dann schniefte er und fuhr sich mit dem Ärmel über das Gesicht.

Tore seufzte.

«Tut uns leid, aber so müssen wir dieses Gespräch wohl im Präsidium fortsetzen. Sie werden des Mordes an Erik Björk verdächtigt. Wir müssen Sie bitten, uns zu begleiten.»

Mit diesen Worten stand Tore auf.

Nima sah erst Tore und dann Bill an. «Echt jetzt?»

«Echt jetzt», gab Tore zurück.

«Ihr seid doch nicht ganz richtig im Kopf. Ich hab niemanden umgebracht! Erik ist ein … ein Kumpel …»

Nima schluckte schwer. So recht wusste Bill nicht, was er glauben sollte. Er trat neben den Stuhl am Bett und nahm Nimas Telefon in die Hand. Das Display hatte einen Sprung. Auf dem weißen Kopfkissen lagen dunkle Haare.

«Das ist beschlagnahmt», sagte Bill und steckte das Handy in die Tasche.

Schweigend schlüpfte Nima in andere Klamotten und klaubte seine Sachen zusammen, während Bill und Tore auf ihn warteten.

Tore beugte sich zu Bill hinüber und flüsterte ihm ins Ohr: «Du weißt, dass sich der Großteil sämtlicher gesammelter Informationen bei einer Ermittlung letzten Endes als wertlos erweist, oder?»

Bill sah ihn an und zog die Augenbrauen hoch.

«Das Dilemma ist doch, dass wir während einer laufenden Ermittlung nie wissen, was Müll ist und was tatsächlich für den Fall Bedeutung hat.»

Bill nickte vage. Worauf wollte Tore hinaus?

Nima griff nach seinem Schlüsselbund und schlüpfte in seine Sneakers.

«Der Wagen steht gleich vor der Tür. Wir gehen jetzt ganz gemächlich dorthin, ohne Aufmerksamkeit zu erregen. So können wir auf Handschellen verzichten – und neugierige Nachbarn haben nichts zu tratschen», sagte Tore und zog die Wohnungstür auf.

«Schließen Sie ab und geben Sie mir die Schlüssel», wies Bill Nima an.

Nima verriegelte die beiden Schlösser in der Tür und reichte Bill den Schlüsselbund. Bill warf einen raschen Blick auf die zwei Schlüssel, die Nima nicht benutzt hatte.

«Sind Sie oft ... Haben Sie Erik Björk mal zu Hause besucht?», fragte Bill, als sie die Treppe hinuntergingen.

«Ab und zu.»

«War er ein ordentlicher Mensch?»

Nima sah ihn verdutzt an.

«Ich meine, hat er häufig geputzt?»

«Erik? Kaum. Ich hab ihn nie einen Finger krumm machen sehen, wenn es um Abwasch oder Aufräumen ging.»

Bill schluckte. Konnte der Mord in Eriks Apartment verübt worden sein? Begangen von jemandem, der einen Wohnungsschlüssel besaß und der anschließend die Spuren beseitigt hatte?

«An Ihrem Schlüsselbund hängen vier Schlüssel», bemerkte Bill und sah Nima an, während der auf der Rückbank Platz nahm.

Nima rieb sich die geröteten Augen.

«Zwei sind für Ihre eigene Wohnungstür. Wo passen die beiden anderen?» Bill versuchte, so beiläufig wie möglich zu klingen.

Nima starrte auf die Fußmatte und antwortete mit brüchiger Stimme: «Ich will einen Anwalt.»

24

Amanda stand auf dem von Mauern umgebenen Botschaftsgelände und sah auf die Uhr. Die Dunkelheit war genauso früh hereingebrochen wie immer und hatte die Straßen in nächtliches Schwarz getaucht. Niemand wollte Strom für Straßenlaternen verschwenden.

Um Punkt 21 Uhr stand das gepanzerte Fahrzeug vor dem Schlagbaum der Botschaft bereit.

Amanda stieg ein.

Die von der FRA georteten, letzten bekannten Koordinaten des Handys, das die Entführer benutzt hatten, verwiesen auf einen Ort in der Nähe von Dschalalabad, der Hauptstadt der Provinz Nangarhar. Dschalalabad selbst lag etwa hundertfünfzig Kilometer in östlicher Richtung von Kabul entfernt. Von dort waren es noch ungefähr hundert Kilometer bis zur pakistanischen Grenze.

Wollten die Kidnapper mit den Geiseln nach Pakistan? Oder warum hatten sie die Dschalalabad Road genommen, auf der es von Straßensperren nur so wimmelte?

Die Provinz Nangarhar war für zwei Dinge bekannt: für die riesige Menge Opium, die dort angebaut wurde, und für die Nähe zum berüchtigten Khaiberpass. Nichts davon übte auch nur die geringste Anziehungskraft auf Amanda aus.

«Wir haben das Haus lokalisiert, in dem sich die Entführer aller Wahrscheinlichkeit nach aufhalten», teilte der Einsatzleiter Amanda mit und reichte ihr mehrere Satellitenbilder und eine kleinmaßstäbige Karte. Amanda blätterte die Unterlagen durch.

Auf den Satellitenbildern sah das Gebäude aus wie ein gewöhnliches, von einer Mauer umsäumtes Wohnhaus. Lebten dort Menschen? Womöglich eine ganz normale afghanische Familie mit Kindern?

Die Operation brachte ein gewisses Risiko mit sich. Um die Gefahr eines möglichen Raketenbeschusses durch die Rebellen zu verringern, hatte die Einsatzleitung den Helikopterflug abgelehnt, doch das bedeutete wiederum, dass ihr Fahrzeugkonvoi entdeckt werden konnte.

Manche Kollegen suchten das Risiko schlicht um des Risikos willen.

Amanda tat das nicht. Trotzdem war sie bereit, Risiken einzugehen, wenn es die Lage erforderte.

«Wie sieht der Plan aus?», fragte Amanda, nachdem sie Bill eine knappe Nachricht geschickt hatte, dass der Einsatz kurz bevorstehe. Anschließend hatte sie wie vereinbart eine noch kürzere SMS an ihren Kontakt im afghanischen Innenministerium geschickt – um auch ganz gewiss niemandem auf die Zehen zu treten.

Der Einsatzleiter erklärte ihr den genauen Ablauf, wo sich die Sanitäter befänden und welches Fahrzeug die Geiseln transportieren würde. «Sofern wir die beiden befreien können», fügte er hinzu.

Ingrid und Mikael. Zwei unschuldige Menschen. Sie alle waren Figuren in einem Spiel mit unklaren Regeln.

Im Wagen war es warm. Die Klimaanlage schien zu tun, was ihr gerade in den Sinn kam. Amanda wurde übel. Sie legte sich die Hand auf den Bauch, setzte sich aufrecht hin, lehnte den Helm an die Nackenstütze und machte die Augen zu. Sie hatte beschlossen, Bill nichts von ihrer Schwangerschaft zu sagen, bis sie wieder in Stockholm war. Das Risiko, dass er sie auf der Stelle zurückbeorderte, war zu groß. Außerdem sollte man eine solche Neuigkeit doch zuerst seinem Partner mitteilen, bevor man den Chef informierte.

Irgendwann musste sie eingenickt sein. Als der Einsatzleiter erneut das Wort ergriff, waren sie nur noch wenige Minuten von ihrem Ziel entfernt. Ausgerechnet heute war Vollmond, aber sie hatten keine Zeit zu verlieren. Wenn man sie entdeckte, bevor sie das Haus erreichten, hätten sie das Überraschungsmoment nicht mehr auf ihrer Seite. Die Taliban waren fähige Kämpfer, darüber waren sich alle aus der Truppe im Klaren.

Amanda erkannte die Gebäude von den Bildern wieder. Hatten sie es tatsächlich geschafft, unbemerkt heranzukommen? Sie konzentrierte sich auf ihren Auftrag und erinnerte sich daran, dass es nicht ihre Aufgabe war, die Tür einzutreten und Blendgranaten zu werfen.

Jedenfalls nicht dieses Mal.

Sie nahm ihr Nachtsichtgerät ab und kontrollierte, dass es sicher um ihren Hals hing und alle Ausrüstungsgegenstände, die sie darüber hinaus am Oberkörper trug, gut befestigt waren.

Alles saß an seinem Platz. Ein Teil des Trupps sollte rechts um das Gebäude herumgehen, der andere links.

Die Operation stand und fiel mit dem Überraschungsmoment. Bis sie die Tür aufbrachen, durfte kein Laut zu hören sein.

Schneller Zugriff. Die Geiseln finden. Sofortiger Rückzug.

Sobald die Fahrzeuge angehalten hatten, sprangen die Männer hinaus und gingen mit ihren Waffen im Anschlag in die Hocke. Ihre Blicke suchten die Umgebung ab. Der Einsatzleiter erteilte leise Befehle über Funk. Auf sein Kommando rückten die acht Männer in auseinandergezogener Formation vor.

Weitere vier Mann bezogen hinter dem kleinen Nebengebäude Stellung. Sie würden die Vorhut bilden und hatten Schussposition eingenommen, bereit, den Männern, die sich dem Haus näherten, mit ihren Sturmgewehren Deckung zu geben.

Amanda blieb dicht hinter dem Einsatzleiter. Auf den Vorschlag, mit dem Fahrer am vereinbarten Sammelplatz zu warten, war sie mit keinem Wort eingegangen. Sie wollte um jeden Preis dabei sein, wenn die Geiseln gerettet würden. An einer Lehmmauer entlang erreichten sie einen staubigen Schotterweg, der zum Haus hinaufführte. Der säuerliche Geruch von Müll und Abfall deutete darauf hin, dass das Haus bewohnt war. Sie hielt den Kolben ihrer Kalaschnikow fest an die Schulter gepresst. Mondlicht fiel auf die Zufahrt und einen davor parkenden Hilux-Jeep. Auf den Satellitenbildern hatten zwei Fahrzeuge auf dem Hof gestanden.

Im Haus war es dunkel. Mit einem Sprengsatz in der einen und seiner Schusswaffe in der anderen Hand machte sich der erste Mann von ihnen bereit. Er würde so schnell wie möglich die Tür aufsprengen und seinen Kameraden den Weg freimachen. Amanda kauerte sich an der Hauswand zusammen und wartete auf die Explosion.

Ihr Mund war trocken. Adrenalin pumpte durch ihren Körper. Dann zerriss ein ohrenbetäubender Knall die Stille, und die Sprengladung hob die Tür aus den Angeln. Binnen weniger Sekunden hatten die Männer das Haus eingenommen und einander über Funk mitgeteilt, dass sämtliche Zimmer gesichert waren.

Amanda folgte dem Einsatzleiter in einen größeren Gemeinschaftsraum. Im grünlichen Licht ihres Nachtsichtgeräts konnte sie das schlichte Mobiliar klar und deutlich erkennen. Ein paar Matratzen und Decken lagen verstreut auf dem Boden.

Menschen waren nicht zu sehen.

Sie ging in das nächste Zimmer.

Leer. Hier roch es abgestanden wie in einem Ferienhaus, in dem lange nicht gelüftet worden war. Schießpulvergestank hing in der Luft.

Amanda versuchte, die aufsteigende Übelkeit zu bekämpfen. Sie hörte, wie die Männer einander erneut bestätigten, dass das gesamte Gebäude gesichert war.

Menschen hatten sie nicht gefunden.

Was, wenn sie sich im falschen Haus befanden?

Amanda blieb allein im Zimmer zurück. Das einzige Möbelstück war ein Sofa an der Wand. Darüber hing ein kleinerer Herati-Wandteppich. Wie ein schwedischer Flickenteppich, nur ein bisschen flauschiger, dachte Amanda und fotografierte den Raum mit der Bodycam an ihrer Einsatzweste.

Sie hörte, wie einer der Männer meldete, dass die Scharniere der Tür auf der Rückseite des Hauses zerschossen seien, ein anderer teilte mit, dass in zwei Zimmern offenbar Schusswechsel stattgefunden hätten.

«Verschwinden wir», sagte der Einsatzleiter und stieß mit dem Fuß gegen die leeren Patronenhülsen, die auf dem Boden verstreut lagen.

Amanda ging in die Hocke und untersuchte auf einem Teller Essensreste und ein paar Projektile.

«Wer zum Teufel ist hier gewesen?», fragte sie. Sie war sich von Sekunde zu Sekunde sicherer, dass sie sich im richtigen Haus befanden.

Allerdings zum falschen Zeitpunkt.

25

Auf dem Tisch lag ein verstaubtes Diktiergerät. Verdächtige, die in einem der winzigen Vernehmungsräume in der JVA Kronoberg befragt wurden, mussten den Eindruck haben, sich in einem Museum voller Polizeiantiquitäten zu befinden.

«Warum geben Sie nicht einfach zu, dass es sich um die Schlüssel zu Erik Björks Wohnung handelt?», fragte Bill und knallte den Schlüsselbund vor Nima auf den Tisch.

Nima zuckte zusammen und sah erst Bill, dann Tore an. Sein Gesicht war geschwollen, und die Bartstoppeln verliehen ihm ein ungepflegtes Äußeres. Seine Augen glänzten feucht.

Bill setzte sich Nima gegenüber. Er konnte seinen schlechten Atem riechen.

«Wart ihr ... Wart ihr in seiner Wohnung und habt die Schlüssel ausprobiert?»

«Was glauben Sie denn? Warum haben Sie uns nicht einfach gesagt, dass das Eriks Schlüssel sind?»

«Ich ... Ich weiß nicht», murmelte Nima.

Bill starrte ihn an. Wie schwer konnte es sein zu kooperieren, wenn man unschuldig war?

«Wollen Sie immer noch einen Anwalt hinzuziehen, oder sollen wir uns unterhalten?», fragte Bill und verschränkte die Arme vor der Brust.

«Wir können reden», erwiderte Nima.

«Wann waren Sie zuletzt bei Erik Björk zu Hause? In Anbetracht der Tatsache, dass Sie eigene Schlüssel zu seiner Wohnung haben, liegt die Vermutung nahe, dass Sie öfter da waren», stellte Tore fest und krempelte seine Hemdsärmel hoch.

«Ich hab doch gesagt, dass ich in den letzten Wochen wie ein Tier geackert habe!»

«Dann sollten Sie sich mal Gedanken darüber machen, ob Sie für den Freitagabend, an dem Ihr Kumpel ermordet wurde, ein Alibi haben», gab Tore zurück.

Nima seufzte schwer und fuhr sich mit dem Handrücken über die Stirn. Sein Haar war feucht und lockte sich an den Schläfen. Die sommerliche Hitze drang durch die dicken Wände, obwohl Klimaanlage und Ventilatoren ihr Bestes gaben.

«Oder haben Sie ein Alibi, das Ihnen nichts nützt?», hakte Bill nach, der eine Vermutung hatte, wie die Dinge in Wahrheit lagen.

Nima schwieg.

«Selbst wenn Sie nachts kriminellen Machenschaften nachgehen, ist wohl anzunehmen, dass das Strafmaß für Mord höher liegt. Das sollten Sie im Hinterkopf behalten», sagte Tore und wechselte die Taktik: «Wann haben Sie Erik Björk überhaupt kennengelernt?»

«Vor zwanzig Jahren ungefähr», antwortete Nima, ohne nachzudenken.

Seine schmutzigen Fingernägel waren abgekaut, die Nagelhaut gerötet.

«Wo sind Sie sich begegnet?»

«Wir sind in dieselbe Klasse gegangen. Er wohnte in Mälarhöjden, ich in Bredäng. Oberschicht trifft Unterschicht, so in der Art.»

«Verstehe», sagte Tore und stocherte noch eine Weile weiter in Nimas Kindheit und seinen Familienverhältnissen.

Was Nima erzählte, klang in Bills Ohren nach der typischen iranischen Familie, die ihre Heimat in den frühen achtziger Jahren als politische Flüchtlinge verlassen hatte. Die Eltern hatten sich dank ihrer Vorbildung in Stockholm hochgearbeitet und betrieben mittlerweile eine eigene Zahnarztpraxis. Nima hatte zwei Brüder, beide

Diplomingenieure, sowie eine Schwester, die als Justiziarin arbeitete.

«Ich schlage ein bisschen aus der Art ... Für eine akademische Laufbahn hat es bei mir nicht gereicht», sagte Nima und blickte auf seine schmutzigen Hände.

Tore schnaubte.

Bill vermutete, dass dieses Schnauben dem Stellenwert galt, den man in Nimas Familie einem Universitätsexamen beizumessen schien. Tore war berühmt dafür, dass er bei keiner Gelegenheit müde wurde zu betonen, dass für den Weg zum Erfolg einzig und allein gesunder Menschenverstand ausschlaggebend sei, und nicht, wie viele Jahre man die Schulbank gedrückt hatte.

«Haben Sie im Iran noch Verwandte?», wollte er jetzt wissen.

«Ja.»

«Wo genau wohnen die?»

«In Kerman im Südosten, da kommt meine Familie her. Allerdings bin ich der Einzige, der ab und zu noch hinfährt. Die anderen trauen sich nicht.»

«Weil sie dem Regime kritisch gegenüberstehen?», erkundigte sich Tore.

«Mehr oder weniger. Aber was spielt das denn für eine Rolle, verdammt? Solltet ihr nicht einen Mordfall aufklären? Ihr müsst doch haufenweise Dinge haben, denen ihr nachgehen könnt? Was soll das Scheißgequatsche von meiner Scheißzahnarztfamilie?»

Bill spürte, wie er langsam Kopfschmerzen bekam. Er zog sich diskret aus dem Vernehmungszimmer zurück und steuerte den Kaffeeautomaten im Flur an. Er ließ die trübe Brühe in einen braunen Plastikbecher laufen und rührte mit einem Kugelschreiber Milchpulver hinein. Nachdem er seinen Becher ausgetrunken hatte, füllte er drei neue. Kaffee hatte schon häufiger Leute zum Reden gebracht. Sein Blick fiel auf ein Tablett, auf dem er die Becher über den Flur balancieren konnte. Auf den Schreibtischen, an denen er vorbeikam, stapelten sich Desinfektionsmittelfläschchen und Schachteln mit Latexhandschuhen. Es war erstaunlich still auf dem Flur. Kein einziger Insasse hämmerte an seine Zellentür oder schrie nach einem Aufseher. Vielleicht macht ihnen die Hitze ebenfalls zu schaffen, dachte Bill und sehnte sich nach frischer Luft.

Er würde Tore bitten, sich ein bisschen zu beeilen, ihm anbieten, ihn nach Enskede zu fahren, und sich dann ebenfalls auf den Heimweg zu seiner Familie machen. Sofern die drei noch wach waren, wenn er nach Hause kam, könnten sie es sich vielleicht alle zusammen in der Hollywoodschaukel gemütlich machen.

Sie brauchten endlich wieder Zeit für sich, Sofia und er.

Bill schluckte trocken, bevor er wieder den Vernehmungsraum betrat.

«Dealen Sie mit Heroin?», fragte Tore gerade, ohne von seinem Notizbuch aufzublicken.

«Bist du nicht ganz richtig im Kopf?», erwiderte Nima und starrte Tore an.

«Meinem Kopf geht es ausgezeichnet», gab Tore zurück und griff nach einem der drei Becher.

Nima ignorierte Tores ironischen Kommentar. «Warum fragst du das dann überhaupt, verfluchte Scheiße? Ihr habt doch verdammt noch mal eine Datenbank, dann weißt du doch eh Bescheid!?»

«Laut Vorstrafenregister liegt in Verbindung mit Heroin kein Tatverdacht gegen Sie vor. Aber die Polizei kennt in aller Regel nicht jedes kleine Detail über ihre Klientel, daher meine Frage. Das ist alles.»

«Heroin ist was für die Fixer auf der Platte in der City. Mit so was hab ich nichts zu tun.»

Bill schob Nima einen Becher hin. Er meinte, ein leichtes Nicken zum Dank wahrzunehmen, bevor Nima den Kaffee gierig in sich hineinschüttete.

«Ich deute Ihre Antwort so, dass Heroin nicht Ihre Liga ist», stellte Tore in seinem üblichen neutralen Tonfall fest.

«Das hast du verdammt richtig gedeutet.»

Nima schien zu vielem fähig zu sein, aber war er wirklich ein Mörder? Hatte er Erik am vergangenen Freitagabend zu Hause umgebracht, die Leiche dann aus der Wohnung geschafft, das Apartment blitzblank geputzt und zu guter Letzt die Tür hinter sich abgeschlossen?

Aus welchem Grund hätte er das tun sollen? Was für ein Motiv konnte Nima haben, das so stark war, dass Erik deswegen hatte sterben müssen?

Bill schüttelte den Kopf. Wenn Nima Erik nicht umgebracht hatte, warum versuchte er dann nicht, die Verdachtsmomente gegen sich auszuräumen?

«Wir gehen davon aus, dass Sie die letzte Person waren, mit der Erik Björk vor seinem Tod über sein Diensthandy Kontakt hatte. Wir wissen außerdem aus seinem Tagebuch, dass Sie sich am fraglichen Abend treffen wollten», fuhr Tore bedächtig fort.

Bill hätte nicht sagen können, ob Nimas glasige Augen vom Rauchen kamen oder ob er tatsächlich Tränen in den Augen hatte.

«Soll ich die SMS, die Erik Björk Ihnen in der letzten Woche von seinem Diensthandy aus geschickt hat, noch einmal vorlesen, oder können Sie sich an den Wortlaut erinnern? So lange ist es ja noch nicht her», sagte Tore.

Nima saß reglos auf seinem Stuhl, während Tore die Ausdrucke vor sich auf dem Tisch studierte.

«Die erste SMS lautete folgendermaßen: ‹Kumpel, ich glaub, ich hab mein iPhone in deiner Küche liegenlassen, kannst du mal nachschauen?›»

Nima starrte auf die Tischplatte. Bill konnte dessen hektischen, flachen Atem hören.

«In der zweiten SMS, die er Ihnen ein paar Tage später geschickt hat, ahnt man bereits, dass er wegen irgendetwas sauer ist. Er schreibt: ‹Was ziehst du da eigentlich ab? Warum antwortest du nicht?›»

Von Nima kam nach wie vor nicht die geringste Reaktion, die verraten hätte, was in ihm vorging.

«In der dritten und letzten SMS scheint er komplett angepisst zu sein. Oder wie verstehen Sie es, wenn er schreibt: ‹Was zum Teufel hast du mit meinem Telefon gemacht? Ich kapier überhaupt nichts mehr, antworte, verdammt! Wir müssen uns treffen!›»

Keiner der drei sagte ein Wort. Das einzige Geräusch kam von Tore, der seinen Kaffee schlürfte. Dann rührte er quälend langsam mit einem Plastiklöffel in seinem Becher, bevor er fortfuhr: «Die wichtigste Frage, die Sie uns momentan beantworten könnten, wäre also, was Sie mit Erik Björks iPhone gemacht haben. Es ist nämlich so, dass Erik, bereits wenige Stunden nachdem er Ihnen diese letzte SMS geschickt hat, erstochen wurde.»

Spätestens in diesem Augenblick dämmerte es Nima. Bill konnte es ihm ansehen – am Zucken um Augen und Mundwinkel. Nimas Kiefer mahlten, und er atmete stoßweise.

«Ich ... Ich hab Erik nicht umgebracht, verdammt noch mal! Er war mein Kumpel! Das Telefon hab ich vertickt, ich brauchte Geld ... Ich konnte doch nicht wissen, dass so was passieren würde!», rief er, und seine Stimme überschlug sich.

Bill spürte, wie sich sein Magen zusammenkrampfte.

Erik Björks privates Handy war irgendwo dort draußen.

Nur bei wem? Und vor allem – seit wann?

Nima hatte die Hände vor das Gesicht geschlagen und weinte. Bill meinte, in Tores Miene eine gewisse Genugtuung zu erkennen.

«Wem haben Sie das Telefon verkauft? Je schneller Sie auf unsere Fragen antworten, umso schneller lassen wir Sie wieder laufen. Natürlich nur, wenn Sie unschuldig sind», fügte Tore hinzu.

«Ich habe keine Ahnung, was passiert ist, also, ich meine ... Ich weiß nicht, was mit dem Telefon passiert ist, nachdem ich es verkauft habe. Erik hatte es bei mir zu Hause liegenlassen, dann ist mein Cousin vorbeigekommen und hat es gesehen ...»

Bill warf Tore einen alarmierten Blick zu. Was zum Teufel war das denn wieder für eine Geschichte?

«Und warum ist Ihr Cousin zu Ihnen nach Hause gekommen?», fragte Bill.

Nima sah auf, wirkte beinahe verlegen.

«Um Kokain zu kaufen, stimmt's?», fragte Bill.

Nima nickte betreten.

«Er hat das iPhone entdeckt und mich gefragt, ob er es mir abkaufen kann. Ich hab ihm erzählt, dass es eigentlich einem Kumpel von mir gehört, aber für dreitausend könnte er es haben.»

«Sie haben also das iPhone Ihres Freundes für dreitausend Kronen verhökert und hatten nicht einmal vor, es ihm zu sagen?»

«Mein Cousin und ich hatten uns auf drei Riesen geeinigt, ja ... Aber als er dann später vorbeigekommen ist, hat er mir zehntausend dafür gezahlt.»

Schlagartig war Bill hellwach und setzte sich gerade auf.

«Sie wollen uns also erzählen, dass Ihr Cousin – von dem wir übrigens gerne den Namen erfahren würden – Ihnen einfach so zehntausend Kronen in die Hand gedrückt hat? Für ein gebrauchtes iPhone? Das es nagelneu im Laden für sechstausend gibt?»

«Ich weiß, ich weiß ... Aber als er mir unten im Auto diesen Umschlag mit dem Geld gegeben hat, musste ich ihm hoch und heilig versprechen, die Schnauze zu halten.»

«Worüber sollten Sie die Schnauze halten?», fragte Tore.

«Das ist es doch genau ... Das ist es, was ich nicht verstehe. Dass er mir dieses Telefon abgekauft hat, nehme ich an. Und dass er zehntausend dafür bezahlt hat.»

Nimas Stimme war kaum noch zu hören.

«Was für ein Auto fährt Ihr Cousin?», fragte Bill.

«Einen blauen BMW.»

«Modell?»

«Einen X5.»

Bill schnaubte. Es war eher die Regel als die Ausnahme, dass Kleinkriminelle – die nicht selten bei irgendwem in der Kreide standen – einen X5 oder Q7 fuhren, doch um dem Gerichtsvollzieher zu entgehen, tauchte in den Papieren ein anderer Fahrzeughalter auf.

«Aber jetzt werden Sie von der Polizei vernommen und riskieren mehrere Jahre Knast, wenn Sie uns nicht alles erzählen, was Sie wissen», sagte Tore langsam.

Nima schluckte und starrte auf den Boden. Tränen liefen ihm über das Gesicht.

«Wen haben Sie angerufen, nachdem Sie Eriks letzte SMS bekommen haben?», fragte Tore.

«Babak.»

«Und das ist wer?»

«Mein Cousin.»

Bill hielt den Atem an.

«Warum haben Sie Babak angerufen?»

«Ich wollte ihn fragen, was er mit dem Telefon gemacht hat.»

«Was hat er geantwortet?»

«Dass ich drauf scheißen soll, Eriks SMS zu beantworten, und dass er selbst mit Erik reden will.»

Bill hielt den Atem an.

«Und worüber?»

«Keine Ahnung! Wirklich, ich weiß es nicht! Das müsst ihr mir glauben!», rief Nima verzweifelt.

Als er Anstalten machte aufzustehen, legte Bill ihm eine Hand auf die Schulter und drückte ihn zurück auf den Stuhl.

«Was glauben Sie: Was hat Babak mit Erik Björks iPhone gemacht? Es ist doch offensichtlich, dass Erik irgendetwas wusste, was ihn stinkwütend gemacht hat, bevor er ermordet wurde, oder etwa nicht?»

Nima zuckte mit den Schultern.

«Wann genau hat Erik Björk sein iPhone bei Ihnen zu Hause liegenlassen?», hakte Tore nach.

«Ungefähr vor zwei Wochen. Als wir uns das letzte Mal gesehen haben.»

Tore machte sich eine Notiz, bevor er fortfuhr: «Die Auskunft war nicht annähernd so genau, wie ich sie mir gewünscht hätte. Wann ist Ihr Cousin vorbeigekommen und hat das Telefon mitgenommen? Am selben Tag?»

«Am nächsten, glaube ich. Wie oft soll ich euch denn noch sagen, dass ich nicht mehr weiß? Ich hab mit dem Mord an Erik nichts zu tun!»

Das hängt davon ab, wie man es betrachtet, dachte Bill und leerte mit großen Schlucken seinen Kaffeebecher. Außerdem hatte Nima für den Zeitpunkt von Eriks Ermordung nach wie vor kein Alibi.

«Sie verschachern also dieses Telefon für zehntausend Kronen und nehmen das Geld einfach so entgegen, ohne nach dem Grund für die hohe Summe zu fragen? Und als Babak Ihnen sagt, dass er selbst mit Erik sprechen will, kommt Ihnen das immer noch nicht merkwürdig vor? Erzählen Sie mir jetzt nicht, dass Sie an der ganzen Sache keine Schuld trifft», sagte Tore und schob ein Blatt Papier und einen Stift über den Tisch. «Schreiben Sie uns Babaks vollen Namen und seine Adresse auf.»

«Aber dann weiß er doch, dass ich ihn verpfiffen hab», wimmerte Nima.

«Wenn er ein rational und logisch denkender Mensch ist, dann lautet die Antwort Ja. Ja, dann wird er es wissen», erwiderte Tore.

Nima fuhr mit der Zunge über seine aufgesprungenen Lippen und keuchte.

«Haben Sie Angst vor Ihrem Cousin?», fragte Tore.

Nimas Blick flackerte, doch er antwortete nicht.

«Sie dürfen davon ausgehen, dass Sie bis auf weiteres in sicherer Obhut sind. Der Staatsanwalt wird definitiv Ihre vorläufige Festnahme anordnen.»

«Was soll denn der Scheiß? Ich hab Erik nicht umgebracht!»

«Überlegen Sie sich besser, ob Sie nicht vielleicht doch ein Alibi vorweisen können. Ansonsten ist es durchaus wahrscheinlich, dass Sie in Untersuchungshaft kommen, und hierzulande gibt es keine gesetzliche Höchstdauer, für die man maximal einsitzt, nur damit Sie Bescheid wissen.»

Mit diesen Worten schlug Tore sein Notizbuch zu.

Bill drückte auf eine Klingel, und einen Augenblick später erschien ein Justizvollzugsbeamter. Während Nima in seine Zelle zurückgeführt wurde, betraten Tore und Bill den Aufzug.

«So einfach wird es ja wohl kaum sein – also, dass Nima der Täter ist?», fragte Bill und musterte in der verspiegelten Fahrstuhlwand seine buschigen Augenbrauen. Dazwischen sprossen Härchen. Himmel auch, wenn diese Sache hier vorbei war, würde er eine Generalüberholung brauchen.

«Ganz sicher nicht.»

«Aber wir halten ihn trotzdem fest?»

«Auf jeden Fall. Wir haben keinen anderen Verdächtigen», sagte Tore und nahm im selben Moment sein Telefon zur Hand, in dem der Fahrstuhl im Erdgeschoss hielt.

Als Bill vor dem Gebäude in der Polhemsgatan 30 stand, wehte ihm vom Kronobergspark der Duft von frisch gemähtem Gras entgegen.

«Also, was machen wir als Nächstes?», fragte er, atmete tief ein und genoss die klare, saubere Luft.

«Wir knöpfen uns Babak vor, was sonst?»

26

Amanda zog ihre Stiefel aus und setzte Teewasser auf, während sie darauf wartete, dass Bill sich meldete. Sie hängte einen Beutel grünen Tee in einen Becher und ließ ihn ein paar Minuten ziehen. Ihr Appetit war wie weggefegt. Die Zunge klebte am Gaumen, ihr Mund fühlte sich trocken und pelzig an, und allein bei dem Gedanken an eine Mahlzeit wurde ihr übel.

Sie nahm das körnige Foto der Geiseln in die Hand.

Sie waren im richtigen Haus gewesen, daran bestand kein Zweifel.

Im Hintergrund war der bunte Herati-Teppich zu sehen. Die zwei Schweden hatten auf dem Sofa gesessen, als das Bild aufgenommen worden war.

Ihr Handy vibrierte, und das Display leuchtete auf. André. Er machte wahrscheinlich gerade einen Spaziergang mit dem Hund und hatte Zeit für sich.

Das hieß: Zeit für sie.

Endlich würde sie seine dunkle, heisere Stimme hören.

Nachdem sie einander auf den neuesten Stand gebracht hatten, was sich in den letzten Tagen ereignet hatte, wurde Andrés Stimme ernst.

«Amanda, du kannst dir nicht vorstellen, womit ich es gerade zu tun habe. Ein gigantischer Fall von Menschenhandel. Mit einer verdächtigen Person fing es an. Mittlerweile sind fünf Täter involviert. Morgen erhebe ich Anklage.»

Er war immer gleichermaßen engagiert, ganz egal um welchen Tatbestand es sich handelte. Amanda hörte seinen Ausführungen über

Vorsatz, Beweislast und Strafmaß eine Weile zu, ohne eine einzige Zwischenfrage zu stellen. Dann sagte sie unvermittelt: «André, ich bin schwanger.»

Ein langes Schweigen folgte. Nach einer Weile hörte sie, wie er Luft holte.

«Also du und ich?»

Was zum Teufel war das für eine Frage?

«Wer sonst? Glaubst du, ich treffe mich noch mit anderen Männern?»

«Ich bin nur etwas schockiert ... Damit habe ich nicht gerechnet.»

«Gerechnet? Wir haben die ganze Zeit nicht verhütet.»

«Du hast recht, natürlich konnte das passieren.»

Amanda trank ein paar große Schlucke Tee. Ihr gemeinsames Leben war nicht unkompliziert, doch seine Reaktion verschlimmerte die Situation.

«Hast du einen Schwangerschaftstest gemacht?»

«So etwas gibt es hier nicht, zumindest kann ich mir nicht ohne weiteres einen besorgen. Aber ich habe nachgerechnet, ich müsste in der sechsten Woche sein.»

«Okay ... Vielleicht ist es am besten, wenn ... wenn ...»

«Was?»

André schwieg. Amanda konnte ihre Gereiztheit nicht verbergen.

«*Was* ist deiner Meinung nach am besten, André?»

«Eine ... Eine ...»

«Abtreibung?»

«Wenn du nach Hause kommst ... so bald es geht ...»

Amanda zuckte zusammen. Bislang waren sie bei jedem Thema ausnahmslos einer Meinung gewesen, egal ob es sich um Politik, Reisen oder Essen gehandelt hatte. Und nicht nur das: Sie hatten gemeinsame Werte vertreten, über die Dinge, die im Leben wichtig waren.

Das hatte sie jedenfalls geglaubt.

«Du willst das Kind nicht?»

«Wollen und wollen ... Das kommt jetzt ziemlich plötzlich ... und ... Ich bin immer noch verheiratet. Die Kinder sind in einem schwierigen Alter, das weißt du. Es ist einfach kein guter Zeitpunkt, familientechnisch gesehen. Wir unterhalten uns in aller Ruhe, sobald du wieder zu Hause bist.»

«Natürlich», erwiderte Amanda und legte auf, noch bevor André etwas sagen konnte.

Ihre Augen brannten. Kein guter Zeitpunkt? Für eine Mittdreißigerin, die sich Kinder wünschte, war jeder Zeitpunkt gut. Konnte er das nicht verstehen? Und jetzt hatte er doch einen Grund, einen Schlussstrich unter sein altes Leben zu ziehen, ein neues zu beginnen, von vorne anzufangen. Mit ihr.

Amanda ließ sich auf die bestickte Tagesdecke fallen und starrte an die Decke.

Sie verspürte ein unbehagliches Gefühl in der Magengrube, als sie an Andrés Frage dachte, ob das Kind von ihm sei.

Als Bill eine Stunde später endlich anrief, ging sie schlaftrunken ans Telefon. Sie war vollständig angezogen und zusammengekauert auf der Tagesdecke eingeschlafen.

«Entschuldige, dass ich mich erst jetzt melde. Ich musste mich auf die morgige Besprechung im Justizministerium vorbereiten.»

«Das habe ich wirklich noch nie erlebt», sagte Amanda und unterdrückte ein Gähnen.

Warum in aller Welt bestand das Justizministerium so beharrlich darauf, fast minutiös auf dem Laufenden gehalten zu werden?

«Ich auch nicht. Sie erklären es mit dem bevorstehenden Staatsbesuch des afghanischen Präsidenten in Stockholm. Sie wollen über alles Bescheid wissen, was den Besuch gefährden könnte. Wie gesagt, es tut mir leid, dass ich so spät noch anrufe. Bei dir ist es inzwischen mitten in der Nacht, oder?»

«Kein Problem. Hier tut sich gerade nicht viel.»

«Du klingst resigniert.»

«Kein Wunder, oder? Ich hatte gehofft, wir könnten die Geiseln befreien ... Diese Spezialeinheit ist das Beste, was Schweden zu bieten hat. Trotzdem war die Operation ein Fiasko. Im Übrigen habe ich vor ein paar Tagen einen Menschen getötet. Ungefähr so resigniert sieht die Lage im Moment aus», sagte Amanda und biss sich auf die Unterlippe, die zu zittern begann.

Sie schloss die Augen. Die Erinnerung an das, was auf dem Feld bei Dolatabad geschehen war, holte sie wieder ein. Sie hatte gedacht, dass es sich anders anfühlen würde. Dass sie überhaupt *irgendetwas* fühlen würde.

«Möchtest du darüber reden?», fragte Bill vorsichtig.

«Warum fühle ich nichts? Der Mann hatte doch bestimmt Kinder und eine Familie zu versorgen.»

«Vielleicht weil du ihn nicht gesehen hast?»

«Aber das habe ich ...»

Amanda stemmte sich vom Bett hoch und schaltete die Nachttischlampe an. Sie würde Farouk anrufen und ihn fragen, wie es seinem Bruder ging. Sie wollte zumindest glauben, dass sie ihm das Leben gerettet hatte.

«Ich meine doch nur, dass du ihm nicht ins Gesicht gesehen hast, als er gestorben ist. Dass du nicht weißt, wie der Mann ausgesehen hat.»

«Aber sollte ich kein Mitgefühl für seine Familie empfinden oder Bedauern darüber, dass sein Leben auf einem schlammigen Feld bei Dolatabad ein jähes Ende genommen hat?»

«Man hat auf dich geschossen. Die Alternative wäre womöglich gewesen, selbst getötet zu werden, Amanda.»

Bill hatte recht. Würde sie noch einmal auf diesem Feld stehen, sie würde ohne zu zögern das Gleiche tun. Vielleicht ein bisschen schneller, mit mehr Präzision.

«Das Problem ist, dass ich überhaupt nichts fühle. Gar nichts. Da ist einfach nur Leere.»

«Kannst du schlafen?»

«Ja, schlafen kann ich. Ich träume meistens von meiner Mutter als junge, gesunde und starke Frau, nicht von der Arbeit.»

«Dann träumst du von den wichtigen Dingen im Leben.»

Amanda hörte, wie Bill ein paarmal schluckte und sich räusperte. Irgendwann würde sie ihn fragen, wie es ihm eigentlich ging. Ob er nicht zu viel arbeitete. Und wie es mit Sofia und den Kindern lief.

«Das hast du schön gesagt. Mein Bericht über den Einsatz bei Dolatabad ist jedenfalls fertig, wenn du Zeit hast, ihn zu lesen.»

«Sieht so aus, als müsste das noch eine Weile warten», erwiderte Bill und lieferte eine ausführliche Schilderung der abendlichen Ereignisse in Stockholm.

Als er seine Ausführungen beendet hatte, sagte keiner von ihnen ein Wort. Draußen vor dem Fenster beleuchteten Scheinwerfer die breite Schutzmauer. In den Stacheldrahtspiralen auf der Mauerkrone glänzte das Mondlicht.

«Also steht neben dem Treffen im Justizministerium für morgen auch noch der Einsatz bei Nimas Cousin auf der Agenda?»

«Ja, in Solna», bestätigte Bill und bat Amanda, ihm die gegenwärtige Lage in Kabul zu schildern. Sie schaltete den staubigen Tischventilator an. Ein leises Surren durchbrach die Stille im Zimmer.

«Es ist schwer, nicht zu resignieren, wenn man total versagt hat und es keine weiteren Anhaltspunkte gibt. Die Geiseln waren weg. Die Wände wiesen Einschusslöcher auf, und auf dem Boden lagen überall leere Patronenhülsen.»

«Bist du dir ganz sicher, dass ihr im richtigen Haus wart? Vielleicht waren die Koordinaten des Telefons, das die FRA geortet hatte, nicht präzise?»

«Hundertprozentig sicher», erwiderte Amanda und erzählte Bill von dem Sofa und dem Wandteppich, die auf dem Foto der beiden Geiseln zu sehen gewesen waren.

Bill pfiff leise durch die Zähne.

«Also wurden die Geiseln bei dem Schusswechsel entweder getötet, oder aber man hat sie an einen anderen Ort verschleppt, ehe ihr eingetroffen seid. Ist es in Kabul üblich, Geiseln weiterzuverkaufen?», wollte Bill wissen.

Amanda erschauderte. Wie furchtbar musste es sein, in einem quasi gesetzlosen Land wie Afghanistan wie Vieh von einem kriminellen Netzwerk ans nächste verkauft zu werden. Oder nach Pakistan. Dort hatten die internationalen Truppen kein Mandat, und das wusste in der Region jeder. Und alle nutzten es aus: Taliban, al-Qaida, Haqqani. Alle.

«Der Verkauf von Geiseln gehört hier unten zu den Lieblingsbeschäftigungen», murmelte Amanda.

«Pfui Teufel. Kannst du ungefähr einschätzen, wann sie das Haus verlassen haben?»

«Schwer zu sagen. Es hat immer noch nach Schmauch und angebranntem Essen gerochen. Vielleicht ein, zwei Stunden bevor wir eingetroffen sind? Auf den Satellitenbildern standen zwei Fahrzeuge vor dem Haus. Als wir kamen, war da nur noch eins.»

«Was bedeutet?»

«Das muss gar nichts bedeuten. Aber sie hatten sich vor nicht allzu langer Zeit noch in dem Haus befunden. Also, die Geiseln. Dann wurden sie aus irgendeinem Grund weggebracht – oder getötet. Allerdings ...»

«Allerdings was?»

«Irgendwie habe ich das Gefühl, dass sie vor der Schießerei woanders hingebracht wurden. Das Haus war völlig zerstört, verstehst du?»

«Nicht ganz.»

«Wenn sie sich zum Zeitpunkt des Gefechts im Haus befunden hätten, wären sie vermutlich ums Leben gekommen», sagte Amanda, griff nach der Fernbedienung und schaltete den Fernseher ein. BBC-News. Bei einem Angriff auf ein Gästehaus am östlichen Stadtrand von Kabul war wieder eine Entwicklungshelferin ums Leben gekommen. Bereits der dritte Angriff auf Mitarbeiter von Hilfsorganisationen binnen einer Woche. Amanda seufzte.

«Gehst du davon aus, dass die zwei tot sind?», wollte Bill wissen.

«Na ja ... Wenn ja, wurden sie nicht vor Ort umgebracht. In dem Haus war nirgendwo Blut. Ich glaube eher, dass die Geiseln aus dem Haus geschafft wurden, bevor es jemand mit Kugeln durchsiebt hat.»

«Und das heißt?», fragte Bill, der immer noch nicht zu begreifen schien, worauf sie hinauswollte.

«Dass wir nicht die einzigen Akteure auf der Bildfläche sind», antwortete Amanda und trank den kalten Tee in einem Zug aus.

27

Die Innenseite der Kapuze klebte an seinem Gesicht. Mikael atmete langsam und kontrolliert, um nicht unnötig Sauerstoff zu verbrauchen. Sein Brustkorb schmerzte. Vermutlich hatte er sich mehrere Rippen gebrochen, als sie ihn in den Wagen geworfen hatten.

Wie lange würden sie ihn hier liegen lassen?

Wie lange würde sein Körper das noch aushalten?

Das Auto war stundenlang über kurvige, löchrige Straßen gefahren. Der erste Wagen war ein neueres Modell gewesen, aber nach der holprigen Fahrt im zweiten Fahrzeug mit den abgenutzten Stoßdämpfern fühlte er sich vollkommen zermürbt.

Es hatte nicht lange gedauert, bis er die Orientierung verloren hatte. Mit jeder Meile, die sie zurückgelegt hatten, wurde die Gegend abgelegener.

Mikael lauschte angestrengt auf Bewegungen in der unmittelbaren Umgebung, doch die Kapuze saß so fest an seinem Kopf, dass es ihm in den Ohren rauschte. Dann erstarrte er.

Schluchzte da jemand? Befand sich im selben Raum?

Dann würde er zu ihr hinüberkriechen und sie in seine Arme nehmen.

Sie festhalten und nie mehr loslassen. Nur traute er sich nicht, ihren Namen zu sagen. Einen weiteren Schlag mit dem Gewehrkolben ins Gesicht verkraftete er nicht.

Ingrid.

Seine geliebte Ingrid.

28

Als Bill sich nach Mitternacht ins Haus geschlichen hatte, hatte er Sofia schlafend in der Küche gefunden. Mit dem Kopf auf den verschränkten Unterarmen hatte sie am Küchentisch gesessen und leise geschnarcht. Welche Sorgen hatte sie diesmal ertränken müssen? Sie war beruflich erfolgreich, betrieb ihre eigene Cateringfirma, hatte Haus und Kinder. Wahrscheinlich trinkt sie einfach nur gern, dachte Bill.

Sein teuerster Rum stand entkorkt auf dem Tisch. Doch selbst im sturzbetrunkenen Zustand war sie die schönste Frau, die er jemals gesehen hatte.

Als er versuchte, sie ins Schlafzimmer zu tragen, lallte sie seinen Namen und zog die Vokale auf dieselbe irritierende Art in die Länge, wie sie es immer tat, wenn sie zu tief ins Glas geschaut hatte.

Biiiiiiiiiill. Biiiiiiiiiill. Wie immer stellte er einen Eimer neben das Bett und deckte sie zu.

Als der Wecker ein paar Stunden später klingelte, lag sie noch immer reglos neben ihm. Ihr Atem stank nach Alkohol. Bill schickte seiner Mutter eine SMS und fragte, ob die Kinder bis zum Nachmittag bei ihr bleiben könnten.

So wäre es am einfachsten. Sofia hinterließ er einen Zettel: Er habe einen harten Arbeitstag vor sich und werde es ihr genauer erklären, wenn er wieder zu Hause sei. Dann schloss er die Haustür hinter sich ab.

Als er die frische Morgenluft einatmete, fühlte er sich sofort dynamischer. Die Sonne schien, und es war warm. Trotz ihrer tapferen Versuche mit dem Rasensprenger hatte das Gras einen leichten Gelbton angenommen.

Sobald diese Sache vorbei war, würde er weniger arbeiten und dafür sorgen, dass Sofia mit dem Trinken aufhörte. Mit dem Rauchen ebenfalls. Therapie, Anonyme Alkoholiker, Liebesreisen – was immer ihnen helfen konnte. Sie mussten weg von ihrem Selbstmitleid und seiner 60-Stunden-Woche. Was die bevorstehende Besprechung im Justizministerium anging, hatte er ein mulmiges Gefühl, und das änderte sich auch nicht, als er Alice Bohman vor dem Eingang von Rosenbad entdeckte.

Wie würde es denn aussehen, wenn Bill Ekman – stellvertretender Leiter der Sondereinsatzkräfte im Ausland – ohne seine Aufpasserin erschien?

Trotzdem lächelte er ihr zu.

Er glaubte nicht, dass sie noch zur Leiterin der NOA ernannt würde, der Nationalen Operativen Abteilung, die nach den geplanten Umstrukturierungsmaßnahmen die Reichskriminalpolizei ersetzen sollte. Sie war ein Relikt, ein Auslaufmodell. Das musste doch wohl allen klar sein.

Die Haut auf Bohmans Nase pellte sich mittlerweile stark. Sie schnaufte und schleckte den letzten Rest Eis von einem Holzstiel, bevor sie Bill begrüßte. Dass sie sich nicht lächerlich vorkam – eine Frau, die auf ihre Pensionierung zusteuerte und wie ein Kind an einem Eis am Stiel lutschte und in der Hitze vor sich hin japste?

«Möchten Sie, dass ich Ihnen ein kurzes Update über die aktuelle Lage gebe, bevor wir reingehen?», fragte Bill und warf einen flüchtigen Blick auf die Uhr. Sie hatten noch einen Moment Zeit.

«Nein, nicht nötig. Ich höre mir Ihren Bericht mit den anderen zusammen an.»

«Wie Sie wollen», erwiderte Bill und fragte sich insgeheim, wo Alice Bohman innerhalb der neuen Polizeiorganisation wohl am wenigsten Schaden anrichten würde.

Sie war redegewandt und konnte sich ausdrücken, das stand außer Frage. Doch sobald man nur das kleinste bisschen an der Oberfläche kratzte, war da nur Leere. Unfassbar, wie diese Frau in der internen Hierarchie so weit nach oben hatte klettern können. Wohl nur, weil sie zur rechten Zeit die richtigen Sachen gesagt hatte. Sie durchquerten die Sicherheitsschleuse und betraten den Fahrstuhl, um nach oben zu Staatssekretär Tejler und den anderen zu fahren. Vor dem Besprechungsraum deponierte Bill seine Telefone in einem der Schließfächer. Dann warf er einen Blick in Richtung Besprechungstisch. Sämtliche Stühle waren besetzt. Zum Glück waren keine neuen Gesichter dabei.

Die Frau, die beim letzten Treffen eine Rüschenbluse getragen hatte, unterhielt die übrigen Anwesenden, indem sie ihnen mit weit ausholenden, theatralischen Gesten schilderte, wie es in den ländlichen Regionen Afghanistans aussah. Bill hörte, wie sie Wüstenlandschaften, Gebirgszüge und Menschen beschrieb, denen sie entlang der Seidenstraße und bei ihren strapaziösen Aufenthalten in Nordafghanistan begegnet war.

«Zu der Zeit konnte man noch so gut wie ungehindert durch das ganze Land reisen.»

Einer der Zuhörer fragte höflich nach: «Und wann war das?»

«Natürlich vor der US-Intervention. Danach war für Leute wie uns der Radius schlagartig eingeschränkt», erklärte die Frau und kniff die Lippen zusammen.

Eine dieser typischen ehemaligen Entwicklungshelferinnen, die denken, sie wüssten über alles Bescheid, was mit Afghanistan zusammenhängt, dachte Bill und trank zwei große Schlucke des bereitstehenden Kaffees. Er war stark, genau so, wie er ihn mochte.

Als Bill das Wort erhielt, umriss er knapp, was seit der letzten Zusammenkunft geschehen war. Und hörte zu, als der Staatssekretär noch einmal zusammenfasste, was er über die in Stockholm erzielten Fortschritte berichtet hatte.

«Wir haben es hier also mit einem Mann zu tun, der auf irgendeine Weise in den Entführungsfall in Kabul verstrickt ist? Und der für einen bevorstehenden Polizeieinsatz in Solna Hinweise geliefert hat? Dieser Mann sitzt bereits in Untersuchungshaft, und weitere Festnahmen hier in Stockholm sind geplant?»

«Korrekt», bestätigte Bill, der ebenso erleichtert wie erstaunt darüber war, dass man ihn nicht aufforderte, näher ins Detail zu gehen und Hausdurchsuchungen, Verhöre und Beschlagnahmungen zu erläutern.

«Diese Sache darf unter keinen Umständen an die Öffentlichkeit dringen», erinnerte der Staatssekretär.

«Das streben wir auch nicht an», versicherte Bill.

Doch ganz gleich wie hart Tore und er auch arbeiteten – sie würden gezwungen sein, gewisse Informationen mit anderen zu teilen, um den Einsatz überhaupt durchführen zu können. Was daran war so schwer zu begreifen?

Alice Bohman schenkte ihren Sitznachbarn ein vages Lächeln.

«Und Kabul?», fragte der Stabschef und trommelte mit den Fingern auf die Tischplatte.

«Dazu komme ich jetzt», sagte Bill, blätterte in seinen Unterlagen und berichtete, was er in der vergangenen Nacht von Amanda erfahren hatte.

Die Gruppe hörte schweigend zu. Die meisten machten sich Notizen. Bill fragte sich, was sie wohl aufschrieben. Und warum.

«Also keine Fortschritte?», hakte die Frau nach, die von ihren Reiseabenteuern erzählt hatte.

Bill schüttelte den Kopf.

«Und die Entscheidung für die schwedische Spezialeinheit anstelle der afghanischen Verbände?», warf der Stabschef ein.

Bill kniff die Lippen zusammen. Warum in aller Welt beharrten sie darauf, dass ein afghanisches Kommando den Einsatz durchführte? Er war sich hundertprozentig sicher, dass die schwedischen Entscheidungsträger nicht annähernd so eisern darauf bestehen würden, wenn sie wüssten, dass weite Teile der afghanischen Einheiten aus Haschisch rauchenden Analphabeten bestanden.

«Wenn Sie Wert darauf legen, dass wir zwei schwedische Staatsbürger lebendig befreien, dann gibt es keine Alternative.»

Stille breitete sich aus. «Aber heißt es nicht seit geraumer Zeit, die Ausbildungsmaßnahmen – zu denen unter anderem Schweden beigetragen hat – seien bei den afghanischen Kollegen auf fruchtbaren Boden gefallen?», sagte der Stabschef langsam und sah Bill an.

Er schien es nicht gewohnt zu sein, dass man ihm widersprach. Doch davon ließ Bill sich nicht beirren.

«Das ist natürlich richtig. Allerdings ließen die Fähigkeiten der Afghanen zuvor auch mächtig zu wünschen übrig. Mittlerweile mögen sie ein akzeptables Niveau erreicht haben, das aber immer noch weit unter unseren Standards liegt. Insofern sind sie noch lange nicht auf Augenhöhe mit unserer Spezialeinheit. Aber das ist gar nicht der entscheidende Punkt. Der entscheidende Punkt ist die Moral ...»

«Die Moral?», wiederholte Alice Bohman und schlug sich die Hand vor den Mund, als wäre sie von ihrer eigenen Frage überrascht.

«Der Mangel an Moral, wenn Sie so wollen», verdeutlichte Bill, lehnte sich in seinem Stuhl zurück und sah von einem zum anderen.

Beim Staatssekretär hielt er inne.

«Haben Sie eigentlich die dortigen Präsidentschaftswahlen verfolgt?», erkundigte der sich im nächsten Moment.

«Ja, schon ...»

«Dann wissen Sie sicherlich, dass Aschraf Ghani im zweiten Wahlgang mehr als die Hälfte aller Stimmen erhalten hat und sein Gegner Abdullah das Ergebnis trotz allem nicht anerkennt?»

«Das ist mir bekannt», erwiderte Bill, der sich wie ein Schuljunge vorkam.

Mit verkniffenem Gesicht trank er seinen Kaffee aus und wünschte sich, er hätte die gleiche Gemütsruhe wie Amanda, die immer nur nickte und tonlos in sich hineinsummte, wenn sie jemandem zuhörte, den sie nicht leiden konnte.

Aber genau das war einer der Gründe, warum nicht er, sondern sie als Verhandlungsführerin arbeitete.

«Wie gesagt, in einer Woche kommt der afghanische Präsident auf Staatsbesuch. Darüber wurde bislang nur ein kleiner Kreis informiert – inklusive Sie, Bill. Hätte es die Stichwahl nicht gegeben, wäre der neue Präsident längst hier gewesen.»

Bill nickte.

«Es gibt eine ganze Reihe von Details, in die Sie selbstverständlich nicht eingeweiht sind. Aber so viel kann ich sagen: Der Besuch ist wichtig. Eine von afghanischer Seite ausgeführte Rettungsaktion zweier schwedischer Staatsbürger würde eine grundsolide Basis für die weitere Zusammenarbeit unser beider Länder schaffen.» Mit gefalteten Händen lehnte Alice Bohman sich leicht vor.

«Der Umstand ist uns natürlich bewusst, nicht wahr, Ekman?» Sie sah Bill direkt in die Augen.

«Wir sind uns sicherlich alle über die negativen Auswirkungen im Klaren, die ein missglückter schwedischer Einsatz auf afghanischem Boden auf die diplomatischen Beziehungen hätte», fuhr der Staatssekretär fort.

Bill starrte auf seine Hände. Er hielt den blauen Kugelschreiber so fest umklammert, dass seine Knöchel weiß hervortraten.

Was für ein verdammtes Aas dieser selbstgefällige Tejler war! Für die politischen Entscheidungsträger war es offenbar wichtiger, den Weg zu einer weiterhin guten, bilateralen Zusammenarbeit zu ebnen, als alles daranzusetzen, um zwei schwedischen Staatsbürgern das Leben zu retten. Bei dieser Erkenntnis schnürte es ihm fast die Kehle zu.

«Natürlich», antwortete Alice Bohman an seiner Stelle, räusperte sich und klickte demonstrativ mit dem Kugelschreiber, um zu unterstreichen, dass zumindest sie als Alpha-Weibchen der Reichskriminalpolizei die Tragweite der Situation verstanden hatte, auch wenn das auf Bill nicht zutraf.

«War unsere Operation außerhalb von Kabul mit den Afghanen abgesprochen?», erkundigte sich der Stabschef und schlug gleichzeitig seine Mappe zu, um allen zu signalisieren, dass dies die letzte Frage der heutigen Besprechung war.

«Mit dem Innenminister höchstpersönlich», erwiderte Bill, ohne von seinen Aufzeichnungen aufzusehen.

«Ausgezeichnet», schloss der Staatssekretär, stand auf und stützte sich mit beiden Händen auf die Rückenlehne seines Stuhls.

Als Bill den Raum verlassen wollte, stellte er sich ihm in den Weg.

«Wenn diese Sache an die Öffentlichkeit dringt, ist das eine Katastrophe», zischte der Staatssekretär ihm zu.

Bill nickte langsam. In Tejlers Mundwinkeln klebte Speichel.

«Und mit Katastrophe», fuhr er im selben Tonfall fort, «meine ich ein komplettes Fiasko für Schweden *und* unseren Afghanistan-Einsatz. Wir sind dort mit Hilfsgeldern in Höhe von achthundert Millionen Kronen pro Jahr eine Verpflichtung bis 2024 eingegangen. Von allen Ländern der Welt erhält Afghanistan von uns die höchsten Subventionen.»

«Das ist mir bekannt», antwortete Bill tonlos.

Tejler starrte ihn feindselig an.

«Finden Sie die beiden Diplomaten lebend – und zwar *bevor* der afghanische Präsident in Stockholm eintrifft. Und keine Presse. Niemand darf von dieser Sache erfahren», flüsterte er.

Bill nickte erst und ging dann in leichtes Kopfschütteln über.

«Wenn diese Angelegenheit an die Öffentlichkeit dringt, wird das für einen Skandal sorgen, für den Sie, Bill Ekman, persönlich zur Verantwortung gezogen werden», zischte Tejler ihm ins Ohr. Dann spähte der Staatssekretär verstohlen zum Stabschef hinüber und wischte sich den Speichel aus den Mundwinkeln.

Es war nur eine Frage der Zeit, bis die Medien Wind von der Sache bekämen. Und ab dem Moment würde sich ihre Arbeit deutlich schwieriger gestalten.

Das war Bill klar.

Und das wusste auch der Staatssekretär.

TAG DREI

29

Er hatte von dem Schutzraum geträumt.

Es war eng und dunkel dort, und Wachleuchte schrien ihm ins Ohr, er solle schneller laufen, dabei war er in dem Raum eingeschlossen, und die Wände rückten mit jeder Sekunde näher.

Er hielt die Augen geschlossen, streckte jetzt aber vorsichtig den Körper. Seine Zehenspitzen berührten die Armlehne. Himmel, er war einfach nicht dafür geschaffen, auf einem harten Sofa zu schlafen.

Er blinzelte in Richtung Fenster. Die ersten Anzeichen von Kopfschmerzen machten sich bereits bemerkbar, wie immer, wenn er ohne Zahnschiene geschlafen hatte. Doch gestern Abend hatte er sich nicht mehr in den Straßenverkehr hinausgewagt. In der Botschaft zu übernachten war immer noch am sichersten. Immerhin war dies hier schwedischer Boden, und das Gelände wurde von bewaffneten Sicherheitsleuten bewacht.

Angewidert von dem strengen Geruch, der ihm beim Aufstehen aus seinen Achselhöhlen entgegenströmte, verzog er das Gesicht. Er hatte einmal gelesen, dass Schweiß, den der Körper bei starker Angst aussonderte, nach Ammoniak roch.

Das musste es sein. Er hatte grenzenlose Panik empfunden.

Was mochte noch passieren? In seiner Brust und seinem Bauch rumorte es. Zum ersten Mal in seiner Laufbahn als entsandter Botschafter sehnte er sich nach Hause – nach seinem sicheren Zuhause auf Lidingö, weit weg von Morden, Entführungen, Drogen und *improvised explosive devices*. Wörter, die ihm vor seinem Amtsantritt in Kabul im letzten Herbst noch völlig unbekannt gewesen waren.

IED.

Irgendjemand hatte unter seinem Dienstwagen eine Bombe angebracht, um ihn zu töten. Ihn, der nie einem anderen Menschen Schaden zugefügt hatte. Außer Erik.

Und das bereute er weiß Gott. Dann das Heroin, das er die Toilette hinuntergespült hatte. Es war ein unendlich befreiendes Gefühl gewesen, es loszuwerden und die ganze Sache zu verdrängen. Jetzt, wo alles außer Kontrolle geriet und man ihm nach dem Leben trachtete, sah er ein, wie naiv er gehandelt hatte.

Amanda hatte gesagt, dass zwei Kilo Heroin in Stockholm mindestens eine Million Kronen kosteten. In Junkiekreisen lag der Preis noch höher. Widerwillig schüttelte er den Kopf.

Nach einer Dusche würde es ihm bessergehen. Er musste sich schleunigst in Schale werfen und seine Mitarbeiter über die aktuelle Lage ins Bild setzen. Aber was in aller Welt sollte er ihnen erzählen? Ingrid und Mikael waren nach wie vor verschwunden. Amanda hatte ihn gebeten, sein Personal zu informieren, auch wenn es nichts Neues zu berichten gab, und gleichzeitig alle daran zu erinnern, nicht mit Angehörigen oder Freunden über die Sache zu sprechen.

Alles, um die Medien so lange wie möglich auf Abstand zu halten.

Sein Handy auf dem Couchtisch brummte. Vielleicht eine WhatsApp-Nachricht von einer seiner Töchter? Er klickte auf das grüne Icon. Doch die Nachricht war weder von Veronika noch von Helena.

Sie war von «Corculum».

Seine Lippen öffneten sich leicht, und in seinem Körper breitete sich eine wohlige Wärme aus. Sie hatten schon länger nichts mehr voneinander gehört. Er selbst hatte sich nicht melden wollen, um nicht aufdringlich zu wirken. Die Nachricht bestand aus einer einzigen Frage: «Möchtest du dich mit mir treffen?»

Sven nahm das Telefon mit ins Badezimmer. Bloß nicht zu schnell antworten ... Laut und deutlich pfiff er Ulf Lundells Lied über die offenen Landschaften, in denen die Seele zur Ruhe kommt. Als er in den Spiegel blickte, sah er, dass sein Gesicht geschwollen und seine Augen rot umrandet waren. Er hatte zweifellos schon besser ausgesehen. Als er zu der Stelle kam, wo der Branntwein mit Johanniskraut gewürzt wurde, musste er unwillkürlich lächeln. Dann tippte er kurz und knapp: «Gerne», und drückte auf Senden.

In seiner Magengegend machte sich erwartungsvolles Kribbeln breit. Genau das war es, was er jetzt brauchte – für Körper und Seele.

Kaltes, erfrischendes Wasser lief an seinem Körper hinunter. Er fand selbst, dass ihm die leichte Bräune gut stand. Als er fertig geduscht hatte, posierte er vor dem Spiegel. Mittlerweile wartete eine neue WhatsApp-Nachricht auf ihn.

«Zur üblichen Zeit?»

Eilig rasierte er sich und besprengte seinen Hals mit Hugo Boss. Dann musterte er seine Nagelhaut. Ein bisschen Creme würde genügen.

Am besten antwortete er gleich, solange er eine stabile Internetverbindung hatte.

«Übliches Zimmer, übliche Zeit.»

Die Antwort kam prompt: «Freue mich. Viel zu tun gehabt seit dem letzten Mal?»

Das kann man wohl sagen, dachte Sven. Sein Finger verharrte über dem Display. Was sollte er antworten? Amandas Ermahnungen, in erster Linie an die Sicherheit zu denken, hallten in seinem Kopf wider. Aber er war Gesandter des Außenministeriums, er konnte sich nicht für immer und ewig in der Botschaft verstecken.

«Oh ja, die letzten Tage waren ereignisreich, und das ist noch freundlich formuliert.»

Damit sagte er nicht zu viel und nicht zu wenig. Er war mit sich zufrieden.

«Corculum» antwortete postwendend: «Ich kann dir helfen, den Druck abzulassen.»

Sven drehte sein Telefon in der Hand hin und her. Das klang vielversprechend, so direkt waren die Einladungen sonst nie gewesen. Er atmete schwer, während er eine neue Nachricht formulierte: «Klingt wie ein Angebot, das ich nicht ablehnen kann.»

Er schloss den Chat und pfiff den Refrain. Frieden und Freiheit für Körper und Seele. Es war so befreiend, an etwas anderes zu denken als an Bomben, Mord und Entführungen. Er rief nach Tamana, deren Schritte augenblicklich über den Marmorboden hallten, als sie sein Büro ansteuerte.

«Würden Sie mir bitte einen doppelten Espresso bringen?»

«Natürlich, Herr Botschafter», antwortete sie mit einem beflissenen Lächeln und verschwand.

Was würde er nur ohne sie machen?

Er band sich eine marineblaue Krawatte um und knöpfte das Hemd zu. Nichts passte besser zu sommergebräunter Haut als ein weißes Hemd. Dann hörte er, wie sich Tamanas Schritte erneut näherten.

«Tamana, würden Sie bitte alle in den nächsten Stunden anstehenden Termine absagen?», fragte er, als sie ihm einen Espresso mit einem Mandelkeks auf der Untertasse servierte. Mit hochgezogenen Augenbrauen sah sie ihn an.

«Aber da ist gleich die Telefonkonferenz mit Stockholm?»

«Ah, richtig ...»

Wie hatte er die bloß vergessen können? Jeden zweiten Montag wollte Stockholm wissen, was es Neues aus Kabullerbü gab. Er trank seinen Espresso in einem Zug aus.

«Tja, lässt sich nicht ändern ... Geben Sie in Stockholm Bescheid, dass ich zu einer kurzfristig anberaumten Besprechung muss, bei der es um die hiesige Sicherheitslage geht.»

«Wie Sie wünschen, Herr Botschafter.»

«Und rufen Sie mir bitte einen Wagen. Gerne Ali, wenn er verfügbar ist.»

«Selbstverständlich. Wo soll es hingehen?»

«Zum Serena Hotel.»

30

Das Hotel lag mitten im Stadtzentrum, strategisch günstig zwischen den Botschaften und Ministerien. Sven genoss es, sich dort unter Geschäftsleuten und Diplomaten zu tummeln. Vom Staub und Dreck auf Kabuls Straßen war hier nichts zu sehen, stattdessen war alles blank poliert, teuer und auf westlichem Standard. In der Schlange vor den Sicherheitsschleusen des Hotels mussten sie kurz warten. Sven musterte die Menschen, die draußen auf der Straße vorbeigingen.

Niemand sah freundlich aus. Dichte Bärte, buschige Augenbrauen und dunkle Augen, die ihn argwöhnisch anstarrten.

Er tastete nach der Türverriegelung. Ein abgemagerter Junge schlich um den Wagen herum und blieb an der hinteren Tür nur wenige Zentimeter von Sven entfernt stehen. Der Junge strotzte vor Dreck. Er trug ein viel zu großes Hemd mit ausgefranstem Kragen. Ohne jede Vorwarnung wirbelte er plötzlich herum, drehte sein Gesicht in Richtung der getönten Scheibe und schlug mit geballten Fäusten auf das Auto ein.

«Was soll das?», keuchte Sven.

«Das ist nur ein kleiner Bettler, Herr Botschafter», beruhigte ihn Ali.

Sven rutschte über die Rückbank zur anderen Seite. Wenn dieser Junge vorgehabt hätte, etwas am Wagen anzubringen, dann hätte er das ohne Probleme tun können. Sven lockerte seine Krawatte und wischte sich die schweißnassen Hände an den Hosenbeinen ab.

«Woher wollen Sie wissen, dass das nur ein Bettler ist?»

«Ich habe ihn hier schon häufiger gesehen. Die Wachleute verscheuchen die Straßenkinder regelmäßig, trotzdem kommen sie immer wieder zurück.»

Svens Blick flackerte unruhig hin und her.

«Normalerweise dauert es doch nicht so lange, auf das Hotelgelände zu kommen?»

Vielleicht war es doch keine so gute Idee gewesen. Er hätte den Vorschlag ablehnen oder das Treffen zu sich nach Hause verlegen sollen. Auch wenn das Serena das einzige Fünfsternehotel des Landes war und Luxus ausstrahlte, war er dort nicht automatisch in Sicherheit.

«Da vorne geht es schon weiter», antwortete Ali und rollte langsam an den Betonbarrieren vorbei und auf den Sicherheitsbeamten zu, der sie hineinwinkte.

«Gott sei Dank», seufzte Sven, der in Erwägung zog, gleich noch einmal zu duschen.

Auf dem Parkplatz des Hotelgeländes standen beinahe ausschließlich gepanzerte Wagen. Die Nummernschilder verrieten, dass es sich um Diplomatenfahrzeuge handelte.

«Wie lange dauert Ihre Besprechung, Herr Botschafter?»

Sven zögerte. Er war drauf und dran, Ali zu sagen, dass er nicht zu warten brauche und er ihn anrufen werde, sobald er fertig sei.

Aber er traute sich nicht.

Nicht weil Amanda ihm eingebläut hatte, wie wichtig es war, einen akkreditierten Chauffeur vor Ort zu haben. Es war vielmehr seine konstante innere Unruhe, die den Ausschlag gab. Falls irgendetwas passierte, hätte er zumindest einen eigenen Fahrer, der ihn so schnell wie möglich aus der Gefahrenzone herausbringen konnte.

«Rechnen Sie mit zwei, drei Stunden. Mein Telefon habe ich während des Meetings dabei», sagte Sven und hielt sein Diensthandy hoch.

Ali parkte im Schatten unter den großen Laubbäumen, ging um den Wagen herum und öffnete Sven die Tür. Hitze schlug ihm entgegen. Er würde sich nie an die Temperaturen gewöhnen, die im August in Kabul herrschten, das stand jedenfalls fest.

Sven passierte die Sicherheitskontrolle und ging durch die Metalldetektoren zur Rezeption. Die Mitarbeiterin am Empfang hatte er schon häufiger gesehen. Ihr dichtes, glänzendes Haar hatte sie im Nacken zu einem geflochtenen Knoten hochgesteckt. Als sie ihn anlächelte, blitzten ihre strahlend weißen Zähne.

«Herr Leijonhufvud, herzlich willkommen im Serena Hotel. Schön, dass Sie uns mal wieder besuchen.»

Sven war sich nicht sicher, ob es gut oder schlecht war, dass sie ihn wiedererkannte. Womöglich war es an der Zeit, ins Continental oder Kabul Star zu gehen?

«Guten Tag, meine Teure. Ich habe ein Zimmer gebucht.»

«Garden Deluxe?», fragte sie und tippte etwas in ihren Computer.

Sven nickte.

«Bis morgen?»

«Ja, ausgezeichnet», erwiderte Sven und nahm die Schlüsselkarte entgegen, rief dann Ali an und teilte ihm mit, dass er eingecheckt hatte.

Ein Zimmer stundenweise zu mieten machte keinen guten Eindruck, auch wenn das natürlich den Preis gedrückt hätte. Auf dem Weg zu den Fahrstühlen kam Sven an dem leeren Restaurant vorbei. Die in die Wandteppiche eingewebten Motive vermittelten einen Eindruck davon, welchen unterschiedlichen Einflüssen Kabul im Lauf der Jahrtausende unterworfen gewesen war. Über dem Restauranteingang hing ein Schild mit der Aufschrift «The Silk Route». Sven angelte sein Handy aus der Tasche und schrieb schnell eine Nachricht: «Ich bestelle schon mal das Übliche aufs Zimmer und dusche so lange.»

Die Antwort ließ nur ein paar Sekunden auf sich warten: «Ich habe Sehnsucht …»

Sven lächelte. Beim Serena Pastry Shop blieb er stehen und bestellte zwei große Gläser mit frisch gepresstem Granatapfelsaft und Eiswürfeln. Er nickte einigen westlich aussehenden Leuten zu, die an einem kleinen Bistrotisch saßen und Baklava aßen. Durch die Glastüren warf er einen bewundernden Blick hinüber zum üppigen Zarnegar-Park, in dem prächtige Rosenbüsche und Blumen in allen Farben des Regenbogens um die Wette leuchteten.

Der Fahrstuhl wartete bereits. Entschlossen trat Sven hinein und drückte auf die Drei. Eigentlich lautete eine Sicherheitsanweisung: Nie den Aufzug nehmen. Doch im Moment war er allein, niemand bewachte ihn. Aus dem Lautsprecher drang gedämpft klassische Musik. Sven schloss die Augen. Seine Zungenspitze fühlte sich am trockenen Gaumen rau an. Die Nähte seines weißen Hemds scheuerten leicht an seinen Brustwarzen. Er drehte den Oberkörper erst nach links, dann nach rechts. Das hier war genau das, was er jetzt brauchte. Danach würde sich alles besser anfühlen.

In seiner Tasche vibrierte es. «Bin in ca. einer Viertelstunde da.»

Perfektes Timing, dachte Sven und kontrollierte in der verspiegelten Fahrstuhlwand seine Zähne, ehe er seine Antwort abschickte: «Ich schließe die Tür nicht ab. Fühl dich ganz wie zu Hause.»

Oben angekommen, betrat er das Zimmer. Das dunkle Eichenparkett schimmerte im Sonnenlicht, das durch die Balkontür hereinfiel. Er machte seinen üblichen Sauberkeits-Check, schüttelte die Kissen auf und zog den bordeauxfarbenen Überwurf auf dem Bett glatt. Der Besprechungsbereich sah aus wie beim letzten Mal: Briefpapier und Stifte mit Serena-Gravur lagen akkurat angeordnet auf dem Tisch bereit.

Wenn Ingrid und Mikael zurück waren und in der Botschaft wieder alles in geregelten Bahnen lief, würde er sich freinehmen und einen ganzen Tag in Maishas Spa verbringen. Er würde eine Runde im Pool schwimmen und sich eine Maniküre und Pediküre gönnen.

Sven zog die italienischen Lederschuhe aus und betrachtete seine schmerzenden Zehen. Kein schöner Anblick.

Er ging ins Badezimmer und stellte die Dusche an. Allein der heiße

Dampf belebte ihn. Er pfiff vor sich hin – und allmählich schienen auch die letzten Schatten seiner nächtlichen Albträume und die schreienden Menschen auf der Straße aus seinen Gedanken zu verschwinden. Das Lied handelte von einem Laubkranz, den jemand um einen Stein legt.

Das Klicken der Zimmertür, die ins Schloss fiel, und das Geräusch von Schritten gingen im Rauschen des Wassers und seinem Pfeifen unter.

31

Bill parkte im Schatten der großen Birke am Eingang des Polizeipräsidiums in der Polhemsgatan. Als er Tore entdeckte, der ihm in einem kurzärmeligen Hemd gemächlich entgegenschlenderte, bereute er, sich für die offizielle Dienstkleidung entschieden zu haben.

«Wie lautet die Adresse?», fragte er, als Tore zu ihm ins Auto stieg.

«Sjövägen in Solna», antwortete Tore und schnallte sich an.

«Machst du Witze?»

«Nichts ist unmöglich», erwiderte Tore und nahm ein Foto im DIN-A4-Format aus seiner Mappe.

Der Mann war glatt rasiert und hatte eine markante Kinnpartie. Dichtes, dunkles, durch einen schnurgeraden Seitenscheitel geteiltes Haar fiel ihm halb in die Stirn. Am unteren Bildrand war ein Hemdkragen mit Krawatte zu erkennen.

«Wenn ich es nicht besser wüsste, würde ich annehmen, der Typ arbeitet in einer Anwaltskanzlei», sagte Bill und fuhr in Richtung Flemminggatan, während er gleichzeitig die Adresse ins Navigationsgerät eingab.

«Der Schein trügt», antwortete Tore und zog einen Papierstapel aus seiner Tasche.

«Du willst mir also erzählen, dass Babak Bahremandi, der bereits wegen diverser Betrugsdelikte und Drogenhandels verurteilt wurde und ein ellenlanges Vorstrafenregister hat, in einer der Villen im Sjövägen wohnt?»

«Genau so ist es. Zusammen mit seiner Frau Linda, geboren 1978, nicht aktenkundig, Mutter seiner beiden Kinder», referierte Tore, klappte die Sonnenblende herunter und blätterte durch die Ausdrucke. Mit einem Seufzer hielt Bill an der roten Ampel vor der Kreuzung am Fridhemsplan. Sommerlich gekleidete Menschen in Shorts und mit Flipflops an den Füßen überquerten im Schneckentempo den Zebrastreifen. Obwohl es bereits Ende August war, machten die Stockholmer mit geschulterten Strandtaschen Jagd auf jedes Fleckchen Gras in Wassernähe. Sofia hatte ihm gerade per SMS mitgeteilt, dass sie wach sei und vorhabe, die Kinder abzuholen und mit ihnen samt Picknickkorb ins Solvik-Strandbad zu fahren. Bill war ein kleines bisschen neidisch. Er ahnte, dass auch der heutige Tag lang werden würde. Sehr lang.

Tore räusperte sich.

«Die E-Mail-Adresse, die Erik von seinem privaten Handy aus benutzt hat, war *erik.g.bjork@hotmail.com*, oder?»

«Das ist zumindest die Adresse, die Leijonhufvud Amanda genannt hat. Aber wer weiß schon, wie viel seine Aussage wert ist», schnaubte Bill und bog nach rechts in die Sankt Eriksgatan ab.

Tore lehnte den Kopf an die Nackenstütze und fasste zusammen: «Laut Leijonhufvud soll Erik Björk das Foto, das ihn selbst, den Botschafter und einen unbekannten Mann – vermutlich einen Afghanen – zeigt, mit seinem iPhone gemacht haben. Korrekt?»

Bill nickte.

«Kurz nachdem der Botschafter Erik Björks Versetzung nach Stockholm erwirkt hat, erhält er von dessen Gmail-Account ein Foto mitsamt Forderung, per Diplomatenpost Drogen an Erik zu schicken.»

«Und ein, zwei Tage später liegt im Briefkasten der Botschaft ein Päckchen Heroin, das Leijonhufvud die Toilette hinunterspült», ergänzte Bill und machte vor dem U-Bahn-Eingang am Sankt Eriksplan eine Vollbremsung, weil direkt vor ihm ein Radfahrer die Straße überquerte. Auf den Bürgersteigen standen die Tische der Cafés dicht an dicht, und Bill spürte, wie sein Kaffeedurst stärker wurde. Auf Dauer würde sein Magen seinen derzeitigen Koffeinkonsum nicht verkraften, aber heute war noch nicht der Tag, um auf die Light-Variante umzusteigen.

«Wissen wir, wann Leijonhufvud die E-Mail mit dem Foto bekommen hat?», fragte Tore und skizzierte auf einem Blatt Papier eine Zeitachse.

«Am 11. August.»

«Also am Tag, nachdem Erik sein iPhone bei Nima vergessen hat.»

Bill bog links in die Torsgatan und hielt Ausschau nach einem kleineren Café.

«Sollen wir uns einen Kaffee mitnehmen? Wer weiß, wie lange das alles dauert», schlug er vor und fuhr langsamer.

«Nicht nötig», erwiderte Tore und förderte aus den Tiefen seines Rucksacks eine Thermoskanne, einen Plastikbecher und eine Tüte Pågens-Zimtröllchen zutage, goss Kaffee in den Becher und hielt ihn Bill hin.

Bill lächelte. Wenn es jemanden gab, mit dem er immer gerne zusammenarbeitete, dann war das Tore.

«Entweder ist Erik wirklich unter die Kriminellen gegangen und hat das Bild nicht von seinem eigenen iPhone verschickt. Oder aber irgendwer hat es von Eriks Handy aus gemailt, nachdem Babak es Nima abgekauft hatte», fasste Tore zusammen.

«Vergiss nicht, dass das Telefon zunächst noch in Nimas Wohnung lag, bevor er es an Babak verhökert hat», warf Bill ein.

«Aber Nima war es nicht – jedenfalls nicht im Alleingang.»

«Wieso bist du dir da so sicher?»

Bill nahm ein Zimtröllchen aus der Tüte. Nicht gerade die beste Ernährung für einen Mann mittleren Alters, der keine Zeit hatte, so viel Sport zu treiben, wie er eigentlich sollte.

«Weil er die Frage nach dem Heroin als Beleidigung empfunden hat. So tief ist er nicht gesunken. Heroin ist was für Junkies, die ganz unten sind. Außerdem liegt in Bezug auf Heroin nichts gegen ihn vor», erklärte er.

«Babak sieht auch nicht gerade aus, als würde er Heroin spritzen.»

«Er selbst nimmt es vermutlich nicht. Aber laut Vorstrafenregister hat er schon Heroin geschmuggelt und damit gedealt. Er wurde zu zehn Jahren Gefängnis verurteilt, die er in der JVA Norrtälje absitzen sollte. 2012 ist er nach sechseinhalb Jahren auf Bewährung wieder rausgekommen», sagte Tore und wedelte mit einem Dokument.

Bill seufzte. Ganz gleich ob Nima, Babak, beide gemeinsam oder irgendjemand anders Erik ermordet hatte: Das Motiv lag nach wie vor im Dunkeln.

«Wann genau wurde Erik umgebracht?», wollte Tore wissen. Sein Stift schwebte über der Zeitachse.

«Der Rechtsmedizin zufolge irgendwann zwischen 19 und 21 Uhr.»

Tore markierte einen Punkt.

«Und wann wurden die Diplomaten gekidnappt?»

«Vermutlich kurz nach 21 Uhr», antwortete Bill.

«Diese Entführungsgeschichte ist wirklich merkwürdig. Eine Lösegeldforderung, aber keine Instruktionen, wie die Übergabe erfolgen soll. Wir haben unsere beste Verhandlungsführerin vor Ort – aber niemanden, mit dem wir verhandeln können», sagte Tore und schenkte Bill Kaffee nach.

Das Schlimmste war, dass Tore recht hatte. Die Chance, die Geiseln lebend zu befreien, wurde mit jeder Minute geringer.

Die Worte des Staatssekretärs hallten in Bills Kopf wider.

Keine Medien. Unter keinen Umständen.

Er drehte das Radio lauter. Der Jingle der Nachrichten erklang, und die Sprecherin begrüßte die Hörerinnen und Hörer. Bill hielt die Luft an. Als die aktuellen Meldungen von Kämpfen rund um Mossul und der daraus resultierenden humanitären Krise im Nordirak handelten, atmete er auf.

«Können wir überhaupt sicher sein, dass Babak zu Hause ist?»

«Die Kollegen, die ihn observieren, haben sowohl Babak als auch seine Frau am Vormittag gesehen», erwiderte Tore.

«Die Kinder auch?»

«Ich glaube ja. Aber wir können nicht warten.»

Kinder waren bei einer Hausdurchsuchung immer unangenehm. Auch wenn sie zu vermeiden versuchten, dass unbeteiligte Familienmitglieder anwesend waren, war Bill schon bei viel zu vielen Einsätzen mit weinenden Kindern und Ehefrauen konfrontiert gewesen, wenn Türen eingetreten und Ehemänner und Väter festgenommen wurden.

Sie überquerten die Solnabron. Laut GPS würden sie bis zum Sjövägen noch zwölf Minuten brauchen.

«Wir haben eine Zeugin, mit der wir dringend sprechen müssen oder – genauer gesagt – du», sagte Tore.

«Wer sollte das sein?», fragte Bill mit hochgezogenen Augenbrauen.

«Ich habe nachgeprüft, wer die Anruferin war, die Erik Björks Leiche im Gebüsch am Norr Mälarstrand entdeckt und die Polizei verständigt hat. Die Frau heißt Linnea Hellkvist ...»

«Ist die nicht längst befragt worden?»

«Nein, es hat sich niemand die Mühe gemacht», erwiderte Tore in neutralem Tonfall.

«Du meinst *niemand* im Sinne von Polizeihauptmeister Oskar Karlsson?»

«Korrekt. Zumindest findet sich im Ermittlungsbericht kein Eintrag zu einer Zeugenbefragung, aber die Kollegen aus der Zentrale haben ihren Anruf natürlich dokumentiert.»

«Dieser Karlsson jagt von einer Meisterleistung zur nächsten. Fahren wir mit Babak eigentlich nach Kronoberg oder nach Västerort?», fragte Bill.

Sie bogen auf den Sjövägen ab.

«Der Staatsanwalt hat angeordnet, ihn ohne Vorladung zur Vernehmung zu holen. Es ist sicher am einfachsten, ihn nach Kronoberg zu bringen. Dann haben wir Babak und Nima auch gleich unter einem Dach vereint», antwortete Tore grinsend.

Bill parkte vor einer niedrigen weißen Mauer. Ein schwarzes Tor wurde von zwei großen, mit Geranien bepflanzten Blumenkübeln flankiert. Die verputzte, blendend weiße Fassade leuchtete im Sonnenlicht. Hinter dem Haus glitzerte ein Streifen Wasser. Der Wert des Anwesens überstieg sein und Sofias Haus in Norra Ängby unter Garantie um das Fünffache.

«Wie viel so eine Immobilie wohl kostet?», murmelte Bill und rückte die Schutzweste unter seinem Sakko zurecht, bevor er aus dem Wagen stieg.

«Da werden wir wohl fragen müssen. Mit den Einkünften, die er versteuert, hat Babak das Geld für das Haus jedenfalls nicht zusammengespart, so viel steht fest», bemerkte Tore.

Die massive, dunkle Eingangstür war aufwendig verziert. In der Mitte hing eine Löwenpranke aus Messing. Tore griff danach und ließ den Klopfer schwer auf das Holz fallen.

Bill vergewisserte sich, dass seine Pistole sicher im Holster saß. Seine Finger wanderten am Waffengürtel entlang und tasteten nach dem Ersatzmagazin. Das dunkelblaue, locker sitzende Sakko war eine Nummer größer als seine übrigen Anzugjacken und verbarg sämtliche Gegenstände, die er im Dienst griffbereit haben wollte.

Im Haus erklangen Schritte, und die Tür wurde geöffnet. Der Mann vor ihnen war ohne jeden Zweifel Babak.

«Ja?», fragte er und kniff die Augen zusammen.

«Sind Sie Babak Bahremandi?», fragte Tore und hielt seinen Dienstausweis hoch.

«Man sieht Ihnen aus hundert Kilometern Entfernung an, dass Sie Polizisten sind», erwiderte Babak, wich in den Flur zurück und verscheuchte zwei Kinder.

«Wir müssen Sie bitten, uns ins Präsidium zu begleiten», sagte Bill.

Babak funkelte ihn an.

«Was wollen Sie von mir?»

«Mein Kollege und ich sind gekommen, um Sie zu einer Befragung abzuholen. Wir würden gerne wissen, in welchem Verhältnis Sie zu einem gewissen Erik Björk gestanden haben», antwortete Tore.

Babak trug ein rosafarbenes Poloshirt und sah genauso gepflegt aus wie auf dem Foto.

«Was auch immer Sie für Fragen haben – stellen Sie sie mir bitte gleich hier», sagte Babak und deutete Richtung Küche.

«Tut mir leid. Machen Sie sich bitte fertig, damit wir fahren können – natürlich so diskret und unauffällig wie möglich», entgegnete Bill und legte die Hand auf sein Holster.

«Immer mit der Ruhe», beschwichtigte ihn Babak und rief nach seiner Frau.

Bill warf einen Blick in die exklusiv ausgestattete Küche. Auf einer riesigen Kücheninsel mitten im Raum standen Teller, Gläser und Besteck. Bill zählte fünf Teller.

«Erwarten Sie Besuch?»

«Nein», erwiderte Babak und band seine Schuhe zu.

Auf der Straße fuhr ein dunkelblauer BMW langsam am Haus vorbei, gab Gas und verschwand. Bill hätte schwören können, dass das der zusätzliche Mittagsgast war, der es vorzog, nicht zu bleiben.

32

Als Bill die Steinofenbäckerei Fabrique am Fridhemsplan betrat, schlug ihm der Duft von frischen Backwaren entgegen. Sauerteigbrote, Zimtschnecken und Brötchen füllten die Auslage hinter der Glasscheibe. Er vermutete, dass es sich bei der Frau, die ein Backblech in den Händen hielt, um Linnea Hellkvist handelte. Sie war groß und durchtrainiert und hatte unzählige Sommersprossen im Gesicht. Hätte Bill nicht gewusst, dass sie in Kürze dreißig werden würde, hätte er sie höchstens auf fünfundzwanzig geschätzt.

«Hallo, was kann ich für Sie tun?», begrüßte sie ihn mit einem strahlenden Lächeln.

«Wir haben telefoniert ...»

Diskret zeigte er ihr seinen Dienstausweis, um die älteren Damen, die in der Nähe der Theke saßen, nicht unnötig neugierig zu machen.

«Linnea», stellte sie sich vor und gab ihm die Hand. Ihr Blick wurde ernst.

«Ich muss Ihnen ein paar Fragen stellen, wenn es Ihnen recht ist», sagte Bill.

Sie bat ihn in den Personalbereich hinter der Ladentheke.

«Ich wusste gleich, dass er es war, als ich die Abendzeitungen gelesen habe», sagte sie leise.

Das Damenkränzchen blickte kurz von den Teetassen auf und widmete sich dann wieder dem neuesten Klatsch und Tratsch.

«Haben Sie den Mörder gefunden?», flüsterte Linnea.

Bill schüttelte den Kopf.

«Könnten Sie noch einmal ganz genau schildern, was Sie gesehen haben, bevor Sie die Polizei informiert haben?»

Linnea goss Kaffee in zwei Gläser und schäumte warme Milch in einem Edelstahlbehälter auf, den sie auf den Tisch stellte.

«Ich habe eigentlich nur zwei Beine gesehen, die aus einem Gebüsch ragten ...»

«Um wie viel Uhr war das?»

«Ich weiß es nicht genau. Ich hatte meine übliche Joggingrunde gedreht ... Bevor ich zur Arbeit gehe, laufe ich immer vom Lindhagensplan zum Rathaus und wieder zurück. Man muss sich schließlich bewegen.»

Angesichts der schlanken, durchtrainierten Figur kann Joggen nicht ihre einzige sportliche Betätigung sein, dachte Bill.

«Ist Ihnen irgendjemand aufgefallen, der sich in der Nähe aufgehalten hat?»

«Nein. Ich war die Einzige dort. Also habe ich die Polizei gerufen und gewartet, bis Ihre Kollegen gekommen sind. Als sie keine weiteren Fragen an mich hatten, bin ich nach Hause gegangen.»

Verflucht noch mal, wenn er diesem Hauptwachtmeister Karlsson jemals begegnen sollte, würde er ihm sein goldenes Dienstgradabzeichen von der Brust reißen! Dieser Kerl verdiente seine Position nicht. War ihm überhaupt klar, wie sehr er der Ermittlung geschadet hatte?

«Haben Sie den Mann auf dem Hinweg oder auf dem Rückweg entdeckt?», fragte Bill und füllte sein Kaffeeglas mit aufgeschäumter Milch auf.

«Auf dem Rückweg. Als ich das erste Mal an dem Gebüsch vorbeigekommen bin, lag er noch nicht da», antwortete Linnea und holte tief Luft.

Bill kaute an der Spitze seines Kugelschreibers.

«Haben Sie irgendetwas gesehen oder gehört, das aus Ihrer Sicht für die Ermittlungen relevant sein könnte?»

Linnea trank einen großen Schluck Kaffee. Auf ihrer Oberlippe blieb ein schmaler Milchbart zurück.

«Ein Auto.»

«Auf dem Parkplatz stehen viele Autos», wandte Bill ein.

«Aber nur bei einem lief der Motor», entgegnete Linnea.

Jetzt wird es interessant, dachte Bill und nahm eine Serviette, um sich Notizen zu machen. «Erzählen Sie mir, was Sie gesehen haben, von Anfang an.»

«Als ich auf dem Hinweg am Mälarpavillon vorbeigekommen bin, hat dieser Mann noch nicht dort im Gebüsch gelegen. Allerdings stand ein blauer Cityjeep mit laufendem Motor auf dem Parkplatz. Auf dem Rückweg habe ich den Toten dann entdeckt. Das Auto war weg.»

Bills Kugelschreiber verharrte in der Luft.

«Können Sie beschreiben, wie der Wagen aussah?»

«Natürlich. Es war ein dunkelblauer BMW, also der Cityjeep.»

Bill schluckte, bevor er jede einzelne Silbe seiner nächsten Frage betonte: «Wie nah sind Sie an dem Auto vorbeigelaufen? Haben Sic sich das Kennzeichen gemerkt?»

Er biss sich auf die Lippen. Zwei Fragen auf einmal. Anfängerfehler.

«Ich war vielleicht zehn Meter entfernt. Aber ich habe nicht daran gedacht, mir das Nummernschild zu merken. Ich wusste ja nicht, dass es wichtig werden könnte.»

«Können Sie bitte versuchen, sich die Situation noch einmal ins Gedächtnis zu rufen? Ist Ihnen in der unmittelbaren Umgebung des Wagens noch etwas anderes aufgefallen? Bewegungen?», fragte Bill – und seufzte. Gleich drei Fragen.

Die Ladenglocke über der Eingangstür klingelte, und Linnea sprang auf.

«Ich kassiere nur schnell ab.»

Bill zog sein Telefon aus der Tasche.

«Wo war Babak am Samstagmorgen, als die Leiche entdeckt wurde?», fragte er ohne Vorrede, als Tore ranging.

«Er hat ausgesagt, dass er und seine Frau von Freitag bis Sonntag im Yasuragi Spa-Resort in Hasseludden waren.»

«Sind sie mit dem Auto dorthin gefahren? Linnea Hellkvist hat nämlich zehn Meter vom Fundort der Leiche einen blauen BMW-City-jeep gesehen.»

«Interessant. Babak behauptet, sie hätten das Auto seiner Frau genommen», sagte Tore.

«Was hat er sonst noch gesagt? Redet er überhaupt?»

«Er antwortet artig, wenn man ihn fragt, lügt aber in manchen Punkten. Er hat zugegeben, dass er Nima das iPhone abgekauft hat, behauptet jedoch, nur dreitausend Kronen dafür bezahlt zu haben.»

«Aber warum hätte er zehntausend hinblättern sollen, wenn wir Nimas Aussage glauben?», fragte Bill und hoffte, dass seine Stimme in der Geräuschkulisse des Cafés unterging.

Er hörte, wie Linnea einer Kundin den Unterschied zwischen Sauerteigbrot und normalem Brot erklärte und die Besonderheiten des Backverfahrens im Steinofen erläuterte; warum ein Laib fast hundert Kronen kostete und warum ein Dinkelbrot gesünder war als Walnussbrot. Nach einer Weile schien die Kundin sich zu einer Entscheidung durchgerungen zu haben, und Linnea kassierte.

«Das ist leicht zu beantworten», kam Tores Antwort durchs Telefon. «Zunächst mal ist er davon ausgegangen, ein ganz gewöhnliches, gebrauchtes iPhone gekauft zu haben. Als er sich aber die Daten auf dem Handy ansieht, entdeckt er ein Foto, das drei Männer beim Sex zeigt, und schwups, steigt der Preis um siebentausend – vor allem wenn es sich bei einem der Männer auf dem Bild um den schwedischen Botschafter in Kabul handelt.»

«Woher um alles in der Welt soll ein Stockholmer Gangster wissen, wie der schwedische Botschafter in Kabul aussieht?», gab Bill zurück. Er war erneut laut geworden und blickte sich alarmiert um. Dass die

Damen im Café delikate Details aufschnappten, fehlte ihm gerade noch.

«Meine Hypothese ist, dass Babak keine Ahnung hatte – bis er Erik anruft und ihn fragt, wer diese Männer auf dem Foto sind. Erik wird wahrscheinlich fuchsteufelswild. Doch aus irgendeinem Grund rückt er mit der Sprache heraus, und im nächsten Moment schreibt Babak Leijonhufvud eine E-Mail, hängt das Foto an und fordert ihn auf, Heroin nach Stockholm zu schicken», sagte Tore.

«Und deshalb sendet Erik an Nima eine SMS und will wissen, was zum Teufel er mit seinem Handy gemacht hat», schlussfolgerte Bill. Er ließ den Kassenbereich nicht aus den Augen.

Linnea steckte zwei Brote in braune Papiertüten und wünschte der Kundin einen schönen Tag.

«Aber das ist bislang nur eine Hypothese. Wenn du mehr über diesen Jeep in Erfahrung bringst, können wir da weiter ansetzen.»

«Ich gebe mein Bestes», versprach Bill und legte auf.

Linnea kam in den Personalraum zurück und wischte sich die Hände an ihrer geblümten Schürze ab.

«Wo waren wir stehen geblieben?», fragte sie und setzte sich wieder an den Tisch.

«Bei der Frage, ob Sie jemanden im Jeep oder in der näheren Umgebung gesehen haben oder ob Ihnen noch etwas anderes aufgefallen ist», antwortete Bill.

Linnea nickte. Bill setzte sich aufrecht hin und machte sich bereit, eine neue Serviette zu beschreiben.

«Um die Uhrzeit ist am Mälarstrand ja noch nicht viel los, da hört und sieht man alles, was sich tut. Das Auto parkte in Fahrtrichtung zur Straße, also mit dem Kofferraum zum Riddarfjärden. Ich hörte, wie eine Autotür zugeschlagen wurde, und habe gesehen, dass sich jemand im Jeep bewegte.»

«Haben Sie noch etwas anderes beobachtet?», hakte Bill nach und spürte, wie sein Hemd unter den Achseln allmählich feucht wurde.

Linnea schaute auf die Tischplatte.

«Leider nein. Jemand hat im Auto gesessen, mehr konnte ich nicht erkennen.»

«Eine Person oder mehrere?», fragte Bill und hielt den Atem an.

«Schwer zu sagen, es ging so schnell.»

«War es ein Mann oder eine Frau? Wie sah die Person aus?»

«Tut mir leid, ich habe nur gesehen, dass sich jemand im Wagen bewegt hat», antwortete Linnea und schüttelte den Kopf.

Bill legte die Hand flach auf den Tisch.

«Linnea, vielen Dank für Ihre Hilfe. Ich werde mich in Kürze noch mit weiteren Fragen bei Ihnen melden. Heute bin ich ein bisschen in Eile.»

Die Informationen sollten reichen, um den BMW zur Fahndung auszuschreiben. Der Fahrer hatte Erik umgebracht und ihn wie Abfall am Norr Mälarstrand entsorgt, kurz nachdem Linnea zum ersten Mal dort vorbeigekommen war.

«Eine letzte Frage noch», sagte er.

Sie sah ihn abwartend an.

«Wissen Sie noch, wie spät es war, als Sie das Auto gesehen haben?»

«Das muss gegen zwanzig vor fünf gewesen sein. Wenn ich am Rathaus umdrehe und nach Hause jogge, fangen auf Höhe der Tankstelle die Echo-Nachrichten an.»

«Auf Höhe der Preem-Tankstelle?»

«Ja.»

«Wann genau kommen Sie an der Tankstelle vorbei?»

«Um fünf Uhr morgens, die Echo-Nachrichten beginnen immer zur vollen Stunde.»

«Richtig. Demnach sind Sie am Freitagmorgen um fünf Uhr an der Tankstelle vorbeigelaufen ...»

Linnea nickte.

«Und um welche Uhrzeit haben Sie den Mann entdeckt?»

«Ich habe sofort die Polizei angerufen, als ich ihn gesehen habe. Im Radio hatte gerade ‹Die Welt des Wissens› angefangen ... also vielleicht um fünf nach fünf?»

Bill nickte und machte sich eine letzte Notiz.

«Noch einmal vielen Dank. Jetzt muss ich wirklich los.»

33

Amanda griff nach dem Festnetztelefon an der Wand. André nahm sofort ab.

«Ich kann gerade nicht sprechen, es ist ein ungünstiger Moment.»

«Verstehe, ich wollte nur …»

Was wollte sie? Angesichts des gestrigen Gesprächs wäre es eigentlich an ihm gewesen, sich bei ihr zu melden. Warum hatte sie ihn angerufen? Amanda nahm eine Bestimmtheit in Andrés Stimme wahr, die sie noch nie zuvor bemerkt hatte.

«Wir reden später, Amanda, in Ordnung?»

«Okay, du kannst mich ja zurückrufen … wenn es dir passt.»

Im Hörer blieb es still.

«Amanda, wann kommst du nach Hause? Wir müssen miteinander reden.»

Auf dem Fußboden vibrierte ihr Handy.

«Das hängt von diesem Auftrag ab», sagte Amanda und starrte auf das aufleuchtende Display zu ihren Füßen: «Ruf mich sofort an, es gibt neue Infos. B.» Binnen einer Minute hatte sie sich von André verabschiedet und rief Bill auf ihrem Handy zurück. André und das Kind mussten jetzt einfach warten.

Sie hielt die Luft an.

Bill meldete sich nach dem ersten Klingelzeichen.

«Was gibt's?», fragte sie ohne Vorrede.

«Eine ganze Menge. Wir konnten Fortschritte bei Nimas Cousin erzielen – und die FRA hat sich gemeldet.»

Bill war außer Atem. Es klang, als wäre er gelaufen.

«Komm bitte zur Sache. Gibt es irgendetwas, das ich hier in Kabul weiterverfolgen kann?» Amanda saß mit gezücktem Stift da.

«Also, der größte Durchbruch ist, dass wir einen Treffer zu der IP-Adresse haben, von der das Foto der Geiseln an den Botschafter geschickt wurde.»

Amanda trommelte ungeduldig mit dem Stift auf die Tischplatte. Sie nahm alles zurück, was sie je über die FRA gesagt hatte. Wenn es darauf ankam, lieferten sie wirklich ab.

«Endlich!»

«Das kann man wohl sagen. Aber das heißt noch lange nicht, dass die Geiseln tatsächlich dort sind. Oder überhaupt dort gewesen sind.»

«Aber wir haben zumindest einen Anhaltspunkt, mit dem wir weiterarbeiten können ... oder was bedeutet Treffer?»

«Ich habe die Koordinaten des Orts bekommen, an dem sich die IP-Adresse befindet ... oder befunden hat.»

«Das ist besser, als ich zu hoffen gewagt hätte.»

Amanda breitete eine Karte vor sich auf dem Fußboden aus und beschwerte die vier Ecken, während Bill ihr die Koordinaten durchgab. Sie folgte den Linien mit dem Zeigefinger. Der östliche Rand der Provinz Kabul. Vielleicht fünfzig Kilometer Luftlinie entfernt ... Sarobi District. Usbin-Tal. Sie erschauderte. In dieser Region waren vor einigen Jahren die Franzosen in einen Hinterhalt geraten, hatten zehn Soldaten verloren und ihre größte Niederlage seit Jahrzehnten erlitten.

Die Taliban waren damals gut vorbereitet gewesen.

Die Kämpfe hatten stundenlang angedauert, und als zu Hilfe herbeigerufene Truppen letztendlich die Kontrolle über das Gebiet erlangten, hatten die Franzosen nur noch die verstümmelten Leichen ihrer Kameraden vorgefunden. Frankreich hatte Staatstrauer ausgerufen, und der Präsident war persönlich nach Kabul gereist, um den französischen Truppen Mut zuzusprechen. Amanda konnte sich noch gut daran erinnern.

Doch davon würde sie sich jetzt nicht aufhalten lassen.

Sie durften keine Zeit mehr verlieren. Amanda sammelte ihre Ausrüstung zusammen und rief Tamana.

«Können Sie mir bitte einen Wagen besorgen? Ich muss sofort zur KAIA-Militärbasis.»

«Sie wollen ebenfalls weg?», fragte Tamana, als sie im Türrahmen erschien.

«Wieso ebenfalls?»

«Der Botschafter ist zu einer Besprechung gefahren.»

Amanda hielt mitten in der Bewegung inne. Sven hatte ihr nichts von einer Besprechung gesagt. Sollte er sie nicht informieren, wenn er die Botschaft verließ? Nach allem, was passiert war?

«Wissen Sie, wohin er wollte?»

«Ins Serena Hotel. Aber das ist kein Problem, es ist ja noch ein zweiter Wagen verfügbar», sagte Tamana und verschwand wieder.

Was konnte das für eine Besprechung sein, die so dringend war, dass Sven die Botschaft verließ? Es musste sich um etwas Wichtiges handeln, wenn er dafür das Verkehrschaos in Kauf nahm, vor dem ihm sonst so angst und bange war. Sie wurde aus seinem Verhalten einfach nicht schlau.

Amanda warf sich ihre Uniformjacke über und schnürte ihre Stiefel. Fest, mit einem doppelten Knoten. Die Waffe schob sie ins Oberschenkelholster. Die Glock war bereits geladen; zwei Ersatzmagazine in der Tasche am Bein verstaut. Wenige Minuten später saß sie auf dem Rücksitz des gepanzerten Wagens und war auf dem Weg zur KAIA, um einen weiteren Einsatz mit Schwedens militärischer Spezialeinheit zu planen.

Ihr Blick wanderte zu den Straßenrändern, vom Seitenspiegel zum entgegenkommenden Verkehr. Es war Nachmittag und die günstigste Zeit für einen Selbstmordattentäter, um ein geeignetes Ziel auszuspähen. In den Straßengräben lagen Autoreifen und anderer Müll. Perfekt, um eine Bombe zu deponieren.

Sie dachte immer noch darüber nach, was Bill über die neuesten Entwicklungen in Stockholm erzählt hatte. Babak und Nima. Die Verhöre der beiden mussten unbedingt noch weitere Informationen zutage fördern.

Irgendetwas, das ihr dabei helfen konnte, die Geiseln zu finden. Vor allem Babak konnten sie unter Druck setzen, falls sich herausstellte, dass er das Sexfoto an Sven geschickt hatte, es aber nicht zugeben wollte.

Sie machten jeden Tag winzige Fortschritte, doch alles in allem nahm die Ermittlungsarbeit viel zu viel Zeit in Anspruch.

Zeit, die niemand von ihnen hatte.

34

Bei Einbruch der Dunkelheit waren sie nur noch fünf Kilometer von Sarobi entfernt. Die Zeit hatte nicht ausgereicht, um den Einsatz zu proben; eine ausführliche Besprechung hatte genügen müssen. Sie hatten Satellitenbilder von Gebäuden ausgewertet, sich Karten angesehen und alternative Wege ermittelt, um zu ihrem Ziel und wieder zurück nach Kabul zu gelangen. Ob nun mit oder ohne Geiseln.

Ihr Ziel war das Hauptgebäude eines Gehöfts; eine Tür in der nördlichen Mauer. Der Restlichtverstärker tauchte die Umgebung in grünliches Licht. Die Konturen des Dorfs vor ihnen waren immer deutlicher zu erkennen.

Amanda checkte ein letztes Mal, dass der Trageriemen des Nachtsichtgeräts sicher um ihren Nacken lag. Sollte es sich lockern, würde sie es so zumindest nicht verlieren. Sie tastete über ihre Schutzweste. Ein letzter Griff zum Magazin. Alles saß an seinem Platz. Jetzt wartete sie nur noch darauf, dass der Einsatzleiter den Sturmbefehl erteilte.

In unmittelbarer Nähe des Hauses war niemand zu sehen. Keine einzige Bewegung. Der Einsatzleiter gab flüsternd seine Anweisungen. Vorsichtige Schritte durch die Dunkelheit. Sturmgewehre, die das Areal in sämtliche Richtungen absicherten.

Amanda wusste, dass die Männer jederzeit bereit waren zu reagieren. Wie Raubtiere auf der Jagd. Der Gestank von verwesendem Abfall schlug ihr entgegen. Sie schluckte mehrmals, um die aufsteigende Übelkeit zu unterdrücken.

Plötzlich näherte sich ein Motorengeräusch. Auf das Zeichen des

Einsatzleiters hin ging Amanda im Straßengraben in Deckung. Binnen weniger Sekunden lagen sämtliche Männer wie an einer Kette aufgereiht im meterhohen Gras. Amanda sah die Karte des verminten Gebiets vor sich. Sie schluckte erneut. Das Dröhnen der Motoren wurde lauter, und sie konnte sehen, wie hinter einer Wegbiegung mehrere Pick-ups mit Maschinengewehrschützen auf der Ladefläche auftauchten. Sie fuhren in halsbrecherischem Tempo geradewegs auf das Gehöft zu. Alles in allem zählte Amanda sechs Toyota-Geländewagen, die nur einen halben Meter entfernt an ihr vorüberrasten. An der Seite der Fahrzeuge waren deutlich drei Buchstaben zu lesen.

ANP.

Was zum Teufel hatte das zu bedeuten? Warum tauchte die afghanische Polizei genau dort auf, wo die schwedische Eingreiftruppe operierte? Eine Sekunde später hatten die Afghanen das Haus umstellt. Sie riefen einander Befehle zu, die im Motorenlärm nicht zu verstehen waren.

Dann ratterte ein Maschinengewehr los, weitere folgten. Kurz darauf hagelten Kugeln aus allen Richtungen. Fensterscheiben zerbarsten, und Glassplitter flogen durch die Luft.

Dann wurde es wieder still.

Amanda stützte sich auf die Ellenbogen, um besser sehen zu können. Sie rückte ihr Nachtsichtgerät zurecht und sah gerade noch, wie die hiesigen Einsatzkräfte sich vor der Hauswand formierten. Einer der Männer lief auf die zersplitterte Eingangstür zu und warf einen Gegenstand ins Haus, während die anderen entlang der Hauswand in Deckung gingen.

Das konnte nur eines bedeuten.

Eine Granate.

Die Detonation zerriss die Stille. Die Scherben, die noch in den Fensterrahmen verankert gewesen waren, schossen wie Projektile durch die Luft. Im nächsten Moment kamen die Afghanen auf die Füße und drangen in das Gebäude ein.

Erneut erklang das Stakkato der Kalaschnikows.

Amanda kroch zum Einsatzleiter. Falls Ingrid und Mikael sich in dem Haus befunden hatten, waren sie definitiv tot.

«Es kann kein Zufall sein, dass die afghanische Polizei am selben Ort auftaucht wie wir und unmittelbar vor unserem Zugriff alles kurz und klein schießt», flüsterte Amanda.

«Und das scheinbar schon zum zweiten Mal», kommentierte der Einsatzleiter.

Das Maschinengewehrfeuer verstummte. Doch nun ertönten Rufe aus dem Haus, und Polizisten schleppten Gegenstände heraus, die sie vor der Tür auf einen Haufen warfen. Amanda kniff die Augen zusammen. Obwohl das Nachtsichtgerät Konturen herausarbeitete, konnte sie nicht deutlich erkennen, worum es sich handelte.

Sie biss sich auf die Lippe und hoffte inständig, dass die Geiseln nicht im Haus gewesen waren. Und endlich sah sie auch, was die Polizisten vor dem Haus aufstapelten: Kisten und Kartons landeten auf dem Haufen. Einer der Polizisten hielt einen Gegenstand in beiden Händen und drehte ihn kopfüber, schüttete irgendetwas aus …

«Scheiße!», fluchte sie, als ihr klar wurde, dass der Mann den Haufen mit Benzin übergoss.

Eine befehlsgewohnte Stimme erklang. Sie kam ihr bekannt vor.

War das möglich?

Amanda hielt den Atem an. Um besser sehen zu können, richtete sie sich ein klein wenig auf. Im selben Moment erkannte sie ihn.

Farouk.

Farouk! Noch ehe der Einsatzleiter sie zurückhalten konnte, sprintete Amanda los. Ihr Gewehr klatschte ein ums andere Mal an ihren Oberschenkel, während sie mit erhobenen Händen auf das Haus zurannte.

«Farouk, ich bin's, Amanda!», rief sie auf Dari, während sie sich dem Gebäude näherte.

Das Herz schlug ihr bis zum Hals.

Nicht rennen!

Langsam. Mit erhobenen Händen vorwärtsgehen.

Keinen feindseligen Eindruck erwecken.

Amanda atmete durch die Nase. Die afghanischen Polizisten verstummten, als Farouk die Stimme erhob. Einer der MG-Schützen schaltete auf der Ladefläche eines Pick-ups einen Scheinwerfer an und richtete ihn auf Amanda.

Sie musste das Risiko eingehen. Sie musste sich Klarheit darüber verschaffen, warum die afghanischen Kräfte am Einsatzort aufgetaucht waren.

Das Scheinwerferlicht blendete sie. Amanda kniff die Augen zusammen und schob eilig den Restlichtverstärker zur Seite. Für einen kurzen Augenblick hatte sie nichts weiter als grünliches Flimmern vor Augen gehabt.

Farouk kam ihr entgegen.

«Amanda, was um alles in der Welt machst du hier?», rief er hörbar erstaunt.

Sein dichter Bart war von einer dünnen, feinkörnigen Sandschicht bedeckt. Er sah erschöpft aus. Quer über seiner Brust hing eine Kalaschnikow mit Doppelmagazin. Seine Schutzweste war mit Ersatzmagazinen bestückt – genau wie sie es ihm in Mazar-e Scharif wochenlang gepredigt hatte.

«Die Frage gebe ich an dich zurück. Warum seid ihr hier? Sarobi ist nicht gerade Mazar.»

«Tut mir leid, Amanda. Das ist geheim», erwiderte Farouk.

«Das Gleiche gilt für meinen Auftrag. Aber nachdem wir beide hier vor Ort sind, kann die Sache so geheim nicht sein», sagte Amanda und spähte verstohlen zum Haus und zu dem Haufen davor.

Ein wildes Durcheinander aus Computern, Tastaturen und Kabeln. Amanda atmete erleichtert auf. Nichts deutete auf Leichen hin.

«In wessen Auftrag bist du in Sarobi, Amanda?», fragte Farouk.

«Im Auftrag der schwedischen Regierung. Und ihr?»

Amanda wusste, dass Farouks Einheit in erster Linie in den nördlichen Gebieten operierte, und Farouk garantiert bekannt war, dass sie über Organisation und Einsätze der afghanischen Polizei bestens Bescheid wusste.

«Im Auftrag unserer Regierung», erwiderte er und sah sie mit seinen großen grünen Augen an.

Amanda schnaubte.

«Wer hat den Befehl gegeben?»

«Wir agieren im Auftrag der afghanischen Regierung.»

Amanda musterte ihn. Warum drückte er sich vor einer konkreten Antwort? Was verheimlichte er ihr? Schließlich war sie seine Beraterin.

Sie schluckte und fuhr fort: «Waren Menschen im Haus?»

«Nein, da war niemand.»

«Es sah nicht gerade so aus, als hättet ihr euch im Vorfeld groß darum geschert, ob Menschen im Haus sind oder nicht», sagte Amanda leise.

Farouk schüttelte den Kopf.

«Tut mir leid, Amanda. Befehl ist Befehl.»

«Und wie lautet der Befehl – außer alles und jeden zu eliminieren?» Amanda hatte mittlerweile die Stimme gesenkt, damit die afghanischen Polizisten ihr Gespräch nicht hörten.

«Wir sollen die komplette IT-Ausrüstung zerstören», erwiderte Farouk so leise, dass Amanda ihn kaum verstehen konnte.

Im nächsten Moment erteilte Farouk dem Mann mit dem Benzinkanister die Anweisung, den Haufen anzuzünden. Flammen loderten in der Dunkelheit auf, und ein stechender Geruch breitete sich aus. Amanda griff nach Farouks Arm.

«Ich respektiere euren Auftrag natürlich. Und obwohl ich nicht näher darauf eingehen kann, warum wir hier sind, glaube ich …»

«Was glaubst du?», hakte Farouk nach.

«Ich glaube, dass es sich um ein Missverständnis handeln könnte.»

Farouk wirkte verlegen.

«Wie ich bereits sagte, Amanda, ich muss meinen Befehl befolgen ...»

«Bedeutet ein Menschenleben denn gar nichts mehr? Hat unsere gesamte Ausbildung wirklich so wenig Sinn gehabt? Sollten wir nicht alles tun, was in unserer Macht steht, um Menschenrechte durchzusetzen?»

Amanda sah Farouk wütend an.

«In dem Umfang, in dem wir Menschenrechte durchsetzen können, tun wir selbstverständlich, was in unserer Macht steht. Aber Befehle zu befolgen ist nun mal keine freiwillige Entscheidung», antwortete Farouk und winkte, um seinen Männern zu signalisieren, dass es Zeit zum Aufsitzen war.

Er drückte ihre Hand. Sekunden später war er weg. Staub wirbelte durch die Luft, als die sechs Fahrzeuge hinter der Wegbiegung verschwanden.

Dicht gefolgt von den Männern ihrer Spezialeinheit, die jetzt aufgeschlossen hatten, betrat Amanda das Haus. In den Räumen stank es nach verbranntem Holz und Schießpulver. Die Wände waren verkohlt, von den Möbeln nur noch Gerippe übrig.

Ein solches Szenario hatte sie schon häufiger gesehen.

Vom Brandgeruch wurde ihr übel.

«Das Haus ist leer», bestätigte der Einsatzleiter.

Amanda fotografierte die gespenstischen Überreste der Einrichtung.

«Kann man irgendetwas von den Elektrogeräten da draußen noch retten?», fragte sie und kramte ihr Telefon aus der Tasche.

«Wohl kaum», antwortete der Einsatzleiter. Der Akku war voll, nur der Empfang ließ zu wünschen übrig. Es klingelte ein wenig scheppernd, doch nach ein paar Sekunden hörte sie Bills Stimme.

«Habt ihr noch andere Anhaltspunkte, denen wir nachgehen können? Es eilt!», schrie sie ins Telefon, damit er sie überhaupt hörte.

«In ein paar Stunden wissen wir hoffentlich mehr», antwortete Bill. Seine Stimme klang unendlich weit entfernt.

Wie schwer kann es sein, ein funktionierendes Handynetz zum Laufen zu bringen?, dachte Amanda.

«Unsere afghanischen Partner hatten einen ganz ähnlichen Auftrag wie wir – nur dass sie ausnahmslos jeden umbringen, den sie vor Ort vorfinden», sagte sie.

«Woher willst du das wissen?»

«Sie waren hier, um die gesamte IT-Ausrüstung zu zerstören und wen auch immer zu eliminieren, der noch im Haus gewesen ist», antwortete Amanda und legte ihr Maschinengewehr auf die Rückbank des Geländewagens. Dann tastete sie über das Beinholster. Die Pistole saß an ihrem Platz, und auch die Magazintaschen in ihrer Schutzweste waren noch immer unter den elastischen Haken verschlossen. Nichts fehlte.

Sie griff nach einer Wasserflasche, rutschte auf den Rücksitz und stellte das Gewehr zwischen ihre Knie.

«Was hast du jetzt vor?», erkundigte sich Bill.

«Ich knöpfe mir den Botschafter vor und schleife ihn dann persönlich ins Innenministerium, wo wir die ein oder andere Frage klären werden.»

«Ich tue alles, was ich kann, um dir so schnell wie möglich weitere Informationen zukommen zu lassen», sagte Bill, dessen Stimme nun etwas deutlicher klang.

«Mach schnell.»

Beim nächsten Mal würden sie der ANP zuvorkommen müssen. Wenn sie versagte, würden die beiden Diplomaten sterben.

«Woher bekommen die bloß ihre Informationen?», fragte Bill.

«Vom NDS, nehme ich an, vom afghanischen Geheimdienst. Aber statt uns zu unterstützen, ziehen sie ihren eigenen Einsatz durch, auf ihre Art.»

«Die da wäre?»

«Erst schießen, dann fragen.»

«Glaubst du, Leijonhufvud wusste irgendetwas?», hakte Bill nach.

«Falls ja, dann gnade ihm Gott», erwiderte Amanda und schnallte sich an.

35

Mikael hatte ihr blasses, gequältes Gesicht nur für einen kurzen Moment gesehen, als man sie an den anderen Ort gebracht hatte.

Würden diese Leute sie je freilassen? Dass die Entführer sich nicht mehr die Mühe machten, ihre Gesichter zu verhüllen, war kein gutes Zeichen.

Er fragte sich, wo Ingrids grüner Perserteppich liegen und an welcher Wand seine Karte von der Seidenstraße hängen würde. Wie es sich anfühlen würde, in einem Doppelbett neben ihr aufzuwachen.

Wenn sie nur wieder nach Hause nach Stockholm kamen.

Dann würden sie endlich ein gemeinsames Leben beginnen.

Eine gemeinsame Wohnung kaufen.

Tränen liefen ihm übers Gesicht. Mikael holte tief Luft. Als man sie in das neue Haus brachte, hatte er sehen können, dass Ingrid dasselbe dachte wie er.

Was hatten diese Menschen mit ihnen vor?

Wollten sie Ingrid und ihn verkaufen?

Oder sie hinrichten und die Tat filmen?

Ihre Gesichter wären unkenntlich, doch ihre Namen würden durch die Fernsehnachrichten gehen und weltweit in aller Munde sein. Zu Hause in Schweden würde man tagelang über das furchtbare Schicksal reden, das ein Diplomatenpaar in Afghanistan ereilt hatte.

Wie hatten sie nur so naiv sein können und zu diesem Restaurant fahren wollen, nur um ein bisschen Zweisamkeit zu genießen? Er hätte sich damit zufriedengeben sollen, es sich mit gutem Essen und

Wein zu Hause auf dem Sofa gemütlich zu machen. Wie hatte er nur so leichtsinnig sein können?

Panik ergriff ihn. Mikael schloss die Augen und schluckte.

Sie würden ihn nicht am Leben lassen.

Er konnte es am ganzen Körper spüren.

Schweden zahlte kein Lösegeld an Terroristen. Das hatte irgendjemand in Stockholm vor ihrer Abreise gesagt. Damals hatte er gelacht und erwidert, dass es vermutlich lukrativere Entführungsopfer gebe, die mehr wert seien als er.

Aber jetzt würde er sterben.

Warum es also weiter hinauszögern?

36

Bill saß an der Tankstelle am Lindhagensplan im Auto. Eine gute Ausgangsposition, egal in welche Richtung er fahren würde. Er sah auf sein linkes Handgelenk. Seit dem letzten Blick auf die Uhr war gerade einmal eine Minute vergangen. Als der Staatsanwalt erfahren hatte, dass der BMW in der Nähe des Leichenfundorts gesichtet worden war, hatte er ohne Umschweife die Sicherstellung des Wagens angeordnet. Das Problem war nur, dass die Fahnder den dunkelblauen Cityjeep immer noch nicht aufgespürt hatten.

Tore war für seine Gründlichkeit bei Befragungen bekannt, doch mittlerweile waren Stunden vergangen. Amanda benötigte dringend neue Informationen, und Bill würde keine weiteren Maßnahmen ergreifen können, bis Tore sich meldete.

Vergeblich versuchte er, Sofia zu erreichen. Sein Magen fühlte sich flau an. Wieder sah er auf die Uhr. Drei weitere Minuten waren verstrichen. Im selben Moment klingelte sein Handy.

Es war Tore.

«Babak ist ein aalglatter Typ. Wir haben nicht genug, um ihn festzuhalten.»

«Du willst ihn also laufenlassen?»

«Wir haben keine Wahl, aber wir heften uns an seine Fersen und schauen, was er als Nächstes tut.»

«Unsere Leute sind damit beschäftigt, sein Haus zu observieren.»

«Dann übernehmen wir das eben selbst. Halt einfach nur genügend Abstand, Bill. Er dürfte jeden Moment aus der Bergsgatan 52 kommen. Schaffst du es dorthin?»

Einen Fußgänger aus einem dunkelblauen V70 zu beschatten, dem man zehn Meilen gegen den Wind ansah, dass es sich um eine Zivilstreife handelte, war nicht Bestandteil der Observationskurse an der Polizeihochschule gewesen. Doch eine Alternative hatten sie nicht.

«Ich gebe mein Bestes. Wo bist du gerade?»

«Buchstäblich auf dem Sprung, ich muss nur noch in die Tiefgarage, um einen Wagen zu holen. Ich rufe dich an, sobald ich aus dem Tunnel raus bin», keuchte Tore.

Bill gab Gas und bog vom Drottningholmsvägen nach rechts in die Hantverkargatan ab, wo er vor dem Gymnasium Kungsholmen bei Rot über die Ampel fuhr. Hinter einer Bushaltestelle an der Bergsgatan hielt er in einer Parkbucht. Von dort hatte er die Drehtür zur Hausnummer 52 im Blick. Er schnallte sich ab und versuchte, so unbeteiligt wie möglich auszusehen. Aber welcher halbwegs normale Mensch saß schon bei brütender Hitze in einem Auto und wartete auf bessere Zeiten?, dachte Bill und hätte um ein Haar Babak übersehen, der schnellen Schrittes das Gebäude verließ. Ein paar Sekunden später war er bereits ein Stück weiter die Straße hinunter auf Höhe der Passausgabe.

Bill versuchte, Tore zu erreichen, wurde aber direkt auf die Mailbox weitergeleitet. Natürlich, in der Tiefgarage hatte er keinen Empfang.

Was sollte er jetzt tun? Gleich würde er Babak aus den Augen verlieren.

Kurzerhand griff Bill nach einer Baseballkappe und stieg aus. Er hatte keine andere Wahl. So schnell er konnte, lief er die Bergsgatan hinunter. Vor der Passausgabestelle hatte sich eine Schlange gebildet, und von einer Sekunde auf die andere war Babak im Gewühl verschwunden. Bill beschleunigte, blieb dann auf der rechten Straßenseite stehen und musterte die Leute, die sich vor dem Eingang scharten und den Blick auf die Anzeigetafel gerichtet hatten, wo nach und nach die Nummern aufleuchteten, die an der Reihe waren. Endlich entdeckte er das rosafarbene Hemd, das in der Menschenmenge aufleuchtete. Bill atmete auf. Sein Observationsobjekt jetzt schon zu verlieren wäre mehr als peinlich gewesen.

Babak holte sein Handy aus der Tasche und presste es ans Ohr. Bill war jetzt so nah an ihm dran, dass er sehen konnte, wie sich Babaks Miene beim Reden veränderte. Er ging unbeirrt an der Steinmauer vor dem Rathaus entlang. Gleich würde er die Scheelegatan erreichen.

Nicht ein einziges Mal war er stehen geblieben und hatte sich umgesehen. Am Il Caffè überquerte Bill den Zebrastreifen. Aus dem Augenwinkel sah er, wie nun auch Babak die Straße überquerte und die Piperska Muren ansteuerte.

Bill kam sich vor wie der dilettantischste Beschatter aller Zeiten. Er durfte nicht zu dicht aufschließen, doch um nichts in der Welt wollte er Babak verlieren. Es würde nicht mehr lange gutgehen.

Auf der Scheelegatan waren nur eine Handvoll Passanten unterwegs. Bill ging jetzt langsamer und ließ sich ein bisschen zurückfallen. Babak hatte inzwischen das O'Learys erreicht und blieb stehen. Bill sah, wie er den Arm hob, um die Tür zu öffnen, und dann im nächsten Augenblick erneut das Handy aus der Gesäßtasche zog. Er hob es ans Ohr, drehte sich abrupt in Richtung Straße und blickte sich um. An der Ampel hielt ein Taxi. Innerhalb von drei Sekunden hatte Babak den Wagen herangewinkt und auf der Rückbank Platz genommen.

«Verdammt!», fluchte Bill. Gleich würde er den Kerl verlieren.

Eine Frau musterte ihn argwöhnisch. Schweiß lief ihm die Schläfen hinunter und sickerte in seinen Bart, der unerträglich juckte. Sein Handy vibrierte.

Bill sah auf das Display.

Sofia.

So verdammt typisch, dachte er und drückte den Anruf weg. Trotz allem ein gutes Zeichen, dass sie überhaupt in der Verfassung ist, sich zu melden, dachte er und wählte Tores Nummer.

Diesmal kam die Verbindung zustande.

«Ich bin gerade aus dem Tunnel gekommen. Wo steckst du?», wollte Tore wissen.

«Zu Fuß in der Scheelegatan. Babak ist vor einer Sekunde in ein Taxi gesprungen, das jetzt in Richtung Fleminggatan fährt», berichtete Bill, der im selben Moment am O'Learys vorbeilief.

«Bin gleich auf der Sankt Eriksgatan. Biegt er rechts oder links ab?», fragte Tore.

«Das Taxi blinkt rechts. Die Ampel ist noch rot», antwortete Bill und lief weiter in die Richtung, die das Taxi genommen hatte.

«Perfekt. Lass den Wagen nicht aus den Augen und sag mir, wo sie hinfahren. Ich bin sofort da.»

«Ich versuch's», versprach Bill und lief hinter dem Taxi her, das im nächsten Moment auf die Fleminggatan abbog.

«Bin jetzt auf Höhe der Augenklinik. Kannst du sie noch sehen?», erkundigte sich Tore.

«Ja, sie stehen in der Fleminggatan am Zebrastreifen, Höhe Pipersgatan.»

«Ich glaube, ich sehe sie», sagte Tore völlig gelassen.

Wie konnte Tore so cool klingen, während Bills Herz raste und er wie ein Asthmatiker nach Luft schnappte?

«Ein Mercedes mit der Aufschrift Taxi Stockholm, der schon ein paar Jahre auf dem Buckel hat», keuchte Bill.

«Dann sehe ich sie», sagte Tore.

«Ich laufe zurück zu meinem Wagen und fahre dir nach!», rief Bill und überquerte die Kungsholmsgatan.

«Bin jetzt am Kreisverkehr. Zwei Autos sind zwischen uns», meldete Tore.

«Warum haben die Beweise nicht gereicht, um den Kerl festzuhalten?», fragte Bill, während er den Park des Polizeipräsidiums durchquerte.

Er hoffte inständig, dass sich keine Kollegen im Park aufhielten, die er kannte. Sie würden glauben, er wäre verrückt geworden. Der stellvertretende Leiter der Auslandseinsatzkräfte lief in der Regel nicht höchstpersönlich hinter einem Stockholmer Kleinkriminellen her.

«Am Abend und in der Nacht, in der Erik Björk ermordet wurde, war Babak mit seiner Frau im Yasuragi Spa in Hasseludden.»

«Dann hat das Alibi also Bestand?» Bill blickte verstohlen in Richtung Haupteingang. Dort herrschte reges Treiben. Er zog seine Kappe tiefer ins Gesicht und senkte den Blick.

«Ehrlich gesagt: nein. Seine Frau war an dem Abend anderthalb Stunden bei einer Massage. Babak behauptet, dass er währenddessen auf dem Zimmer Zeitung gelesen hat.»

«Also besteht durchaus die Möglichkeit, dass er zwischendurch weggefahren ist, ohne dass es jemand mitbekommen hat», keuchte Bill, der jetzt die Bergsgatan zu seinem Auto hinauflief.

«Theoretisch ja, aber nicht sonderlich wahrscheinlich. Er lügt in ziemlich vielen Punkten, doch die Nachricht von Erik Björks Tod scheint ihn wirklich überrascht zu haben.»

«Er wäre nicht der erste Täter, der Schauspieltalent hat», gab Bill zu bedenken und schloss seinen Wagen auf.

Stickige Luft schlug ihm entgegen, als er sich auf den Fahrersitz fallen ließ. Er stellte die Klimaanlage an und drehte die Lüftung voll auf.

«Wohl wahr. Aber ich hatte nicht den Eindruck, dass er mir etwas vorspielt.»

«Ich sitze jetzt im Auto, wie lautet deine Position?», fragte Bill und wendete.

Sein Handy piepste, und er überflog den Anfang einer Nachricht. «Bist du zum Abendessen zu Hause?»

«Leider nein, muss arbeiten», tippte er eilig zurück.

Eine Sorge weniger. Wenn Sofia sich Gedanken über das Abendessen machte, war sie zumindest nicht betrunken.

«Sieht aus, als würden wir links über den Klarastrandsleden fahren. Er will wohl nach Hause, nach Solna», mutmaßte Tore.

«Bestimmt. Bin gleich da.»

«Kein Stau, es geht zügig vorwärts», meldete Tore.

Bill riss sich die Kappe vom Kopf und raufte sich den Bart, während er Tores Wagen hinterherjagte. Der Asphalt brannte regelrecht, und über der Fleminggatan flimmerte die Luft.

«Wir sind am Pampaslänken, fahren ungefähr fünfzig», sagte Tore.

«Verstanden. Hast du bei der Befragung irgendetwas Neues in Bezug auf Kabul herausgefunden? Hat Babak das Foto an den Botschafter geschickt?»

«Er schweigt wie ein Grab, behauptet aber steif und fest, er hat Nima das iPhone für dreitausend abgekauft. Status?»

«Bin gleich auf dem Klarastrandsleden.»

«Sieht aus, als würden wir die E4 nehmen. Sobald du aufgeschlossen hast, wechseln wir die Position.»

«Das ist aber nicht der schnellste Weg zu ihm nach Hause», stellte Bill fest, überholte rechts einen Wagen und beschleunigte.

«Ich bin jetzt am Karolinska vorbei, befinde mich auf der rechten Spur, ungefähr auf Höhe des südlichen Hagaparks. Fahre ungefähr siebzig», gab Tore seine Position durch.

«Verlier ihn nicht!»

«Dieses gottverdammte Arschloch!», schrie Tore mit einem Mal.

«Was ist los?», fragte Bill, der Tore nur äußerst selten fluchen hörte.

«Das Taxi blinkt rechts. Wenn er auch nur den geringsten Verdacht hegt, dass er beschattet wird, dann weiß er gleich Bescheid, wenn ich ihm folge.»

«Welche Abfahrt?», fragte Bill und drückte das Gaspedal durch.

«Haga Norra. Ich kann nicht mehr an ihnen dranbleiben, er fährt zu langsam. Scheint nicht genau zu wissen, wohin die Reise gehen soll.»

«Vielleicht ist er an einen verwirrten Taxifahrer geraten, der den kürzesten Weg zum Sjövägen nicht kennt? Fahren sie in Richtung Frösundaleden?»

«Nein, rechts in Richtung Hagapark. Häng dich an ihn ran. Ich bleibe auf der E4 und wende bei der nächsten Gelegenheit um.»

«Ich übernehme», bestätigte Bill, ging vom Gas und nahm die Ausfahrt Hagapark.

Diese Observierung würde kein Spaziergang werden.

Er wusste genau, was ihn erwartete. Ein großer Schotterparkplatz direkt hinter der Ausfahrt, kleinere Straßen und Wege zum Schmetterlingshaus und zum Schloss Haga.

«Er ist jetzt etwa fünfzig Meter vor mir. Leg einen Zahn zu! Ihn im Park allein zu beschatten wird die Hölle.»

«Ich drehe am Kreuz Järva Krog. Status?»

«Sie fahren auf den Parkplatz. Wenigstens stehen da noch andere Autos.»

«Such dir ein Stück vom Taxi entfernt eine gute Stelle, von der aus du sie im Blick hast.»

Bill fuhr auf die erste freie Lücke zu, die er zwischen zwei Autos entdeckte, und würgte den Motor ab. Dann rutschte er auf den Beifahrersitz und duckte sich so tief wie möglich, ohne das Taxi aus den Augen zu lassen.

«Sieht aus, als würde Babak aussteigen», sagte Bill, als sich die Hintertür des Taxis öffnete.

Einen Moment später raste der Taxifahrer mit einem Kavalierstart davon, dass der Kies nur so aufspritzte. Babak blieb auf dem Parkplatz stehen und nestelte an seinem Telefon herum. Minuten vergingen.

Nichts tat sich.

Babak schob das Handy wieder in die Gesäßtasche und fuhr sich durch die Haare. Er wirkte nicht mehr annähernd so cool und lässig wie noch vor einigen Stunden. Seine schmalen Lippen waren leicht geöffnet. Er sah auf seine Armbanduhr. Bill wurde es im Auto langsam heiß, doch um die Luft runterzukühlen, hätte er den Motor anlassen müssen. Stattdessen saß er reglos da und behielt Babak im Blick.

Als das unverkennbare Geräusch eines V8-Motors näherkam, veränderte sich Babaks Miene.

Gespannt warf Bill einen Blick in den Außenspiegel. Schotter spritzte auf, und mit einer Vollbremsung kam knapp neben Babak ein Wagen zum Stehen.

Ein dunkelblauer BMW-Cityjeep.

37

Warum hatte dieser selbstgefällige Botschafter nicht einmal den Anstand zurückzurufen? Auf dem Botschaftsgelände schälte sich Amanda mühsam aus dem Wagen. Ihre Gelenke fühlten sich steif an, und ihr Oberkörper war unter dem Gewicht der Schutzweste krummgebeugt. Sie streckte den Rücken durch und blickte zu Svens Bürofenster hoch. Dahinter war es dunkel. Das Eingangsportal ging auf.

«Madam, gut, dass Sie wieder hier sind», begrüßte Tamana sie mit bebender Stimme und starrte auf Amandas Kampfausrüstung, die diese mit einem dumpfen Aufprall auf den Marmorboden fallen ließ.

«Wo ist Sven?», fragte Amanda umgehend und lief an Tamana vorbei ins Foyer.

«Darum geht es gerade», erwiderte Tamana leise. Sie errötete und schlang sich die Arme um den Leib.

«Was meinen Sie? Wo steckt er?»

«Ich weiß es nicht, Madam. Er war den ganzen Tag und den ganzen Abend weg», antwortete Tamana mit flackerndem Blick.

«Und wo *könnte* er sein?», bohrte Amanda nach.

Tamanas dunkelrote Lippen zitterten.

«Ich habe ihn nicht mehr gesehen, seit er zum Serena Hotel gefahren ist, Madam.»

Amanda hielt jäh inne.

«Ist er von dort nicht zurückgekommen?»

«Nein, Madam. Deshalb mache ich mir ja Sorgen.»

«Und der Fahrer? Was sagt er?»

«Ali sitzt immer noch vor dem Hotel im Wagen und wartet auf ihn. Er hat nichts mehr vom Botschafter gehört, seit der das Hotel betreten hat. Ali ist ebenfalls beunruhigt.»

«Aber er ist nicht ins Hotel gegangen und hat nach Sven gefragt?»

«Er meint, er hat die Anweisung erhalten zu warten, bis der Botschafter zurückkommt.»

«Was für ein Unsinn!», fluchte Amanda und stürmte die Treppe hoch ins Gästezimmer, wo sie in Windeseile Uniform und Stiefel ablegte. Dann schlüpfte sie in eine weiße Bluse und zwängte das Schulterholster unter ihren schwarzen Blazer.

Sie warf einen prüfenden Blick in den Spiegel. Die Ausbuchtung oberhalb der Brust war unter der Jacke deutlich zu erkennen. Ihre Brüste schmerzten, als sie mit den Händen darüberfuhr. Amanda versuchte, ein Gähnen zu unterdrücken. Ein bisschen Schlaf hätte gegen die dunklen Schatten unter ihren Augen Wunder vollbracht.

Doch das würde bis später warten müssen.

Sie rief Tamana zu, dass ein Wagen sie zum Serena bringen solle. Fünf Minuten später waren sie auch schon auf dem Weg. Sie rief Ali an.

«Warum sind Sie nicht ins Hotel gegangen und haben mit den Angestellten gesprochen?»

«Das hätte dem Botschafter nicht gefallen. Ich sollte im Wagen auf ihn warten.»

Amanda seufzte. Es herrschte zum Glück nur wenig Verkehr, doch inzwischen war das Viertel in tiefe Dunkelheit getaucht. Fußgänger liefen wie üblich mitten auf der Straße, um besser gesehen zu werden.

«Ziehen sich seine Besprechungen häufiger in die Länge?»

«Nein, normalerweise dauern sie bloß ein paar Stunden.»

«Wissen Sie, mit wem er sich treffen wollte?»

«Ich? Nein, darüber spricht er nicht mit mir.»

«In welchen anderen Hotels außer dem Serena finden offizielle Besprechungen statt?»

«Im Inter Continental und im Kabul Star, aber die meisten werden hier im Serena abgehalten.»

«Bleiben Sie im Wagen. Und stellen Sie sich darauf ein, dass ich Sie gleich vor Ort sprechen will», sagte Amanda und legte auf.

Im nächsten Moment stieg Otman abrupt auf die Bremse und murmelte etwas, das Amanda nicht verstand. Direkt vor ihrem Kühler stand eine Frau in einer schmutzigen hellblauen Burka. Sie hielt einen Pappbecher in der Hand – allem Anschein nach mit Geldmünzen, die sie nun hin- und herschüttelte. Das feinmaschige Netz vor ihren Augen verhinderte den Blickkontakt. Grässlich, dass diese vollverschleierten, vermummten Frauen sich gezwungen sehen, auf offener Straße zu betteln, dachte Amanda.

Als sie den letzten Kreisverkehr vor den hohen Mauern des Hotels hinter sich ließen, stellte Amanda erneut sicher, dass ihre Waffe und das Magazin nicht zu sehen waren, und schnallte ihren Gürtel ein Loch enger.

Sie hätte Bill Bescheid geben sollen ... Sven musste irgendetwas zugestoßen sein. Wenn nicht, würde sie ihn eigenhändig aus dem Hotel schleifen und ihn dazu zwingen, unverzüglich einen Termin mit dem Innenminister zu vereinbaren.

Der gute Nur Rassoul hatte ihnen einiges zu erklären.

Otman passierte die Sicherheitsschleuse des Hotels und hielt direkt neben Ali an. Amanda nickte ihm zu, ehe sie über den Hof auf die Eingangshalle zuging. Ihr Hemd klebte bereits am Rücken, und die schwarzen Ballerinas scheuerten an ihren nackten, feuchten Füßen.

Ein angenehmer Kerzen- und Blumenduft empfing sie. Amanda ließ den Blick durch die Lobby schweifen und lief dann eilig weiter ins Restaurant. In das Stimmengewirr der Gäste mischte sich Besteckklappern auf Porzellan. An den Tischen saßen allem Anschein nach ausschließlich Europäer und Nordamerikaner; Sven war nicht darunter. Amanda lief zurück zum Empfang, legte den Kopf leicht schräg und lächelte den Mann hinter dem Tresen an.

«Ich suche jemanden, der heute hier im Hotel an einer Besprechung teilgenommen hat. Können Sie mir helfen?»

«Bedaure, aber wir geben keine Informationen über unsere Gäste heraus, dafür werden Sie sicherlich Verständnis haben, Madam», erwiderte der Hotelangestellte ernst.

«Ich habe Grund zu der Annahme, dass der betreffenden Person etwas zugestoßen ist», fuhr Amanda fort.

«Hier? Im Serena?»

«Es sieht ganz danach aus.»

Amanda legte ihren Diplomaten- und den ISAF-Ausweis auf den Tresen und sah den Mann an. Der Rezeptionist stellte sich sofort ein wenig gerader hin und wandte sich dienstbeflissen nickend seinem Computer zu.

«Ich mache eine Ausnahme für Sie, Madam. Wie lautet denn der Name des Gastes?»

«Sven Leijonhufvud», sagte Amanda leise.

Erschrocken blickte der Hotelangestellte auf.

«Der schwedische Botschafter?»

Amanda nickte und wünschte sich, der Mann spräche ein wenig leiser.

«Warum haben Sie das denn nicht gleich gesagt, Madam? Er ist einer unserer Stammgäste», informierte sie der Mitarbeiter, während sein Blick über den Computerbildschirm glitt.

Amanda wartete. Es überraschte sie kein bisschen, dass Sven regelmäßig im Serena verkehrte. Sie griff in die Tasche ihres Blazers und tastete nach dem Stein. Mit dem Daumen fuhr sie über die Einkerbungen.

«Madam, der Botschafter hat bis morgen unsere Suite Garden Deluxe – Zimmer 307 – gebucht.»

«Wohnt er immer in dieser Suite, wenn er hier ist?»

Der Rezeptionist nickte.

«Wie groß ist sie?»

«Vierzig Quadratmeter, Madam.»

«Könnten Sie mir bitte einen Schlüssel geben?» Sie legte ihre schwedische Polizeidienstmarke neben die anderen Ausweispapiere.

Der Blick des Mannes wanderte zwischen Amanda und den Ausweisen hin und her. Schließlich reichte er ihr eine weiße Schlüsselkarte, die in einem schwarzen Kartenhalter mit dem Emblem des Hotels steckte.

«Wie gesagt, eine Ausnahme, Madam.»

«Vielen Dank», sagte Amanda und kehrte dem Empfang den Rücken.

Auf der Treppe nahm sie immer zwei Stufen auf einmal. Mit dem Fahrstuhl zu fahren kam nicht in Frage. Das taten nur Leute, die leichtsinnig Risiken eingingen oder es nicht besser wussten.

Im Handumdrehen war sie außer Atem. Innerhalb eines einzigen Tages war ihr athletischer, durchtrainierter Körper nicht mehr wiederzuerkennen. Dabei war sie noch nicht einmal im dritten Monat. Wie würde es erst werden, wenn sie hochschwanger wäre?

Die Suite lag im dritten Stock am Ende eines langen Korridors.

Amanda legte den Kopf an die Tür und horchte, während sie die Waffe aus dem Holster zog. Stille.

Nicht ein einziger Laut.

Sie klopfte dreimal, presste erneut das Ohr an die Tür.

Keine Reaktion.

Sie klopfte wieder, diesmal ein wenig lauter. Unter keinen Umständen wollte sie die Aufmerksamkeit der Zimmernachbarn erregen. Sie hielt die Schlüsselkarte vor das schwarze Kästchen oberhalb der Türklinke, ein grünes Licht blinkte, und das Schloss klickte auf.

Lautlos schob Amanda die Tür auf und tastete nach dem Lichtschalter.

Die Suite machte einen unbewohnten Eindruck. Vorsichtig schloss sie die Tür hinter sich und schlich mit der Waffe im Anschlag am gemachten Bett vorbei. Keine einzige Falte in der Tagesdecke, nichts deutete darauf hin, dass hier jemand gelegen hatte. Auch der Konferenzbereich linker Hand war nicht benutzt worden.

Amanda ging auf die Badezimmertür zu, die einen Spaltbreit offen stand. Ein Hauch von Seife und Herrenparfüm wehte aus dem gefliesten Raum zu ihr herüber. Dann sah sie vor sich Beine, die frei in der Luft baumelten. Sie keuchte auf. Ihr Atem ging schnell und flach.

Auf dem nackten Körper hatten sich bereits rote Flecken gebildet. Die angeschwollene Zunge quoll ihm aus dem Mund, die Arme hingen schlaff an den Seiten. Als Amandas Blick den Spiegel streifte, starrte Sven sie von dort an. Sie schluckte.

Svens Kleidung lag ordentlich gefaltet auf einem Stuhl. Seine braunen Schuhe standen direkt darunter. In einem Glas auf dem Waschbeckenrand lagen sein Siegelring und seine Uhr, oben auf dem Kleiderstapel eine lederne Brieftasche.

Amanda betrachtete Svens Körper genauer. Keine Anzeichen, die darauf hindeuteten, dass er sich gewehrt hätte. Der Anblick der Leiche löste zwiespältige Gefühle in ihr aus. Der arme Kerl, welche Angst er ausgestanden haben und wie verwirrt er gewesen sein musste! Und was für ein Idiot.

Kein böser Vorsatz. Einfach nur blauäugiges, naives Verhalten – und zwar von A bis Z.

Und jetzt hatte er sich das Leben genommen.

Amanda kletterte auf das Waschbecken und untersuchte die Schlinge und die Befestigungsvorrichtung an einer Metallstrebe an der Decke. Ein fünf Zentimeter breiter Spanngurt, der aussah, als hätte er auch eine weitaus schwerere Last tragen können als Svens Körper, schnitt in die Haut an seinem Hals.

Vorsichtig lockerte sie den Gurt, und Zentimeter um Zentimeter sank der Körper zu Boden. Svens blutunterlaufene Augen starrten sie an. Amanda schloss ihm die Lider und deckte den nackten Körper mit zwei Handtüchern zu. Dann drehte sie die Klimaanlage hoch und zog die Badezimmertür hinter sich zu.

Auf dem runden Bistrotisch vor dem Panoramafenster stand ein Glas. Amanda beugte sich darüber. Es roch süßlich. Am Boden klebten Fruchtfleischreste.

Sie ließ es stehen.

Systematisch durchsuchte sie die Suite. Nach einer Weile ließ sie sich auf das Sofa sinken. Nichts von Interesse. Zumindest nicht, soweit sie sehen konnte.

Amanda schob die Waffe ins Holster zurück, trat an die Tür und schloss sie genauso leise, wie sie sie geöffnet hatte. Dann lief sie in die Lobby hinunter.

«Entschuldigung, wen wollte der schwedische Botschafter heute hier treffen?», erkundigte sie sich bei dem Angestellten am Empfang.

«Madam, darüber sind wir nicht informiert. Unsere Gäste genießen absolute Diskretion.»

«Haben Sie ihn in Begleitung gesehen, oder ist Ihnen bekannt, ob er jemanden in seiner Suite empfangen hat?»

«Nein, Madam», antwortete er, ohne sie anzuschauen.

«Könnte ich bitte seine Zimmerreservierung einsehen?»

Der Rezeptionist suchte einen Kohlepapier-Durchschlag heraus. «Er hat direkt nach seiner Ankunft zwei Gläser Granatapfelsaft bestellt. Keine Speisen», fügte er hinzu und runzelte die Stirn, als sein Blick auf die Wanduhr fiel. Es war inzwischen kurz vor Mitternacht.

Amanda ließ die weiße Schlüsselkarte in die Tasche ihres Blazers gleiten und ging mit raschen Schritten zum Ausgang.

38

Als der Fahrer die Wagentür öffnete und ausstieg, dröhnte laute Musik aus dem BMW. Der Mann war klein, untersetzt und hatte ein paar Kilo zu viel auf den Rippen. Seine Füße steckten in Sandalen, er trug Shorts und ein lilafarbenes Muskelshirt. Er war unrasiert, und ein unordentlicher Scheitel teilte das schwarze Haar. Vermutlich stammt er auch aus dem Iran, dachte Bill und machte vorsichtig die Fahrertür auf. Lächelnd und mit ausgebreiteten Armen ging der BMW-Fahrer auf Babak zu.

Im nächsten Moment stürzte der sich auf ihn, warf ihn gegen den Jeep und packte ihn an der Gurgel. Der Fahrer schrie irgendetwas, doch seine Worte gingen angesichts von Babaks Angriff unter.

Bill schob die Tür noch ein Stück weiter auf.

«Was hast du mit der Schwuchtel aus dem Außenministerium gemacht?», zischte Babak.

Der Fahrer schüttelte vehement den Kopf.

«Du verfluchtes Schwein!», brüllte Babak und zog jäh die Hand zurück. Der Fahrer musste ihn gebissen haben. Im nächsten Moment rammte der Mann sein Knie in Babaks Weichteile. Der sackte stöhnend zusammen und griff sich in den Schritt.

Der Fahrer blutete am Mund und spuckte aus, bevor er sich mit dem Handrücken über die Lippen fuhr. Von Babaks Hand tropfte ebenfalls Blut, das auf seiner hellen Hose Flecken hinterließ. Leise vergewisserte sich Bill, dass Tore immer noch am Telefon war.

«Fahr in unsere Richtung und bleib in der Nähe. Komm aber nicht auf den Parkplatz, bis ich das Signal gebe.»

«Ist etwas passiert?»

«Babak streitet sich mit einem Typen. Mach dich bereit einzugreifen», flüsterte Bill.

«Zwei gegen zwei ist aber keine gute Ausgangslage ...»

«Fällt dir etwas Besseres ein, um zu verhindern, dass die Sache binnen einer Stunde in der Klatschpresse landet?»

«Irgendwelche Waffen?»

«Babak kommt direkt aus dem Präsidium. Zumindest er kann keine Waffe bei sich haben.»

«Ich fahre jetzt von der E4 ab und stelle mich in Warteposition.»

Im selben Augenblick kam Babak wieder auf die Füße. Der Fahrer wich ein Stück zurück und fischte dann eine Zigarettenschachtel aus der Hosentasche.

«Was zum Teufel hast du mit ihm gemacht?», zischte Babak erneut und trat an den Kofferraum des BMW.

Er kramte darin herum und nahm ein Handtuch heraus, das er sich auf die Hand drückte.

«Wen kümmert das schon», erwiderte der Fahrer, zündete sich eine Zigarette an und blies eine Rauchwolke in die Luft.

«Du verdammter Idiot!»

Im nächsten Moment zog Babak eine Pistole unter dem Handtuch hervor und zielte auf den Mann, der augenblicklich beide Hände hochriss, die Zigarette immer noch zwischen Zeige- und Mittelfinger.

«Beruhige dich – immer mit der Ruhe!», versuchte der Fahrer, Babak zu beschwichtigen.

«Ich soll mich beruhigen? Die Polizei glaubt, dass ich die Schwuchtel um die Ecke gebracht hätte, du miese kleine Ratte!»

Babak zwang den Fahrer auf die Knie. Der Mann hielt nach wie vor die Zigarette zwischen den Fingern.

Bill flüsterte ins Telefon: «Babak hat eine Waffe! Bist du bereit?»

«Ich brauche zwanzig Sekunden, um bei dir zu sein. Sag mir rechtzeitig Bescheid.»

«Wir warten noch», murmelte Bill leise. Er hoffte auf ein Geständnis, selbst wenn es unter Androhung von Waffengewalt zustande kam.

Bill schätzte, dass er Babak und den Fahrer von seiner Position aus in weniger als zehn Sekunden erreichen konnte. Zum Glück war auf dem Parkplatz sonst niemand zu sehen.

Babak machte ein paar Schritte auf den Fahrer zu und richtete die Pistole auf dessen Kopf. Blut tropfte von seiner Hand und seinem Unterarm.

«Der Typ war unsere Verbindung zu dem Heroin, und du hast ihn kaltgemacht – einfach so, ohne vorher mit mir zu reden! Was zum Teufel hast du dir dabei gedacht?»

«Warte, ich kann's dir erklären! Nimm die Waffe runter, dann erklär ich's dir!», flehte der Fahrer.

«Na los!», brüllte Babak.

«Er hätte uns verpfiffen, wenn ich ihn nicht aus dem Weg geräumt hätte», winselte der Mann.

Ein Schuss gellte über den Platz, gefolgt von einem schrillen Aufschrei, der gar nicht mehr zu verhallen schien. Der Fahrer wälzte sich auf der Erde hin und her und umklammerte sein Bein.

«Jetzt», zischte Bill Tore zu, wand sich zeitgleich aus dem Auto und war bereit loszulaufen, sobald Tore in seinem Blickfeld auftauchte. Wieder zielte Babak auf den Kopf des Fahrers und schrie irgendetwas, doch seine Worte gingen im Motorendröhnen von Tores herannahendem Wagen unter, der auf den Parkplatz bretterte. Geradewegs auf Babak und den Fahrer zu.

Mit gezogener Waffe sprintete Bill los. Er holte tief Luft und rief, so laut er konnte: «Polizei! Waffe runter! Legen Sie sich auf den Boden!»

Aus dem Augenwinkel sah er, wie Tore aus dem Auto sprang und ebenfalls die Waffe auf Babak und den Fahrer richtete. Babak riss die Arme hoch, hielt aber nach wie vor seine Pistole in der Hand.

«Hinlegen!», schrie Tore und machte ein paar Schritte auf Babak zu.

Kaum lag Babak mit dem Gesicht im Schotter, trat Tore ihm die Waffe aus der Hand. Bill brüllte auf den Fahrer ein, bis auch der mit ausgestreckten Armen der Länge nach auf dem Boden lag. Er legte beiden Männern Handschellen an und tastete sie ab, um keine weitere Überraschung zu erleben. Dann drehte er den Fahrer auf den Rücken und untersuchte dessen Bein.

«Glück gehabt. Scheint ein sauberer Durchschuss zu sein.»

Bill griff nach dem blutigen Handtuch und wickelte es fest um das Bein des Fahrers. Der Mann stöhnte laut auf.

«Der Druck stillt die Blutung», erklärte er.

Tore hatte sich dem BMW zugewandt und war bereits dabei, mehrere Gegenstände zu sichern. Er reichte ein Handy an Bill weiter, der sich seinerseits an den Fahrer wandte. «Wie heißen Sie?»

«Arash.»

«Arash – und weiter?»

«Ganjin», sagte der Mann und schniefte.

«Ist das Ihres?», fragte Bill und hielt ihm das Telefon unter die Nase.

Arash nickte.

«Und das Auto?»

«Gehört mir», brummte Babak.

«Richten Sie Ihrer Frau aus, dass der Wagen bis auf weiteres für die technische Untersuchung beschlagnahmt ist.»

«Was soll der Scheiß? Ich habe es Arash nur geliehen!», rief Babak und drehte den Oberkörper in Bills Richtung.

«Wir untersuchen den Wagen im Zusammenhang mit Erik Björks Ermordung», erklärte Bill und musterte die beiden Männer.

Babak schloss die Augen und murmelte etwas Unverständliches in sich hinein. Arash wimmerte und stöhnte.

«Arash, wie lautet der PIN-Code Ihres Handys?»

«0666», antwortete Arash und verzog das Gesicht.

Bill sah zu Tore hinüber, der wieder im Kofferraum herumwühlte und Ersatzreifen und Benzinkanister herauszog. Dann reckte er grinsend den Daumen in die Höhe.

Das konnte nur eines bedeuten: Er hatte konkrete Hinweise entdeckt, dass Erik sich in dem Auto befunden hatte.

«Setz Babak auf den Rücksitz deines Wagens und guck mal, ob er jetzt eher bereit ist, Fragen zu beantworten», rief Bill Tore zu.

Er selbst musste nicht lange durch Arashs Telefon klicken. Unter den zuletzt gewählten Nummern befanden sich zwei mit der Landesvorwahl 0093.

«Wessen Telefonnummern sind das?»

«Das geht dich einen Scheißdreck an», stöhnte Arash.

Bill ging vor ihm in die Hocke. «Ich hab's eilig, und das haben Sie auch, wenn Sie nicht verbluten wollen.»

«Bullenschwein, bring mich ins Krankenhaus!»

«Sie haben diese Telefonnummern heute Morgen angerufen. Weshalb?»

Arash starrte Bill an. Er mahlte mit den Kiefern, seine Zunge wanderte im Mund hin und her. Dann hob er den Kopf und spuckte Bill ins Gesicht. In dessen Schläfen begann das Blut zu rauschen. Er war kurz davor, Arash einen Schlag zu verpassen, als er Tores mahnende Stimme hörte.

«Bill!»

Er machte kurz die Augen zu, holte tief Luft und ließ langsam den Arm sinken. Um ein Haar hätte er die Kontrolle verloren. Sollte er wirklich zulassen, dass diese Ratte ihn dazu brachte, eine Grenze zu überschreiten? Er spreizte die Finger und wischte sich den Speichel vom Kinn.

Nicht dass Arash es nicht verdient hätte, eins aufs Maul zu bekommen – aber Bill hatte keine Lust, deswegen seinen Job aufs Spiel zu setzen.

Er ließ den blutenden Arash im Schotter sitzen und rief seinen Kontaktmann bei der FRA an. Als er aufgelegt hatte, lief er auf Tore zu.

«Die FRA weiß schon Bescheid. Arash hat in den letzten Tagen wiederholt zwei afghanische Nummern angerufen.»

«Hätten wir nicht eine sichere Leitung nehmen sollen?»

«Doch, aber die Zeit läuft uns davon. Das hier kann könnte unsere letzte Chance sein, die Diplomaten zu finden», erwiderte Bill.

Er schickte Amanda eine SMS: Sie und das Sondereinsatzkommando in Kabul mögen sich darauf gefasst machen, jeden Moment auszurücken. Wenn es der FRA tatsächlich gelänge, die Nummern zurückzuverfolgen, könnte das der Durchbruch sein.

«Was sagt er?», fragte Bill und nickte in Babaks Richtung.

«Dass er sich am Freitagabend um halb acht mit Erik treffen wollte, um ihm das Telefon zurückzugeben. Weil er aber mit seiner Frau ins Spa-Resort nach Hasseludden fahren musste, hat er spontan Arash sein Auto geliehen und ihn zum vereinbarten Treffpunkt geschickt.»

«Also an dem Abend, als Erik ermordet wurde?»

«Kurz vor der Tatzeit, wenn wir nach dem rechtsmedizinischen Gutachten gehen», sagte Tore und vergewisserte sich, dass Babak nach wie vor auf der Rückbank saß.

«Und der Kofferraum?»

«Dunkelrote Flecken. Wir fordern einen Schnelltest an. Womöglich ist das Erik Björks Blut», erwiderte Tore und rief in Kronoberg an, um nachzufragen, ob dort Platz für zwei Neuzugänge war.

In Kronoberg sind die Wege am kürzesten, dachte Bill. In einem Teil des Gebäudes saß die Staatsanwaltschaft; die Reichskriminalpolizei und die Spurensicherung waren im Haus nebenan, und beide Komplexe waren bequem durch einen verglasten Gang miteinander verbunden.

«Vielleicht können wir Babak ja endlich dazu bringen, uns doch mehr zu erzählen, jetzt wo er so redselig ist?»

«Ich glaube nicht, dass er uns etwas verschweigt. Oder behauptet Arash, dass Babak ihn mit dem Mord beauftragt hat?», fragte Tore.

«Bislang noch nicht», antwortete Bill. Da Babak Erik gebraucht hätte, um an das Heroin zu kommen, wäre dieses Szenario auch nicht besonders plausibel.

Bill ging zu Babaks BMW, schaltete das Navigationsgerät ein und sah sich die zuletzt eingegebenen Fahrtziele an.

Wenn Arash Erik am Freitagabend in dessen Wohnung in der Regeringsgatan 97 umgebracht, aber erst am Samstagmorgen sämtliche Spuren beseitigt hätte, würde das erklären, warum das Apartment so sauber und aufgeräumt gewesen war und die Samstagszeitung auf dem Küchentisch gelegen hatte.

Das Navi spuckte mehrere Adressen in den südlichen Stockholmer Stadtbezirken aus. Die Regeringsgatan befand sich nicht darunter.

Dafür aber Norr Mälarstrand 46.

Der Mälarpavillon.

TAG VIER

39

Amanda stand im Dunkeln in Svens Büro, als Bill anrief. Sie ließ sich auf den Schreibtischstuhl fallen und legte die Beine auf die Arbeitsfläche. Bill klang aufgekratzt, als er von Arash und dem BMW berichtete.

«Bill?», fiel Amanda ihm ins Wort.

«… und dann …»

«Sven ist tot.»

Bill keuchte.

«Bist du noch dran?», fragte Amanda.

«Was ist passiert?»

«Könnte sein, dass er ermordet wurde», sagte Amanda.

Ihre Lider brannten. Wie von allein wanderte die Hand auf ihren Bauch, der sich ungewohnt aufgebläht anfühlte.

Es war bereits kurz nach Mitternacht. Amanda kämpfte gegen die Müdigkeit an und erzählte Bill von ihrem Zusammentreffen mit Farouk und ihrer Entdeckung im Serena Hotel.

«Und warum glaubst du nicht, dass Leijonhufvud sich das Leben genommen hat? Er hatte mehr als genug Gründe, um es mal so zu formulieren», sagte Bill.

«Weil er bei seiner Ankunft im Hotel zwei Gläser Granatapfelsaft bestellt hat. Im Zimmer stand allerdings nur noch eins.»

Ihr Blick blieb an dem Foto von Svens Frau hängen, die in die Kamera lächelte.

Noch wusste sie nicht, dass ihr Mann tot war. Wahrscheinlich hatte sie auch keine Ahnung von seinem Doppelleben.

Aber Svens Geheimnis durfte nicht Gegenstand des Flurfunks werden. Amanda würde dafür sorgen, dass das seiner Frau und den Töchtern erspart blieb.

«Das ist zwar merkwürdig, kann aber auch andere Gründe haben», gab Bill zu bedenken.

«Ja, wenn das alles wäre. Aber darüber hinaus ist sein Handy verschwunden. Ich habe überall danach gesucht», fuhr Amanda fort, stand auf und schaltete die Deckenlampe ein, bevor sie anfing, die Papiere auf dem Schreibtisch durchzusehen.

«Mit wem wollte er sich treffen?»

«Das weiß niemand. Seinen Mitarbeitern in der Botschaft hat er gesagt, er müsse zu einer Besprechung ins Serena, und der Angestellte am Empfang meinte, Sven habe die Suite bis morgen reserviert.»

«Für einen ganzen Tag?» Erstaunt pfiff Bill durch die Zähne.

Dann hörte Amanda, wie er sich hektisch etwas notierte. Sie blätterte weiter durch die Papierstapel und Aktenordner auf dem Schreibtisch. Sie hatte keine Ahnung, was sie eigentlich suchte, wollte aber die Gelegenheit nicht ungenutzt lassen, mehr über Sven Leijonhufvud in Erfahrung zu bringen.

«Dem Rezeptionisten zufolge war er Stammgast im Hotel und hat dieselbe Suite öfter für einen ganzen Tag gebucht.»

«Aber warum hätte er im Hotel übernachten sollen, egal ob allein oder in Begleitung? Schon aus Sicherheitsgründen ...»

«Hat er nicht. Ali hat ausgesagt, dass er sich immer nur für ein paar Stunden im Hotel aufhielt. Übernachtet hat er dort nie.»

«Weiß Ali ...»

«Nein. Ich habe ihm erzählt, es wäre alles in Ordnung. Dass der Botschafter an einer dreitägigen Konferenz teilnimmt und in der Zeit im Serena übernachtet.»

Amanda kippte den Papierkorb auf dem Schreibtisch aus.

Kaffeesatz, vergammelte Apfelreste. Notizzettel und Kontoauszüge der Danske Bank. Abgeknipste Fingernägel.

«Was, wenn Leijonhufvud sein Handy verloren hat?»

«Unwahrscheinlich. Laut Ali hat er es auf dem Weg zum Serena noch benutzt, und es war sein einziger Sicherheitslink aus dem Hotel.»

«Trotzdem, dass es verschwunden ist, ist kein Beweis dafür, dass er ermordet wurde», entgegnete Bill.

«Nein, aber es könnte ein Zeichen dafür sein, dass jemand Spuren beseitigen wollte. Svens Kleidung und Wertsachen lagen ordentlich auf einem Stuhl, die Brieftasche ganz oben, Uhr und Ring in einem Glas auf dem Waschbeckenrand. Nur das Telefon war nicht da.»

Warum ließ Sven sich Kontoausdrucke nach Kabul schicken?

Flüchtig entnahm sie einem anderen Dokument, dass er zwei Tage nach ihr Geburtstag hatte.

«Hast du in der Botschaft schon jemanden über seinen Tod informiert?»

«Nein, aber es ist nur noch eine Frage der Zeit. Wenn wir die Suite untersuchen lassen wollen, brauchen wir Leute aus Schweden, die die Spuren sichern. Mit den hiesigen Technikern wäre das zwecklos.»

«Das Timing könnte nicht schlechter sein. Kannst du die Sache noch zurückhalten, bis ich unser Vorgehen mit dem Ministerium abgestimmt habe? Sie erwarten mich in etwa einer Stunde zu einer Besprechung.»

Amanda hielt den Atem an und unterdrückte ein Aufstoßen, als sie den Abfall von der Tischplatte wieder in den Papierkorb fegte.

«So spät? Sofia muss sich doch fragen, was du eigentlich treibst.»

«Sie ist nicht gerade begeistert …»

«Du kümmerst dich doch um sie und die Kinder? Denk dran: Familie kommt immer zuerst.»

Bill schwieg einen Moment, dann sagte er: «Es ist nicht immer leicht, aber ich gebe mein Bestes. Lass uns darüber reden, wenn du wieder zu Hause bist.»

Jetzt schwiegen sie beide.

«Aber wer ... Wer könnte ...»

Bevor Bill seine Frage aussprechen konnte, beendete Amanda seinen Satz: «Wer ihn ermordet haben könnte, wenn er sich nicht selbst das Leben genommen hat?»

«Genau.»

«Vermutlich dieselbe Person, die versucht hat, ihn in die Luft zu sprengen.»

Und mich obendrein, dachte sie.

In der Leitung blieb es still. Amanda wusste, dass Bill das Gleiche dachte wie sie. Es war pures Glück gewesen, dass der Sprengsatz unter dem Wagen der Botschaft nicht explodiert war.

Bill holte tief Luft. «Amanda, wenn der Botschafter tatsächlich ermordet wurde, dann bist du ebenfalls in Gefahr.»

Doch die Bedrohungslage war nicht akut genug, als dass sie das Handtuch geworfen und ihre Tasche gepackt hätte. Sie hatte hier einen Auftrag, den sie zu Ende bringen musste.

Keine Misserfolge im Lebenslauf.

Punkt.

«In Kabul ist man ständig in Gefahr, und wenn in Kürze ohnehin die neuen Kollegen eintreffen, komme ich schon klar», sagte Amanda hastig.

Sich in unmittelbarer Nähe militärischer Sondereinsatzkräfte aufzuhalten, die bis zu den Zähnen bewaffnet waren, würde ihr tatsächlich ein Gefühl von Sicherheit vermitteln. Amanda drückte die Klinke zum Safe nach unten.

Verschlossen.

Direkt neben der Klinke saß ein rundes Elektronikschloss, das sich mit einem sechsstelligen Code öffnen ließ.

«Keine neue Nachricht von den Entführern, nehme ich an?»

«Kein Mucks», sagte Amanda resigniert.

«Man fragt sich langsam, ob das eine Bande von Amateuren ist.»

«Ich werde um einen Termin beim afghanischen Innenminister bitten. Danach sehen wir hoffentlich klarer», erwiderte Amanda, während sie Bohnen in Svens Espressomaschine schüttete und frisches Wasser nachfüllte.

Der wohlige Duft von Kaffee breitete sich aus, und Amanda verspürte zum ersten Mal seit Tagen Appetit.

«Wie meinst du das?», fragte Bill.

«Nur Rassoul ist Farouks oberster Chef. Farouks Einheit hatte den Auftrag, alle zu eliminieren, die sich in dem Haus befanden, und die komplette IT-Anlage zu zerstören. Wären Ingrid und Mikael dort gewesen, hätten sie den Einsatz nicht überlebt.»

«Aber warum in aller Welt sollte der afghanische Innenminister zweigleisig fahren, ohne die Sache mit uns zu koordinieren?»

«Genau das müssen wir schnellstmöglich herausfinden.»

Amanda öffnete den Schrank unter der Espressomaschine und entdeckte eine Pralinenschachtel. Sie wickelte einen Trüffel aus und schob ihn sich in den Mund. Der Kaffee und die Schokolade würden ihr neue Energie geben.

«Und wenn es uns nicht gelingt?»

«Dann kommt uns Farouks Truppe wieder zuvor. Der afghanische Geheimdienst hat bislang mindestens genauso gute Arbeit geleistet wie unserer.»

«Unsere Sache hat bei der FRA oberste Priorität. Ich hoffe nur, dass sie sich bald melden. Es ist inzwischen wirklich spät ...»

«Vergiss nicht, dass ich euch zweieinhalb Stunden voraus bin. Hier ist es bereits weit nach Mitternacht», sagte Amanda und unterdrückte ein Gähnen.

«Was merkwürdig ist ... Warum können es nicht zwei glatte Stunden sein – oder meinetwegen drei –, wie bei anderen Ländern?»

«Hier gilt eben eine halbe Stunde Abweichung von den benachbarten Zeitzonen, so einfach ist das. Im Winter beträgt die Zeitverschiebung zu Schweden entsprechend dreieinhalb Stunden.»

Am anderen Ende der Leitung blieb es still.

«Bist du noch dran?», fragte Amanda.

«Fuck!», fluchte Bill.

«Was ist?»

«Verflucht, Amanda, wir haben die Zeitverschiebung übersehen!»

«Was meinst du?»

«Wann genau wurden die beiden Diplomaten entführt?»

«Am Freitagabend um kurz nach 21 Uhr.»

«Was bin ich für ein gottverdammter Idiot! Die Entführung hat sich *vor* dem Mord an Erik ereignet! Und wir dachten, es sei umgekehrt.»

«Das erklärt trotzdem nicht, wie die beiden Ereignisse zusammenhängen.» Amanda schenkte sich Kaffee ein.

«Nein, aber die Rechtsmedizin meinte, dass der Mord in Stockholm zwischen 19 und 21 Uhr begangen wurde. Und wir wissen, dass Arash mit Erik um halb acht verabredet war.»

«Und?»

«Als sich Arash und Erik treffen, ist es bei dir in Kabul 22 Uhr – da waren die Diplomaten schon seit einer Stunde verschwunden!»

Amanda nahm einen großen Schluck Kaffee, bevor sie langsam sagte: «Das bedeutet also, dass Erik, ungefähr eine Stunde *nachdem* Mikael und Ingrid in Kabul gekidnappt wurden, in Stockholm ermordet wurde?»

«Ganz genau», erwiderte Bill.

Erneut trat Amanda an den Safe und fuhr mit den Fingerspitzen über die Tasten. Ein Versuch konnte nicht schaden.

Sie tippte Svens Geburtsjahr, Monat und Tag ein.

650712.

Das Schloss klickte.

Amanda drehte den Griff vorsichtig nach rechts.

Die Tür ging auf.

40

Der Security-Guard am Eingang von Rosenbad wirkte zutiefst gelangweilt. Aber wer konnte es ihm auch verübeln, dachte Bill, als er seine Krawatte zurechtrückte und den Dienstausweis zückte.

Er sah auf die Uhr. Sofia hatte ihm nicht geglaubt, als er ihr erzählt hatte, dass er um ein Uhr nachts zu einer Besprechung ins Justizministerium müsste. Sie war felsenfest überzeugt, dass er sich mit einer anderen Frau traf. So hatte sie es zwar nicht direkt gesagt, aber es war unmissverständlich gewesen: Ihre Stimme hatte frostig und kalt geklungen.

Bills Schritte hallten über den Foyerboden. Im Eingangsbereich war es stickig, und die Luft stand still. Niemand schien es für nötig zu halten, nachts die Klimaanlage laufen zu lassen. Zu Bills grenzenlosem Erstaunen stand der Stabschef höchstpersönlich vor dem Fahrstuhl und wartete auf ihn.

«Sind Sie allein?», fragte er und wischte sich mit einem Taschentuch über die Stirn.

«Ich hoffe, das ist für Sie in Ordnung.»

Der Stabschef nickte. Alice Bohman war nicht ans Telefon gegangen, als Bill sie angerufen hatte. Eine Sorge weniger vor der Besprechung.

«Es gibt Probleme», sagte der Stabschef mit gesenkter Stimme, als sie den Fahrstuhl betraten. Er war unrasiert, sein Gesicht aufgedunsen, das Haar zerzaust. Er gähnte vernehmlich und rieb sich die Augen.

Natürlich haben wir Probleme, dachte Bill. Zwei entführte Diplomaten waren ein riesiges Problem. Sobald er ihnen außerdem mitteilte, dass der schwedische Botschafter in Kabul tot war und eine afghanische Spezialeinheit an exakt denselben Orten wie Amanda eigene Geheimoperationen durchführte, würden sie sich noch mit weiteren Problemen befassen müssen.

«Staatssekretär Tejler wartet im Besprechungsraum. Außer uns ist niemand anwesend.»

Es herrschte Stille auf dem Flur, als sie aus dem Fahrstuhl traten. Eine Besprechung in Rosenbad mitten in der Nacht, bei der nur der Staatssekretär und der Stabschef anwesend waren, gehörte nicht gerade zu den üblichen Gepflogenheiten. Kein Wunder, dass Sofia ihm nicht geglaubt hatte. Aber dachte sie allen Ernstes, dass er sich mit einer anderen Frau traf? Unwillkürlich musste Bill schmunzeln. Wann und wo sollte er dafür noch Zeit finden? In seiner Abteilung gab es ohnehin nur eine Frau, und das war Amanda.

Der Staatssekretär sparte sich die Begrüßungsfloskeln.

«Setzen Sie sich.»

«Danke», murmelte Bill und nahm gegenüber von Tejler Platz.

Der Stabschef schloss die Tür. Eine Frage der Sicherheit und Diskretion – selbst mitten in der Nacht.

«Irgendjemand hat die Presse informiert», sagte der Staatssekretär und starrte Bill an.

«Woher wissen Sie das?»

«Wir haben eine Anfrage vom *Expressen* erhalten, die haben Wind von der Entführung bekommen.»

«Das war zu erwarten», erwiderte Bill und räusperte sich. Er musste an die erste E-Mail denken, die in Leijonhufvuds Account eingegangen war: Man hatte ihn gewarnt, dass das Foto, das ihn zusammen mit dem afghanischen Mann und Erik Björk zeigte, der Klatschpresse zugespielt werden würde, sollte er sich weigern, das Heroin an Erik weiterzuleiten.

Der Staatssekretär beugte sich über den Tisch. Aus zusammengekniffenen Augen starrte er Bill an.

«Ich hatte Ihnen klipp und klar gesagt: keine Medien», zischte er und betonte dabei jede Silbe.

«In der schwedischen Botschaft in Kabul gibt es eine Menge beunruhigter Landsleute, die nichts anderes tun, als darüber zu spekulieren, was Ingrid und Mikael zugestoßen sein könnte. Ich nehme an, dass irgendjemand aus diesem Personenkreis mit der Presse gesprochen hat», sagte Bill und biss sich in die Wange, um dem Staatssekretär nicht ins Gesicht zu sagen, was er von ihm hielt.

«Aber der Botschafter und Ihre Partnerin hätten dort drüben doch in der Lage sein müssen, genau das zu unterbinden?»

«Wir sollten eine Pressekonferenz einberufen», murmelte der Stabschef, der neben Tejler Platz genommen hatte.

Bill holte tief Luft. Hatte Tejler das Wort «Partnerin» gewählt, um ihn zu provozieren? Oder glaubte er allen Ernstes, dass diese Bezeichnung dem offiziellen Polizeijargon entsprach?

«Sven Leijonhufvud ist tot.»

Wenn je einer Person die sprichwörtliche Kinnlade heruntergeklappt war, dann dem Mann, der Bill soeben gegenübersaß. Der Staatssekretär verharrrte kurz mit offenem Mund. Dann schlug er die Augen nieder, fuhr sich mit der Zunge über die Unterlippe und atmete schwer durch. Der Stabschef stützte beide Ellenbogen auf und vergrub den Kopf in den Händen. Schweigend massierte er sich die Schläfen.

Der Staatssekretär ergriff als Erster wieder das Wort. «Wie ...?»

«Man hat ihn erhängt im Serena Hotel gefunden.»

«Also Selbstmord», konstatierte der Stabschef mit starrem Blick.

Bill meinte, einen kalten, höhnischen Glanz in dessen Augen wahrzunehmen. Ein Ausdruck von Verächtlichkeit huschte über sein Gesicht.

«Das können wir noch nicht mit Sicherheit sagen», entgegnete Bill.

Der Staatssekretär schnaubte und beugte sich wieder vor. Sein Knoblauchatem wehte über den Tisch.

«Und warum nicht?», fragte er mit hochgezogenen Augenbrauen.

«Amanda – die den Botschafter gefunden hat – sind ein paar Ungereimtheiten aufgefallen, sodass wir einen Mord noch nicht ganz ausschließen wollen.»

«Was für Ungereimtheiten sollen das denn sein?», fragte der Stabschef.

Bill setzte die Regierungsvertreter von der Bestellung des Botschafters, dem fehlenden Glas sowie dem verschwundenen Telefon in Kenntnis. Beide folgten seinen Ausführungen mit gerunzelter Stirn. Sie seufzten abwechselnd.

«Auf *dieser* Grundlage gehen Sie und Ihre Partnerin davon aus, dass Leijonhufvud *ermordet* wurde?», hakte der Staatssekretär nach.

«Ich sage nur, dass es da ein paar Ungereimtheiten gibt, die zumindest ausreichen, um eine Spurensicherung vornehmen zu lassen. Außerdem hätte Leijonhufvud sich das Leben leichter in der Botschaft nehmen können. Um das zu tun, hätte er nicht erst in das Hotel fahren müssen.»

«Das sind völlig unsinnige Spekulationen!», rief der Staatssekretär, nahm die Brille ab und ließ sie an der Kette um seinen Hals hinunterbaumeln.

«Was wollen Sie damit sagen?», fragte Bill, der unterm Tisch die Fäuste ballte und langsam durch die Nase atmete, um nicht die Beherrschung zu verlieren.

Der Stabschef seufzte. «Der Staatsbesuch des afghanischen Präsidenten steht kurz bevor», sagte er schleppend. «Gleichzeitig müssen wir uns um entführte schwedische Diplomaten und den daraus resultierenden Medienrummel kümmern. Ist das nicht schon genug?»

«Irgendjemand hat versucht, den Wagen des Botschafters in die Luft zu sprengen, als er und Amanda darin unterwegs waren. Darüber hinaus scheinen afghanische Einsatzkräfte im Auftrag ihrer Regierung geheime Operationen durchzuführen, die im Zusammenhang mit der Entführung stehen. Verschwörung oder nicht – aber wie ich gerade sagte: Es gibt Ungereimtheiten.»

«Und warum hat uns niemand über diese Vorkommnisse informiert?»

«Ich wäre gleich darauf zu sprechen gekommen», erwiderte Bill und fasste die jüngsten Ereignisse zusammen.

Das Hemd des Stabschefs spannte über dem Bauch. Die Lücken zwischen den Knöpfen offenbarten trotz des sommerlichen Wetters blasse Haut.

«Wie in drei Teufels Namen konnte Ihre Kollegin dann zulassen, dass Leijonhufvud die Botschaft ohne Begleitschutz verließ? Wenn sie doch der Auffassung war, dass jemand gerade erst tags zuvor versucht hatte, sie beide mit einem Sprengsatz zu töten?», fragte der Stabschef.

«Diese Frage stellt sich mir ebenfalls», pflichtete ihm der Staatssekretär bei. «Das alles erscheint mir doch sehr unprofessionell.»

«Könnte es sich auch um zwei voneinander unabhängige Ereignisse handeln?», gab nun der Stabschef zu bedenken und sah erst den Staatssekretär und danach Bill an.

«Wir können nicht ausschließen, dass ...»

Doch der Stabschef fiel Bill ins Wort. «Mein Gedankengang ist folgender: Leijonhufvud ist die Sache natürlich sehr nahegegangen. Deshalb hat er sich aus freien Stücken das Leben genommen. Wie in solchen Fällen üblich, ziehen wir die afghanische Polizei hinzu. Anschließend wird Svens Leichnam in aller Stille in die Heimat überführt.»

Bill drehte sich der Magen um. Sein Mund war trocken. Hatte er gerade richtig gehört? Hatten sie die Absicht, vor der ganzen Angelegenheit die Augen zu verschließen? Einen potenziellen Mord zu vertuschen?

Der Staatssekretär nickte. «Wir geben eine offizielle Pressemitteilung heraus: ‹Der neunundvierzigjährige schwedische Botschafter Sven Leijonhufvud wurde gestern tot in einem Kabuler Hotelzimmer aufgefunden. Die Todesursache ist zurzeit noch ungeklärt, allerdings liegen keine Hinweise auf Fremdverschulden vor.› So etwas in der Art. Was meinen Sie?», fragte er und sah zufrieden vom Stabschef zu Bill.

«Anders ausgedrückt: Alle werden davon ausgehen, dass der Botschafter suizidgefährdet war und ‹plötzlich und unerwartet von uns gegangen› ist», fügte der Stabschef hinzu und malte mit den Fingern Anführungszeichen in die Luft.

«Und wenn jemand den Botschafter tatsächlich töten wollte? Und wenn das afghanische Kommando tatsächlich ganz gezielt an denselben Orten Einsätze durchführte wie wir? Sollte Schweden das dann ignorieren?», wandte Bill ein und hob frustriert die Arme.

Er hätte Alice Bohman doch zu diesem Treffen mitschleppen sollen. Dann hätte er jetzt zumindest eine Zeugin für all das, was sich hier gerade abspielte.

«Was wollen Sie damit andeuten?»

«Ich will damit sagen, dass es irgendjemanden gibt, der uns ganz offenkundig in die Parade fahren will und unsere Arbeit sabotiert. Erst versucht jemand, ein Sprengstoffattentat auf den schwedischen Botschafter zu verüben. Was zum Glück misslingt. Dieser Jemand bringt ihn einen Tag später im Serena Hotel um, lässt es aber wie einen Selbstmord aussehen. Gleichzeitig befinden sich afghanische Spezialeinheiten an haargenau demselben Ort wie Amanda – ohne dass der Einsatz vorab mit uns abgesprochen worden wäre.»

«Und wer sollte dieser Jemand sein?» Der Stabschef verschränkte die Arme vor der Brust.

Bill seufzte laut. «Wenn ich das wüsste, würde ich es sagen. Aber wir können nicht ausschließen, dass es sich um einen Mord handelt, der in irgendeiner Form mit der Entführung zusammenhängt.»

«Die reinste Verschwörungstheorie! Wir gehen folgendermaßen vor: Sprechen Sie sich mit den afghanischen Sicherheitskräften vor Ort ab und räumen Sie eventuelle Missverständnisse aus. Anschließend besteht Ihre Aufgabe darin, die beiden Schweden zu finden», beschloss der Staatssekretär und faltete die Hände auf dem Tisch.

«Am liebsten gestern – und bestenfalls lebend», ergänzte der Stabschef.

Bei der Wortwahl des Stabschefs musste Bill schlucken. Das hier war doch der schiere Wahnsinn.

«Ich bin mir bewusst, dass ...»

«Hier geht es um schwedische Außenpolitik», schnitt ihm der Staatssekretär das Wort ab.

«Wenn der Eindruck entstünde, dass wir es den Afghanen nicht zutrauen, eigenständig ein Verbrechen aufzuklären, hätte das verheerende Folgen. Vergessen Sie nicht, dass wir ihnen vertraglich über Jahre hinweg Entwicklungshilfe zugesichert haben. Außerdem sind wir aktiv an Ausbildungsmaßnahmen und dem Aufbau des afghanischen Rechtssystems beteiligt. Ihnen gleichzeitig einen Mord vorzuwerfen käme dem Eingeständnis gleich, dass wir bei unseren Aufgaben versagt haben», führte der Stabschef aus.

«Das kann ich nachvollziehen, aber ...»

«Auch für Ihre Karriere hätte die Angelegenheit ganz sicher verheerende Folgen», bemerkte der Staatssekretär und erhob sich von seinem Stuhl. Als er sich über den Tisch beugte, schlug Bill erneut dessen unangenehmer Atem entgegen. «Konzentrieren Sie sich auf die beiden Diplomaten. Der Suizid des Botschafters ist Sache des Außenministeriums.»

41

Amanda ging die Quittungen und Durchschläge der Kabuler Hotels durch, die stapelweise in Svens Safe gelegen hatten. Er hatte grundsätzlich bar bezahlt. Das ergab Sinn.

Er hatte offenkundig nicht gewollt, dass man die Zahlungen über seine Kreditkarte zurückverfolgte. Hotelübernachtungen in einer Stadt zu rechtfertigen, in der man offiziell über eine eigene Residenz verfügte, wäre bestimmt nicht leicht gewesen. An der Buchungsbestätigung einer Reise erster Klasse nach Dubai heftete eine Hotelquittung. Amanda runzelte die Stirn, als sie den Preis sah. Entweder hatte Sven eine private Luxusreise unternommen, oder aber das Außenministerium verfügte über ein Budget, von dem die Polizei nur träumen konnte.

Urplötzlich spürte Amanda, wie ihr speiübel wurde. Sie konnte sich gerade noch zur Seite drehen, bevor sie sich erbrach. Auf die Knie gestützt starrte sie auf die Schokoladenstückchen, die auf dem Marmorboden schwammen. Ihre Augen tränten. Magensäure stieg ihr die Speiseröhre hoch.

Sie hörte noch, wie sich Tamanas eilig klappernde Schritte näherten. Kurz darauf erschien sie im Türrahmen. Amanda griff nach ihrem Kaffeebecher und gab ihr Bestes, so zu tun, als wäre nichts geschehen.

«Da will jemand den Botschafter sprechen», flüsterte Tamana, während sie die Hand über die Sprechmuschel des Telefons hielt. Im nächsten Augenblick rümpfte sie leicht die Nase und sah sich alarmiert im Büro um.

«Ich nehme das Gespräch entgegen.»

Es war mitten in der Nacht – wer rief denn bitte um diese Uhrzeit an?

Am anderen Ende der Leitung meldete sich eine heisere Männerstimme mit norrländischem Dialekt.

«Um es kurz zu machen: Mein Name ist Leif Johansson. Ich arbeite im ISAF-Hauptquartier hier in Kabul. Mir obliegt die Informationsbeschaffung, vor allem in Hinblick auf kriminelle Netzwerke und Drogenschmuggel. Tut mir leid, dass ich so spät noch anrufe, aber ich muss unbedingt mit dem Botschafter sprechen. Es ist wichtig.»

«Er ... Er besucht eine Konferenz. Worum geht es?»

Der Norrländer schwieg. Amanda ahnte, dass er gerade mit sich rang. Durfte er wirklich jemand anderen als den Botschafter einweihen?

«Ich arbeite vorübergehend mit Sven zusammen. Er hat erwähnt, dass die schwedischen Kollegen im ISAF-Hauptquartier im Rahmen der ISAF-Einsätze und für EUPOL herausragende Arbeit leisten. Ich nehme an, dass Sie einer derjenigen sind, von denen der Botschafter gesprochen hat», sagte Amanda und biss sich auf die Lippen. Ein bisschen Süßholzraspeln hatte noch nie geschadet.

«Ja, so wird es wohl sein ... Unserer Einschätzung zufolge wird der Botschafter auf die Informationen, die mir vorliegen, unverzüglich reagieren und entsprechende Maßnahmen einleiten müssen. Wann kommt er denn von seiner Konferenz zurück?»

«In drei, vier Tagen. Kann ich bis dahin etwas für Sie tun?»

Der Norrländer schwieg erneut, bevor er schließlich sagte: «Können Sie sich ausweisen, wenn wir uns treffen?»

«Selbstverständlich.»

«Okay. Das klingt vielleicht abwegig, aber es geht um zwei entführte Diplomaten.»

Amanda musste sich zusammenreißen, um nicht laut nach Luft zu schnappen. Was zum Teufel ... Damit hatte sie nicht gerechnet.

«Woher stammt die Information?»

«Ich erzähle Ihnen die Einzelheiten, wenn wir uns persönlich treffen.»

Irgendwie flößte ihr die Stimme mit dem unverkennbar norrländischen Dialekt Vertrauen ein.

«Ich komme zu Ihnen. Wo befinden Sie sich im Augenblick?», fragte Amanda.

«Im ISAF-Hauptquartier, direkt gegenüber vom Transportministerium.»

So weit, so gut. Er schien der zu sein, für den er sich ausgab. Die Basis war von hohen Schutzmauern und Stacheldraht umgeben und wurde von bewaffneten Sicherheitsleuten bewacht.

«Ich bin in fünfzehn Minuten da. Kommen Sie zum Checkpoint», sagte sie und bat Tamana, ihr umgehend einen Wagen mitsamt Fahrer zu besorgen.

Fünf Minuten später nahm sie auf der Rückbank Platz. Ali saß am Steuer. Es war dasselbe Fahrzeug, in dem sie gemeinsam mit Sven unterwegs gewesen war.

Sie legte den Kopf in den Nacken und schluckte eine Koffeintablette.

Es würde eine lange Nacht werden.

Seine Stimme hatte ruhig und glaubwürdig geklungen. Aber woher konnte dieser Leif von den entführten Diplomaten wissen? Wenn er denn tatsächlich über Informationen verfügte und ihr nichts vorgespielt hatte ...

Sie schrieb Bill eine kurze SMS und starrte anschließend gebannt auf das Handydisplay. Sekunden verstrichen.

Komm schon, wach auf!

Einen Augenblick später klingelte endlich ihr Telefon.

«Ich habe eine gute und ein schlechte Nachricht», sagte Bill. Er sprach leise, klang aber erstaunlich munter.

«Die schlechte zuerst, bitte.»

«Das Ministerium will, dass wir Leijonhufvuds Tod als separates Ereignis behandeln.»

«Das ist das Dümmste, was ich jemals gehört habe», fauchte Amanda.

Diese inkompetenten Trottel mit Regierungsauftrag – was genau war an dieser Sache denn nicht zu verstehen?

«Unsere Aufgabe besteht einzig und allein darin, die Geiseln zu finden.»

«Das versteht sich ja wohl von selbst. Aber Svens Tod und die Entführung hängen zusammen. Wir können das nicht als zwei voneinander unabhängige ...»

Bevor sie ihren Satz beenden konnte, fiel Bill ihr ins Wort: «Außerdem haben die Medien von der Sache Wind bekommen. Morgen ist in Rosenbad eine offizielle Pressekonferenz anberaumt.»

«Herr im Himmel! Ich hoffe, deine gute Nachricht kann das wieder wettmachen.»

Sie hörte, wie Bill ein paar Schritte ging und eine Tür ins Schloss fiel. Im Hintergrund erklang Vogelgezwitscher.

Amanda presste das Telefon ans Ohr und lehnte sich zurück.

Zui-ti-zui-ti. Vermutlich eine Kohlmeise, dachte sie.

«Du klingst frustriert», sagte Bill lauter als noch vor einem Augenblick.

«Ach was, nur eine kleine Kabbelei, privat.»

«Nichts Ernstes, hoffe ich.»

«Nein. Wir reden darüber, wenn der Fall abgeschlossen ist», sagte Amanda.

Zum ersten Mal seit langem wünschte sie sich, dass diese ganze Entführungsgeschichte endlich vorbei wäre. Sie saß hier bei vierzig Grad Hitze mit einem nahezu unmöglichen Auftrag in einer schwedischen Auslandsvertretung, während das Leben zu Hause in Stockholm ganz normal weiterlief.

«Bereit für die gute Nachricht?»

«Wenn du dich beeilst.»

Sobald sie ihre Mission erfolgreich beendet hätte, würde sie für sich und die zwei Diplomaten Plätze in der nächstbesten Maschine buchen, die sie nach Hause ins spätsommerliche Stockholm brächte.

«Babak hat im Verhör ausgepackt. Er tut alles, um nicht für den Mord an Erik Björk belangt zu werden.»

«Aber nichts Neues von der FRA?»

«Nach wie vor keine Silbe.»

«Kannst du sie bitten, einen Zahn zuzulegen? Es geht darum, Leben zu retten, kapieren sie das nicht?»

«Sie tun garantiert alles, was in ihrer Macht steht», erwiderte Bill.

«Ja, aber ich bezweifle, dass das diesmal ausreicht», erwiderte Amanda langsam.

«Was willst du damit sagen?»

«Dass der afghanische Geheimdienst mit hundertprozentiger Sicherheit genau in diesem Moment damit beschäftigt ist, den Aufenthaltsort der Diplomaten zu lokalisieren, und bislang war der NDS immer schneller als die FRA.»

«Bist du dir sicher?»

Amanda seufzte. Musste sie denn wirklich alles erklären?

«Der NDS hat die Möglichkeit zur Funkpeilung, anders kann die Polizei nicht an die Koordinaten gekommen sein. Die Afghanen sind uns nicht ohne Grund zweimal zuvorgekommen, als wir den Kidnappern dicht auf den Fersen waren.»

Amanda warf einen Blick auf die amerikanische Botschaft, die zur Rechten das gesamte Viertel überragte. Eine der am strengsten bewachten Botschaften der Welt, aber auch diejenige mit der höchsten Gefährdungslage. Massive Betonbarrieren, Wachen, Nagelsperren und Bremsschwellen umgaben das Gelände.

«Ich bin auf dem Weg ins ISAF-Hauptquartier», informierte sie Bill und berichtete ihm von dem kurzen, denkwürdigen Telefonat.

Bill antwortete nicht sofort.

«Vertraust du diesem Norrländer? Was, wenn dich nur wieder jemand in diesen verdammten Diplomatenwagen locken will?»

«Ich glaube eher, dass es umgekehrt ist: Er sitzt auf wichtigen Informationen, weiß aber nicht, ob er mir vertrauen kann.» Amanda klappte den Kragen ihrer Schutzweste hoch, damit er ihre Halspartie bedeckte, und überprüfte, ob die Hintertüren verriegelt waren. Dann fuhr sie fort: «Mach dir kein Sorgen, Bill. Einen sichereren Ort als das ISAF-Hauptquartier gibt es aktuell nicht.»

«Ja, aber es ist die Wegstrecke dorthin, die mich beunruhigt.»

«Ich komme gesund und munter wieder nach Hause, das verspreche ich dir», sagte sie, während sie gleichzeitig um sich herum sämtliche Fächer und Nischen in der Rückbank abtastete.

In einem Fach zwischen den Sitzen lagen verschlissene Handschuhe, die sie sich überstreifte. Sie waren mehrere Nummern zu groß. Trotz der Dunkelheit setzte sie eine Sonnenbrille auf. Im Radio lief Celine Dion. Ali drehte den Ton lauter und sang den Refrain von «My Heart Will Go On» leise mit.

«Wie sollen wir in der Botschaft auf Anfragen von Journalisten reagieren, die nach der Pressekonferenz mit Sven sprechen wollen?»

Bill holte tief Luft. «Fällt dir eine Möglichkeit ein, wie wir vermeiden könnten, dass Spekulationen über Leijonhufvuds Tod zur selben Zeit in den Schlagzeilen auftauchen wie die Entführung?»

«Er könnte beispielsweise auf einer mehrtägigen Konferenz sein», schlug Amanda vor.

«Du weißt am besten, was glaubwürdig klingt. Aber danach überlassen wir den Fall dem Außenministerium.»

«Das können wir nicht!»

«Es ist nicht mehr unsere Angelegenheit.»

Amanda enthielt sich einer Antwort. Ali hatte mittlerweile abgebremst, mehrere Security-Guards umrundeten ihr Fahrzeug und leuchteten mit Taschenlampen ins Wageninnere, ehe sie zum Haupttor des ISAF-Hauptquartiers durchgewinkt wurden.

«Jetzt können wir nur hoffen, dass uns die Informationen des Norrländers weiterbringen», murmelte sie.

«Ich drücke die Daumen. Das ist vielleicht unsere letzte Chance.»

«Es steht und fällt damit, wie schnell der afghanische Geheimdienst arbeitet.»

Ein westlicher Wachposten in Uniform öffnete das Stahltor, und Ali steuerte den Wagen auf das von Mauern geschützte Gelände.

«Wir sind da», teilte Amanda Bill mit, bevor sie auflegte.

Sie stieg aus und rief kurz im Serena Hotel an, um Svens Reservierung für die Suite um zwei Tage zu verlängern. Sie hatte die Klimaanlage hochgedreht; trotzdem würde es einige Zeit dauern, bis sich der Leichengeruch aus dem Zimmer verzogen hätte.

Als Ali den Wagen wendete, wirbelte eine Staubwolke über dem Schotterparkplatz auf. Eine feine Schicht legte sich auf Amandas Stiefel. Von dem Norrländer war weit und breit nichts zu sehen.

Sie setzte sich auf einen Betonpfosten und wartete.

42

Er hatte den Kopf an die Wand gelehnt und folgte mit dem Blick den Lichtstreifen auf dem Betonboden. Irgendwer hatte ein Brett oder eine Sperrholzplatte vor das Fenster genagelt, doch das Licht hatte sich seitlich einen Weg durch die Ritzen gesucht. Wenn hier jemand die Absicht hatte, den Raum zu verdunkeln, dann hatte dieser Jemand schlechte Arbeit geleistet.

Es war unerträglich heiß. Abgesehen von einem runden Tischchen und einem Stuhl war das Zimmer leer. Eine kahle Glühbirne hing von der Decke – höher, als er mit gefesselten Händen kommen würde, selbst wenn es ihm gelänge, den Stuhl auf den Tisch zu bugsieren und sich daraufzustellen.

Mikael roch seinen eigenen Schweiß, den Gestank von Urin und Exkrementen, der ihn umgab. Jemand hatte ihm die Kapuze vom Kopf gezogen, ihm aber stattdessen den Mund mit mehreren Stücken Tape zugeklebt.

Auf dem Tisch stand ein Aschenbecher. Vielleicht sollte er gegen die Tischplatte treten, damit der Aschenbecher auf den Boden fiel und kaputtging? Eine der Scherben könnte er als Messer verwenden.

Mikael zog die Beine an, robbte auf den Tisch zu und versuchte sich auf die anderen Seite zu wälzen. Seine Rippen schmerzten, trotzdem gab er nicht auf. Stöhnend drehte er sich herum, bis er auf dem Rücken lag.

Eine klitzekleine Verschnaufpause.

Dann stemmte er die Füße unter den Tisch und hörte, wie der Aschenbecher leicht schepperte, doch das genügte nicht.

Näherten sich draußen etwa Stimmen? Mikael hielt abrupt inne. Ja, es war die Frau … Er konzentrierte sich, konnte aber nicht verstehen, was sie sagte, sie redete zu schnell. Dann entfernte sich die Stimme wieder. Mikael atmete erleichtert aus und nahm erneut seine Position ein.

Diesmal trat er ein bisschen fester zu. Der Aschenbecher landete mit einem lauten Klirren auf dem Boden und zerbrach.

Mikael erstarrte. Wenn sie sich in der Nähe befänden, hatten sie das Geräusch mit Sicherheit gehört.

Doch draußen vor der Tür blieb es still. Nach einer Weile robbte er zu den Scherben hinüber. Er tastete den Boden ab, bis er eine gefunden hatte, die ihm groß genug erschien. Er zog sie mit den Fingerspitzen aus dem Kippenhaufen und prüfte vorsichtig, ob die Kante scharf genug war.

Seine Fingerkuppen waren bereits mit Schnittwunden übersät. Die Scherbe machte es nicht besser. Seine Hand war vom Blut klebrig, doch er spürte keinen Schmerz. Dann entglitt ihm die Scherbe. Seine Finger gehorchten ihm einfach nicht mehr.

Er hatte kein Gefühl in den Händen.

Mit ein bisschen Geduld wäre es ihm gelungen, die Scherbe zu fassen zu kriegen und das Tape zu zerschneiden. Aber wie sollte er sich befreien, wenn seine Hände ihm den Dienst versagten?

Und wie sollte er die Scherben und das Blut auf dem Boden erklären, wenn die Entführer das nächste Mal auftauchten?

Ganz einfach. Es würde keiner Erklärung bedürfen.

Sie würden auf der Stelle durchschauen, was er vorgehabt hatte.

Und sie würden ihn dafür bestrafen.

43

In dem Café roch es nach Bratfett und Schweiß. Es war laut, und das Stimmengewirr von wild gestikulierenden Männern vermischte sich mit dem Töpfe- und Tellerklappern aus der Küche. Am frühen Abend war es hier im Plumber Café beinahe unerträglich.

Er zündete sich eine Zigarette an und zog an der Schnur des Deckenventilators. Langsam setzten sich die Flügel über ihnen in Bewegung, und ein kaum spürbarer Luftzug streifte seinen Haaransatz. Er blies Rauch aus und betrachtete die beiden Männer, die vor ihm saßen. Der kleine, untersetzte wirkte zufriedener als der hoch aufgeschossene.

«Hast du irgendwelche Spuren hinterlassen?», fragte er und sah den untersetzten Mann an.

«Nicht die geringste.»

Ein Junge mit fleckiger Schürze und zerzaustem Haar unterbrach ihr Gespräch und servierte ihnen türkischen Kaffee. Schweigend nahmen sie ihn entgegen.

Er verabscheute die Wärme hier drinnen. Sobald er geklärt hätte, was Sache war, würde er direkt ins Büro fahren, wo dank der neuen Klimaanlage den ganzen Tag über angenehme Temperaturen herrschten.

Und damit nicht genug. Er hatte seinen Assistenten gebeten, eine Eismaschine zu kaufen. Diesen Luxus würde er sich ab jetzt immer gönnen, egal wo er lebte oder arbeitete.

Er lehnte sich zurück, verschränkte die Arme vor der Brust und sah zuerst den großen, schlaksigen, dann den kleineren Mann an.

«Könnt ihr mir erklären, wie es passieren konnte, dass wir zwei Gelegenheiten ungenutzt haben verstreichen lassen?»

Die beiden Männer schwiegen.

«Na? Wie ist das möglich?»

«Wir hatten ein bisschen Pech», erwiderte der Schlaksige mit wackliger Stimme.

Er starrte sie unverwandt an. Die Männer wichen seinem Blick aus und studierten den Kaffeesatz in ihren Tassen.

«Also, was ist beim ersten Mal passiert?»

«Wir waren vor den Schweden da, aber das Objekt befand sich bereits an einem anderen Ort», antwortete der untersetzte Mann und kratzte sich am Bart.

«Das Haus war komplett verwaist», bestätigte der Schlaksige.

«Ihr wart also zu langsam?»

«Absolut nicht! Wir hatten die korrekten Daten geliefert, aber dann hat die Polizei sich zu viel Zeit gelassen», rechtfertigte sich der Untersetzte.

Sie verstummten, als der Junge mit den zerzausten Haaren erneut an ihrem Tisch auftauchte und Zigarettenschachteln und Telefonkarten hochhielt.

«Ein schmutziger Hazara-Junge ist zuverlässiger als ihr! Was ist bei der zweiten Gelegenheit schiefgelaufen?», fragte er und gab dem Jungen für eine Schachtel Zigaretten hundert Afghani. Blitzschnell verschwand der Geldschein in dessen Tasche, und im nächsten Moment war der Junge wieder fort.

«Das Gleiche: Das Objekt war nicht mehr vor Ort, hatte sich aber nachweislich noch kurz zuvor dort befunden», antwortete der Schlaksige.

«Und die Schweden?», zischte er leise.

«Trafen wieder erst nach unseren Leuten ein», sagte der Schlaksige mit einem zufriedenen Lächeln.

«Ich habe euch ausdrücklich gesagt, dass sämtliche Beteiligten eliminiert werden müssen. Bislang wart ihr dabei nicht gerade erfolgreich», stellte er fest, zündete sich eine weitere Zigarette an und sah sie unter seinen buschigen Augenbrauen durchdringend an.

«Das entspricht nicht ganz den Tatsachen», stotterte der Schlaksige.

«Gut, ich nehme alles zurück.»

Der Schlaksige wurde schlagartig still, und der Untersetzte übernahm: «Tja, also ... Eine Person hat ihre Sonderbehandlung erhalten, so wie du es dir gewünscht hast. Und der Botschaftsangestellte ist nicht mehr hier ... also, nicht mehr in Kabul.»

«Woher willst du das wissen?»

«Ich habe von einem meiner Kontakte beim NDS eine Liste mit sämtlichen Leuten erhalten, die derzeit in der Botschaft arbeiten.»

Dass dieser Grünschnabel Kabul verlassen hatte, sprach dafür, dass er schuldig war. Trotzdem würde er den kleinen Hurensohn früher oder später zu fassen kriegen.

Er nickte, starrte die beiden Männer aber weiter unverwandt an.

«Was ist mit der Elektronik?»

«Sämtliche Geräte, die sich am zweiten Ort befanden, wurden zerstört und vernichtet», antwortete der Untersetzte.

«Aber von wem zum Teufel werde ich dann immer noch erpresst?»

«Das bringen wir noch in Erfahrung», versicherte der Schlaksige und setzte sich aufrecht hin.

«Und wann? Meine Geduld geht nämlich allmählich zur Neige.»

«Heute Nacht», versicherte der Untersetzte hastig und tauschte den überquellenden Aschenbecher gegen einen leeren aus.

«Und die E-Mail-Adressen? Was habt ihr dazu herausgefunden?»

«*Theskyisblue101* scheint ein afghanischer Account zu sein», antwortete der Schlaksige.

«Keine Verbindung zu den Schweden? Diesem Björk?»

«Nein. Das Konto wurde erst vor kurzem hier in Afghanistan eröffnet.»

«Wie kannst du dir da sicher sein?»

Wenn es etwas gab, wovon er felsenfest überzeugt gewesen war, dann dass dieser verdammte blonde Schwede seine Finger bei der Sache mit im Spiel gehabt hatte. Das Foto war mit seinem Handy aufgenommen worden, das wusste er hundertprozentig. Er starrte die Männer an.

«Durch meinen Kontakt beim NDS», antwortete der Schlaksige.

«Und wer zum Teufel schickt mir Mails von dem Account?»

«Die Operation heute Nacht wird uns die fehlenden Informationen liefern.»

«Bislang habt ihr noch nichts zustande gebracht, wofür ich euch entlohnen müsste.» Er legte eine Kunstpause ein, drückte seine Zigarette aus und fuhr sich langsam und bedächtig durch die Haare. «Verspielt heute Nacht nicht auch noch die dritte Chance. Ich rechne damit, dass wir morgen früh Resultate besprechen können.»

«Aller guten Dinge sind drei», sagte der Untersetzte und grinste schief.

Als er abrupt aufstand, sahen die Männer alarmiert zu ihm hoch.

«Sitzt hier nicht tatenlos herum und verschwendet meine Zeit», zischte er sie an. «Tut endlich etwas!»

44

In dem Zimmer sah es aus wie auf einem Schlachtfeld. Exkremente, Urin, Glassplitter und Blut – eine einzige stinkende Brühe. Die Scherbe lag neben ihm, aber er war nicht imstande, sie in die Hand zu nehmen. Hiermit würden sie ihn nie im Leben davonkommen lassen. Sein Blick fiel auf einen Riss im Betonboden. War er breit genug, um die Scherbe darin festzuklemmen? Wenn er sie dorthin schob und hochkant hineindrückte, könnte er das Klebeband, mit dem seine Hände gefesselt waren, über die scharfe Kante reiben.

Zentimeter um Zentimeter robbte er auf den Riss zu. Er würde sie aus diesem Albtraum befreien.

Schließlich konnte er nicht damit rechnen, dass jemand anderes es tat.

Zuerst würde er sich von diesem Klebeband befreien. Dann würde er Ingrid finden, und sie würden fliehen. Er wusste zwar nicht, wohin – bloß weg, weit weg von hier.

Von seiner Nasenspitze tropfte Schweiß. Es war absurd, dass sein Körper einerseits Flüssigkeit aussonderte, während er andererseits so durstig war, dass er für einen Schluck Wasser einen Mord begehen würde. Er versuchte, sich das Gesicht an der Schulter abzuwischen, doch mit gefesselten Armen wollte es ihm nicht gelingen.

Er hatte den Riss beinahe erreicht.

Die Scherbe, die er vor sich herschob, schabte und kratzte über den Betonboden. Er schubste sie über den Riss. Dann krümmte er sich zusammen, wälzte sich herum, klemmte sich die Scherbe vorsichtig zwischen die Füße, hob sie leicht an und platzierte sie über dem Riss. So fest er konnte, drückte er sie in den Spalt.

Jetzt.

Er kauerte sich erneut zusammen und drehte seinen Oberkörper so weit, bis seine Hände über der scharfen Kante der Scherbe lagen. Hektisch rieb er das Klebeband darüber. Nach ein paar Sekunden hörte er ein Ratschen.

Das Klebeband lockerte sich.

Vorsichtig bewegte Mikael seine Finger, bis seine Hände zu kribbeln begannen.

Das war ein gutes Zeichen. Endlich konnte er sie wieder fühlen. Als Nächstes riss er sich das Klebeband vom Mund. Seine aufgesprungenen Lippen bluteten, aber das kümmerte ihn nicht. Er holte tief Luft, kostete die Erleichterung aus, wenn auch nur für eine Sekunde.

Er durfte keine Zeit mehr verlieren. Jetzt würde er Ingrid befreien.

45

Der Norrländer tauchte eine geschlagene Viertelstunde später auf dem Schotterparkplatz auf. Er hatte ein zerfurchtes Gesicht, einen Dreitagebart und silbergraue Strähnen an den Schläfen. Die Scheinwerfer auf dem Gelände warfen lange Schatten in alle Richtungen, sodass Amanda sein Alter nur schwer schätzen konnte, aber fest stand: Es war kein Jungspund, der sie da begrüßte.

«Wir setzen uns am besten in den Destille Garden. Dort können wir ungestört reden», sagte er und lief vor ihr her in Richtung der Grünanlage. Unter Garantie stammte er aus dem nördlichen Norrland, auf jeden Fall jenseits von Luleå.

«Wie aktuell sind Ihre Informationen?», fragte Amanda und hielt ihre Polizeimarke hoch. Im Licht der Scheinwerfer musterte er den Ausweis.

«Wir haben sie im Laufe des Abends bekommen, hoffen aber, unseren Informanten heute Nacht noch einmal befragen zu können, um konkretere Angaben zu erhalten.»

Ein V-Mann hatte also irgendetwas gehört oder gesehen. Jemand, der im Auftrag der ISAF arbeitete und ihnen regelmäßig Informationen lieferte. Amanda konnte sich ein Lächeln nicht verkneifen.

«Sie meinen jetzt gerade, während wir uns unterhalten?»

Johansson nickte und verschwand durch eine Öffnung in der Mauer. Der dunkle, stille Garten wurde von bunten Lampions erleuchtet. Runde Tischchen standen wie einsame Inseln zwischen Büschen und Blumen. Es duftete sommerlich.

«Diese Sache wird in wenigen Stunden für einen enormen Medienwirbel sorgen. Ich schlage also vor, dass wir vollkommen offen zueinander sind», sagte Amanda und sah Leif, der sich an einem Tisch inmitten der Oase niederließ, von der Seite an.

«Sie können also bestätigen, dass zwei schwedische Staatsbürger gekidnappt wurden?», fragte er.

Amanda setzte ihn über die Entführung und die zwei gescheiterten Befreiungsaktionen ins Bild. Leif hörte aufmerksam zu und nickte hin und wieder. Als Amanda ihren Bericht beendet hatte, zog sie ihr Notizbuch hervor und legte es vor sich auf den Tisch.

«Also, was haben Sie in Erfahrung bringen können? Wo sind die beiden jetzt? Ist Ihr Informant vertrauenswürdig? Wir haben keine Zeit zu verlieren», fügte sie hinzu.

«Die Lage ist heikel», hob Johansson an.

Das versteht sich von selbst, dachte Amanda, lächelte ihn jedoch weiter an.

«Unser Informant hat in der Regel bloß indirekten Zugang zu einem gewissen kriminellen Netzwerk. Manchmal ist der Zugang aber auch direkt, wenn Sie verstehen, was ich meine.»

Amanda nickte.

«Wir wissen, dass die beiden Geiseln mehrmals an neue Orte verschleppt wurden.»

«Wo befinden sie sich im Augenblick?»

«Ihre letzte bekannte Position ist ein Dorf im Westen der Provinz Kapisa.»

Amanda hätte am liebsten triumphierend die Faust geballt. Mit dem Wagen würde die Fahrt dorthin nicht länger als zwei Stunden dauern. Per Hubschrauber wären sie sogar binnen Minuten vor Ort.

«Weiß Ihr Informant, wo genau sie sich befinden?»

Leif verzog das Gesicht. «Das ist anzunehmen, aber das Risiko wäre zu hoch.»

«Ohne seine Hilfe werden wir das richtige Haus nicht finden.»

Kapisa galt für westliche Ausländer als unsicheres Terrain. Außerdem glichen sich die flachen Gebäude in der Dunkelheit häufig wie ein Ei dem anderen.

Amanda trommelte mit dem Stift auf ihr Notizbuch und fuhr fort: «Vertrauen Sie dem Mann?»

«Bislang konnten sämtliche gelieferten Informationen an anderer Stelle bestätigt werden und haben sich als korrekt erwiesen.»

«Aber *vertrauen* Sie ihm?», wiederholte Amanda.

Leif nickte. Sie sah ein, dass sie keine bessere Antwort bekommen würde. Doch das waren die obersten Prinzipien im Umgang mit Informanten: Verschwiegenheit und Zurückhaltung in allen Punkten, die jene Person betrafen.

Amanda sah auf die Uhr. Das Sondereinsatzkommando würde noch eine ganze Weile brauchen, bis es die Operation vorbereitet und aufgerüstet hätte. Die Zeit verging viel zu schnell.

Sie rief den Einsatzleiter an und bat ihn, seine Männer bereitzuhalten, auch wenn im Raum stand, die Aktion kurzfristig wieder abzublasen. Dann wandte Amanda sich wieder Leif zu.

«Um Ihre Frage zu beantworten: Der Schutz unseres Informanten ist extrem wichtig für uns. Er hat sich ohnehin schon erheblichen Risiken ausgesetzt. Wir werden selbstverständlich alles für Sie tun, was wir nur können», versicherte er ihr.

«Aber?» Amanda war es allmählich leid, dem einsilbigen Norrländer jedes Wort aus der Nase ziehen zu müssen.

«Das Problem ist, dass wir nicht wissen, ob die Geiseln noch am Leben sind.»

Amanda holte tief Luft. Es sprach alles dafür, dass sie noch am Leben gewesen waren, als man sie aus Sarobi weggeschafft hatte. Warum hätten die Entführer sich sonst die Mühe machen sollen, sie an einen anderen Ort zu bringen?

«Hat Ihr Informant die Diplomaten mit eigenen Augen gesehen?», fragte sie.

«Ja, aber offenbar fühlen sich die Kidnapper verfolgt und stehen mächtig unter Strom. Sie haben das Lösegeld immer noch nicht bekommen und sprechen mittlerweile davon, sich der Geiseln zu entledigen und ihre Spuren zu verwischen.»

«Das Lösegeld?», hakte Amanda erstaunt nach.

«Sie warten offenbar auf eine Bestätigung, dass die Summe in einem Bankfach in Katar deponiert oder auf ein Konto überwiesen wird», sagte Johansson und sah Amanda mit hochgezogenen Augenbrauen an.

«Wer soll das Geld bezahlen?»

«Ich hatte angenommen, diese Frage könnten Sie mir beantworten», erwiderte Leif und kratzte sich am Hals.

«In der Botschaft ist eine E-Mail mit einer erhöhten Lösegeldsumme eingegangen, aber das ist auch schon alles.»

Die Augenbrauen des Norrländers schienen auf halber Höhe seiner Stirn festgenagelt zu sein.

Was hatte das zu bedeuten?

Sven hätte sie doch informiert, wenn er eine E-Mail mit weiteren Instruktionen bekommen hätte, bevor er ins Serena gefahren war? Oder hatte man sie erst an ihn geschickt, nachdem er umgebracht worden war? Wenn das zuträfe, hätten die Kidnapper mit Svens Ermordung nichts zu tun. Warum hätten sie die Person töten sollen, von der sie sich das Lösegeld erhofften?

Außerdem hatte Bill ihr mitgeteilt, dass sowohl die FRA als auch Tore Svens E-Mail-Account überwachten. Sollten sie allen Ernstes beide eine neue E-Mail mit genauen Anweisungen zur Geldübergabe übersehen haben?

Sie schickte Bill schnell eine SMS und bat ihn, das zu überprüfen.

«Kann der Mann nähere Informationen zur Lösegeldsumme beschaffen … und wer sie bezahlen soll?»

«Das geschieht in diesem Augenblick.»

«Aber warum sollten die Entführer die Geiseln loswerden wollen?

Wenn die Geiseln tot wären, bekämen sie kein Geld … ganz gleich wer bezahlen soll», fügte sie hinzu.

«Unser Informant meint, die Kidnapper verlieren allmählich die Geduld und werden hektisch. Sie sind außer sich, weil das Geld bislang nicht gezahlt wurde. Hinzu kommt, dass irgendjemand hinter ihnen her ist, daher die häufigen Ortswechsel.»

«Wie oft haben sie die Geiseln inzwischen verschleppt?»

«Dreimal.»

Amanda stützte den Kopf in beide Hände. Dreimal? Sie wusste lediglich von zwei Ortswechseln. War Farouk über den dritten informiert worden? Warum arbeitete die afghanische Polizei gegen sie, statt mit ihnen zu kooperieren?

Verdammt! Was hatte sie übersehen?

Sie massierte sich die Schläfen. Die ganze Geschichte wurde immer merkwürdiger.

«Solange auch nur die geringste Hoffnung besteht, dass die beiden noch am Leben sind, hat das höhere Priorität als die Sicherheit Ihres Informanten», sagte Amanda bestimmt.

Leif rutschte unruhig auf seinem Stuhl hin und her.

«Wie gehen wir weiter vor? Kann er uns begleiten und uns zu dem Haus führen? Ja oder Nein?», fuhr Amanda fort.

Johansson schüttelte den Kopf. «Das Risiko gehen wir nicht ein. Aber ich habe eine Beschreibung, wo das Haus liegt, die können Sie bekommen.»

«Sie nehmen also in Kauf, dass die Diplomaten sterben? Und das nur, um Ihren Informanten zu schützen?»

Sie begab sich auf dünnes Eis, indem sie ihn provozierte. Doch ohne den Informanten als Wegweiser kämen sie möglicherweise wieder zu spät.

«Ich werde sehen, was wir tun können. Aber es wird eine Weile dauern, bis wir uns besprochen haben», sagte Leif und zog eine Zeichnung aus seinem Rucksack.

Warum drückte er sich bloß so kryptisch aus? Sie hatte keine Zeit mehr zu warten. Die Einsatzgruppe würde in Kürze bereitstehen. Wenn die Skizze einigermaßen nachvollziehbar wäre, würden sie augenblicklich aufbrechen.

«Eins noch», ergriff Johansson erneut das Wort.

Amanda sah auf.

«Das Netzwerk, von dem wir hier sprechen, ist dafür bekannt, Heroin durch den Iran nach Europa zu schmuggeln, nicht dafür, Diplomaten zu entführen. Falls das irgendwie von Bedeutung sein sollte ...»

Das war es garantiert, doch im Moment gab es andere Dinge, an die sie denken musste.

Straßen, Gebäude und Waldstücke waren auf der Skizze deutlich eingezeichnet. Ein Pfeil wies in nördliche Richtung. Mit einer akkuraten, säuberlichen Handschrift waren Straßennamen eingetragen. Sie würden also nicht in ein entlegenes Gebiet fahren müssen. Anhand der Zeichnung würden sie das Haus finden, davon war Amanda überzeugt. In ein paar Minuten würden sie sich auf den Weg nach Kapisa machen.

Leif stand auf. «Seien Sie vorsichtig. Wir melden uns, sobald wir neue Erkenntnisse haben.»

Im selben Moment klingelte ihr Telefon. Bill.

«Weder die FRA noch die Polizei hat eine neue E-Mail an Leijonhufvud abgefangen.»

«Dann soll nicht Schweden die Lösegeldsumme zahlen», stellte Amanda nachdenklich fest.

«Was willst du damit sagen?»

«Dass wir so schnell wie möglich nach Kapisa fahren müssen», erwiderte Amanda und sprang auf.

46

Die Frau, die ihm immer das Essen brachte, war schon länger nicht mehr aufgetaucht. In der Sekunde, in der sie die Tür öffnete und das Chaos sah, würde sie Alarm schlagen. Er musste irgendwie aus dem Raum verschwinden und sich auf die Suche nach Ingrid machen. Und es musste schnell gehen.

Mikael klaubte ein paar größere Aschenbecherscherben auf und steckte sie in die Hosentasche. Er würde sich nicht noch einmal gefangen nehmen lassen.

Gütiger Gott, wäre er tatsächlich imstande, einen anderen Menschen zu verletzen?

Mikael fasste nach dem Kreuz, das an einer Kette um seinen Hals hing, und schloss die Augen. Wenn es der einzige Weg wäre, um mit dem Leben davonzukommen, wäre es verzeihlich. Bevor er die Augen wieder öffnete, betete er. Atmete ruhig.

Ingrid.

Was hatten sie mit ihr gemacht? Allein der Gedanke, sie könnte ganz in seiner Nähe sein, verlieh ihm neuen Mut.

Er drückte die Klinke nach unten.

Die Frau hatte nicht abgeschlossen.

Sie trauten ihm ganz offensichtlich nicht allzu viel zu.

Mikael schlich in den dunklen Flur hinaus und versuchte, irgendetwas zu erkennen. Weder Fenster noch Türen ließen auch nur den kleinsten Lichtstrahl herein. Er tastete sich an der rauen Wand entlang.

Irgendwo musste eine Tür sein. Ein Weg nach draußen.

Plötzlich hörte er ein leises Wimmern. So lautlos wie nur möglich folgte er dem Geräusch, presste weiter beide Handflächen an die Wand, bis seine Handkante an einen Türrahmen stieß. Das Wimmern war hier lauter.

Mikael neigte den Kopf leicht zur Seite und legte das Ohr an die Tür.

War das Ingrid, die weinte?

Er musste es riskieren. Er schloss die Faust um eine der Scherben und öffnete die Tür.

Auf dem Boden vor ihm saß die Frau, die ihm Essen und Wasser gebracht hatte, und starrte zu ihm hoch. Mikael ließ den Blick durch den Raum schweifen.

Die Frau war allein.

Er spürte, wie sein Puls raste.

«Ingrid? *Woman?*», fragte er.

Die Frau starrte ihn weiter an.

Wild gestikulierend versuchte er es erneut: «*Where?* Ingrid?»

Sie schüttelte den Kopf.

Was wollte sie ihm zu verstehen geben? Wo war Ingrid? Er durfte sich nicht mehr lange hier aufhalten.

Adrenalin schoss durch seine Adern. Er hatte das Gefühl, die Frau müsste sein Herz schlagen hören.

Draußen näherten sich Stimmen. Mikael wich zurück, doch als er sich umdrehte, standen sie schon in der Tür.

Jetzt war alles aus. Das wusste er.

Einer der Männer grinste höhnisch, als er auf ihn zuging. Noch ehe Mikael auch nur einen klaren Gedanken fassen konnte, bekam er einen Schlag auf den Kopf. Wie ein Brett ging er zu Boden. Der nächste Schlag – oder Tritt – traf ihn im Rücken.

Mikael krümmte sich instinktiv zusammen und hob schützend die Arme. Er spürte, wie das letzte bisschen Kraft mit jedem Tritt und Schlag, der auf ihn niederprasselte, aus seinem Körper wich.

Die Scherbe lag noch immer in seiner Faust. Sobald sie von ihm abließen und dicht genug neben ihm wären, würde er ohne zu zögern auf sie einstechen, hacken, schlitzen – was auch immer.

Doch sie hörten nicht auf. Und ihre Stimmen wurden immer undeutlicher. Ein schwarzer Schleier schob sich vor seinen Blick, seine Arme erschlafften, konnten seinen Kopf nicht länger schützen.

Nach einer Weile hörten die Tritte auf. Mühsam zwang er ein Auge auf und versuchte, klar zu sehen. Es dauerte ein paar Sekunden, ehe er begriff, dass er auf einen Stiefel starrte – nur wenige Zentimeter von seinem Gesicht entfernt.

Er kniff das Auge wieder zu.

Geräusche kamen und gingen, in einer Sekunde klar und laut, in der nächsten gedämpft und wie aus weiter Ferne.

Als ihm ein stechender Uringeruch in die Nase stieg, war sein letzter Gedanke, dass sich seine Hose warm und feucht anfühlte.

Danach verebbten alle Geräusche, und ihm wurde schwarz vor Augen.

47

Bill hielt am Kiosk in der Fleminggatan und kaufte zwei belegte Brötchen, bevor er durch den Tunnel weiter zur JVA Kronoberg fuhr. Ein schneller Blick in den Rückspiegel zeigte ihm einen Mann, der seit geraumer Zeit nicht mehr genügend Schlaf bekommen hatte. Seine Augenlider waren schwer, das Gesicht aufgedunsen.

Er ging an mehreren Polizeifahrzeugen vorbei durch die enge Tiefgarage. Als er im siebten Stock aus dem Fahrstuhl stieg, schlug ihm der typische Mief entgegen. Er hatte sich nie an diesen leicht ranzigen, abgestandenen Geruch gewöhnt, den in Gewahrsam genommene Besoffene, Desinfektionsmittel, Kleidungsstücke und andere Besitztümer der Insassen, die in Regalen lagerten, verströmten.

Wie üblich sah Tore aus wie das blühende Leben, als er Bill ein Stück weiter den Flur entlang zu sich winkte.

«Der Schnelltest hat ergeben, dass das Blut aus dem BMW von Erik Björk stammt», verkündete er und nahm einen herzhaften Bissen von dem Brötchen, das Bill ihm in die Hand gedrückt hatte.

Tore faltete ein Blatt Papier auseinander. Damit hatten sie Gewissheit und konnten wenigstens diesen Punkt von ihrer Liste streichen, dachte Bill, während er das Protokoll überflog. Dreizehn Messerstiche und dann ab mit der Leiche in den Kofferraum, um sie am Norr Mälarstrand zu entsorgen. Welch tragisches Ende für einen Menschen, der nichts Böses im Schilde geführt hatte.

«Amanda ist in diesem Augenblick auf dem Weg zum letzten bekannten Aufenthaltsort der Geiseln. Hast du etwas herausbekommen, das ihr weiterhelfen könnte?», fragte Bill, nachdem er die neuesten Ereignisse in Kabul für Tore zusammengefasst hatte. Dann wickelte er sein Brötchen aus und musterte argwöhnisch den Belag. Der Käse war an den Rändern bereits hart, und auch die Gurke sah aus, als hätte sie ihr Verfallsdatum schon überschritten. Nicht besonders appetitlich, dachte Bill und drückte die Brötchenhälften wieder zusammen.

«Kann schon sein ... Babak hat zugegeben, dass er die E-Mail mit dem Gruppensexfoto von Erik Björks Handy an den Botschafter geschickt hat. Er sitzt übrigens dadrinnen», fügte Tore hinzu und deutete auf Zelle 13.

«Also das Bild, das Leijonhufvud, Erik Björk und diesen dritten Mann zeigt?», hakte Bill mit vollem Mund nach.

Tore nickte. «Babaks Version zufolge – der ich übrigens glaube – sollte Arash sich darum kümmern, dass einer seiner afghanischen Kontakte das Heroin zur Botschaft bringt. Es war geplant, dass Leijonhufvud den Stoff per Diplomatenpost an Erik schicken würde.»

«Aber Arash hat Erik Björk ermordet. Selbst wenn Leijonhufvud getan hätte, was von ihm verlangt worden war, hätten sie niemanden mehr gehabt, der das Heroin in Empfang genommen hätte, oder doch?»

«Korrekt. Allerdings kann uns ab diesem Punkt auch Babak nicht mehr helfen. Er weiß nichts Konkreteres», sagte Tore und schluckte den letzten Bissen seines Brötchens hinunter.

Bill wollte gerade etwas erwidern, als einer der Wachleute den Flur herunterkam. Der Mann nickte ihnen zu und ging weiter. Die Gummisohlen seiner Stiefel quietschten bei jedem Schritt auf dem Linoleumboden. Das Geräusch war noch zu hören, als der Mann längst hinter der nächsten Ecke verschwunden war.

Bill sah Tore an.

«Auf dem Parkplatz hat Arash zu Babak gesagt, Erik hätte sie verpfiffen, wenn er ihn nicht aus dem Weg geräumt hätte.»

«Das ist richtig. Aber eigentlich hatte Arash nie vor, Babak zu erzählen, dass er Erik umgebracht hat. Immerhin war Erik ihr Verbindungsmann zum Heroin. Erst als Babak in seiner Wut gedroht hat, Arash zu erschießen, hat der wohl keinen Ausweg mehr gesehen.» Tore wischte sich ein paar Brötchenkrümel von der Brust.

«Auf die wichtigste Frage haben wir trotzdem nach wie vor keine Antwort: Was war der Auslöser dafür, dass Arash Erik ausgeschaltet hat? Aus welchem Grund lässt er sich einen lukrativen Drogendeal durch die Lappen gehen?»

Tore zuckte mit den Schultern und studierte seine Notizen. «Kurz bevor du gekommen bist, hat das Sankt-Göran-Krankenhaus angerufen. Arash wurde operiert, ist aus der Narkose aufgewacht und kann endlich befragt werden.»

«Was machen wir mit Nima?»

«Der sitzt in seiner Zelle am Ende des Korridors. Der Staatsanwalt setzt ihn in Kürze auf freien Fuß, sofern wir keine Beweise vorlegen, die ihn mit dem Mord in Verbindung bringen.»

«Wir können ihm im Grunde nur zur Last legen, dass er nicht von Anfang an zugegeben hat, eigene Schlüssel zu Erik Björks Wohnung zu besitzen», murmelte Bill.

«Mittlerweile wäre diese Frage geklärt. Ich habe ihn diesbezüglich zu einer kurzen Vernehmung gebeten», erwiderte Tore und grinste schelmisch. Dann hauchte er seine Brillengläser an und wischte sie mit einem Hemdzipfel trocken.

«Und?»

«Erik war sein Liebhaber oder wie auch immer man es nennen soll. Deshalb hatte er einen eigenen Wohnungsschlüssel.»

«Warum hat er das nicht gleich gesagt?»

«Tja, Homosexualität entspricht unter Kriminellen wohl nicht dem gängigen Macho-Ideal.»

«Aber wer außer Nima besitzt dann sonst noch Schlüssel zu der Wohnung? Ein zweiter Liebhaber?»

Bill resignierte allmählich. Derlei Beziehungskisten interessierten ihn nicht im Geringsten. Das Einzige, was ihn interessierte, war das Motiv für Erik Björks Ermordung. Er war davon überzeugt, dass die Antwort auf diese Frage ihnen dabei helfen würde, auch die Geschehnisse in Afghanistan besser zu verstehen. Und womöglich verbesserten sich dadurch auch die Voraussetzungen für Amandas bevorstehenden Einsatz.

«Weder noch. Ich habe mir die Transaktionen auf Eriks Konto genau angesehen. Er hat wöchentlich fünfhundert Kronen an eine Frau mit polnischem Nachnamen überwiesen.» Wieder grinste Tore schelmisch.

Bill war zu müde, um selbst nachzudenken. «Was bedeutet …?»

«Eine Putzfrau. Sie kommt jedes Wochenende für zwei Stunden in seine Wohnung, um zu putzen. Sie arbeitet schwarz. Wenn man die Antwort kennt, ist es ganz einfach, oder?» Tore hob entschuldigend die Hände.

Also haben wir uns völlig umsonst den Kopf zermartert, dachte Bill.

«So hätten wir zumindest die Frage geklärt, wer sich nach Eriks Ermordung noch in seiner Wohnung aufgehalten hat. Aber wo ist er getötet worden?»

«Das ist eine berechtigte Frage», antwortete Tore, «die wir Arash stellen sollten.»

Er verstaute die Papiere in seinem Rucksack.

Bill warf einen Blick auf sein Telefon. Sofia hatte sich weder im Verlauf des Abends noch während der Nacht gemeldet. Dass sie sich derart zurückhielt, war neu.

Schlagartig überkam ihn eine so starke Sehnsucht nach Emanuel und Elvira, dass er die Augen zukneifen musste. Er dachte an ihre tiefen Atemzüge, wenn sie abends das Licht gelöscht hatten und die Gutenachtgeschichten verstummt waren. Doch am meisten vermisste er trotz allem seine Frau. Die nüchterne Version. Insgeheim hoffte er, die Angelegenheit wäre schon so gut wie ausgestanden, und er könnte morgen Abend bei seiner Familie sein.

«Wir fahren in getrennten Wagen zum Sankt-Göran-Krankenhaus. Wer weiß, wie sich die Dinge entwickeln», schlug Tore vor, der bereits vor dem Fahrstuhl stand.

Im selben Moment piepste Bills Handy, und auf dem Display erschien eine SMS seiner Kontaktperson bei der FRA: «Nimm sofort Kontakt auf.»

«Kümmere du dich um Arash. Ich suche mir ein abhörsicheres Telefon und rufe bei der FRA an», teilte er Tore mit.

Die Aufforderung konnte nur eines bedeuten: Die FRA hatte endlich entscheidende Informationen für sie.

48

Bill musste feststellen, dass es länger dauerte, sich Zugang zu einer abhörsicheren Leitung zu verschaffen, als direkt mit dem Auto zur FRA zu fahren.

Er hatte Amanda umgehend angerufen, um ihr mitzuteilen, dass möglicherweise wichtige Informationen von der FRA auf dem Weg sein könnten, aber sie war nicht ans Telefon gegangen. Wenn sie den Hubschrauber genommen hätten, müssten sie bereits in Kapisa sein. Wo blieb ihre versprochene SMS mit der Nachricht, dass die Operation begonnen hatte? Er warf einen neuerlichen Blick aufs Handy. Nichts.

Sein Ansprechpartner bei der FRA nahm beim ersten Klingeln ab.

«Wir haben etwas über die beiden afghanischen Telefonnummern herausbekommen.»

«Ich höre», sagte Bill und zückte einen Stift.

«Eine der Nummern war in Kontakt mit dem Telefon, das sich sowohl am Morgen in der Nähe der Botschaft befunden hat, als das Heroin dort deponiert wurde, als auch am Abend, als die Diplomaten entführt wurden», sprudelte es aus seinem Informanten heraus.

«Wunderbar, tolle Neuigkeiten!», jubelte Bill, fragte sich aber insgeheim, was «in Kontakt» genau bedeutete.

«Die zweite Nummer existiert schon seit geraumer Zeit in unserer Datenbank – und zwar in Zusammenhang mit einem geplanten Drogenschmuggel aus Afghanistan nach Schweden.»

Bill spürte, wie ihn neue Energie durchströmte.

«Seit wann genau?»

«Seit April. Es könnte also möglicherweise endlich so weit sein.»

«Konntest du die Position der beiden Telefonnummern lokalisieren?», fragte Bill und hielt den Atem an. Würden sie wirklich so viel Glück haben?

«Das eine Telefon scheint abgestellt zu sein. Das andere befindet sich nordöstlich von Kabul.»

Bill bereute augenblicklich, dass er sich nicht gründlich mit der Geographie Afghanistans befasst hatte. Dass Pakistan südöstlich und Indien noch weiter südlich lag, wusste er, aber er hatte keine Ahnung, wie die Provinzen des Landes hießen.

«Kannst du das noch präzisieren?»

«Gleich. Bei dem betreffenden Telefon konnten wir auch einige Gesprächsfetzen aufschnappen.»

«Und zwar?»

«Möglicherweise keine besonders guten Neuigkeiten ... Die Geiseln könnten in akuter Gefahr sein.»

«Was genau war da zu hören?», fragte Bill und schluckte.

«Wie ich bereits sagte, wir haben lediglich Gesprächsfetzen aufgeschnappt. Es war die Rede davon, dass irgendjemand wertlos sei und Probleme bereite.»

Bill seufzte tief. «Wie lange ist das her?»

«Ein paar Stunden. Seither haben wir leider nichts mehr gehört.»

Hier hatten sie die hieb- und stichfeste Bestätigung, dass Arash das Bindeglied war. Er hatte die beiden Nummern erst vor wenigen Stunden angerufen, das konnte kein Zufall sein. Aber was, wenn die Geiseln bereits tot waren? Dann wäre Amanda auf dem besten Weg, sich unnötigen Risiken auszusetzen, und er selbst würde auf dem beruflichen Abstellgleis landen. Jedenfalls wenn man den Worten des Staatssekretärs Glauben schenken wollte.

«Habt ihr noch mehr?»

«Eine weitere afghanische Telefonnummer, die sich ungefähr zur selben Zeit an denselben Orten wie deine Kollegin bewegt hat.»

Was hatte Amanda noch gemutmaßt? Dass die Person, die die Instruktionen für die Lösegeldübergabe erhalten hatte, dieselbe sein dürfte, die Jagd auf die Entführer machte? Nur wer zum Teufel war das?

«Dieselbe afghanische Telefonnummer befindet sich gerade in der Region nordöstlich von Kabul, also in etwa am selben Ort wie das Telefon, das zuvor für das Gespräch über die Geiseln genutzt wurde.»

Bill schloss die Augen. Er hatte langsam das Gefühl, keine Luft mehr zu bekommen. Die ganze Situation kam ihm vor wie ein in Aufruhr geratener Wespenschwarm.

«Konntet ihr die Position genau bestimmen? Es eilt, jede Sekunde zählt», fügte er hinzu.

«Hast du etwas zu schreiben?»

Noch ehe seine Kontaktperson die Koordinaten genannt hatte, wusste Bill, wo sie landen würden.

«Der digitalen Karte zufolge, die mir vorliegt, handelt es sich dabei um ein Dorf namens Mahmud Raqi in der Provinz Kapisa.»

«Danke», sagte Bill.

Keine Sekunde später wählte er Amandas Nummer.

Eine Frauenstimme meldete sich: *«The number you called is temporarily not available ...»*

49

Die Lichtkegel der Straßenlaternen blendeten Bill, als er die kurze Strecke vom Präsidium zum Sankt-Göran-Krankenhaus fuhr. Er parkte auf dem Gehweg vor dem Haupteingang und hastete auf die automatische Tür zu, die sich in Zeitlupe zu öffnen schien.

Die Pressekonferenz würde die gesamte Befreiungsaktion gefährden, sofern sie nicht bereits gescheitert ist, dachte Bill und war in Gedanken bei Amanda und den Diplomaten, während er mit langen Schritten zum Empfang ging. Er zeigte der Frau hinter der Glasscheibe seinen Dienstausweis.

«Das Zimmer mit Polizeibewachung, wo befindet sich das?»

«Wenn es um den Patienten mit der Schussverletzung am Bein geht – der liegt auf Zimmer 204», antwortete die Frau, ohne von ihren Unterlagen aufzusehen.

Vor dem Krankenzimmer standen zwei Polizistinnen, die nach seinem Dienstausweis verlangten, bevor sie ihn vorließen. Arash lag im Bett, als Bill das Zimmer betrat.

«Sie sehen blendend aus», sagte Bill.

Arash schnaubte verächtlich und starrte ihn an.

«Herzlich willkommen. Ich habe Arash soeben mitgeteilt, dass er hiermit verhaftet ist und wir ihn des Mordes an Erik Björk verdächtigen», ließ Tore sich vernehmen, der mit übereinandergeschlagenen Beinen auf einem Hocker neben dem Bett saß.

«Wir müssen uns unter vier Augen unterhalten», gab Bill zurück und wandte sich zur Tür.

«Rühren Sie sich nicht vom Fleck», sagte Tore grinsend zu Arash.

Eine der Polizistinnen übernahm seinen Platz. Draußen fuhr sich Bill mit der gespreizten Hand über den kahlen Schädel. «Was hat er ausgesagt? Warum hat er Erik umgebracht?», wollte er wissen, sobald Tore die Tür hinter sich zugezogen hatte.

«Er streitet den Mord ab.»

«Was zum Teufel behauptet er dann?»

«Dass er Babak einen Gefallen getan hat, indem er sich am Freitagabend mit Erik getroffen und ihm das Telefon zurückgegeben hat. Seitdem hat er angeblich nichts mehr von Erik gehört oder gesehen.»

«Das ist doch ausgemachte Scheiße!»

«Ich will gar nichts anderes behaupten», erwiderte Tore.

«Wir müssen irgendetwas aus ihm herausbekommen, und zwar schnell. Amanda könnte sich in diesem Augenblick in die Schusslinie manövrieren und benötigt alle Hilfe, die sie kriegen kann.»

Außerdem war die Pressekonferenz für zwölf Uhr mittags anberaumt. Ihnen blieb nicht mehr viel Zeit, wenn sie es schaffen wollten, den Fall vorher aufzuklären und nicht wie Amateure dazustehen.

«Zumindest hat er zugegeben, an der Geschichte mit dem Heroin beteiligt gewesen zu sein.»

«Wie das?»

«Ich vermute, er geht davon aus, dass Babak uns das bei der Vernehmung gesteckt hat. Insofern hat er nichts mehr zu verlieren, im Gegenteil, er glaubt, so seine Glaubwürdigkeit zu untermauern.»

«Obwohl ihn das für zehn Jahre hinter Gitter bringen könnte?»

«Er weiß, dass wir es ihm nur schwer nachweisen können. Wir haben keine Beweise gegen ihn, und die einzige Person, die das Heroin gesehen hat, ist tot.»

«Hat er erzählt, wer seine Kontaktpersonen in Kabul sind?», fragte Bill und sah auf die Uhr.

Amanda dürfte jeden Moment in diesem Dorf eintreffen. Er würde es sich nie verzeihen, wenn er nicht alles in seiner Macht Stehende getan hätte, um an Informationen zu gelangen, die ihr helfen konnten.

«Zu der Frage bin ich nicht mehr gekommen, aber …»

Noch ehe Tore seinen Satz beenden konnte, hatte Bill die Tür des Krankenzimmers aufgerissen. Mit einem Nicken gab er der Polizistin zu verstehen, dass er jetzt wieder die Verantwortung übernahm. Die Tür fiel hinter ihm ins Schloss.

Bill beugte sich über das Bett. «Hör mir jetzt mal gut zu, du miese kleine Ratte», zischte er. Sein Gesicht war nur ein paar Zentimeter von Arashs Kopf entfernt, der zu ihm hochsah, ohne die Miene zu verziehen. «Wenn du nicht für den Rest deines Lebens hinter Gittern landen willst, dann antwortest du jetzt auf meine Fragen. Hast du verstanden?»

Speichel stob aus seinem Mund. Bill beschloss, alles auf eine Karte zu setzen. Er beugte sich noch ein Stückchen tiefer über Arash, der mit weit aufgerissenen Augen nickte.

«Ich weiß nicht, wie genau du über die Ereignisse in Afghanistan informiert bist, aber du kannst uns immer noch helfen, mehrere Menschenleben zu retten. Wie heißen deine Kontakte dort unten? Diejenigen, die das Päckchen mit dem Heroin im Briefkasten der Botschaft deponiert haben?»

«Hossein und Jaweed», antwortete Arash leise und fuhr sich mit der Zunge über die Lippen.

«Was sind das für Leute?»

«Kumpel von mir.»

«Wo wohnen sie?»

«In Herat, ganz in der Nähe der iranischen Grenze. Aber was spielt das denn für eine Rolle?», flüsterte Arash und verdrehte die Augen.

«Was weißt du über die Entführung?»

Arash presste die Lippen zusammen, und sein Blick flackerte.

«Antworte, oder du wirst den Tod jedes einzelnen schwedischen Staatsbürgers verantworten müssen, der in Afghanistan ums Leben kommt», zischte Bill, packte Arashs Handgelenk und drehte es herum.

Er verspürte eine unbändige Lust, diesen schwabbeligen Körper, der dort vor ihm im Bett lag, grün und blau zu prügeln und Arash zu zwingen, jedes noch so unwichtige Detail preiszugeben, das ihnen in Kapisa helfen konnte.

Bill holte tief Luft, hielt Arashs Handgelenk aber weiter wie ein Schraubstock umklammert.

«Ich weiß nichts! Das war so nicht geplant ... Sie sollten diesem Botschaftstypen nur ein bisschen Angst einjagen, damit er das Heroin schickt», winselte Arash und verzog wehleidig das Gesicht.

«Und was ist dann passiert?»

«Wie oft soll ich es noch sagen? Ich weiß es nicht! Damit hab ich nichts zu schaffen!»

«Stecken deine Kumpel hinter der Erpressung?»

«Hossein und Jaweed? Sie sollten eigentlich nur dafür sorgen, dass dieser Botschaftsfuzzi Fracksausen bekommt», sagte Arash mit weit aufgerissenen Augen.

«Ich rede nicht von der E-Mail mit dem Gruppensexfoto. Ich will wissen, wer hinter der *zweiten* E-Mail steckt – hinter der Lösegeldforderung für die Geiseln.»

Bill drehte Arashs Handgelenk noch ein kleines bisschen weiter.

«Ich schwöre, ich schwöre beim Grab meiner Mutter, ich habe keine Ahnung! Ich wusste nicht ... Ich weiß doch nicht alles, was die da unten treiben», stöhnte Arash mit schmerzverzerrtem Gesicht.

«Lüg mich nicht an», zischte Bill und starrte Arash unverwandt an. Er wusste, dass er mit seinem dichten Bart und seinem intensiven Blick einschüchternd wirkte.

«Also, es war so ... Hossein und Jaweed haben diese beiden Diplomaten aus Versehen gekidnappt ... Was sie danach gemacht haben, weiß ich nicht.» Arashs Stimme kippte regelrecht ins Falsett.

«Worüber habt ihr gestern am Telefon gesprochen?»

«Sie brauchen Hilfe, um nach Schweden zu kommen, und haben mich gefragt, ob ich ihnen falsche Pässe besorgen kann. Sie haben's ziemlich eilig ...»

So eilig, dass sie mit dem Gedanken spielen, die Geiseln umzubringen, um der Person zu entkommen, die Jagd auf sie macht, schlussfolgerte Bill und ließ Arashs Handgelenk los. Dann setzte er sich auf den Hocker neben Arashs Bett und wechselte die Taktik.

«Das hier ist deine letzte Chance mitzuhelfen, das Leben der Geiseln zu retten. Aber auch für Hossein und Jaweed sieht es düster aus, wenn du nicht kooperierst.»

Bill meinte ein vages Nicken zu erkennen. Er goss Arash ein Glas Wasser ein und schob den Tropfgalgen ein Stück näher ans Bett heran.

«Mir ist zufällig bekannt, dass deine Kumpel Hossein und Jaweed Drogen schmuggeln. Es war also kein Problem für sie, ein Päckchen Heroin zur Botschaft zu bringen. Du und Babak, ihr habt versucht, den Botschafter zu zwingen, den Stoff per Diplomatenpost ans Außenministerium zu schicken. Und damit der Botschafter auch spurt, habt ihr ihm zuvor dieses Foto geschickt, das ihn, Björk und eine dritte Person zeigt. Ihr habt damit gedroht, das Bild der Presse zuzuspielen, wenn er nicht tut, was ihr sagt. War es so?»

Arash verzog keine Miene.

«Aber Leijonhufvud weigert sich, das Heroin nach Stockholm zu schicken», fuhr Bill fort. «Stattdessen stellt er Erik Björk zur Rede und fragt, was das Ganze soll. Es passiert etwas Unvorhergesehenes, woraufhin du Erik nicht wie ursprünglich geplant sein Telefon zurückgibst, sondern ihn umbringst und in Kauf nimmst, damit den Empfänger des Heroins zu verlieren.»

«Ich hab ihm das Telefon zurückgegeben», murmelte Arash, drehte den Kopf zur Seite und starrte die Wand an.

«Dann muss das gewesen sein, kurz bevor du ihn ermordet hast», erwiderte Bill.

Sie schwiegen einen Moment, bis Arash leise sagte: «Ich hatte keine Wahl ... Diese Vollidioten Hossein und Jaweed waren der Meinung, sie hätten einen Riesenfang gemacht. Dann saßen plötzlich diese beiden anderen im Wagen des Botschafters. Als mir aufgegangen ist, dass sie nicht vorhatten, die beiden freizulassen, steckte ich richtig in der Scheiße.»

Bill nickte.

«Die Schwuchtel hätte doch sofort kapiert, dass ... dass die Entführung irgendwie mit Babak und mir zusammenhängt, und hätte uns bei der Polizei verpfiffen.»

«Also hast du ihn umgebracht?»

«Ich ... Ich hatte keine andere Wahl, verdammt!»

Man hat immer eine Wahl, du miese Ratte, dachte Bill. Doch jetzt hatten sie immerhin ein Geständnis. Wenigstens ein kleiner Teilerfolg.

«Was hat Babak dazu gesagt?»

«Nichts ... Ich hab ihm nichts davon erzählt. Ich wollte nicht, dass Hossein und Jaweed in Schwierigkeiten geraten. Babak hätte sie kaltgemacht, wenn er erfahren hätte, dass sie zwei Diplomaten entführt haben, statt diesem Botschafter im Auto einfach nur ein bisschen Angst einzujagen.»

Bill seufzte. Er brauchte mehr als die Vornamen zweier Schwachköpfe, wenn er Amanda helfen wollte.

«Habt ihr das Foto, mit dem ihr den Botschafter erpressen wolltet, an die Medien weitergeleitet?»

Arash schüttelte den Kopf. Dem Himmel sei Dank, dachte Bill. Das würde es ihnen bei der Pressekonferenz erheblich erleichtern.

«Und habt ihr das Gruppensexfoto noch an jemand anderen als an den Botschafter geschickt?»

Arash sah ihn stirnrunzelnd an. «Warum hätten wir das tun sollen?»

«Vergiss es. Weißt du, wer der dritte Mann auf dem Bild ist?»

«Keine Ahnung. Ich hab das Foto nur ein einziges Mal gesehen. Warum interessiert dich das?»

«Weil inzwischen zwei der drei Männer auf diesem Bild tot sind und ich sonst niemanden fragen kann.»

50

Es war kurz vor Sonnenaufgang, als sie die Geländewagen in einem Wäldchen hinter dem Haus abstellten. Die Fahrt war reibungslos verlaufen, sie hatten keine zwei Stunden von Kabul nach Kapisa gebraucht. Allerdings bildeten sie bloß die Vorhut. Der Rest der Truppe würde mit dem Hubschrauber eintreffen. Bis dahin wäre ihre Aufgabe, die Lage zu sondieren und den Einsatz vorzubereiten.

Mit ihren Sturmgewehren im Anschlag gingen die Männer in Formation, um abwechselnd nach rechts und links sichernd die Umgebung in Augenschein zu nehmen. Auf den Schutz der Dunkelheit konnten sie jetzt nicht mehr zählen: Nicht mehr lange, und die Sonne würde aufgehen. Dann wäre das gesamte Dorf auf den Beinen.

Amanda lief in der Mitte. Obwohl ihre Schutzweste mit reichlich Munition bestückt war, saß sie bequem am Oberkörper. Die Stiefel hatte sie fest geschnürt und mit Doppelknoten gesichert. Dies war ihre letzte Chance.

Auf ein abgesprochenes Signal ging der Trupp auf der Rückseite des Hauses lautlos in Deckung. Amanda beobachtete, wie ihr Nebenmann ein Objektiv auf eine Kamera schraubte und zu fotografieren begann. Sie angelte ein kleines Fernglas aus ihrer Schutzweste. Ohne jeden Zweifel waren sie am richtigen Ort. Der Informant hatte nicht zum ersten Mal eine Skizze angefertigt, so viel stand fest. Das Gebäude musste früher einmal ein stattliches Haus mit blühenden Rosenbüschen entlang der Fassade gewesen sein, doch mittlerweile sah es verlassen aus. Die Fenster waren mit Brettern vernagelt, und der weiße Putz blätterte von den Wänden. Es gab drei Nebengebäude, die ebenso heruntergekommen und verfallen aussahen wie das Wohnhaus. Abgesehen vom Quietschen einer Stallklappe war auf dem Hof kein Laut zu hören. Die Sonne hatte die wenigen Grasflecken auf dem Vorplatz ausgedörrt. Übrig waren nur braune, tote Halme und trockener Lehm.

Keine Reifenspuren.

Kein Anzeichen von Leben.

Amanda horchte auf das Klicken der Kamera. Etwa in der Mitte des Hofs stand ein Brunnen mit einem Blechdeckel, der mit einem großen Stein beschwert war. Daneben lag ein krummer Ast, an dem ein Eimer hing. Wie aus dem Nichts tauchte eine kleine, bucklige Frau mit einem Kopftuch auf. Mit zwei Wasserkanistern schlurfte sie auf den Brunnen zu.

Amanda stieß den Mann mit der Kamera an, der sein Objektiv auf die Frau richtete. In weniger als drei Minuten hatte sie die beiden Kanister mit Wasser gefüllt und war wieder im Haus verschwunden. Amanda suchte den Blick des Einsatzleiters und reckte den Daumen nach oben. Zumindest hatten sie jetzt einen Hinweis darauf, dass sich Menschen im Haus befanden.

In ihrem Rücken knisterte ein Funkgerät. Sie versuchte zu verstehen, was gesagt wurde, aber es war zu leise. Der Einsatzleiter presste sich die Hand aufs Ohr. Amanda konnte einen unterdrückten Fluch erahnen.

«Probleme mit dem Hubschrauber. Es dauert mindestens zwei Stunden, bis die anderen eintreffen», flüsterte er, während er gebückt zu Amanda hinüberlief.

Amanda seufzte. Sie hatte schon vermutet, dass es Probleme mit dem Hubschrauber geben würde. Wenn es nicht gerade schlechte Sichtverhältnisse waren, gab es irgendetwas anderes, das bei Helikoptereinsätzen nicht nach Plan lief.

«So lange können wir nicht warten.»

«Wir sind bloß zu sechst, das reicht nicht, um das Haus einzunehmen.»

«Wir können es aber nicht ändern. Mit jeder Minute, die wir verstreichen lassen, steigt das Risiko, dass die Geiseln eliminiert werden ... oder dass die ANP auf der Bildfläche erscheint», fügte Amanda hinzu.

Sie schwieg, wartete seine Reaktion ab.

«Glauben Sie, dass uns der Informant weitere Hinweise liefern könnte?», fragte der Einsatzleiter.

«Mein Kontakt bei der ISAF hätte sich gemeldet, wenn dort weitere verwertbare Hinweise eingegangen wären. Es wirkte alles ziemlich unsicher, wir sollten also besser nicht darauf zählen», erwiderte Amanda.

Die afghanische Polizei war ihnen an den anderen beiden Orten zuvorgekommen. Handelte es sich bei diesem Haus in Mahmud Raqi um eine falsche Fährte, oder waren sie diesmal wirklich schneller gewesen als die Afghanen?

Mit einem Mal drang Motorenlärm zu ihnen herüber.

Amanda hielt den Atem an.

Würden sie gleich aus der ersten Reihe dabei zusehen müssen, wie die afghanische Polizei auch dieses Gebäude in Schutt und Asche legte?

Das Geräusch kam näher.

Würde es ihr gelingen, sie aufzuhalten?

Ein paar Sekunden später raste ein weißer Toyota Hilux auf den Hof. Amanda schluckte und sah durch ihr Fernglas. Keine weiteren Fahrzeuge. Auf dem Wagen war weder ein Logo noch eine Aufschrift zu sehen, die darauf hingedeutet hätte, dass es sich um ein Fahrzeug der ANP handelte. Ein jüngerer Mann mit zerzaustem kurzem Haar trat aus der Haustür und winkte zu dem Toyota hinüber, der wendete und rückwärts an die Tür heranfuhr. Ein beleibter, bärtiger Mann stieg aus und öffnete die Klappe zur Ladefläche. Von seiner Schulter baumelte eine Kalaschnikow. Er kratzte sich am Bart, sagte etwas zu dem Mann an der Tür und deutete auf die Ladefläche.

Amanda atmete flach durch den Mund. Ihre Zunge war trocken, doch der Griff nach der Wasserflasche hätte eine freie Hand erfordert, und sie traute sich nicht, das Fernglas loszulassen. Ihr linker Fuß war eingeschlafen. Aus dem Augenwinkel sah sie, wie der Einsatzleiter sich zu einem seiner Männer vorarbeitete. Er wies zur westlichen Seite des Hauses und flüsterte dem Mann etwas ins Ohr. Anschließend kroch er zum nächsten Mann, und die Szene wiederholte sich.

Das konnte nur eines bedeuten: Er hatte eine Entscheidung getroffen. Sie würden reingehen. So würde Amanda zumindest die Chance bekommen, die Geiseln zu retten. So gern sie Bill an ihrer Seite gehabt hätte, so froh war sie, dass er nicht hier war. Jetzt lief es nach ihren Bedingungen. Es ging einzig und allein um ihre persönliche Risikobereitschaft.

Einen kurzen Moment später tauchte der Einsatzleiter wieder neben ihr auf und flüsterte: «Sie und ich übernehmen die Ostseite. Wir arbeiten uns an den Nebengebäuden entlang, sobald die beiden Männer, die bei den Fahrzeugen geblieben sind, sich uns angeschlossen haben.»

«Aber dann steht niemand mehr Wache», wandte Amanda ein.

«Zwei bleiben hier oben bei den Gebäuden.»

Mit einem schiefen Lächeln zog Amanda den Kinnriemen ihres Helms fest und stellte sicher, dass das Ersatzmagazin richtig herum in ihrer Schutzweste steckte. Ein Magazinwechsel durfte nicht einmal eine Sekunde dauern, da musste jeder Handgriff sitzen.

Das Erste-Hilfe-Set an ihrem linken Oberschenkel war mit zwei Klettverschlüssen befestigt. Amanda zog sie stramm und bewegte prüfend ihr Bein vor und zurück. Es saß fest genug, ohne sie beim Laufen zu behindern. Als sie sämtliche Ausrüstungsgegenstände gecheckt hatte, trank sie die halbe Flasche Wasser aus; das Sodbrennen wurde nicht besser.

Eine Minute später ging sie mit dem Einsatzleiter hinter den Nebengebäuden in Deckung, um von dort die Tür von der östlichen

Seite aus zu stürmen. Die beiden Männer, die von den Fahrzeugen zu ihnen gestoßen waren, hatten in einem Gebüsch, von dem aus sie den ganzen Hof überblicken konnten, Stellung bezogen. Sie waren auf alle Eventualitäten vorbereitet. Mit einem leisen Keuchen rutschte Amanda an der Wand neben der Tür nach unten. Sie sah auf die Uhr. Zwanzig Sekunden, bis sie das Haus von beiden Seiten einnehmen würden. Wenn es ihnen gelänge, ihre Widersacher zu überrumpeln, würde das Überraschungsmoment hoffentlich den Umstand wettmachen, dass sie bloß zu viert waren.

Der Einsatzleiter machte sich bereit, die Scharniere aufzuschießen, falls die Tür abgeschlossen wäre. Sie hörte, wie er einen Befehl in sein Funkgerät flüsterte. Dann nickte er ihr zu: Es war so weit.

So lautlos wie möglich schlich Amanda die Treppenstufen hoch und kauerte sich neben der Tür zusammen.

Langsam drückte sie die Klinke nach unten.

Die Tür schwang auf.

Im nächsten Augenblick war der Einsatzleiter bereits an ihr vorbei ins Haus gestürmt und bellte Befehle. Die Frau, die sie draußen auf dem Hof gesehen hatten, stand mit hoch erhobenen Händen in der Küche. Der Einsatzleiter befahl ihr, sich auf den Boden zu legen. Kurz darauf war Amanda bei ihr und tastete sie ab. Der einzig interessante Gegenstand war ein Schlüsselbund, an dem mehrere Schlüssel hingen. Von der westlichen Seite des Hauses erklangen die Stimmen der zwei Kollegen, die irgendjemanden anschrien. Aus dem Nebenraum war erst ein lauter Aufprall, dann ein Schrei zu hören, der sich wie ein Fluch auf Dari anhörte. Noch war kein Schuss gefallen.

«Ich lege ihm Handschellen an!», rief einer der Männer.

«Vorsicht, er ist bewaffnet!», schrie der andere.

Sekunden vergingen, ehe einer der beiden Männer erneut etwas sagte. Amanda richtete ihr Gewehr auf die Tür zum angrenzenden Zimmer. Ihr Zeigefinger lag am Abzug.

«Sicher!», erklang die Stimme des Kollegen, der dem Fremden

Handschellen angelegt hatte. Amandas Schultern sackten leicht nach unten. Vorsichtig näherte sie sich dem Nebenzimmer, wo der beleibte, bärtige Fahrer mit hinter dem Rücken gefesselten Händen auf dem Boden lag.

«Ich kümmere mich um die beiden, geht ihr weiter», sagte sie und postierte sich am Türpfosten zwischen den beiden Zimmern, damit sie sowohl die Frau in der Küche als auch den Mann im Nachbarraum im Blick hatte. Dicht gefolgt von den beiden anderen Beamten drang der Einsatzleiter weiter ins Haus vor. Ihre Stimmen waren laut und deutlich zu vernehmen, als sie einen Raum nach dem anderen sicherten. Ihre Rufe zu hören war ein beruhigendes Gefühl. Sie bedeuteten ihr, dass alles nach Plan verlief.

Aber wo waren die zwei Diplomaten? Doch noch ehe Amanda den Gedanken zu Ende denken konnte, fielen im Haus Schüsse. Aus einer zweiten Waffe wurden gleich zwei Salven abgefeuert, dann war es wieder still.

«Ein Feind ausgeschaltet. Wir gehen weiter!», rief der Einsatzleiter.

Amanda atmete auf. Also hatten ihre eigenen Leute den Doppelschuss abgegeben. Die Stimmen entfernten sich, und es klang fast, als würden sie eine Treppe hinuntergehen. Minute um Minute verstrich, während Amanda den Blick unruhig hin- und herwandern ließ.

Warum brauchten sie denn so lange? Sie wollte weg hier – am liebsten mit Ingrid und Mikael neben sich auf dem Rücksitz. Zurück nach Kabul. Im selben Moment hörte sie, wie der Einsatzleiter jemandem auf Englisch einen Befehl erteilte.

«Amanda, wir kommen mit zwei Festgenommenen.»

«Verstanden», gab Amanda zurück.

Wie sollten sie insgesamt vier Gefangene transportieren? Sie hatten nur zwei Fahrzeuge vor Ort. Amanda war so darauf fokussiert gewesen, die Diplomaten zu finden, dass sie über diese Frage gar nicht nachgedacht hatte. Bei Einsätzen der Spezialeinheit war es in der Regel üblich, dass sich die afghanischen Partner um Gefangene kümmerten.

Wenige Augenblicke später erschien einer ihrer Leute, der zwei gefesselte Männer vor sich herstieß. Einer war der junge Mann, der in der Haustür gestanden hatte. Ein feuchter Fleck breitete sich in seinem Schritt aus, und in seinen Mundwinkeln klebte Speichel.

«Was ist mit Ingrid und Mikael?», fragte sie, als der Einsatzleiter hinter den Männern auftauchte.

Er schüttelte den Kopf.

51

Es roch nach Erde und Kartoffeln. Dass es allmählich wärmer wurde, konnte nur heißen, dass es inzwischen Morgen war. Man hatte ihm die Augen verbunden, trotzdem war er sich sicher, dass er sich in einem neuen Gebäude befand.

Würde er je wieder dieses magische Gefühl erleben, vor seinem kleinen Sommerhäuschen in der Sonne zu sitzen und den Wind auf dem Gesicht zu spüren? Das Rauschen der Wellen zu hören? In den dunklen Wintermonaten hatte er sich immer gewünscht, die Tage in den Schären in einem Glas konservieren und aufbewahren zu können.

Sollte sein Leben hier zu Ende gehen?

In einem stickigen Kartoffelkeller in Afghanistan?

Ingrid war vielleicht schon tot. Dann spielte ohnehin nichts mehr eine Rolle. Er hatte jegliches Zeitgefühl verloren. Es mochten Tage vergangen sein, ohne dass er es gemerkt hätte.

Die Schmerzen trieben ihn schier in den Wahnsinn. Die Schädelknochen drückten auf sein Gehirn, und von Zeit zu Zeit war der Schmerz unerträglich. In diesen Momenten wurde alles schwarz, und er versank in dichtem Nebel.

Sollte die Frau nicht bald kommen und ihm Essen und Wasser bringen? Er hatte nichts, womit er gegen den brennenden Durst hätte ankämpfen können. Absolut gar nichts.

Mit einem Mal glaubte er, flüsternde Stimmen zu hören. Mikael hielt den Atem an, doch das Rauschen in seinen Ohren übertönte alle anderen Geräusche. Hatte er den Verstand verloren? Wer sollte denn vor seinem Gefängnis stehen und flüstern? Die Antwort war ganz einfach: niemand.

Er würde hier sterben. Er war zu schwach, um zu fliehen, zu unbedeutend, um gerettet zu werden. Dann hörte er die flüsternden Stimmen wieder.

Dort draußen musste jemand sein.

Mikael versuchte, sich umzudrehen, doch die stechenden Schmerzen in seinem Brustkorb machten jede Bewegung unmöglich. Irgendwo in den Tiefen eines Traums hörte er, wie Türen aufgestoßen und geschlossen wurden. Wie Schüsse fielen.

Er riss die Augen auf.

52

Amanda hatte die Waffe auf die Gefangenen gerichtet. Sie spürte das Blut in ihren Schläfen rauschen. Dies hier war ihre letzte Chance, Ingrid und Mikael zu finden. Sie würde sie nicht ungenutzt verstreichen lassen.

Sie schrie die Frau und die Männer an, forderte sie auf, ihr zu sagen, wo sie die Geiseln versteckt hielten. Der bärtige Mann schnaubte bloß und grinste sie höhnisch an. Vermutlich wusste er genau, dass die Wahrscheinlichkeit, von einer westlich aussehenden Frau mit einem blau-gelben Aufnäher auf der Schulter erschossen zu werden, verhältnismäßig gering war.

Dann sah Amanda, wie der Blick der Frau zum Schlüsselbund auf der Bank wanderte. Quälend langsam formten ihre Lippen ein Wort, das Amanda nicht verstehen konnte. Unauffällig nickte sie in Richtung der Schlüssel, woraufhin die Frau mit einer kaum merklichen Bewegung hinaus auf den Hof wies.

Amanda griff nach dem Schlüsselbund und eilte zur Tür.

«Sie sind in einem der Nebengebäude! Schnell!», rief sie und hörte, wie jemand ihr nachlief.

Amanda sprintete auf das nächstliegende Gebäude zu und rief durch die Tür nach Ingrid und Mikael. Keine Antwort.

«Vorsicht, das Gebäude ist vielleicht vermint!», flüsterte der Mann hinter ihr. Amanda wich einen Schritt zurück und inspizierte das Vorhängeschloss an der Tür, um herauszufinden, welcher Schlüssel passte. Drei Schlüssel glänzten neu, die übrigen waren rostig. Das Vorhängeschloss schien erst kürzlich geölt worden zu sein.

Amandas Herz schlug schneller. Irgendwer hatte ein neues Schloss besorgt – für ein marodes Nebengebäude auf einem Hof mit vernagelten Fenstern. Hochkonzentriert tastete der Einsatzbeamte am Türrahmen entlang. Amanda hatte schon häufiger misshandelte, zu Tode verängstigte Geiseln gesehen und machte sich auf das Schlimmste gefasst. Hoffentlich waren sie nicht zu spät gekommen.

Auf das Signal des Kollegen steckte Amanda einen der glänzenden Schlüssel ins Schloss und drehte ihn herum.

Er passte!

Die Scharniere quietschten. Stickige, muffige Luft schlug ihr entgegen. Amanda leuchtete mit ihrer Taschenlampe in die Dunkelheit. In der Mitte des Raums standen vier gepackte schwarze Reisetaschen. Sie brauchte gar nicht hineinzugehen, um sich Gewissheit zu verschaffen, dass niemand hier war.

«Hier sind sie nicht. Wir gehen weiter!»

Auch das Schloss des Gebäudes hinter dem Brunnen hatte jemand vor nicht allzu langer Zeit frisch geölt. Die Sonne war inzwischen aufgegangen und brannte auf ihren Nacken herab. Amanda hielt den Atem an, während der Kollege die Tür sicherte.

Amanda hätte schwören können, dass sie von drinnen ein Geräusch hörte. Sie presste ein Ohr an die Tür und legte den Zeigefinger an die Lippen. Reglos und mit dem Gewehr im Anschlag blieb der Mann neben ihr stehen.

Da war es wieder.

Ein leises Scharren.

Amanda sah den Einsatzbeamten an. Sie hatten es beide gehört.

Sie schluckte.

«Mikael? Ingrid?»

Das Geräusch hörte sofort auf.

«Ich bin von der Polizei.»

Wieder war das Scharren zu hören. Amanda schob einen Schlüssel ins Schloss und versuchte, ihn rumzudrehen. Es funktionierte nicht. Mit zittrigen Fingern probierte sie den dritten glänzenden Schlüssel.

Der Bügel sprang auf. Amandas Puls rauschte in ihren Ohren, als der Einsatzbeamte die Tür aufstieß. Gleißende Sonnenstrahlen fielen durch die Tür. Dort lag sie.

Zusammengekrümmt auf einer Matratze in der Ecke.

Die Frau blinzelte. Ihr Gesicht leuchtete weiß. Amanda spürte, wie sich ihre Eingeweide zusammenkrampften, ihr Herz hämmerte wie wild.

Sie hatte sie gefunden. Lebend.

Amanda verlor keine Zeit.

«Mikael?», fragte sie, während sie gleichzeitig neben der Matratze in die Hocke hing.

Ingrid sah sie aus glasigen, leeren Augen an. Ihre Hände waren vor ihrem Bauch gefesselt.

«Wissen Sie, wo er ist? Wir müssen uns beeilen!», rief sie und griff nach Ingrids Händen.

«Ich ... Ich habe ihn nicht gesehen ...», flüsterte Ingrid so leise, dass Amanda sie kaum verstehen konnte.

«Bleiben Sie ganz ruhig liegen», wies Amanda sie an und rief ihren Kollegen zu sich.

Auf den ersten Blick schien Ingrid unverletzt zu sein, aber die ärztliche Untersuchung würde womöglich einen anderen Befund ergeben.

«Ich gehe ins dritte Nebengebäude, wenn Sie sich um sie kümmern», sagte Amanda zu dem Mann.

Inzwischen hatten auch die anderen Männer des Trupps zu ihr aufgeschlossen. Gemeinsam liefen sie über den Hof zum letzten Gebäude.

Der dritte glänzende Schlüssel glitt problemlos in das brandneue Vorhängeschloss.

Einer der Einsatzleute stieß die Tür auf.

«Mikael?», flüsterte Amanda.

Mit dem Sturmgewehr im Anschlag betrat der Mann neben ihr den Verschlag. Amanda folgte ihm und sah sich um. Die Tür ging nach Osten, und Sonnenlicht durchflutete den Raum. Eine Leiter, die nach oben zum Dachboden führte. Ein Haufen Decken ... Nein. Am Boden lag eine in eine Decke gewickelte Gestalt. An einem Ende lugten zerzauste braune Haare hervor. Die Gestalt wälzte sich wimmernd hin und her. Kurz konnten sie ein zerschundenes Gesicht sehen.

Mikael war am ganzen Leib mit Blutergüssen übersät. Sein Haar sah aus, als hätte man seinen Kopf in rote Farbe getaucht. Die Augen waren mit einem blutigen Stofffetzen verbunden, und man hatte ihn mit Klebeband geknebelt.

Das konnte doch nicht wahr sein.

Beide. Lebend.

Amanda machte einen Schritt auf Mikael zu.

«Mikael, mein Name ist Amanda, und ich bin schwedische Polizeibeamtin. Wir kommen jetzt zu Ihnen.»

Das Wimmern hörte auf, und Mikael blieb reglos liegen. Der Gestank von Urin, Exkrementen und Schweiß wurde immer intensiver, je näher sie ihm kam. Sie ging neben ihm in die Hocke und lockerte den Stofffetzen über seinen Augen. Es war wirklich kein schöner Anblick. Beide Augen waren blutverkrustet, die Brauen aufgeplatzt. Nässende Wunden im ganzen Gesicht.

Er blähte die Nasenflügel und atmete tief ein, während Amanda behutsam das Klebeband von seinem Mund entfernte. Vorsichtig öffnete er die Lippen. Einer der Männer schnitt das Seil durch, mit dem Mikaels Hände an die Füße gefesselt waren.

Amanda konnte es kaum glauben. Sie hatten wirklich beide gefunden – und sie waren am Leben! Im entscheidenden Moment waren sie der ANP zuvorgekommen und hatten die Lage unter Kontrolle gebracht.

Sie schob einen Arm unter Mikaels Oberkörper und hielt ihm eine Wasserflasche an den Mund. Das Wasser troff ihm über die aufgesprungenen Lippen, die er nicht einmal mehr um den Flaschenhals legen konnte.

Im nächsten Moment dröhnten draußen Motoren.

Diesmal handelte es sich definitiv um mehrere Fahrzeuge. Autotüren schlugen auf, und der Motorenlärm wich gellenden Stimmen.

Amanda spähte durch den Türspalt. Dann pfiff eine Kugel durch die Luft. Eine Millisekunde später perforierte eine Gewehrsalve die Tür des Nebengebäudes, und erregte Stimmen näherten sich.

Amanda warf sich flach auf den Boden und riss Mikael zurück, der laut aufstöhnte. Sie zerrte ihn tiefer in den Schuppen hinein und brachte ihn hinter der Leiter in Sicherheit. Jetzt da die Befreiung der Geiseln in greifbare Nähe gerückt war, hatte sie nicht vor, in allerletzter Sekunde den Tod des Diplomaten zu riskieren.

Draußen auf dem Hof kam es zu einem Schusswechsel, begleitet von einem Inferno aus Schreien und Befehlen. Amanda kroch zu dem Einsatzbeamten hinüber, der Schussposition eingenommen hatte, und spähte zwischen den Sprossen der Leiter hindurch. Vier Männer in schwarzen Uniformen mit schwarzen Helmen und Masken standen keine zwanzig Meter von ihnen entfernt.

«Wieder die afghanische Polizei», flüsterte Amanda ihrem Kollegen zu.

Auf Höhe des Hauses brandete ein neuer Schusswechsel auf, gefolgt von lauten Rufen und Befehlen. Danach wurde es still. Ein paar Sekunden später erklang die Stimme des Einsatzleiters über Funk: «Feuer eingestellt. Sie wissen, dass wir es sind.»

Eine Minute später stand Amanda auf dem Hof und zählte alles in allem zwölf afghanische Polizisten. Farouk erkannte sie sofort an seiner Körperhaltung.

«Diesmal waren wir schneller als ihr», rief sie ihm zu und konnte sich ein Grinsen nicht verkneifen.

Gleichzeitig nahm sie aus dem Augenwinkel wahr, dass vier Afghanen auf dem Weg ins Haus waren.

«Wie viele Gefangene?», fragte Farouk mit monotoner Stimme.

Sein Gesicht war aschfahl. So erschöpft hatte sie ihn noch nie gesehen.

«Vier plus ein Toter», sagte Amanda und sah Farouks Männern hinterher, die im Haupthaus verschwanden.

Farouk flüsterte etwas in sein Funkgerät, das Amanda nicht verstehen konnte. Was wollten sie dort drinnen? Das Haus war doch bereits gesichert. Unwillkürlich spannte sie die Muskeln an.

«Farouk ...»

Doch noch bevor Amanda ihre Frage stellen konnte, fiel im Haus ein Schuss. Ein zweiter. Und ein dritter.

Stille. Dann weitere Schüsse. Drei an der Zahl.

«Was zum Teufel soll das?», schrie sie und starrte Farouk an.

Farouk holte tief Luft und sah ihr ins Gesicht. Eine Sekunde lang glaubte Amanda, dass seine Unterlippe zitterte.

«Ich muss mich an meine Befehle halten», antwortete er langsam, ohne sie aus den Augen zu lassen.

Keuchend machte sie einen Schritt auf Farouk zu. Das hier war doch Wahnsinn, absoluter Wahnsinn. Es konnte doch nicht rechtens sein, Personen zu erschießen, die bereits in Gewahrsam genommen waren. Ob schuldig oder nicht, spielte dabei nicht die geringste Rolle!

«Wir hatten den Job schon erledigt, verdammt! Sie waren gefesselt und für den Transport bereit!»

Sie schrie inzwischen so laut, dass Farouks Männer sich umdrehten und sie anstarrten. Dass eine Frau bei einem Einsatz dabei war und gegenüber ihrem Kommandanten auch noch die Stimme erhob, war für sie sicher nicht alltäglich. Einer der Männer kam zu ihnen herüber, doch Farouk hob die Hand und signalisierte ihm, dass alles in Ordnung sei.

Dann durchschnitt ein weiterer Doppelschuss die Stille, dicht gefolgt von einer einzelnen Salve.

Das konnte nur eines bedeuten.

«Eine Festnahme war nicht Teil unseres Auftrags», sagte Farouk leise und sah zu Boden.

Amanda lief zum Eingang auf der westlichen Seite des Haupthauses. In der Tür stieß sie mit vier maskierten Afghanen zusammen. Keiner der Männer würdigte sie auch nur eines Blickes, als sie das Haus verließen.

Eine Sekunde später stand sie im Wohnraum und starrte auf das Blut hinab, das sich um die Leichen herum ausbreitete. Der junge Mann lag direkt vor ihr. Zwei Kugeln hatten seinen Rücken zwischen den Schultern zerfetzt. Eine dritte hatte sich in seinen Hinterkopf gebohrt. Der dicke Bärtige lag gleich daneben. Er war von zwei Schüssen in den unteren Rücken getroffen worden. Blut lief über seine gefesselten Hände. Die enorme Menge ließ darauf schließen, dass eine Kugel seitlich in seinen Kopf eingedrungen war, doch die Eintrittsstelle wurde von seinem dichten Haar verdeckt.

Der dritte Mann lag da, als betete er: Er hatte die Knie unter den Körper gezogen und die Stirn auf den Boden gelegt. Er hatte vermutlich den zwecklosen Versuch unternommen, in die Küche zu fliehen.

Amanda wich entsetzt zurück, als sie die Frau entdeckte, die an der Küchenwand lehnte. Ihr Kopf war zur Seite gekippt, sodass Amanda den starren Blick aus ihren toten Augen sehen konnte. In ihrer Stirn klaffte ein Loch. Blut lief ihr über den Nasenrücken in den Mund. Sie musste im selben Moment gestorben sein, als der Schuss sie in die Stirn getroffen hatte. Für ein paar Sekunden stand Amanda reglos da. Sie atmete flach durch den Mund und suchte mit fiebrigem Blick nach irgendetwas, das sie zertrümmern konnte. Langsam breitete sich die Blutlache bis zu ihren Stiefeln aus. Der Oberkörper der Frau war komplett rot gefärbt. Aus der Art und Weise, wie die Männer erschossen worden waren, mutmaßte Amanda, dass zwei weitere Kugeln die Frau in die Brust getroffen haben mussten.

Warum in aller Welt waren sie getötet worden?

Das Ganze glich regelrecht einer Hinrichtung.

53

Das Dröhnen des Hubschraubers kam immer näher. Amanda sah zu, wie der Einsatztrupp sich formierte, um die Landung in der Mitte des Hofs zu sichern: jederzeit bereit, umgehend zu reagieren, sollte erneut das Feuer eröffnet werden.

Die Afghanen standen wie hungrige Hunde an der Kette vor ihren Fahrzeugen und verfolgten mit den Blicken jede noch so geringe Bewegung. Amanda ballte die Fäuste und biss sich in die Wange, um ihre Wut nicht hinauszuschreien. Das waren doch nichts weiter als heimtückische Mörder.

Sie starrte Farouk an. Winkte ihn zu sich.

«Kannst du deine Männer wenigstens anweisen, die Waffen abzulegen?»

Farouk drehte sich um und erteilte barsch einen Befehl. Einen Moment später war keine einzige Kalaschnikow mehr zu sehen.

«Ihr hättet auch die Geiseln getötet, stimmt's?», fragte sie.

«Jeder von uns hat einen Befehl, den er befolgen muss», erwiderte Farouk tonlos.

Amanda konnte es nicht fassen. Irgendjemand hatte einmal zu ihr gesagt, in Afghanistan höre man nie auf, sich zu wundern – doch das hier war ohne jeden Zweifel das Infamste, was sie je erlebt hatte.

«Wer zur Hölle erteilt einen solchen Befehl, statt mit uns eine gemeinsame Befreiungsaktion zu koordinieren?»

Farouk schwieg und wich ihrem Blick aus.

«Wessen gottverdammter Befehl war das?», schrie sie ihn an, ohne dabei seine Leute aus den Augen zu lassen. Sie traute ihnen keine

Sekunde über den Weg. Die Männer, die ihnen am nächsten standen, zündeten sich Zigaretten an. Mehrere von ihnen hatten Blutflecken an den Hosenbeinen. Diese verdammten Schweine.

«Wer?», fragte sie so leise, dass nur sie beide es hören konnten.

«Die Regierung», flüsterte Farouk.

Doch mit der Antwort gab sie sich nicht zufrieden.

«Was hat das zu bedeuten?», fragte sie so nah wie möglich an seinem Ohr.

«Dass die Anweisung des Ministers lautete, sämtliche Anwesenden zu eliminieren und die Spuren zu vernichten.»

Amanda lief ein kalter Schauder über den Rücken. Wenn Farouk von «dem Minister» sprach, kam nur eine Person in Frage.

«Der Innenminister?»

Farouk nickte.

«Rassoul? Nur Rassoul?»

Wieder ein kaum merkliches Nicken.

Das war wirklich der reinste Irrsinn. Hatte dieser Mann ihr gegenüber nicht kürzlich erst betont, wie wichtig es sei, Einsätze zu koordinieren, und die Unterstützung afghanischer Verbände angeboten? Und jetzt hatte er seinen Männern den unmissverständlichen Auftrag erteilt, diejenigen umzubringen, die gerettet werden sollten? Diesen Mann würde sie zur Verantwortung ziehen, und wenn es das Letzte wäre, was sie tat.

«Die Frau dort drinnen war keine Mittäterin. Das kann ich dir versichern. Trotzdem habt ihr sie kaltblütig erschossen.»

«Wie gesagt, Amanda, unser Befehl lautete, alle Anwesenden zu eliminieren und die Spuren zu beseitigen.»

«Und was passiert jetzt? Jetzt da die Geiseln am Leben sind?»

«Ich weiß es nicht. Aber, Amanda, dieses Gespräch muss unter uns bleiben, versprich mir das», erwiderte Farouk und drückte hastig ihre Hand.

Amanda antwortete ihm nicht. Sie sah zu, wie Ingrid und Mikael auf Tragen zum Hubschrauber gebracht wurden. Beide hingen am Tropf. Zum Glück hatte sie darauf bestanden, so schnell wie möglich mit dem Geländewagen nach Kapisa aufzubrechen. Hätte sie das nicht getan, hätten die Entführer entweder die Geiseln umgebracht, oder aber die afghanische Polizei wäre ihnen schon wieder zuvorgekommen und hätte noch mehr Blut vergossen. Und niemand hätte es verhindern können.

Wie eine riesige Todesmaschine schwebte der beinahe zwanzig Meter lange Helikopter über ihnen, ehe er langsam auf den Hof herabsank. Die Rotorblätter wirbelten Sand und Kies auf und hüllten die ganze Umgebung in einen dichten Staubnebel. Als der Hubschrauber am Boden aufsetzte, sprangen an beiden Seiten je zwei bewaffnete Soldaten heraus, um den Männern Feuerschutz zu geben, die die Verletzten an Bord bringen sollten.

Zusammen mit einem Einsatzbeamten trat Amanda an Ingrids Trage. Geduckt, um sich vor dem aufwirbelnden Sand zu schützen, liefen sie nebeneinanderher, und bei jedem Schritt schlug ihr das Maschinengewehr gegen das Knie. Der Hubschrauber war mit schwerem Geschütz bewaffnet. Die Panzerung würde selbst heftigstem Beschuss standhalten. Wenn man sie angriffe, würde das Feuer schneller erwidert werden, als der Gegner blinzeln konnte.

Als sie den Hubschrauber erreichten, spürte Amanda die Milchsäure in ihren Muskeln. Sie rang keuchend nach Luft. Mit letzter Kraftanstrengung hievte sie die Trage mit über die Kante in den Transportraum. Sie hoffte nur, dass niemand ihre rasselnden Atemzüge hörte. Sie würden garantiert glauben, sie wäre ernsthaft krank.

Endlich konnte auch sie sich auf einen Sitz fallen lassen und sah nach draußen auf den Hof. Farouk hatte seine Männer um sich versammelt und schien ihnen neue Befehle zu erteilen. Er zeigte auf die weißen Pick-ups und anschließend auf das Haus.

Amanda warf einen Blick auf Ingrid und Mikael und spürte, wie sich in ihr Ruhe ausbreitete.

Sie hatte ihren Auftrag erfüllt. Doch vor ihrem Rückflug nach Stockholm gab es noch ein paar Dinge, die sie erledigen musste.

Jetzt kletterte auch der Einsatzleiter in den Hubschrauber und gab dem Bordwart auf der Rampe ein Zeichen. Im selben Augenblick, da der insektengleiche Black Hawk in die Luft stieg, brach auf dem Boden hektische Betriebsamkeit aus. Amanda sah noch, wie die afghanischen Polizisten Benzinkanister aus ihren Fahrzeugen holten. Einen Augenblick später brannte das Hauptgebäude bereits lichterloh.

Und damit die Leichen, die sich im Haus befanden.

Die gleiche Vorgehensweise wie beim letzten Mal. Kein Versuch einer Festnahme – sie hatten rücksichtslos alles niedergeschossen, was sich bewegt hatte, und ließen anschließend alles in Flammen aufgehen, um ihre Spuren zu vernichten. Strikt nach Befehl.

Amanda schloss die Augen, doch der totenstarre Blick der Frau wollte ihr nicht mehr aus dem Kopf gehen. Ihr war übel, und panisch sah sie sich nach irgendetwas um, wohinein sie sich notfalls übergeben konnte.

Am Ende war es ihr Helm. Amanda spürte die Blicke der anderen auf sich, konnte es aber nicht ändern. Hoffentlich verlief der Flug nach Kabul ruhig, sonst würde sie ihren Helm noch einmal zweckentfremden müssen.

Nach einer Weile rutschte der Einsatzleiter auf den Platz neben ihr. Amandas Blässe war ihm nicht entgangen.

«Geht es Ihnen wieder besser?», fragte er und reichte ihr eine Flasche Wasser.

«Einigermaßen», antwortete sie.

«In der Flasche ist isotonische Kochsalzlösung. Sieht aus, als könnten Sie die gebrauchen», sagte er und lächelte.

Sie trank die halbe Flasche leer und ließ den letzten Schluck im Mund herumwandern.

«Danke», sagte sie und versuchte auszumachen, ob ihr Atem nach Erbrochenem roch.

«Ich betrachte diesen Auftrag als erledigt. Sehen Sie das genauso?», erkundigte er sich und hielt ihr diskret eine Packung Kaugummi hin.

«Ja», erwiderte Amanda und warf einen flüchtigen Blick auf Ingrid und Mikael.

Die bevorstehende Pressekonferenz zu Hause in Stockholm würde allen Widrigkeiten zum Trotz glatt über die Bühne gehen.

Sie kramte ihr Notizbuch hervor und erstellte eine Liste.

«In ein paar Minuten landen wir auf der KAIA. Ich habe die Militärklinik davon in Kenntnis gesetzt, dass wir zwei schwedische Staatsbürger bringen, die unverzüglich medizinische Hilfe benötigen», sagte der Einsatzleiter.

«Sind die beiden schwer verletzt?»

«Es hätte schlimmer sein können. Die Frau steht unter Schock und redet zusammenhangloses Zeug. Der Mann hat eine starke Gehirnerschütterung und mehrere gebrochene Rippen. Innere Verletzungen sind nicht auszuschließen.»

«Dann müssen sie also vermutlich ein, zwei Tage im Krankenhaus bleiben», stellte Amanda fest.

Das würde ihr in die Karten spielen. So hätte sie ein bisschen mehr Zeit bis zu ihrer Heimreise nach Schweden. Sie würde André anrufen und ihn darauf vorbereiten, dass sie bald zu Hause wäre.

«Ich muss noch ein paar lose Fäden miteinander verknüpfen, sobald wir gelandet sind. Können Sie mich so schnell wie möglich zur Botschaft bringen lassen?», fragte Amanda und überflog noch einmal die Punkte auf ihrer Liste.

«Natürlich. Sagen Sie Bescheid, wenn Sie noch etwas anderes benötigen.»

Sie lächelte ihn an. Insgeheim fragte sie sich, ob er immer so aufmerksam war. Ohne seine rückhaltlose Unterstützung hätte die Befreiungsaktion in einem Fiasko geendet.

Unter ihnen lag der üppig grüne Laubteppich des Panshir-Tals über rostigen Panzerwracks der Roten Armee – Überresten aus der Zeit der Sowjetinvasion. In südlicher Richtung folgten sie einem Wasserlauf, der von Berggipfeln und Tälern gesäumt wurde. Wären die russischen Altlasten nicht gewesen, hätte man glatt den Eindruck haben können, eine südländische Alpenkulisse vor sich zu sehen.

Amanda rollte eine Decke zusammen, schob sie sich in den Nacken und setzte sich so bequem wie möglich hin. Dann machte sie sich an die Reihenfolge der Punkte auf ihrer Liste, zog Pfeile und Verbindungsstriche, bis ihr zu guter Letzt klar war, wie sie vorgehen würde.

Als Allererstes würde sie Bill anrufen und ihn über den erfolgreichen Ausgang der Aktion informieren. Bei der Vorstellung, ihm die frohe Kunde zu überbringen, musste sie unwillkürlich lächeln. Sie schrieb ihm eine kurze SMS: «Operation beendet, Patienten leben.» Dahinter setzte sie einen Smiley.

Der nächste Punkt auf ihrer Liste galt der Frage, ob man die Pressekonferenz in Stockholm auf einen späteren Zeitpunkt würde verschieben können. Der dritte Punkt sah vor, die offizielle Verlautbarung über den Tod des schwedischen Botschafters in Kabul so lange wie möglich hinauszuzögern.

Amanda seufzte leise und fügte in Klammern hinzu: «um Svens Leichnam kümmern», ohne einen konkreten Plan zu haben, wie sie das bewerkstelligen sollte.

Auf den vierten Punkt freute sie sich: mit dem Norrländer Rücksprache halten.

Den letzten Punkt unterstrich sie doppelt.

Mit dem Innenminister sprechen.

54

Wie üblich herrschte auf dem Botschaftsgelände rege Betriebsamkeit, als Amanda an den Security-Guards vorbei auf das Eingangsportal zuging. Sie würde sich beeilen müssen und Tamana bitten, für ein reichhaltiges Frühstück zu sorgen, bevor Bill anrief. Doch noch bevor Amanda die Tür erreichte, schwang sie auch schon auf.

«Endlich!», rief Tamana erleichtert, legte die Hände an die Wangen und sah Amanda mit großen Augen an.

Die schwarzen Lidränder erinnerten an Kriegsbemalung, und eine Wolke aus Moschusparfüm wehte zu Amanda herüber. Die halbe Menge wäre mehr als genug gewesen.

«Wie Sie aussehen, Sie Ärmste!»

Amanda bürstete ein bisschen Sand und Erde von ihren Hosenbeinen, wusste aber ganz genau, dass es nicht der Schmutz war, der den Grund für Tamanas bestürzten Ausruf geliefert hatte. Die zierliche Frau hatte wohl nicht erwartet, Amanda in voller Kampfmontur zu Gesicht zu bekommen.

«Tamana, würden Sie für mich bitte unverzüglich einen Termin mit Nur Rassoul vereinbaren?»

«Ohne den Botschafter?»

«Ja, aber erzählen Sie ihm, der Botschafter würde mich begleiten.»

So hätte sie größere Chancen, einen Termin zu erhalten.

«Wie Sie wünschen, Madam.»

«Außerdem erwarte ich einen schwedischen Kollegen. Sein Name ist Leif Johansson, er dürfte in Kürze hier eintreffen.»

Tamana nickte. Dann kramte sie einen roten Lippenstift aus der Tasche und zog sich die Lippen nach, wodurch ihr Make-up noch mehr einer Kriegsbemalung ähnelte.

«Gibt es denn irgendetwas Neues von Ingrid und Mikael?», fragte sie.

Amanda war kurz davor, die freudige Nachricht zu verkünden, doch dann fiel ihr wieder ein, dass dies zu der Frage führen würde, wo Sven sich aufhielt. Sie wollte nicht noch einmal lügen müssen. Dass Ingrid und Mikael am Leben waren, würde auch noch in einer Stunde Erleichterung hervorrufen.

«Noch nicht, aber wir sind optimistisch.»

Tamana gab sich mit der Antwort zufrieden und verschwand im Botschaftsgebäude, während Amanda auf direktem Weg in ihr Zimmer ging, wo sie Schutzweste und Oberschenkelholster auf den Boden fallen ließ. Es war kurz vor neun. Sie liebäugelte gerade mit einer Dusche, als Bill anrief.

Amanda schilderte ihm die morgendlichen Ereignisse in Kapisa, während sie eine große Tasse dampfenden Tee trank, den Tamana ihr mitsamt Rührei, einer frischen Mango und Toastbrotscheiben auf einem Tablett gebracht hatte.

«Dann können wir wohl mit hundertprozentiger Sicherheit sagen, dass die zweite E-Mail mit der Lösegeldforderung von Hossein und Jaweed stammte.»

«Ja – nachdem sie aus Versehen Ingrid und Mikael entführt hatten», erwiderte Amanda, den Mund voller Rührei.

Selten hatte ihr ein Frühstück so gut geschmeckt. Sie nahm einen Bissen Mango – vermutlich eine der Früchte, die Sven nach ihrem Treffen mit Nur Rassoul gekauft hatte. Aus Pakistan, oder was hatte er gesagt? Sie schmeckte jedenfalls ausgezeichnet, da gab sie ihm recht.

«Hast du die beiden verhört?», fragte Bill.

«Sie sind tot, hingerichtet von der afghanischen Polizei», erwiderte Amanda.

Am anderen Ende der Leitung blieb es einige Sekunden lang still.

«Amanda, ich will, dass du sofort nach Hause kommst. Morgen geht ein Flug von Kabul über Frankfurt. Ich buche drei Plätze für euch», sagte er energisch.

«Ingrid und Mikael müssen stationär behandelt werden und sind noch nicht in der Verfassung, um zwanzig Stunden lang in einem Flugzeug zu sitzen», entgegnete sie.

«Dann soll die Auslandsvertretung sich um sie kümmern, und du fliegst ohne sie. Irgendwer anderes soll ihnen auf dem Rückflug das Händchen halten.»

Er war wirklich eisern, doch so leicht gab sie nicht auf.

«Ich muss hier noch ein paar Dinge ins Reine bringen, bevor ich abreise», sagte sie.

Sie kratzte den letzten Rest Rührei zusammen und wünschte sich, die Portion wäre doppelt so groß gewesen. Aber ich esse ja auch für zwei, dachte sie lächelnd.

«Unser Auftrag ist beendet. Und du hast ihn mit Bravour gemeistert, Amanda. Es gibt nichts, was du noch bereinigen müsstest.»

«Ich muss wissen, warum der afghanische Innenminister Farouks Einheit befohlen hat, alle Beteiligten zu töten, und wer das Lösegeld in Katar hinterlegen sollte. Sven kann es nicht gewesen sein. Bill, irgendetwas haben wir übersehen, irgendein Detail, das wir …»

Bevor Amanda ihren Satz beenden konnte, schnitt Bill ihr das Wort ab: «*Wir* müssen gar nichts mehr. Ich weiß, dass *du* sämtliche Zusammenhänge verstehen willst, aber das Wichtige ist, dass wir *unsere* Arbeit beendet haben und dass du heil nach Hause kommst. Hast du mich verstanden?»

Die Betonung war unmissverständlich gewesen. Trotzdem wurde Amanda das nagende Gefühl nicht los, dass dieser Fall noch immer nicht restlos aufgeklärt war. Aber musste sie wirklich unbedingt alles bis ins kleinste Detail klären? Bill hatte nicht ganz unrecht, ihr Auftrag war beendet. Man würde sie zu Hause mit einem anerkennenden

Schulterklopfen empfangen. Und war es nicht genau das, was sie wollte?

Sie startete einen neuen Versuch: «Außerdem befindet sich Svens Leiche immer noch im Serena. Wenn ich mich nicht darum kümmere, wird dort ein Großreinemachen nötig ...»

«Schick jemanden, der die Leiche abholt. Das musst du nicht auch noch persönlich machen. Und tu mir den Gefallen – keine weiteren Risiken.»

«Bill, ich bin mir zu neunzig Prozent sicher, dass Sven ermordet wurde, und so müssen wir die Sache auch behandeln.»

«Wir können es aber nicht beweisen. Was wir glauben, spielt keine Rolle mehr. Falls es dir gelingen sollte, den Botschafter morgen in einem Sarg an Bord des Flugzeugs zu kriegen und ihn nach Hause zu schaffen – in Ordnung. Falls nicht, überlassen wir die Angelegenheit der Botschaft. Punkt.»

«Wann genau geht der Flug?»

Amanda hörte, wie Bill am anderen Ende der Leitung aufatmete. «Morgen früh um sieben.»

Amanda sah auf die Uhr. Mit ein bisschen Glück würde sie die Punkte auf ihrer Liste bis dahin abgearbeitet haben.

«Okay, ich werde im Flieger sitzen. Könntest du unterdessen versuchen, die Pressekonferenz zu verschieben? Oder was sollen wir den Medien erzählen, wenn sie die Botschaft mit Fragen bombardieren und mit Leijonhufvud sprechen wollen?»

«Ich bin gerade auf dem Weg ins Justizministerium, um Tejler über die erfolgreiche Befreiung der Geiseln zu informieren. Danach liegt es in seinem Ermessen, wie er die Angelegenheit behandeln will.»

Amanda schluckte den letzten Bissen der gelben Mango hinunter. Im nächsten Moment rief Tamana von unten, ihr Besuch warte draußen im Garten.

Sie beendete das Gespräch mit Bill und hinterließ André eine Nachricht auf der Mailbox.

Ab jetzt würde es keine heimlichen Telefonate mehr geben. Sie würden sich morgen Abend wiedersehen und über ihre Zukunft sprechen, ob er nun wollte oder nicht.

Der hochgewachsene Norrländer sah bei Tageslicht wesentlich älter aus als bei ihrer nächtlichen Begegnung im ISAF-Hauptquartier. Amanda schätze ihn auf knapp fünfzig. Er hatte ein kantiges Gesicht mit hohen Wangenknochen und tiefen Falten um die Augenwinkel. Amanda gab ihm die Hand.

«Ich wollte mich eigentlich nur für Ihre Hilfe bedanken und Ihnen Rückmeldung zum Einsatz geben», sagte sie und bat ihn, in einer zypressenumstandenen Laube Platz zu nehmen.

«Sie scheinen mit dem Ausgang zufrieden zu sein», sagte Leif und sah Amanda forschend an.

Amanda konnte ein Lächeln nicht unterdrücken, während sie Tamana einen Wink gab, ihnen Getränke zu servieren. Die Temperaturen waren bereits auf über fünfunddreißig Grad gestiegen, und die Sonne brannte von einem strahlend blauen Himmel. Ihre Füße klebten in den Stiefeln. Nach dem Gespräch mit Leif würde sie endlich duschen und sich anschließend mit Nur Rassoul treffen.

«Ja», antwortete sie und vergewisserte sich, dass außer ihnen niemand im Garten war, ehe sie Leif den Hergang der Befreiungsaktion schilderte.

In der folgenden halben Stunde wurde Amanda lediglich von Tamanas klappernden Schritten auf den flachen Steinplatten unterbrochen. Die Einmischung der afghanischen Polizei erwähnte sie während ihres Monologs über den geglückten Einsatz in Kapisa mit keinem Wort. Je weniger Leute wussten, was sich in Mahmud Raqi abgespielt hatte, umso besser. Das Wichtigste war schließlich, dass die Diplomaten lebten und Leifs Informant korrekte Hinweise geliefert hatte.

«Hat er sich eigentlich noch einmal gemeldet?», fragte Amanda, als sie ihren Bericht abgeschlossen hatte.

«Das Letzte, was wir bekommen haben, war eine SMS am frühen Morgen. Seitdem herrscht Funkstille.»

«Kam die SMS vor oder nach der Befreiung der Geiseln?»

Leif zuckte mit den Schultern. «Wenn wir die kryptische Formulierung richtig gedeutet haben, befanden sich die Diplomaten zu dem Zeitpunkt noch in den Händen der Entführer. Leider handelt es sich dabei nicht immer um Echtzeit-Informationen, wenn Sie verstehen, was ich meine.»

Amanda glaubte tatsächlich zu wissen, was er andeuten wollte, fragte aber dennoch nach: «Sie wollen damit sagen, dass die Informationen verzögert bei Ihnen eintreffen?»

«Ja. Ihr Zugang ist wie gesagt mitunter indirekt», erwiderte Johansson und biss sich auf die Lippe.

«Ihr?», hakte Amanda hellhörig nach. «Handelt es sich bei dem Informanten um eine Frau?»

Leif starrte in sein leeres Glas und nickte kaum merklich. Amanda ahnte, dass dieses Detail nicht für die Ohren Außenstehender bestimmt gewesen war.

Sie verspürte einen Stich in der Magengegend.

«Wo genau im Umfeld der Täter bewegt sie sich?»

«In unmittelbarer Nähe. Sie hat die Anweisung, sich dem Kern des Netzwerks zu nähern.»

Amanda schluckte.

Bitte lass es nicht wahr sein ...

«Ohne sich dabei in Gefahr zu begeben, versteht sich. Sie ist eine unserer besten Quellen», fügte Leif leise hinzu, als wollte er Amanda davon überzeugen, dass er die Sicherheit der Person ernst nahm.

«Ich weiß, dass ich über Ihre Informanten keine Fragen stellen sollte, aber diese Frau ... Hatte sie einen Buckel?»

Leif schwieg eine Weile, bevor er antwortete: «Haben Sie sie gesehen?»

Das genügte als Antwort.

Amanda schloss die Augen und nickte. Eine einzelne Träne lief ihr über die Wange. Wie ungerecht und grausam das Leben für eine Frau in Afghanistan sein konnte.

«Ich ... Es tut mir unendlich leid.»

«Was tut Ihnen leid?», fragte Leif.

«Sie ist tot», antwortete Amanda und holte tief Luft. Einen Moment später hatte sie Johansson auch über die Details des Einsatzes in Kenntnis gesetzt, die sie ursprünglich hatte verschweigen wollen. Sie erzählte ihm, wie die Frau ihr durch ein Kopfnicken in Richtung Hof zu verstehen gegeben hatte, wo sich die Geiseln befanden. Und sie berichtete ihm von dem Vorgehen der afghanischen Einsatzkräfte, die sämtliche Anwesenden hingerichtet hatten.

«Es ging rasend schnell. Ich glaube nicht, dass sie etwas gespürt hat ...»

Leif stützte die Ellenbogen auf und presste die Hände an seine Schläfen.

Lange saßen sie schweigend da.

Von der anderen Seite der Mauer drang Verkehrslärm in den Garten. Unter das laute Hupen mehrerer Autos mischte sich die Trillerpfeife eines Verkehrspolizisten, der versuchte, Ordnung in das ewige Chaos zu bringen. Amanda lockerte die Schnürung ihrer Stiefel und legte die Füße hoch. Leif räusperte sich.

«Masouda war die Schwester eines der Anführer des Netzwerks. Ja, sie hatte einen Buckel. Außerdem war sie zu alt, um noch verheiratet zu werden ... Also hat ihr Bruder sie nach dem Tod der Eltern unter seine Fittiche genommen.»

«Wie alt war sie denn?»

«Zweiunddreißig. Universitätsstudium. Anschließend hat sie sich um Haus und Hof und die Eltern gekümmert. Irgendwann war es dann für alles andere zu spät.»

Das erklärte die schöne Handschrift und die professionelle Skizze. Eine gebildete Frau, die nie die Möglichkeit gehabt hatte, ihr Wissen anzuwenden. So etwas ist hier bloß den Männern vergönnt, dachte Amanda.

Sie starrte auf ihre Stiefel hinab und entdeckte einen dunkelroten Blutfleck, der an der Gummiumrandung klebte. Bei der erstbesten Gelegenheit würde sie die Stiefel entsorgen.

Amanda begleitete Leif noch zum Tor und ging anschließend langsam ins Botschaftsgebäude zurück. Am Whiteboard blieb sie stehen.

Es war sauber gewischt und leer – abgesehen von einem zusammengefalteten Zettel, auf dem Amandas Name stand und den jemand mit einem großen schwarzen Magneten an die Tafel geheftet hatte.

Amanda faltete das Blatt auseinander.

Ich wollte Sie nicht stören. Mr. Rassouls Sekretär lässt ausrichten, dass sich der Innenminister auf einer Dienstreise befindet und erst in gut einer Woche zurückerwartet wird. Tamana.

Amanda knüllte den Zettel zusammen.

Dieses verdammte Schwein.

Er wusste genau, dass Amanda ihn zu sprechen wünschte und dass die Zeit gegen sie lief.

55

Trotz der guten Neuigkeiten schleppte sich Bill mit schweren Schritten und zu Boden gerichtetem Blick auf den Eingang zu. Alice Bohman hatte die Gelegenheit ergriffen, um sich im Rampenlicht zu sonnen, und dem Justizministerium bereits in Eigenregie mitgeteilt, dass die Diplomaten am Leben waren. Sie ließ wirklich keine Gelegenheit aus, sich mit fremden Federn zu schmücken. Diesmal hatte sogar der königliche Golfclub Drottningholm zurückstehen müssen; immerhin hatten schwedische Einsatzkräfte in einem Kriegsgebiet eine erfolgreiche Befreiungsaktion durchgeführt.

Doch dann waren Einzelheiten eingefordert worden.

«Ja, Bill, das war wirklich herausragende Arbeit», sagte sie und tätschelte ihm den Oberarm, als er den Eingang erreichte.

«Das war nicht mein Verdienst. Aber ich werde Ihren Dank an Amanda und die anderen Beteiligten weiterleiten», erwiderte er und fuhr sich mit einem Finger unter den Kragen, um das Jucken zu lindern.

Das hellblaue Popelinehemd und die dunkelblaue Hose aus Polyester bescherten ihm jedes Mal einen Juckreiz. Außerdem spannte die Hose im Schritt und an den Oberschenkeln, als wäre sie falsch vernäht.

Das Justizministerium war einfach nicht Bills Schauplatz. So war es nun einmal. Er wünschte sich in sein Büro in Sörentorp – Hauptsache weg von Popelinehemden und all den Anzugträgern in Rosenbad. Bei der Planung und Koordination von Einsätzen in Absprache mit den beteiligten Einheiten – da war er in seinem Element. Dazwischen versuchte er, mit seinen Kollegen auf der Aschebahn und im Schießstand gleichauf zu sein.

«Wir haben noch ein paar Minuten Zeit. Möchten Sie, dass ich Ihnen eine kurze Zusammenfassung gebe, bevor wir reingehen?», fragte Bill und musterte Alice Bohman.

«Nein, nein, das ist nicht nötig. Ich vertraue Ihnen. Wir gehen rein und bringen es hinter uns. Der Golfplatz ruft, wissen Sie? Das Mittagessen im Club ist exquisit.»

Wenn die Umorganisation der Polizei abgeschlossen ist, verdient diese Frau wirklich einen Platz in einer vergessenen Abstellkammer für ausrangierte höhere Vorgesetzte, dachte Bill, als sie die Sicherheitskontrolle passierten und die Marmortreppe hinaufgingen. Die blonde Empfangsdame winkte ihnen fröhlich zu.

«Guten Morgen. Ich soll Sie in den Besprechungsraum begleiten», sagte sie und verließ ihren Glaskäfig.

Alice Bohman blieb vor einem Spiegel stehen und zupfte ihre Frisur zurecht. Dann steckte sie sich einen Finger in den Mund und rieb sich damit am Lidrand entlang. Die Mascara hatte sich verselbständigt und klebte wie ein Rußfleck unter dem Auge. Bill sah noch, wie sie sich über die Mundwinkel leckte und dann mit dem Handrücken den überschüssigen Lippenstift abwischte. Als sie den Fahrstuhl betraten, lächelte Bohman und reckte den Daumen, als wollte sie ihm Selbstvertrauen einflößen. Er wandte den Blick ab und gab vor, mit seinem Handy beschäftigt zu sein.

«Willkommen, willkommen», empfing sie der Staatssekretär, als sie den Besprechungsraum betraten, und bleckte seine fast makellos weißen Zähne.

Bill wusste nicht recht, was er sagen sollte. Dass Tejler sie derart überschwänglich begrüßte, war neu.

«Setzen Sie sich», forderte die Direktorin des Juristischen Diensts, Lena Eklund-Berg, sie auf und vergewisserte sich eilig, dass genügend Kaffee bereitstand. Auch sie schenkte ihnen ein strahlendes Lächeln.

Wie immer war sie perfekt geschminkt. Im Raum war es bereits jetzt unerträglich stickig.

Der Stabschef erschien als Letzter und schloss die Tür hinter sich.

«Die Pressekonferenz wurde auf drei Uhr nachmittags verschoben», eröffnete er ihnen und ließ sich auf einen Stuhl fallen.

Immerhin, dachte Bill, der spürte, wie seine Hände zu schwitzen begannen. Ein schwacher Zitrusduft wehte durch den Raum, als Lena Eklund-Berg sich vorbeugte und nach der Milch auf dem Tisch griff. Hatte Sofia früher nicht ein ähnliches Parfüm benutzt? Auf dem Flakon waren irgendwelche Blumen abgebildet gewesen, verschiedenfarbige Margeriten, doch an den Namen konnte er sich nicht mehr erinnern.

Bill kritzelte «buchen» und «Parfüm» auf seinen Handrücken.

In Gedanken ging er noch einmal durch, was er gleich sagen wollte, als Alice Bohman auch schon das Wort ergriff und die anderen Teilnehmer am Tisch verstummten. Wie üblich erging sie sich in einer Endloslitanei. Allerdings schien sie genau zu wissen, was die politischen Amtsträger hören wollten.

«Weitsichtige und erfolgreiche Arbeit basiert auf mannigfaltigen Kompetenzen, und genau darauf setzen wir bei der schwedischen Polizei seit Jahren – nicht zuletzt seit ich die Leitung der Reichskriminalpolizei übernommen habe.»

Bohman ging weiter auf Punktehascherei. Es war geradezu schmerzhaft offensichtlich, dass sie versuchte, ihren weiteren Karriereweg zu ebnen. Doch die Tischrunde nickte bloß beifällig.

«Das besagte Sondereinsatzkommando ist Teil der Reichskriminalpolizei – der ich vorstehe –, und wir sind stolz darauf, eine weibliche Kollegin an vorderster Front zu wissen. Das zeigt, dass wir die Begriffe Diversität und Gleichberechtigung ernst nehmen. Und diese gelungene Kombination hat den glücklichen Ausgang der Affäre in Kabul überhaupt erst möglich gemacht», schloss Bohman lächelnd und wies mit einer ausholenden Geste auf Bill. Keinem der Zuhörer schien es unangenehm aufgefallen zu sein, dass Alice Bohman sich eigentlich nur selbst beweihräuchert hatte, im Gegenteil, das zustimmende Nicken und das einvernehmliche Gemurmel waren sogar stärker geworden.

«Und damit übergebe ich das Wort an Bill Ekman, der Ihnen die näheren Details erläutern und Ihre Fragen beantworten wird.»

Wie lautete doch gleich wieder der Tipp der Profis? Sich die Zuhörer nackt vorstellen? Oder so tun, als wären sie Familienmitglieder? Bill entschloss sich für die erste Variante. Er wischte sich die schweißnassen Hände an der Hose ab. Vier Augenpaare hatten sich erwartungsvoll auf ihn gerichtet.

«Ingrid Larsson und Mikael Berg befinden sich momentan in einem Kabuler Krankenhaus und werden medizinisch versorgt. Keiner der beiden ist lebensgefährlich verletzt», begann Bill.

«Geht es ihnen gut?», warf der Staatssekretär ein.

Was für eine Frage! Nach mehreren Tagen in Gefangenschaft – in ständiger Todesangst?

«Ingrid Larsson steht nach wie vor unter Schock, aber abgesehen davon, dass sie stark dehydriert war, hat sie keine körperlichen Beeinträchtigungen. In Mikael Bergs Fall sind die physischen Verletzungen gravierender ...»

«Was bedeutet das?», hakte Eklund-Berg nach.

Während Bill Mikaels Zustand genauer erläuterte, wechselten der Staatssekretär und der Stabschef vielsagende Blicke.

«Sollen wir unter diesen Umständen nicht besser davon Abstand nehmen, bei der Pressekonferenz Bilder der zwei Diplomaten zu veröffentlichen? Wie sehen Sie das?», ließ sich der Stabschef vernehmen.

Er klang genauso berechnend und gefühllos, wie zu erwarten gewesen war. Mit anderen Worten hatten sie ursprünglich vorgehabt, Ingrid und Mikael wie zwei Trophäen vorzuzeigen. Die Pietätlosigkeit dieser Politiker kannte ganz offenkundig keine Grenzen, dachte Bill und sah den Staatssekretär an, der selbstzufrieden mit der Zunge schnalzte.

«Wenn Sie mich fragen, muss die zentrale Botschaft lauten, dass die zwei Diplomaten noch am Leben sind – und zwar dank einer gemeinschaftlichen afghanisch-schwedischen Befreiungsaktion», sagte der Staatssekretär und unterstrich das Wort «gemeinschaftlich» mit einer lebhaften Geste.

Bill presste die Kiefer aufeinander. Was sollte das denn heißen – *gemeinschaftlich*?

«Wenn Sie gestatten, würde ich Ihnen gern den Hergang der Operation schildern, damit Sie sich ein korrektes Bild machen können», sagte er langsam.

«Was mich ganz ungefragt dazu veranlasst, Sie davon in Kenntnis zu setzen, dass im Zuge des bevorstehenden Staatsbesuchs des afghanischen Präsidenten auch der afghanische Innenminister nach Schweden kommen wird – gerade um die gute Zusammenarbeit zu würdigen», fügte der Staatssekretär hinzu.

Das konnten sie doch nicht ernst meinen! Bill brach der Schweiß aus, und seine Kniekehlen wurden feucht. Hatte er sich verhört? Oder hatte Tejler jetzt vollkommen den Verstand verloren? Bill räusperte sich und trank seinen Kaffee aus, um sich zu sammeln.

«Ich kann Ihnen nicht ganz folgen ... oder habe ich Sie eben missverstanden?», fragte er und gab sich alle Mühe, seiner Stimme einen festen Klang zu verleihen.

«Ich sagte, dass wir auch den afghanischen Innenminister nach Schweden eingeladen haben, wenn der Präsident auf Staatsbesuch kommt. Wir haben die Einladung umgehend ausgesprochen, nachdem wir von Frau Bohman erfahren hatten, dass die Geiseln befreit wurden und wohlauf gerettet werden konnten.»

Bill sah Alice Bohman an, die seinen Blick mit einem Lächeln erwiderte. Sie schien offenbar der Meinung zu sein, dass die Einladung des afghanischen Innenministers eine brillante Idee war.

«Dann lautet mein Rat an Sie, diese Einladung unverzüglich zurückzuziehen», sagte Bill und betonte jede einzelne Silbe, während er erst den Staatssekretär, dann den Stabschef anfunkelte.

Aus dem Augenwinkel sah Bill, dass Alice Bohman das Gespräch schlagartig unangenehm zu werden schien. Jetzt würde es unerfreulich werden, das war selbst ihr nicht entgangen.

«Und was veranlasst Sie zu diesem Ratschlag, wenn man fragen darf?», hakte der Stabschef nach und lehnte sich nach vorn. Er hatte die Oberlippe leicht nach oben gezogen, und in seinen Mundwinkeln bildeten sich Speichelbläschen.

«Die Tatsache, dass man zwei schwedische Staatsbürger umgebracht hätte, wären unsere Leute nicht im dritten Anlauf *vor* der afghanischen Polizei in Mahmud Raqi eingetroffen.»

«Wie kommen Sie darauf?», schnaubte der Stabschef.

«Die afghanischen Kollegen hatten den Auftrag, sämtliche beteiligten Personen ausnahmslos zu eliminieren – inklusive der Geiseln –, und dieser Auftrag stammte aus dem afghanischen Innenministerium – also aus allerhöchsten Regierungskreisen.»

«Ich wiederhole meine Frage: Wie kommen Sie darauf?» Der Stabschef sah ihn mit zusammengekniffenen Augen an.

Bill holte tief Luft. Nun würde das gesamte Ausmaß der Verstrickungen ihrer afghanischen Verbündeten ans Tageslicht kommen.

Das Heroin sowie die E-Mail mit dem Bild des Botschafters mit Erik Björk und dem unbekannten Afghanen verschwieg er geflissentlich. Amanda und er hatten sich darauf geeinigt, über diese Punkte Stillschweigen zu bewahren, um Svens Familie die pikanten Details zu ersparen. Stattdessen gab er Amandas eindringliche Schilderung wieder, auf welche Art die festgenommenen Entführer sowie die unbeteiligte Frau von den afghanischen Polizisten hingerichtet worden waren.

Der Staatssekretär saß mit offenem Mund da und starrte Bill an, dessen Blick unweigerlich zu dessen Bluterguss am Auge wanderte.

Lena Eklund-Berg hatte die Hand vor den Mund geschlagen und stieß ein ersticktes Keuchen aus. Der Einzige, der gänzlich ungerührt wirkte, war der Stabschef, der sich die buschigen Augenbrauen zwirbelte. Alice Bohman starrte unverwandt auf ihre Kaffeetasse.

«Wie Sie jetzt sicher verstehen, war es gelinde gesagt unangemessen, dem afghanischen Innenminister eine Dankeseinladung auszusprechen – nachdem er doch in Wahrheit nichts anderes getan hat, als den Tod dieser Leute zu befehlen», schloss Bill.

«Soso», ließ sich Bohman nach einer Weile vernehmen und sah Bill von der Seite an. Vermutlich befürchtete sie inzwischen, dass dieser aufgebrachte Mitarbeiter und Leiter des Sondereinsatzkommandos, der die Dinge so direkt beim Namen nannte, das Ende ihrer Karriere einläuten könnte.

«Wenn Sie mich fragen, sollten Sie sich um Ihre Polizeiarbeit kümmern und die politisch-bilateralen Fragen allein uns überlassen sollten», grollte der Stabschef.

Der Staatssekretär drehte sein Brillenkettchen zwischen Daumen und Zeigefinger hin und her und atmete schwer, bevor er nickte, während die Chefin des Juristischen Diensts auf die Tischplatte hinabstarrte.

«Haben Sie irgendwelche Beweise für Ihre Behauptung?», fragte der Staatssekretär.

«Genügt es nicht, dass unsere Verhandlungsführerin vor Ort alles mit eigenen Augen gesehen hat?»

«Wenn Sie nichts Konkreteres vorzuweisen haben als Ihre Hypothesen und Indizien, glaube ich, dass ...»

«Verflucht noch mal!» Bill schlug mit der Faust auf den Tisch und funkelte den Staatssekretär wütend an. «Der afghanische Innenminister hat seiner Truppe den Befehl erteilt, *sämtliche* Beteiligten in dem Entführungsfall zu töten – inklusive zweier Geiseln, die zufällig schwedische Diplomaten waren. Begreifen Sie nicht, dass wir den Tod zweier Staatsbürger zu verantworten hätten, wären unsere

Leute auch nur ein paar Minuten später in Mahmud Raqi eingetroffen?»

Bills Ausbruch schien die Tischrunde aus der Fassung zu bringen, allerdings nur für einen kurzen Augenblick.

«Uns ist natürlich bewusst, dass die Befreiungsaktion im letzten Moment erfolgte. Aber die Behauptung, die afghanische Polizei habe im Auftrag ihres Innenministers gehandelt, ist doch völlig absurd! Die wahrscheinlichste Erklärung ist wohl, dass es sich um vereinzelte schießwütige Polizisten gehandelt hat», sagte der Stabschef.

«Nur dass der afghanische Kommandant den Regierungsbefehl unserer Unterhändlerin gegenüber eingestanden hat», entgegnete Bill durch die zusammengebissenen Zähne.

«Sie vertrauen also den Worten eines Polizisten, der seine eigene Staatsführung in Misskredit bringt?», wollte der Staatssekretär wissen und zog die Augenbrauen hoch.

«Ich habe allen Grund zu glauben, dass er die Wahrheit sagt.»

Amanda hatte Farouks Bruder bei dem Einsatz in Dolatabad das Leben gerettet. Eine solche Tat schaffte Vertrauen, davon war Bill überzeugt.

«Waren nicht Sie derjenige, der noch vor ein paar Tagen das mangelnde Niveau kritisiert hat, auf dem sich die afghanische Polizei befindet – und das trotz fortdauernder Ausbildungsmaßnahmen unter anderem von schwedischer Seite?», fragte nun Bohman, die endlich die Sprache wiedergefunden zu haben schien.

Auf wessen Seite stand diese Frau eigentlich? Hatte er nicht gerade genau darauf angespielt? Wenn es nach den afghanischen Partnern gegangen wäre, hätte keiner der Beteiligten überlebt.

«Die Lage gestaltet sich wie folgt: Ihre Verschwörungstheorien werden als Unsinn zurückgewiesen. Die Einladung an den afghanischen Innenminister bleibt selbstverständlich bestehen, es sei denn, Sie können Ihre Behauptung belegen», sagte der Staatssekretär.

Darauf fiel Bill nichts mehr ein.

Gott, wie sehr er sich an die frische Luft sehnte, weit weg von all diesen selbstherrlichen Entscheidungsträgern in Rosenbad! Er schwitzte und lockerte mit zwei Fingern seinen Kragen. Vielleicht würde ihm das ja ein bisschen Luft zum Durchatmen verschaffen.

«Lassen Sie mich eine andere Frage stellen. Haben Sie irgendwelche Zusammenhänge zwischen Erik Björks Ermordung und den Ereignissen in Kabul ermittelt? Oder kommen diesbezüglich auch wieder nur Spekulationen?», meldete sich der Stabschef zu Wort.

Bill schwieg einen Moment. Wenn er nicht lügen wollte, würde er seine Worte jetzt sorgfältig abwägen müssen. Andernfalls wäre er gezwungen, auch das Heroin und die homoerotischen Neigungen des Botschafters zu erwähnen.

«Wir gehen nach wie vor einer Hypothese nach ...», antwortete er zögernd.

Würde ihn die Antwort seinen Job kosten? Würde sie ihn in den Augen seiner Vorgesetzten nur umso mehr zu einem Störfaktor abstempeln, dessen Kompetenzbereich künftig nach und nach eingeschränkt würde, bis er von jeder sinnvollen Polizeiarbeit ausgeschlossen wäre?

«Und wie steht es mit alledem, was Sie zuletzt über den schwedischen Botschafter geäußert haben?», fuhr der Stabschef fort, der auf seinem Notizblock eine ganze Batterie an Fragen aufgelistet zu haben schien.

«Was meinen Sie?»

«Sie haben behauptet, er sei ermordet worden ...»

«So wie es derzeit aussieht, halte ich an dieser Behauptung fest.»

«So wie es aussieht?», mischte sich jetzt Lena Eklund-Berg wieder mit ein, wurde aber vom Staatssekretär unterbrochen, der allmählich die Geduld verlor.

«Hören Sie, wir halten heute Nachmittag um 15 Uhr eine Pressekonferenz ab, bei der wir einzig und allein die erfolgreiche schwedisch-afghanische Operation und die Befreiung der schwedischen

Geiseln kommentieren. Dort ist weder Platz für einen verzweifelten schwedischen Botschafter, der sich in Kabul das Leben genommen hat, noch für einen Stockholmer Mordfall. Ist das klar?»

Bill gab keine Antwort, sah aber, wie sich Alice Bohmans Kopf leicht auf und ab bewegte. Diese rückgratlose Jasagerin.

«Wie gedenken Sie eigentlich bezüglich des Ablebens des Botschafters zu verfahren ... und nicht zuletzt mit seinem Leichnam?»

«Das ist Sache des Außenministeriums.»

«Verstanden.» Was für ein Glück, dachte Bill, dass er an dieser Farce von einem Meeting teilnahm und nicht Amanda. Sie hätte die Anweisungen nie akzeptiert, davon war er überzeugt. Nicht weil es hier um undurchsichtige politische Scharmützel ging, sondern weil die Gerechtigkeit auf der Strecke geblieben war.

Man müsse der Gerechtigkeit zu ihrem Recht verhelfen, pflegte Amanda zu sagen, ganz gleich wie unangenehm die Wahrheit sei.

«Betrachten Sie Ihren Auftrag als beendet. Wir danken Ihnen für Ihre Ratschläge zum bevorstehenden Besuch aus Afghanistan, aber von nun an bitten wir Sie, die politische Arena uns zu überlassen», sagte der Staatssekretär.

«Mit Vergnügen», knurrte Bill und verließ den Raum.

Im Hinausgehen hörte er noch, wie Alice Bohman sich für ihn entschuldigte.

56

Amanda wachte im selben Moment auf, als die Räder auf der Landebahn in Arlanda aufsetzten. Am Taxistand vor dem Flughafengebäude atmete sie erst einmal tief ein und genoss die schwedische Sommerluft. An ihren Armen klebte nach wie vor eine dünne Staubschicht, und feiner Sand juckte auf ihrer Kopfhaut.

Ihr Handy meldete sich: eine Begrüßungs-SMS von ihrem Telefonanbieter und zwei verpasste Anrufe. Dann eine SMS von André. So hartnäckig war er schon lange nicht mehr gewesen. Amanda las die Nachricht, während sie in ein Taxi stieg.

«Amanda, ich habe deinen Anruf abgehört, aber ich kann mich nicht mit dir treffen. Annikas Brustkrebs ist zurück. Ich muss mich jetzt um meine Familie kümmern und habe weder Zeit noch Kraft für irgendetwas anderes. Wir können uns treffen, wenn sich die Lage wieder ein wenig beruhigt hat und wir die Dinge besser überblicken können.»

Sie las die SMS wieder und wieder.

Was sollte das denn heißen: besser überblicken?

Sie erwarteten ein Kind – und er beendete ihre Beziehung einfach so per SMS?

So hatte sie sich ihre Heimkehr nicht vorgestellt. Was für ein Idiot! Noch vor fünf Tagen hatten sie darüber beratschlagt, wann der beste Zeitpunkt für eine gemeinsame Rom-Reise sei. Und jetzt ganz plötzlich war in seinem Leben weder Platz für sie noch für das heranwachsende Leben in ihrem Bauch? Sie wischte sich die Tränen aus dem Gesicht und starrte in die Landschaft, die vor dem Seitenfenster vorbeizog.

Eine gute halbe Stunde später konnte sie jenseits der E4 das Polizeigebäude in Sörentorp erkennen. Es war mittlerweile Abend geworden, und Bill stand mutterseelenallein auf dem Parkplatz. Amanda tastete nach dem Verschluss ihrer Kette, zog das Medaillon ab und ließ es in die Tasche ihres Blazers gleiten. Kurz bevor sie aus dem Taxi stieg, schickte sie noch eine SMS an André: «IDIOT.»

«Du ahnst gar nicht, wie froh ich bin, dich wieder auf heimischem Boden zu sehen – noch dazu sauber und an einem Stück!», rief Bill und nahm Amanda fest in den Arm.

«Und du siehst mindestens genauso mitgenommen aus, wie ich mich fühle, wenn du mir die Offenheit verzeihst», erwiderte sie lächelnd.

Er war erleichtert, das sah sie ihm an. So hatten sie schon häufiger beieinandergestanden, doch beileibe nicht jedes Mal hatten sie Grund zur Freude gehabt.

«Bevor ich es vergesse: Das FBI lässt fragen, ob einer unserer Verhandlungsführer als Trainer bei ihrem Ausbildungsprogramm für fortgeschrittene *negotiator* mitmachen will. Wäre das nicht etwas für dich?», fragte Bill.

Seine Hände lagen immer noch auf ihren Schultern, und er sah sie erwartungsvoll an. Wie üblich voller Energie und Tatendrang, dachte Amanda.

«Wann soll denn dieses Training stattfinden?» Sie streifte sich den Schultergurt ihrer schwarzen Canvastasche über und beförderte sie mit einem Schwung auf den Rücken. Kopfüber zurück ins Hamsterrad. Typisch. Trotzdem war es keineswegs gesagt, dass sie in ein paar Monaten in Quantico wäre, um andere Verhandlungsführer auszubilden.

«Fünf Seminarsitzungen über das Frühjahr verteilt. Die erste soll Ende Januar stattfinden, glaube ich. Aber du machst keinen besonders enthusiastischen Eindruck», stellte Bill fest, während er nach ihrer zweiten Tasche griff.

«Wäre natürlich interessant ... Aber lass uns mit der Antwort noch ein bisschen warten.»

Um diese Zeit wäre sie hochschwanger, womöglich sogar schon im Mutterschutz. Ein Lächeln umspielte ihren Mund.

«Sie wollen so schnell wie möglich Bescheid, aber lass es dir für ein paar Tage durch den Kopf gehen. Du musst sowieso erst einmal wieder mental ankommen», sagte Bill und ging vor ihr her.

Amanda spürte, wie sich das ambivalente Gefühl wieder einstellte, das sie nur allzu gut kannte und das sie nach jedem Auftrag in einem chaotischen Land erneut überkam: Die Freude darüber, wieder zu Hause zu sein, im wunderbaren Schweden, wo alles seine Ordnung hatte, war von einem Gefühl der Leere begleitet. Hier tauchten die Leute zur vereinbarten Zeit auf, hier war die Luft sauber, und ganz selbstverständlich wurde einem hier als Frau auf Augenhöhe begegnet. Zumindest annähernd. Auf der anderen Seite mehrten sich auch hierzulande die Probleme; ihr Fokus würde alsbald von blutigen Attentaten und dem tagtäglichen Überlebenskampf hin zu unendlich trivialeren Dingen wandern, der Frage etwa, wer die leeren Patronenhülsen im Schießstand hatte liegenlassen, oder zu belanglosen Kommentaren darüber, dass der Sprungturm höher sein dürfe.

«Tut mir leid, dass ich dich direkt herbeordert habe. Aber es gibt da eine Sache, die wir uns gemeinsam ansehen müssen.»

«Ich bin nicht diejenige, deren Frau und Kinder zu Hause sitzen und warten», erwiderte sie und hievte ihre Tasche durch die Schleuse.

Amanda fiel sofort auf, dass Bill nicht reagierte. Sie war sich allerdings nicht sicher, ob jetzt der richtige Zeitpunkt war, um sich nach Sofia und den Kindern zu erkundigen.

«Ich weiß, wie sehr du es hasst, Dinge, die du angefangen hast, nicht zu Ende zu bringen. Aber das Justizministerium hätte es deutlicher nicht formulieren können: Unser Auftrag in Afghanistan gilt als beendet.»

«Den einen oder anderen Punkt konnte ich noch erledigen», erwiderte sie und grinste vielsagend.

«Was? Hast du mit dem Innenminister gesprochen?»

Amanda spürte, wie Bill sie von der Seite betrachtete. Mit Nur Rassoul begab sie sich ganz offenkundig auf verdammt dünnes Eis.

«Nein. Aber Svens Leichnam war in derselben Maschine wie ich», antwortete sie schnell.

«Hol mich der Teufel!», entfuhr es Bill, der sich auf den nächstbesten Stuhl fallen ließ.

«Er dürfte in diesen Minuten in der Rechtsmedizin in Solna eintreffen», fuhr Amanda fort und drehte die Armbanduhr an ihrem Handgelenk hin und her. Auf dem Boden stand ein riesiger weißer Übertopf mit üppigen Blumen in Weiß, Rosa und Blau. Daneben lag eine längliche Geschenkverpackung von Nordiska Kompaniet.

«Hortensien und ein Parfüm für Sofia?», fragte Amanda.

Bill nickte und spielte mit der Fernbedienung. Amanda konnte das Gekritzel auf seinem Handrücken sehen.

«Wofür steht ‹Mi. Br.›?»

Bill seufzte. «Ich habe Sofia und mich für das Mittwochstreffen bei den Anonymen Alkoholikern in Bromma angemeldet.»

«Sicher, dass sie mitgeht?»

«Ganz ehrlich? Ich weiß es nicht, aber wir müssen ... müssen es zumindest versuchen.»

Amanda nahm ihn freundschaftlich in den Arm. «Gratuliere. Eine deiner besseren Entscheidungen.»

«Vermutlich, und es ist höchste Zeit. Aber jetzt raus mit der Sprache: Wie hast du es angestellt, Leijonhufvud in den Flieger zu kriegen?», hakte Bill nach und klatschte sich mit der Hand auf den Oberschenkel.

Amanda zuckte mit den Schultern. Auf dem Couchtisch stand eine großzügig gefüllte Schale mit Süßigkeiten, daneben eine ausrangierte Butterbrotdose, die als Kaffeekasse diente. Sie schüttelte die Dose, doch wie üblich lag nicht eine einzige Krone darin, nur Zettel mit ausstehenden Beträgen.

Sie biss in einen Schokoladenkeks und legte einen zerknitterten Dollarschein in die Kasse, bevor sie antwortete: «Man nennt es ganz einfach ‹sensible Fracht› und betont die Dringlichkeit eines sicheren Transports, während man gleichzeitig mit seinem Diplomatenausweis winkt. So ungefähr.»

Als sie sah, wie Bill ihr eifrig zunickte, konnte sie sich ein triumphierendes Lächeln nicht verkneifen.

«Und was haben die Angestellten im Serena Hotel gesagt?»

«Da ist es ganz ähnlich gelaufen; ein Diplomatenpass wirkt doch tatsächlich Wunder. Diskretion ist ihnen heilig, und sie haben nichts davon, wenn sie lautstark herumposaunen, dass in einem ihrer Zimmer ein toter Botschafter liegt.»

«Und die praktische Abwicklung?»

«Der Einsatzleiter und einer der Beamten, der bei der Befreiungsaktion dabei war, haben mir geholfen. Wir haben die Leiche im Sarg direkt zum Flughafen transportiert. Es war höchste Eisenbahn», sagte Amanda und wischte ein paar Kekskrümel von ihrem Hemd.

Ihre Kleidung spannte und fühlte sich zu eng an. Sie lockerte ihren Gürtel und zog die Schuhe aus. Zu Hause in ihrer Wohnung würde sie als Erstes einen Schwangerschaftstest machen. Angesichts der deutlichen Signale, die ihr Körper aussandte, war er eigentlich nicht nötig, aber sie wollte die Bestätigung schwarz auf weiß.

Dass ein Kind in ihr heranwuchs.

«Was meinst du?», fragte Bill.

«Ich meine den Geruch.» Und als Bill es immer noch nicht zu begreifen schien, fügte sie hinzu: «In der gesamten Suite hing Leichengestank, obwohl ich die Klimaanlage auf höchste Stufe gestellt hatte. Hätten wir ihn nicht dort rausgeholt, wäre es mit der Diskretion vorbei gewesen.»

«Und jetzt wird der Leichnam obduziert?»

«Darauf kannst du Gift nehmen», bestätigte Amanda und setzte sich auf dem Sofa zurecht.

Sie würde dafür sorgen, dass Svens Leiche von schwedischen Fachleuten obduziert würde, und wenn es das Letzte wäre, was sie tat. Der Rechtsmediziner hatte ihr versprochen, die Obduktion vorzuziehen und den Bericht in allerspätestens zwei Tagen fertigzustellen. Wenn Sven vorgehabt hätte, sich das Leben zu nehmen, hätte er nicht ins Serena fahren müssen. Und die Luxusreise nach Dubai, die er gebucht hatte, passte auch nicht zur Selbstmordtheorie. Nein, wenn sie eines mit Sicherheit wusste, dann dass Sven sich nicht aus freien Stücken erhängt hatte. Das würde sie beweisen, ganz gleich was die Herren Politiker in Rosenbad davon hielten. Dass sie einfach darüber hinweggingen, dass der afghanische Innenminister befohlen hatte, die Diplomaten zu töten, war gelinde ausgedrückt infam, allerdings weitaus schwieriger zu beweisen als ein Mord.

Resigniert schaltete Bill den Fernseher an, und auf dem Bildschirm erschien ein Moderator, der auf einem teuren braunen Ledersofa saß. Amanda erkannte das Logo des staatlichen afghanischen Nachrichtensenders in der Ecke.

«Sieh dir das an», murmelte Bill.

Ein elegant gekleideter Mann steuerte eine für die Gäste der Show vorgesehene Couch an. Als er sein Gesicht der Kamera zuwandte, wurde Amanda eiskalt.

Seine Stimme klang vertrauter, als es nach ihrer einmaligen kurzen Begegnung zu erwarten gewesen wäre.

Am unteren Bildrand wurde eine längere Meldung eingespielt: «Entführte schwedische Diplomaten in gemeinsamer schwedisch-afghanischer Operation befreit!»

«Dieses Schwein», fluchte Amanda und folgte konzentriert den eingeblendeten Untertiteln, während Nur Rassoul berichtete, wie reibungslos und erfolgreich die schwedischen und afghanischen Kräfte Seite an Seite gearbeitet hätten.

«Aber wozu dieser öffentliche Auftritt?», fragte Amanda, die ihren Blick nicht vom Fernsehbild losreißen konnte.

Das war keine Zusammenarbeit gewesen, sondern ein Kampf, ein Wettlauf, wer von ihnen als Erster vor Ort wäre.

«Die reinste Schmierenkomödie», antwortete Bill und berichtete Amanda von der Einladung des afghanischen Innenministers nach Schweden. Wenige Minuten später war Amanda über das Meeting im Justizministerium im Bilde. Es war das Letzte, was sie erwartet hatte: Nicht genug, dass Nur Rassoul sich in Stockholm im Umkreis politischer Würdenträger profilierte; er würde darüber hinaus auch noch als Held dastehen.

«Nachdem die schwedische Regierung eine offizielle Einladung ausgesprochen hat, kann er jetzt schon davon profitieren, indem er sich mit einer medienwirksamen Nachricht ins Rampenlicht rückt», sagte Bill.

Es war einfach nicht zu fassen. Derselbe Dreckskerl, der Amanda in Kabul wie Luft behandelt hatte, saß jetzt dort auf einer Fernsehcouch und heimste die Lorbeeren für etwas ein, das er tagelang versucht hatte zu hintertreiben.

Und in Kürze würde er auf den Straßen ihrer Stadt mit Lobeshymnen überschüttet werden und die Früchte ihrer Arbeit ernten.

«Wir müssen dem Justizministerium erklären, wie die Operation in Wahrheit verlaufen ist, die müssen doch ...», stammelte Amanda verzweifelt.

«Es wäre zwecklos, glaub mir. Ich hätte meinen Standpunkt nicht deutlicher formulieren können, aber sie bleiben bei ihrer Entscheidung», erwiderte Bill.

Amanda schaute das Interview ein zweites Mal und lauschte auf jedes Wort. Mit ein bisschen Mühe verstand sie, was Nur Rassoul sagte, auch ohne die englischen Untertitel lesen zu müssen.

Dann entdeckte sie ihn.

Das konnte doch nicht wahr sein!

Der schmale Goldring mit den eingelassenen Lapislazulisteinen am kleinen Finger des Innenministers.

Sie hielt den Atem an und schluckte die aufsteigende Übelkeit hinunter.

«Bill, ich glaube, es ist ... der Innenminister ... Siehst du den Ring?», war alles, was sie mit kaum vernehmbarer Stimme herausbrachte.

«Wovon redest du?»

«Halt die Aufnahme an!», keuchte sie und begann, in ihrem Rucksack herumzuwühlen.

Das Foto lag in ihrem Notizbuch.

Drei nackte Männer beim Liebesakt.

Ein Afghane, zwei Schweden. Die Schweden waren inzwischen beide nicht mehr am Leben, doch der Afghane war noch immer quicklebendig und erfreute sich bester Gesundheit.

«Bill», hauchte Amanda, legte das Foto auf den Tisch und spulte das Interview um ein paar Sekunden zurück.

Als Nur Rassoul im Profil und mit der linken Hand auf dem Schoß eingeblendet wurde, drückte sie auf Pause. Der Ring war deutlich zu erkennen. Rassoul neigte den Kopf leicht zur Seite, sodass sein Ohr deutlich zu sehen war.

Genau wie auf dem Bild.

Es bestand kein Zweifel.

Der dritte Mann auf dem Foto war Nur Rassoul.

Bill starrte auf den Fernseher und dann wieder auf das Foto.

«Der Dritte im Bunde war also kein Geringerer als der afghanische Innenminister», stellte er fest und nickte bedächtig.

«Der Innenminister höchstpersönlich, ja», murmelte Amanda.

«Aber du bist ihm doch begegnet? Hast du ihn nicht ...»

«Es lag am Bart – auf dem Foto hat er einen dichten Vollbart. Als ich ihm begegnet bin, hatte er ihn gerade frisch gestutzt», antwortete Amanda mit zusammengebissenen Zähnen.

«Und der Ring?»

«Den hatte er nicht angesteckt, der wäre mir gleich aufgefallen! Aber womöglich trug er ihn an einer Kette um den Hals, wie auf dem Foto.»

«Hatte die Informantin nicht erwähnt, dass die Entführer irgendwann unruhig wurden, während sie auf das Lösegeld warteten, weil sie das Gefühl hatten, irgendjemand wäre hinter ihnen her?»

«Ja – dabei war es gar nicht Sven, der das Lösegeld zahlen sollte. Zu dem Zeitpunkt war er bereits tot ... und Erik Björk ebenfalls», sagte Amanda.

«Dann bleibt nur noch einer», schlussfolgerte Bill.

Amanda nickte und starrte auf das Emblem des Sondereinsatzkommandos, das an der Wand hing. Der stolze schwarze Panther, der auf den Hinterläufen stand und rote Flammen spie. Drei goldene Kronen auf blauem Grund hingen wie ein Dach über dem Kopf des Tiers. In Amanda breitete sich ein Gefühl von Stärke und Zugehörigkeit aus.

«Dann muss er auch derjenige sein, der versucht hat, Sven und mich nach unserem Treffen im Innenministerium in die Luft zu sprengen. Und hundertpro ist er dafür verantwortlich, dass Sven im Serena Hotel ermordet wurde», fügte sie hinzu.

«Warum bist du dir da so sicher?», fragte Bill.

«Weil er geglaubt haben muss, dass Erik Björk, der das Foto gemacht hat, an der Erpressung beteiligt war», erwiderte Amanda.

«Aber warum sollte er dann Leijonhufvud umbringen?»

«Um die Beweise aus der Welt zu schaffen. Homosexualität ist in Afghanistan verboten. Farouk hatte den Befehl, sämtliche technische Geräte zu zerstören, die die Entführer bei sich hatten – und zwar aus einem einzigen Grund: um sämtliche digitalen Spuren zu beseitigen. Vor allem das Foto», sagte Amanda und starrte auf ihre eingerissenen Fingernägel und die entzündete Nagelhaut hinab. Ein Erste-Hilfe-Kasten hing an der Wand gegenüber. Eilig durchquerte sie den Raum und verpflasterte die wunden Fingerspitzen.

Wie hatten sie nur so blind sein können, so bodenlos naiv!

«Und das Heroin?», fragte Bill.

«Damit hat Nur Rassoul nichts zu tun. Daran waren nur Babak und Arash in Stockholm und die Kidnapper in Kabul beteiligt», antwortete Amanda.

«Und der Mord an Erik Björk?» Bill massierte sich die Schläfen.

«Keine Verbindung zum Innenminister. Dafür hat sich dieser Arash ganz alleine zu verantworten. Er wollte eine potenzielle Gefahrenquelle aus dem Weg räumen, damit man ihn nicht mit der Entführung in Zusammenhang bringen würde», schlussfolgerte Amanda.

«Also haben Hossein und Jaweed in Kabul das gleiche Gruppensexfoto an Nur Rassoul gemailt, das Babak von Stockholm aus an Leijonhufvud geschickt hat?»

«Genau so muss es gewesen sein. Babak hat das Bild an Sven gemailt und im Gegenzug für sein Schweigen die Heroinlieferung gefordert. Arashs Kabuler Kumpel sollten Sven unterdessen Angst machen und ihn dazu bringen, das Heroin nach Stockholm zu schicken. Nur haben Hossein und Jaweed auf dem Foto, das Arash ihnen zugespielt hat, offenbar Nur Rassoul wiedererkannt», fasste Amanda zusammen und fühlte sich beschwingt wie schon lange nicht mehr.

«Und sie haben ihre Chance gewittert, auch gleich den Innenminister zu erpressen», resümierte Bill.

«Ganz genau.» Amanda zückte ihr Notizbuch und vervollständigte den Zeitstrahl mit dem Ablauf der Ereignisse. Sie würde der politischen Führungsriege im Justizministerium die Zusammenhänge schon verklickern.

Bill nahm einen Papierstapel von seinem Schreibtisch und unterdrückte ein Gähnen. Er sah wirklich überarbeitet aus.

«Tore hat Leijonhufvuds Handyverbindungen zusammengestellt», sagte er und reichte Amanda den Stapel.

Das könnte hilfreich sein, dachte sie und blätterte die Seiten durch. «Bis wann gehen die Daten zurück?»

«Bis vergangenen Monat. Es sind haufenweise afghanische Telefonnummern darunter. Es wird einige Zeit dauern, die alle auszuwerten.»

Doch Amanda hörte nicht mehr zu. Sie war vollkommen in ihre Notizen vertieft und fuhr parallel mit dem Finger über die Nummern aus der Verbindungsliste.

Genau wie sie erwartet hatte. Annähernd zum selben Zeitpunkt, als Sven im Serena Hotel eingecheckt hatte, hatte er erst zwei afghanische Nummern angerufen und sich dann über die Telefonzentrale des schwedischen Außenministeriums mit einem Stockholmer Anschluss verbinden lassen.

Die Nummer der Telefonzentrale des Außenministeriums würden sie nicht überprüfen müssen.

Aber wer waren die Afghanen, mit denen er zuletzt telefoniert hatte? Bestimmt Leute, die er im Hotel zu treffen gedachte.

«Sollen wir die Nummern anrufen und mal schauen, wo wir landen?», schlug Bill vor.

Amanda hatte sich bereits das Festnetztelefon gegriffen. Sie wählte zwei Nullen vorweg, um extern telefonieren zu können, und anschließend zunächst die vorletzte Nummer, die Sven angerufen hatte.

Es klingelte. Nach einer Weile sprang ein Anrufbeantworter an.

«Welcome to the Swedish Embassy, we are unable to ...»

Amanda legte auf. Natürlich! Sven hatte Ali angerufen, der draußen auf dem Parkplatz im Wagen gewartet hatte. Er hatte ihm wohl mitteilen wollen, dass er soeben eingecheckt hatte.

Sie holte tief Luft und wählte die letzte Telefonnummer. Bill streckte sich nach dem Telefon aus und drückte die Lautsprechertaste.

Nach sechs Klingelzeichen senkte Amanda den Blick. Sie war fast schon im Begriff aufzulegen, als es mit einem Mal in der Leitung knisterte. Dann sagte eine Männerstimme in fehlerfreiem Englisch: «Hello, Rassoul speaking?»

Amanda schnappte nach Luft, ihre Kehle schnürte sich zusammen.

«Sorry, Mister, wrong number», keuchte sie und knallte den Hörer auf die Gabel.

Sie sah Bill an.

«Ruf Staatssekretär Tejler an. Wir müssen ihn sprechen, sofort.»

57

Amandas Blick wanderte immer wieder zu den riesigen Händen des Staatssekretärs. Sie sahen nicht nur aus, als gehörten sie einem Holzfäller, es waren obendrein auch die gepflegtesten Hände, die sie jemals gesehen hatte. Keine brüchigen Fingernägel, keine rissige Nagelhaut. Einfach nur riesig. Er zwirbelte an der Brillenkette, die er um den Hals trug.

«Wir wissen es zu schätzen, dass Sie diese Zusammenkunft so kurzfristig ermöglicht haben», sagte Bill und nahm unaufgefordert Platz.

«Falls Sie glauben, dass Sie den Besuch der afghanischen Delegation abwenden können, verschwenden Sie Ihre Zeit. Die Maschinerie läuft bereits auf Hochtouren», erwiderte der Staatssekretär mit einem demonstrativen Blick auf die Wanduhr.

«Was wollen Sie damit sagen?», fragte Bill und lehnte sich auf dem Stuhl zurück.

«Dass die Planung des Besuchs in vollem Gange ist. Der afghanische Innenminister wird im Rahmen eines Staatsempfangs öffentlich geehrt werden.»

«Aus welchem Grund?», erkundigte sich Amanda und legte die Handflächen flach auf den Tisch. Sie saß kerzengerade da und starrte den Staatssekretär an, der alles andere als zufrieden aussah. Wahrscheinlich marschierte nicht alle Tage eine kleine Polizistin in seine Geschäftsräume und stellte seine Entscheidungen in Frage.

«Nur ein bisschen Pomp und Staatszeremoniell, um unserer Dankbarkeit für die gute Zusammenarbeit Ausdruck zu verleihen», sagte der Staatssekretär mit einer weit ausholenden Geste.

Was für ein Heuchler, dachte Amanda. Diese vorgebliche Zusammenarbeit soll doch in Wahrheit als Bestätigung dafür herhalten, dass das langfristige, kostspielige Engagement Schwedens in Afghanistan sich bezahlt gemacht hat.

Amanda holte ihre Mappe hervor und schob sie über den Tisch.

«Sie werden ganz gewiss der Meinung sein, dass der Inhalt dieser Mappe es wert ist, sich ein paar Minuten lang damit zu beschäftigen», sagte sie und ließ den Staatssekretär nicht aus den Augen, während der die Mappe aufschlug.

Sein Mund klappte auf und wieder zu – wie bei einem Goldfisch, dachte Amanda, als sie sein Mienenspiel musterte. Seine Augenbrauen schienen regelrecht aus der Stirn fliehen zu wollen, doch sein Blick regte sich keinen Millimeter.

«Auf dem Foto sehen Sie den Mann, den Sie jüngst nach Schweden eingeladen haben, beim Geschlechtsakt mit unserem ermordeten Botschafter und dem ebenfalls ermordeten Mitarbeiter des Außenministeriums Erik Björk», dozierte Amanda.

Der Staatssekretär schloss die Augen. «Und warum in aller Welt zeigen Sie mir das?»

«Unserer Einschätzung nach ist dies der Grund, warum der afghanische Innenminister versucht hat, die Befreiung von Ingrid Larsson und Mikael Berg mit allen Mitteln zu vereiteln», erklärte Bill.

«Und der Grund, warum *sämtliche* Personen, die sich in dem abgelegenen Haus befanden, hingerichtet wurden», fügte Amanda hinzu und sah erneut Masouda vor sich, die mit leerem Blick und einem Loch in der Stirn an der Wand lehnte.

«Stopp, stopp, stopp. Ich kann Ihnen nicht folgen.» Der Staatssekretär hob abwehrend die Hände.

«Sven Leijonhufvud und Erik Björk hatten eine sexuelle Beziehung. Wie Sie auf dem Foto sehen können, war auch der afghanische Innenminister in dieses sexuelle Verhältnis involviert», sagte Amanda.

«Ja, aber ...»

Doch noch bevor er seinen Satz beenden konnte, fiel Amanda ihm ins Wort: «Was das bedeutet? Tja, dass der schwedische Botschafter und der afghanische Innenminister unabhängig voneinander erpresserische E-Mails erhalten haben – der Botschafter von Stockholmer Kriminellen, die ihn dazu aufgefordert haben, Heroin nach Schweden zu schicken. Der Innenminister wiederum von Kriminellen aus Kabul, die das große Geld witterten. Falls ihre Forderungen nicht erfüllt würden, drohten die Erpresser damit, das Foto zu veröffentlichen.»

«Und …»

«Der Innenminister musste Leijonhufvud aus dem Weg räumen, um das Risiko zu minimieren, dass ihre Dreiecksgeschichte ans Tageslicht käme. Vermutlich – aber das ist bloß eine Hypothese – hat der Innenminister angenommen, Erik Björk hätte ihm das Foto geschickt, weil der es mit seinem iPhone aufgenommen hatte.»

«Diese ganze Geschichte erscheint mir doch ein bisschen wirr … Worauf wollen Sie hinaus?»

«Wir haben den begründeten Verdacht, dass der afghanische Innenminister Sven Leijonhufvud im Serena Hotel ermordet hat», sagte Amanda.

Dann erzählte sie ihm, dass sich unter der Nummer, die der Botschafter vor seinem Tod zuletzt angerufen hatte, Nur Rassoul gemeldet habe, und erläuterte, wie der Mord an Erik Björk mit der Entführung der zwei Botschaftsangestellten zusammenhing.

Der Staatssekretär schwieg.

«Aber Leijonhufvud ist doch verheiratet und hat Familie …», keuchte er schließlich.

«Das ist doch zweitrangig. Tatsache ist, dass Sie seinen Mörder nach Schweden eingeladen haben», fauchte Amanda.

«Natürlich ist mir seine sexuelle Orientierung völlig gleichgültig … Aber wie Sie sicherlich verstehen werden, riskieren wir eine diplomatische Krise, wenn bekannt wird, dass der schwedische Botschafter in

Kabul eine sexuelle Beziehung zu einem Mitglied der afghanischen Regierung unterhält ...»

«Unterhielt», korrigierte Amanda.

Der Staatssekretär funkelte sie finster an. Amanda presste die Kiefer aufeinander.

«Meines Wissens gibt es keinen Beweis dafür, dass Leijonhufvud tatsächlich ermordet wurde. Aber überlassen Sie mir dieses Foto, dann sehe ich mal, was ich tun kann», fuhr er fort. Seine Stimme klang mittlerweile etwas sanfter.

Amanda nahm einen USB-Stick aus der Tasche und legte ihn vor sich auf den Tisch. Keine Sekunde später war der Stick in der Faust des Staatssekretärs verschwunden.

Amanda schmunzelte ihn an. «Ich habe eine Kopie ... und darüber hinaus erwarte ich in ein paar Stunden den Obduktionsbericht, der die Umstände von Svens Tod womöglich klären wird.»

Amanda gab dem Staatssekretär ein paar Sekunden Zeit, die Nachricht zu verdauen. Dass sie der Rechtsmedizin damit vielleicht etwas zu viel der Ehre angedeihen ließ, war ihr egal.

«Mein dringender Rat an Sie lautet nun: Sagen Sie Nur Rassouls Besuch in Schweden ab und sorgen Sie dafür, dass die Umstände von Sven Leijonhufvuds Tod lückenlos aufgeklärt werden.»

«Und wenn ich Ihrem Rat nicht nachkomme?»

«Dann werden das Foto und der Obduktionsbericht an die Öffentlichkeit gelangen und der äußerst wichtigen und guten Beziehung zu Afghanistan, die Sie um jeden Preis aufrechterhalten wollen, mit hoher Wahrscheinlichkeit erheblichen Schaden zufügen.»

«Sie können mir nicht drohen! Ich bin ...»

«Und ich bin Polizistin und habe Kenntnis von einem Kapitalverbrechen erlangt. Und ich riskiere ganz sicher nicht meinen Job, nur weil Sie einen Mord vertuschen wollen.»

«Ich glaube, das war alles», mischte sich Bill ein, der die Unterhaltung bislang schweigend verfolgt hatte.

«Melden Sie sich, falls Sie Hilfe benötigen, im schwedischen Polizeiapparat die zuständige Abteilung zu finden», sagte Amanda abschließend. Dann schenkte sie dem Staatssekretär ihr strahlendstes Lächeln und verließ dessen Büro.

Als Amanda die Tür zu ihrer Wohnung in der Parkgatan aufschloss, atmete sie erst einmal tief ein. Die Luft roch abgestanden, aber nach knapp sechs Wochen hätte es auch sehr viel schlimmer sein können. Sie ging auf direktem Weg ins Badezimmer und nahm den Plastikgegenstand aus der Verpackung. Als sie fertig war, lief sie in die Küche und füllte Wasser in ihre Espressomaschine. Minuten später breitete sich köstlicher Kaffeeduft aus. Nachdem sie den ersten Schluck getrunken hatte, murmelte sie: «Home sweet home», und legte den Schwangerschaftstest neben ihre Tasse auf den Küchentisch.

Allmählich wurden zwei parallele Streifen sichtbar. Es bestand nicht der geringste Zweifel. Triumphierend ballte Amanda die Faust. Sie würde im März Mutter werden.

Sie kramte in ihrem Rucksack und zog einen braunen, zusammengefalteten Umschlag heraus. Ihre Finger tasteten über die untere rechte Ecke.

Da lag er. Der zweite USB-Stick.

Sie leckte längs über die Lasche und klebte den Umschlag zu. Beinahe feierlich legte sie *Die vier Jahreszeiten* auf und tänzelte zu den Klängen von Vivaldis Sommer zum Safe in ihrem Flurschrank.

EPILOG

In der Zweizimmerwohnung ihrer Mutter im Seniorenstift am Fridhemsplan sitzt Amanda am Küchentisch und mischt. Einen Moment später schlittern die Karten über die geblümte Wachstuchdecke und bilden zwei perfekte Stapel. Es fühlt sich an, als holten sie und Eva verlorene Zeit auf, wann immer sie am Abend Flitterwochen-Whist spielen und gemeinsam Kaffee trinken.

Der behandelnde Arzt war der Meinung, eine stimulierende Umgebung könne den Genesungsprozess eines Herzinfarktpatienten positiv beeinflussen. Amanda hat sich fest vorgenommen, alles in ihrer Macht Stehende dazu beizutragen. Wenn Eva mal ein Wort nicht aussprechen kann, schiebt Amanda ihr Stift und Papier zu. Auf diese Weise können sie miteinander kommunizieren. Amanda meint, Tag für Tag klitzekleine Fortschritte zu erkennen.

Kurz vor 19 Uhr machen sie ihre obligatorische Pause. Amanda schaltet den Fernseher an und hilft ihrer Mutter in den Sessel hinüber.

Die Nachrichtensprecherin verliest die neuesten Meldungen. Es geht um die gegenwärtige Lage in Syrien und den anschwellenden Flüchtlingsstrom.

Amanda hört nur mit halbem Ohr zu. Sie schluckt eine Tablette gegen Reiseübelkeit, um die Begleiterscheinungen der Schwangerschaft so gering wie möglich zu halten.

Im Fernsehen erscheint ein Archivbild der schwedischen Botschaft in Kabul: die Einweihung im Jahr 2008. Amanda bittet ihre Mutter, die versucht, etwas zu sagen, noch einen Moment zu warten. Die Nachrichtensprecherin berichtet, dass die Polizei im Fall des verstorbenen schwedischen Botschafters in Kabul eine Voruntersuchung eingeleitet habe. Eine Sekunde später ist das Bild wieder verschwunden. Die

Nachrichtensprecherin beendet die Meldung mit dem Hinweis, dass das Außenministerium nicht zu einer Stellungnahme zur Verfügung gestanden habe, ob zwischen der Ermittlung und dem abgesagten Staatsbesuch des afghanischen Präsidenten ein Zusammenhang bestehe.

DANKSAGUNG

Vier Tage in Kabul» ist nicht über Nacht entstanden. Zwei Jahre lang habe ich an dieser Geschichte gearbeitet. Erst danach dämmerte mir, dass es einen enthusiastischen Verleger erfordert, um daraus ein Buch zu machen. Meine Geschichte hatte das große Glück, von Christian Manfred betreut zu werden, der mir kontinuierlich bei der Fortentwicklung des Textes geholfen hat. Im nächsten Schritt bedurfte es eines energischen Lektors. Christoffer Nilsson half mir, die richtige Tonlage und Sprache zu finden. Ein herzliches Dankeschön an euch beide für euer Engagement, eure Hilfsbereitschaft und euren Drive. Ohne euch gäbe es dieses Buch heute nicht.

Während die Geschichte immer weiter Gestalt annahm, wurde sie von Familienmitgliedern und Freunden gelesen, die mich angespornt und motiviert haben. Ich bedanke mich bei Malin, Mia, Carl-Magnus, Fredrik, Sofia, Helena und Henrik. Und Kristina, danke auch für deine unschätzbare Hilfe! Ihr alle habt mich in meinem Entschluss bestärkt, die Geschichte zu Ende zu schreiben.

Ein großes Dankeschön auch an alle anderen Beteiligten, denen ich das Manuskript aufs Auge gedrückt habe, weil ich unbedingt wissen wollte, ob es auf dem richtigen Weg ist. Nicht zuletzt möchte ich der Person danken, der ich gar nicht genug danken kann: Danke, Johan – für deine Unterstützung, dafür, dass du unseren Familienalltag gemanagt und mir Zeit zum Schreiben verschafft hast, und dafür, dass du immer an mein Projekt geglaubt hast.

Bleibt nur noch zu sagen, dass die Handlung dieses Romans frei erfunden ist. Die Charaktere existieren in der Wirklichkeit nicht. Allerdings hat Torsten als Vorlage für Tore gedient. Danke, Torsten!

MIX
Papier aus verantwortungsvollen Quellen
FSC® C014496
FSC
www.fsc.org

Das für dieses Buch verwendete Papier ist FSC®-zertifiziert.